张炜研究

（第二辑）

鲁东大学张炜文学研究院　主办

瓦　当　主编

社会科学文献出版社
SOCIAL SCIENCES ACADEMIC PRESS (CHINA)

目　录

小说研究

小说研究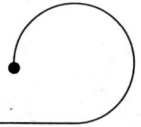

张炜小说中的民间动物故事探析*

唐长华**

摘要： 张炜小说中融入了大量民间动物故事。这些民间故事在进入作家文本后保留了民间故事的常见结构，传达出稳定的文化内涵，如动物报恩故事蕴含着中国人知恩图报的道德观念，动物异类婚恋故事蕴含着半岛人民的图腾崇拜以及对美好爱情的向往与追求，动物神灵守护自然的故事传达了中国传统社会特有的生态和谐与生态保护思想。张炜小说中的民间动物故事体现了中国传统社会普遍的道德观、价值观、生命观，是构建中华优秀传统文化的重要组成部分。

关键词： 张炜小说；民间故事；动物报恩；异类婚恋；生态和谐

在物质生活极大丰富、科学技术高度发达的今天，我们几乎不再给孩子们讲述那些充满幻想、寄寓着做人道理、表达着对世界本原认知的中国民间故事，我们关注的是那些充满世界文化因素的影视剧、动画片、网络文学，也就是说，我们基本遗忘了从祖母那里听来的神奇瑰丽的民间故事，我们的世界越来越单向化，越来越技术化，我们的思维和想象越来越禁锢于眼前大大小小的屏幕。正是在这样的意义上，梳理和传承民间文学特别是那些代代相传的民间故事，就显得格外重要。

* 基金项目：山东省艺术科学重点课题"山东当代作家创作中的'民间动物故事'文化研究"（项目编号：L2022Z06170021）。

** 作者简介：唐长华，山东理工大学文学与新闻传播学院副教授，硕士研究生导师，研究方向为当代作家作品研究、山东当代作家研究。

就中国作家的创作而言，他们深受民间文学、民间文化的影响，而且越是优秀的作家，这种影响越大。鲁迅听着长妈妈的故事、看着她借来的《山海经》长大，莫言听着大爷爷的故事、读着蒲松龄的《聊斋志异》长大，张炜听着外祖母、采药人和海边铺老的故事长大……在张炜《九月寓言》《刺猬歌》《你在高原·忆阿雅》《寻找鱼王》等小说中，民间故事特别是那些充满幻想的民间动物故事是一个丰富的存在。丰富的民间动物故事体现了作家对民间文学、民间文化的学习和借鉴，而作家的创作反过来也传承、传播了民间口耳相传的动物故事，形成了作家文学与民间文学的互动交流、共生共长。

民间故事分为"幻想化的民间故事"和"生活化的民间故事"。① 本文所说的民间动物故事主要指幻想化的、与人产生各种关系的动物故事。这些故事描绘了动物与人类的交往交流，人格化是其常用的艺术方法。民间动物故事起源于中国古代社会，表现了劳动人民在科学不够发达、生产力水平较低的情况下，对人与动物关系的大胆想象。民间动物故事有基本的结构模式，在不同时代、不同讲述者那里，也会产生一些变化。但不管怎么变，故事承载的文化内涵相对稳定，体现出社会普遍的道德观、价值观、生命观等，如人与动物生命平等、生命互化，动物与人一样具有道德情感，动物与人类通婚体现出他们对美好爱情的向往……对于文学创作来说，民间动物故事是一笔宝贵的精神财富。

一　动物报恩故事及其道德内涵

在民间故事中，动物报恩是一个常见母题。1928 年，钟敬文说："中国古来传说中，有一个'动物报恩系'，如隋侯救蛇得珠、杨宝救雀子孙四世为三公之类，不胜枚举。"② 艾伯华在民间故事类型中列举了"16. 动

---

① 苏韶芬：《谈谈民间故事的分类》，《社会科学家》1989 年第 4 期。
② 钟敬文：《闽南故事集》，《民俗》1928 年第 2 期。

物报恩""17. 老虎报恩""18. 蛇报恩""23. 燕子报恩"等类型。① 在动物报恩故事中，我们可以看到其基本模式：动物遇到困难—动物被人救助—动物报恩于人。动物报恩的方式有给予财物、以身相许、舍身相助、帮人渡过难关等。在此类故事中，我们可以看到，动物与人一样具有很高的道德水平，受到人类的救助，它会铭记于心，以自己的方式向人类报恩。比起动物，人类的道德水平有时还不及动物，突出表现在人类的贪婪与背信弃义上。因此，动物报恩往往延伸为"感恩的动物，忘恩的人"这一故事类型，汤普森在《世界民间故事分类学》中将这种类型编号为160 型，丁乃通在《中国民间故事类型索引》中将之编为"160 报恩动物忘恩汉"。

动物报恩故事在张炜小说创作中是一个丰富的存在，作家不是单纯地把这类民间故事移植或插入文本中，孤立地进行道德训诫，而是把民间故事、民间传说融入现实生活，以此映照、反省人类社会的发展异化，实现人类的自我教化。也就是说，民间报恩故事是社会（包括家庭）对其成员进行道德教化的重要形式，它用通俗生动的故事，对社会（包括家庭）成员进行善与恶、美与丑的教育，最终形成整个社会朴素的道德观、价值观。张炜小说中的动物报恩故事传播的是这样一种信念，动物与人类一样，有情感、有意志、有朴素的道德，它们共同构成了一个统一的生命体系与道德体系。

张炜《你在高原·荒原纪事》写的是一个生机盎然的东部平原如何变成了触目惊心的荒原的故事。小说主体是现实描写，讲述老百姓对污染环境的大集团进行反抗的故事，但小说也融入了其他线索，如有关平原的起源神话、李胡子除暴安良的历史故事、神医三先生的行医故事，这些线索都是民间传说与故事，对现实叙述起到补充说明的作用。其中，三先生的故事是典型的民间故事。张炜说，三先生有人物原型，即民间的老李花鱼儿，"山里有无数老李花鱼儿行医的故事……老李花鱼儿的余生除了为人治病，更主要的工作就是为各种野物治病。他为狐狸和狼、黄鼬解除病

---

① 〔德〕艾伯华：《中国民间故事类型》，王燕生、周祖生译，商务印书馆 2017 年版，第26~35 页。

痛，还为一些妖怪和鬼魂治病"①。也就是说，三先生为野物治病的故事在民间广为流传，张炜以小说的方式进行了艺术加工。在《你在高原·荒原纪事》中，三先生不但为人治病，而且为狐狸、狼、大海龟甚至鬼、沙妖等治病。病好后，动物纷纷向三先生报恩：老狼精为他衔来了三只咬死的公野鸡；大海龟从海里携来了一枚大如鸡卵的珍珠，日夜放光；沙妖的胸口痛被治好后要以身相许，三先生坚决拒绝，于是沙妖给三先生带来了一个大口袋，里面装满了金子。三先生治病和动物报恩的故事是通过三先生的跟包叙述出来的，无形中增强了故事的真实性与感染力。三先生神秘的医术，不分贵贱、救人救"物"的品格，以及动物真诚的报恩故事，都在传播一种可贵的民间价值观：做人要做三先生一样的人，为"物"要为那些知恩图报的"物"。

在动物报恩故事中，动物一般是先闪化为人，再进行报恩。如张炜小说《九月寓言》中的猴精故事。《九月寓言》是一部大地的寓言，大地母亲具有丰沛的生命力，人类不倦地奔跑着，动物和植物拥有红红火火的生命，就是磨盘也有一个古老的传说。相传，野地里有一个黑不溜秋的男孩，没爹没娘，在野地里乱窜，一天，黑孩儿遇到了一个凹凹脸的女娃（猴精闪化），女娃既以身相许，又搬运来财物，让黑孩儿的日子越过越好，最后当了财主。普通的报恩故事就此结束。但张炜在小说中对报恩故事进行了延伸，动物"报恩故事"变成了人类"忘恩负义"的故事：黑孩儿当了财主后，对女娃越来越嫌弃，嫌她年老色衰，嫌她身上有股难闻的味道，最后在老娘的撺掇下，设计除掉了女娃，女娃被磨盘压死，变回了原形，原来是一只已经怀孕的母猴。这个民间故事蕴含着人与动物的生命互化，也蕴含着普通百姓的道德观念，故事原型是"报恩动物忘恩汉"。

动物报恩故事被作家写进小说后，都有一个讲述人，即"讲故事的人"。《九月寓言》中讲故事的人是金祥，《你在高原·荒原纪事》中讲故事的人是三先生的跟包，《怀念黑潭里的黑鱼》中讲故事的人是母亲。"讲

---

① 张炜：《游走：从少年到青年》，广西师范大学出版社 2012 年版，第 59~60 页。

故事的人"是道德教化的重要角色,它一般由年纪大、见多识广、维护社会道德秩序的人承担。如《怀念黑潭里的黑鱼》中,母亲给年幼的"我"讲了一个神秘水族的故事。一对老夫妇救助了神秘水族(黑鱼),让它们住进水潭,水族(化身为人)报恩于老夫妇,每年都给他们钱币与酒馔。但捕鱼的人来了,许诺给老夫妇很多钱,老夫妇没能抵挡住诱惑,出卖了水族,水族没有办法连夜迁徙而去。老夫妇受良心谴责,郁郁而终,沙丘上留下两个坟堆,警示着周围的人。这样的民间故事,以长辈讲述的方式传下来,最后进入作家笔下,其中的道德内涵、道德警示意义极为明显。

动物报恩故事在进入小说后,可能会变换存在形式,形成传说故事与现实故事的映照与连接。如张炜在《你在高原·忆阿雅》中写了两个故事:一个是外祖母讲的民间传说;另一个是"我"的现实经历。在外祖母讲的民间传说中,"阿雅"是一只神秘动物,对主人极为忠诚,每晚跑到山里给主人衔来一颗金粒。后来金粒越来越难找,阿雅只能衔回白金粒。贪婪的主人不懂白金粒的价值,非常生气,想除掉阿雅,阿雅无奈中只好逃进丛林野地。在"我"的现实生活中,"阿雅"则是林子里的一种真实的小动物,形如小狗或灵猫,栗黄色,非常漂亮,"我"渴望有这样一个动物朋友。园艺场的卢叔用网捕获了一只阿雅,把它圈养起来,百般折磨,最后阿雅屈服了,留在了卢叔家。卢叔为了挣钱,开始了对阿雅们的剥皮贩卖。有关阿雅的故事,外祖母讲的是民间故事,"我"的经历则是现实生活。二者既有所区别,又有所联系,它们都在诉说动物的忠诚和可爱,较之动物,人类群体中有一些人更可怕、更卑劣、更残忍。这种民间故事与现实生活的对话与连接在某种程度上丰富了民间故事的内涵,也强化了其教喻的效果。

张炜小说文本中出现的动物报恩故事是民间文学的常见母题。作家强调动物美好的品德,它们知恩报恩,对人类无比信任、无比忠诚,但人类辜负了这种信任,人类内心的贪欲一步步膨胀起来,最后背叛了动物。张炜小说中的动物报恩故事具有深刻的道德内涵,体现了作家内心深处厚重的道德责任感。艾伯华也说,动物报恩故事在进入作家的中篇小说和长篇小说后,往往"要加上一个道德训诫的高潮或附加上一个道德训诫的结尾，这种结尾在民间故事中是找不到的"①。这可能是作家为了教化需要而进行的艺术加工，小说中这一教化功能主要由见多识广的老年讲述者来承担。

二 异类婚恋故事及其生命内涵

在民间故事中，有一类异类婚恋故事。早在 1912 年周作人即用"物婚"指称人与异类的婚恋。1937 年艾伯华在用德语写的《中国民间故事类型》中用一个大类"四、动物或精灵与男人或女人结婚"② 归纳异类婚恋故事，分析了"31 蛇郎""34 天鹅处女""35 田螺娘""37 虎妻""38 熊人公"等十五个异类婚恋故事类型。异类婚恋，有动物幻化为人与人恋爱结合的，如白娘子与许仙、鹿仙女与帝尧等，有仙女下凡与人结合的，如七仙女与董永、织女与牛郎等。这些民间故事都"充满奇幻的色彩，也间或弥漫着常人化的生活气息"③。我们认为，异类婚恋故事，一是体现了人类的图腾崇拜，即认为某种动物与自己有血缘关系，加以崇拜、保护；二是体现了人类与动物生命的一体化，将动物视作平等的生命，有情感、有欲望、有道德。异类婚恋故事反映的是人类对美好爱情的向往，对祖先生命活力的追溯。

张炜小说中讲述了许多异类婚恋故事，如《刺猬歌》中人与刺猬精的婚恋故事、《九月寓言》中人与猴精的婚恋故事、《无边的游荡》中人与鸟精的婚恋故事……可以看出，这些动物精灵大多是林野动物或水边动物，这与作者小时候的生活环境密切相关。张炜小时候生活在海边的林子里，接触到了林子里的大量动物如刺猬、狐狸、鸟等，水里的动物如鱼、龟等。他从外祖母、林中采药人、猎人、海边铺老那里，听取了许多稀奇古怪的故事，故事激发起张炜无穷无尽的想象。再加上张炜老家胶东半岛是

---

① 〔德〕艾伯华：《中国民间故事类型》，王燕生、周祖生译，商务印书馆 2017 年版，第 26~35 页。
② 〔德〕艾伯华：《中国民间故事类型》，王燕生、周祖生译，商务印书馆 2017 年版，第 46~79 页。
③ 张晨霞：《帝尧创世神话图像谱系》，上海人民出版社 2022 年版，第 122 页。

夷齐文化的中心，民间素来有不同族群对鸟、狐狸、鱼、龟等动物的图腾崇拜……张炜小说中便出现了大量异类婚恋故事，如发生在人与鸟、人与刺猬、人与狐狸、人与鱼、人与贝等动物精灵之间的神秘浪漫爱情。

异类婚恋故事蕴含着原始社会朴素的图腾崇拜思想。如原始社会东北鄂温克人认为自己是祖先与熊相交的后代，早期云南白族的虎氏族、熊氏族认为自己是虎、熊的后代，《诗经·商颂·玄鸟》说"天命玄鸟，降而生商"，即简狄吞玄鸟之卵而生商契……这些传说反映了人类早期的图腾崇拜，是人类寻祖心理和动物崇拜心理的体现。① 张炜老家胶东半岛地处海滨，鸟类众多，上古时期这里生活着莱夷部落，该部落"以大鸟作为自己的图腾"，后形成了"以鸟名官"的制度，"历法官、执政官、手工业官、农官这四大类，都由鸟来命名；凤鸟、燕子、杜鹃、鹌鹑、锦鸡等，分别掌管春分秋分夏至冬至立春立夏；鱼鹰、鸱鹰等，则管军事和法律。东夷族本身就是一个庞大的'鸟'群"②。在张炜的小说《无边的游荡》中，我们看到山东半岛依然遗留着对鸟的图腾崇拜。海边的人们普遍相信，海岛上生活着一些有异能的大鸟，它们在夜间跨海飞来，寻找情投意合的乡下姑娘，生下具有鸟类特征的人类后代：鹰眼、老鹰鼻子、鹦鹉嘴、秃鹫脖子，有的额顶还长出羽状的毛发……大鸟的后代，免不了有品性淫恶之徒，这些"鸟人"隐藏在人类社会中，"早就管起了事儿，衣兜上都插起了钢笔"，攫取了权力与金钱，他们在大鸟会所中肆意玩弄来自乡下的纯朴姑娘，让她们生下"鸟蛋"，让她们精神失常，"坏人与坏鸟如今再也分不出来"。③ 张炜在写人与大鸟的异类婚恋故事时，既栩栩如生地描写了半岛人民对鸟的图腾崇拜，又用幽默讽刺的笔法写出了他对人类社会发展异化的批判。

在人与动物的异类婚恋故事中，除了图腾崇拜，我们还可以看到人与自然生命的一体化，看到人类对美好爱情的追求。在民间故事内部，时间是"很早很早以前"，那时，人与动物没有清晰的边界，它们可以互相幻

---

① 唐瑛：《宋代文言小说异类姻缘研究》，博士学位论文，四川大学，2006，第5页。
② 张炜：《芳心似火》，作家出版社2009年版，第49页。
③ 张炜：《无边的游荡》，作家出版社2010年版，第6~14页。

化，动物可以幻化为人，人也可以幻化为动物，然后结合为夫妻。张炜《刺猬歌》中，财主霍公就是人类与动植物异类婚恋的典型，"霍公喜欢女人，以及一些雌性野物。他在山地平原不知怎么就过完了自己天真烂漫的一生：四处游荡，结交各等美色，走哪儿睡哪儿，生下一些怪模怪样的人"。在霍公的丧宴上，"少不了掺杂一些林中精怪。酒宴间不止一个人发现醉酒者当中拖出了一条粗大的尾巴，或生出一张毛脸"，"一个又高又细的白净女人"坦言自己是河边的一棵小白杨，与老爷的肝结了亲，而一个身穿蓑衣的女人哀容动人，据老管家说她其实是刺猬精，是老爷最钟爱的一房野物。霍公的故事仿佛祖辈传下来的民间故事，提示着人与动物的亲密血缘，而这样的时代一去不复返了，代表着人类童年时代的逝去。同时，霍公的故事也揭示了人与自然万物交融一体的本然状态，体现了作家对道家文化的精神追求。

异类婚恋故事模式是：动物幻化为人，与人类结合—遭到恶势力破坏—动物恢复原形，夫妻被迫分离。此类故事的典型是白娘子与许仙的爱情故事。在异类婚恋故事中，动物往往幻化为女性，如蛇、狐、刺猬等幻化为美丽的女人，与男人恋爱结合；偶尔有幻化为男性的动物，如公鸡、青蛙等幻化为英俊的男人，与女人恋爱结合，如莫言戏剧《锦衣》和小说《蛙》中写到公鸡变人、青蛙戏人的传说。张炜小说写到的大多是动物幻化为女性与男性恋爱结合的故事，歌颂了普通百姓对美好爱情的追求。

《刺猬歌》写了廖麦和刺猬精的女儿美蒂之间的爱情故事，其中可以看到异类婚恋的身影。美蒂是传说中刺猬精的女儿，小时候穿着一件"蓑衣"走出林子，此"蓑衣"是动物精灵来到人间、闪化为人脱去的外衣，如同田螺姑娘脱下的螺壳、织女下凡脱下的仙衣。小美蒂"浑身上下都被一层又密又小的金色绒毛所遮裹"，长大后变成了一个羞答答的大闺女，与廖麦真诚相爱。但两人的爱情遭到唐童父子的迫害。后来美蒂变成了精明的"美老板"，嗜吃淫鱼，贪恋金钱，甚至卖身于唐童，廖麦痛打美蒂，绝望的美蒂带着小时候的蓑衣，回归荒野。在这场亦真亦幻的异类婚恋中，我们可以看到其典型模式：仙女下凡或动物闪化为人，与人类结合，过着幸福的生活，但恶势力对他们的爱情进行破坏，两人被迫分离，仙女或精灵穿上自己来时的衣服，回归原来的生活（天宫或自然界）。这类故事一方面体现了人与动物共同的情感追求，另一方面也体现了异类不能通婚的伦理禁忌，主要表现为僧道的干预（如法海干涉白娘子的爱情），或社会恶势力的破坏，张炜小说主要写的是以唐童为代表的社会恶势力的破坏。美蒂与廖麦的婚姻之所以走向破灭，不仅是因为唐童的破坏，更多是因为人类工业化时代的毁灭性影响，这种影响实在太大，大到把自然的女儿美蒂身上的野性和纯洁破坏得一无所有。在此，张炜强化了对现实的批判，民间故事与现实叙述形成了鲜明的对照。

张炜的异类婚恋故事除了涉及刺猬精、狐狸精、鸟精等野地丛林生灵，还涉及大量海洋生灵，如《狮子崖》中的大花贝、《鱼的故事》中的鱼、《刺猬歌》中的红鲷女……海边流传着众多故事，如龙王的女儿爱上了书生、河蚌幻化的女孩爱上了贫穷的渔人，这些人与鱼、人与贝、人与龙之间的异类爱情，是民间文学常见的主题。这些口耳相传的民间故事，后来进入了文学文本，如"张生煮海""柳毅传书"等，都进入了元杂剧作家的剧本。在《狮子崖》中，张炜写到海神的女儿爱上了年轻的渔人，但遭到龙王的儿子黑鳞的破坏，她躲进了贝壳，最后变成了一只大花贝。

总而言之，张炜在写异类婚恋故事时，既保留了传统民间故事的结构模式，又有所创新、有所改变，如将民间故事向现实延伸，形成传说与现实的对照，传达出更多的现实批判意蕴。我们可以看到，张炜小说中民间故事的文化内涵没有多大变化，那就是普通百姓身上的美好人性，即在贫苦、艰难生活中一直怀有的对美好爱情的向往和追求。

三　动物神灵故事及其生态内涵

民间动物故事之所以流传至今，是因为它符合中国传统社会的道德观、价值观、生命观。中国古代社会的自然崇拜、天人合一思想在民间故事中普遍存在。中国古人崇拜鸟、鱼、龟、狐等动物，认为这些动物具有神力，它们不但会变幻为人形参与人类的社会生活，而且会以自然神的形式守护自然界，"河有河神，溪有溪主"，正是因为动物神灵的守护，有时还有人类的守护，自然界才保持着永恒的生机。动物神灵故事蕴含的守护自然、人与自然和谐发展的思想，对于当下现实社会发展具有重要的启迪意义。

在张炜的《刺猬歌》《寻找鱼王》《怀念黑潭里的黑鱼》等小说中，我们能清晰地看到动物神灵故事传达的人与自然和谐相处的生态保护理念。《刺猬歌》在写廖麦和美蒂的现实故事之前，回顾了传说中的霍公时代，那是野地丛林的黄金时代，海边的这片林子极为繁茂，里面生活着各种野物，它们欢腾跳跃，有时变幻为人形，与人结亲。霍公是这片林子的守护者，在他死后，唐老驼掌了权，唐老驼不停地烧林子，动物的时代结束了，人类的时代开始了，后来又有了唐童的大公司、大集团，有了对大自然的暴力开发，有了刺猬精纯洁的女儿的堕落。当自然被破坏的时候，不但动物失去了它们的家园，人类也失去了自己的家园、精神的家园。

张炜在《一潭清水》《刺猬歌》《寻找鱼王》《河湾》等作品中写到了美得让人心醉的水潭、水湾。水潭、水湾之所以被作家念念不忘，是因为它是作家童年的圣地，是人与自然和谐相处的象征。《一潭清水》里的"瓜魔"仿佛海里的精灵，乌黑的身子又细又长，活像海里的一条鳝，他在那潭清水里尽情地游动，就像是水里生的水里长的一样。《刺猬歌》中的银月婆婆生活在水潭边，"水潭是镜子和眼睛，也是安静的男人……英气生生的男人"，她梦见了一个赤条条的细长身量的男孩儿，果然，溶溶的月光下，水面上似乎有人在行走，揉揉眼，真是一个细高身量的后生。《寻找鱼王》里的男孩终于寻到了老婆婆——水手鱼王，在那片湖水中，老婆婆像一条鱼一样，缓缓划水，她甚至在水里睡着了，水鸟歇息在她的身上。在张炜的童年记忆里，水湾、水潭具有不可思议的魔力，它是大自然的象征，是人类存在的源头，它是那么清澈，那么安静，那么深邃，是男孩生命的栖息地。而水里的鱼，似乎是男孩生命的象征，正如张炜经常写到的那条黑色熔岩上的小鱼，年轻稚嫩，有很多时间可以慢慢成长。人与大自然的关系就是鱼（男孩，作者童年的化身）与那片水湾或水潭的关系。

在张炜的《寻找鱼王》中，我们可以看到神奇的"鱼王"传说，而这个传说最后传达的不是人类如何捕鱼，而是守护鱼王、守护自然的朴素理念。传说中的"鱼王"是一个善于捕鱼的人，他由"鱼鹰"变幻而来，头上有着类似鹰的绒毛。"我"追慕着鱼王，寻找着鱼王，先是找到了师傅（干爸），干爸教"我"在泥土里挖大鱼的技巧，教导"我"朴素的人生道理，"长辈人牵手走三里，自己走七里。一辈子十里"。干爸去世后，"我"找到"蓝色雾幔"的山里，那里有一片大水湾，水湾边生活着一个老婆婆，她就是水手鱼王。有一天，"我"在水湾里游动时，听到远处传来咚咚的鼓声，看到一个黑色的身影一闪而过，原来这才是真正的"鱼王"。鱼王是神秘的大鱼，是自然界的神灵，它守护着水根，守护着自然的和谐安宁。

在张炜以上的小说中，我们可以看到动物神灵守护大自然的故事原型。首先，动物是自然的化身，具有某种神力，它们守护着大自然，一座山、一条河、一片林、一方海……如《寻找鱼王》中的鱼王，守护着水根，水根是大自然的命脉，有它，就有生命的生生不息。其次，张炜还在故事中设置了人类守护者的角色，如《刺猬歌》里面的霍公，可谓亦人亦物亦仙，他和身边的刺猬精等野物一起守护着那片茂密的丛林。《寻找鱼王》中的老婆婆（水手鱼王）、《刺猬歌》里的银月婆婆等，也是亦人亦仙，她们照看着身边的水潭，照看着水潭边的生灵，在某种程度上她们就是自然母亲的形象。动物神灵守护着大自然，人类则守护着这些动物和植物，自然界的生命因此而生生不息、共生共荣。这便是张炜秉承万物有灵思想讲述的动物神灵故事。

张炜一方面写到了人与自然和谐相处的美好理想，另一方面也清醒地意识到，以人类为中心的现代社会对大自然的破坏极为惨烈，张炜认为，生态环境破坏的根源在于人类的贪婪与无穷无尽的欲望。如在《怀念黑潭里的黑鱼》中，曾经是黑鱼家族守护者的老夫妇，因为心中的贪欲，舍弃了诺言，黑鱼家族只能迁徙、逃亡而去，它们一路洒下的水滴，仿佛它们的泪滴。自然需要被人类守护，当人类背叛了对自然的承诺，成为自然界的屠戮者或帮凶时，人类离最后的灭亡也就不远了。在《刺猬歌》中，张炜写到了黑鳗的故事，"河有河神，溪有溪主"，黑鳗是山溪溪主，她生了病，头顶青苔，牙痛腮肿，脸皮鼓胀，一看病得不轻，老中医一问，原来是"响马"祸害山林，林中生灵与水中生灵的性命都将不保，张炜或许在此喻指唐老驼这样的人类狂魔对大自然的破坏。在小说《鱼的故事》中，张炜通过梦写出了动物对人类的警告，梦中有一条很俊的小鱼，打扮成小姑娘，与"我"一起玩，她希望"我"告诉海老大，不要再捕捉她的亲人了，海老大不听。小姑娘再次在梦中出现，说她在拉网人身上扎了红线，海老大还是不听，结果出海人员全部遇难。幻化为女孩的鱼，向人类发出了倾听大自然、遏止对大自然无休止的索取的警告之音。在张炜讲述的这些民间故事中，故事的结构发生了变化，动物守护着自然，而人类不再守护动物，人类以背信弃义、肆意破坏、疯狂掠取者的角色出现在我们面前。自然的完整性不复存在、生命的诗意与生机荡然无存，张炜以悲愤的笔调向我们讲述了人类肆意破坏自己生存的家园、生命的栖息地的故事，故事蕴含的生态内涵不言而喻。

需要指出的是，民间动物故事中蕴含的生态保护思想有别于生态文学中的生态中心主义立场，它是基于人类立场（包括道德、伦理、生命等立场）展开的动物想象，人格化是其创作的基本方法。当代生态文学反对人类中心主义，主张"生态整体主义""生态系统整体利益"，在生态系统整体利益面前，人类的利益远低于生态系统的整体利益，人类社会的一切实践活动都要进行反思，即在自然面前，人类要重估一切活动及其价值。而民间故事诞生于传统社会，传统社会最先重视的是人类的生存，人类的实践活动以及通过实践创造的思想文化都影响了民间故事的生成，儒家的"仁者爱人""民胞物与"，道家的天人合一，佛教的众生平等、戒杀生等思想，成为民间故事的文化底蕴。正如王光东指出的，民间动物故事中"人与动物的生态关系是由道德伦理和情感维系的"，中国人天然地把动物作为自己的同胞，与之共生共荣，这种思想已经内化于中国人的灵魂深处，"持久甚至永恒地影响着中国民众对自然万物的态度"。①

山东民间流传着众多神奇瑰丽的动物故事与传说，研究作家在文本中

---

① 王光东：《民间动物故事中的"生态意识"》，《书城》2022年第6期。

对这些故事的加工处理，对于传承民间文学、民间文化有重要的价值。在某种程度上，作家的文学创作是保留这些民间动物故事的有效方法，它把口头传播的民间故事固定到纸质文本中，增强了故事的文学性；对于口耳相传的民间故事来说，进入作家文本特别是经典文本，将有效地保留这些故事，并拓宽其传播途径；对于整个社会的价值观构建来说，民间故事进入作家文本，将参与对中华民族精神品格的塑造。民间动物故事进入作家文本既保留了千百年传承下来的模式结构，同时又适应时代变化做了某种增删。不过，改变的是其形式，不变的是中华民族历经时间淘洗依然熠熠闪光的传统美德与对生活的美好期望。

乡村史记与大地诗章

——张炜长篇小说《九月寓言》读札

洪　浩[*]

摘要：张炜的小说《九月寓言》书写了一个海边平原上贫穷、孤独、封闭、主要由外来移民组成的小村庄的来历和几代人的历史，多角度多层面地展现了小村的生活：老一辈人的苦难、逃亡与追寻，年轻一辈人的流浪、烦恼与哭泣。小说记录了小村的特色，以及农村生活的细节与多种多样的传统民俗，堪称乡村版的"史记"。同时它以剥离特定背景、模糊具体时间的寓言式写法，成为中国广大北方农村的缩影，成为一种向后看的写作，旨在唤醒与回忆。这不仅是一部关于人的书，还是一部关于大地的书，这是一首关于大地和乡愁的无韵长诗、一首关于乡土家园的欢歌，创造了一个属于作家自己的世界，传递出作家独特的哲学认识与美学观念。

关键词：乡土；大地；历史；诗意

一　小村的宝物和秋天的欢乐

《九月寓言》写的是一个小村的故事。

---

* 作者简介：洪浩，烟台市文学创作研究室专业作家，中国作家协会会员，中国文艺评论家协会会员，中国散文学会会员。在《读书》《天涯》《当代》《十月》《名作欣赏》《文艺报》《中华读书报》等报刊发表过作品。著有长篇小说《北风啊北风》《美狐婴宁》等，选评和导读当代作家文学读本十余种。

　　小村在海边平原上，相对于茫茫大地，一个小村的名字并不重要，所以作者没有给它起名。但小村人有一个共同的外号："鋌鲅"。这个带有嘲笑意味的外号，是当地人给起的，因为小村的建村人是来自南部山区的逃荒者，当初他们走到这里，望着富庶的海边平原，觉得终于找到了归宿，便用异乡口音说"停吧，停吧"，在当地人听来，这好像在叫海里的一种毒鱼的名字，于是当地人便称他们为"鋌鲅"。这些异乡人在当地人眼中都显得特异古怪，因此当地人排斥他们、蔑视他们、欺负他们。"鋌鲅"因此长期处于孤独境地中。也因为村里光棍多、女人少，所以"鋌鲅"有一个不成文的约定，那就是女孩只能嫁在本村，不能与外界通婚。

　　但就是这样可怜的小村，也拥有自己稀罕的宝物，"这是外村人梦寐以求的三种东西"：黑煎饼、红小兵的酒、俏姑娘赶鹦。

　　说到黑煎饼，首先要说地瓜。在这片海边平原上，有一望无际的地瓜田，地瓜是小村人最主要的粮食。小村人起初从遥远的南部山区长途跋涉而来，主要是奔向了地瓜。火红的地瓜好比土地里的炭火，填满了小村人的胃，支撑起了他们艰辛的生活。但地瓜很难储存，他们只好把刚从地里刨出来的地瓜切成片，晾晒起来。晾晒的过程中要一片一片地翻，翻上一遍又一遍，直到彻底变干才算保住了。其间如果遭雨，瓜干就会发霉变黑，但就是这样他们也舍不得扔掉，想尽办法吃下。他们对付发霉的瓜干的办法一般是碾成面熬糊糊喝，这种不得已的办法让他们无奈而伤感，视为老天的惩罚。但后来，一个流浪的痴女人传授了一种摊制煎饼的技术，给小村带来了一场轰轰烈烈的吃食上的革命。这个痴女人名叫庆余，她把地瓜面糊糊在加热的瓷缸瓦片上摊开，土法上马，制成了第一张黑面地瓜煎饼，从此小村人改变了吃法，再也不为霉瓜干的难吃而发愁。摊煎饼的专业器具是铁制的鏊子，为了买到鏊子，庆余的男人金祥独自一人背着一包煎饼上路了，他千里寻鏊的故事一言难尽，可谓历尽千辛万苦，拼得九死一生。黑煎饼成了小村人引以为豪的东西，摊制煎饼的技术他们也秘而不传。秋天在田里干活的时候，冬天在寒风里忆苦的时候，他们常常会从怀里掏出像报纸一样叠得整整齐齐的黑煎饼吃起来。小村的附近有煤矿，工区人的代表性吃物是黑面肉馅饼。工区人与小村人比赛摔跤时，小村人捧了一摞黑煎饼来，最终的结果是工区人败阵，就是说，黑煎饼打败了黑面肉馅饼。黑煎饼是大地能量的载体，小村人吃下黑煎饼，浑身就充满了力量。

红小兵的酒也是地瓜的派生物。"红小兵"是小村里一个老者的外号，此人是民间智慧的代表，擅长论辩，也善于创造。他因为小腿极其灵活，又有一双漂亮不老、始终妩媚动人的眼睛，村头就叫他"红小兵"。红小兵酿酒的原料同样来自土地。每年秋天，他都在收获后的地瓜田里抓挠出一些瓜蛋末尾的细须和瓜梗，将它们晒干碾碎，掺进糠里造酒，而酿造过程秘不示人。这是一种酸酒，味道和醋差不多，但流入肚中是烫人的，酒力发作起来，会让人莫名兴奋，眉开眼笑地唱起歌来。红小兵的酒是全村人向往的东西，他也常以此待客送礼。他的酒是欢乐的源泉。

赶鹦是红小兵的女儿，脸庞微黑，双腿长长的，有着"惊人的美丽和烤人的热力"，这与她常喝地瓜酒不无关系。赶鹦是小村年轻人的灵魂，她像一匹矫健的小红马驹一样，经常率领一大帮子人在夜晚的街巷和野地里乱窜，宣泄青春的激情和过剩的精力。

赶鹦第一个奔跑起来，长腿跳腾。一匹热汗腾腾的棕红色小马，皮毛像油亮的缎子，光溜溜的长脖儿小血管咚咚跳。……宝驹的鬃毛在月色里岔开了，微微泛红。

对于小村的年轻人来说，夜色中这样的奔跑和聚会，无异于一场狂欢。夜晚他们最爱去的地方是麦秸垛中的一个曲折的大洞，在一伙年轻人中间，端坐的赶鹦就好像一个女王。赶鹦嗓音尖甜，拿手好戏是说数来宝，高兴了就来一段，能够迅速调动起人们的欢乐情绪。

有人认为年轻人晚上瞎闹腾都是被赶鹦带坏了，说这话的是上了年纪的人，他们其实是羡慕。他们不能像年轻人一样在夜晚中奔跑，就只好靠拔火罐或者打老婆泻火，获得身心的宁静。但其实，除了心地阴暗和有几分变态的大脚肥肩外，几乎所有人都喜欢赶鹦：

赶鹦的美丽超凡脱俗，当地人也不得不折服。但他们又认为任何奇迹总是一个例外，赶鹦与小村人不能同日而语。老年人见了赶鹦挎着篮子走出来，就张大缺少牙齿的嘴巴喘一口："这个姑娘！"年轻人的眼睛只盯住她背上的辫子，很久才吐一声："哎呀！"他们议论着，最后都问一句：谁能得她？由于女儿的缘故，红小兵差不多成了一个德高望重的人物。他在街上快手快脚地走，很快就踏上小路走向村外。他是当时唯一一个能经常走到外村的人。

赶鹦的美丽还吸引了工区的人。好色成性的秃脑工程师经常领着儿子来小村，想方设法靠近赶鹦。赶鹦的父亲红小兵只好与之周旋，操持着不讲逻辑的话语投入舌战之中，逼得工程师尴尬窘迫，连连退却。这个拥有两件宝物的老人，凭借民间智慧与知识人斗智，竟然获得了许多快乐。

在年轻人心目中，赶鹦就是一匹宝驹，而在善于奔跑的"鲹鲅"人居住的小村，宝驹是一个图腾。

上述三件"宝物"，都是大地的恩赐。其实，那生长于土壤中的地瓜，才是真正的、居于核心地位的宝物。有人厮打摔跤，有人夜间奔跑，有人打老婆，都是地瓜的热力烧得。地瓜让人浑身灼热，"它那股长久不逝的劲儿让你喊叫，让你拼死打架。它才是庄稼人真正的吃物"。

红色的地瓜一堆堆掘出，摆在泥土上，谁都能看出它们像熊熊燃烧着的炭火。烧啊烧啊，它要把庄稼人里里外外都烧得通红。人们像要熔化成一条火烫的河流，冲撞涤荡到很远很久。牲口吃了红薯叶儿也浑身抖动，发热，四蹄夯土。

瓜干吃进肚里，燃起了蓝色的酒精火苗儿，又窜进脉管。庄稼人周身发烫，要把脉管切开，放出火苗儿。入夜之后，家家都在打老婆、叫骂，把小孩子揍得嗷嗷喊。有仇的人家趁这风头上相互扔黑石头，并在心中发誓要用杀羊刀捅人。

"瓜干烧胃哩！"小村人经常如是说。

小村的人早年多是饿死的，后来则是被地瓜撑死了。

在此，地瓜已升华为一种意象，变成了生生不息的大地能源的象征。书中一再提到的"九月"，正是地瓜成熟的季节，作者把几乎所有的故事都安排在这个季节上演，于是这一切构成了关于生命的寓言，它喧腾而热烈，饱含苦难又充满欢乐。

小村虽小，但宝物还有很多。比如屠宰手方起擅长制作的猪皮冻，比如那像棉花一样给小村人提供了温暖保障的白毛毛草，再如外村人赶着大车来请的两位忆苦高手——金祥和闪婆，或者是又白又胖，很是吸引工区小伙子的大闺女肥，等等。这说明，再贫穷的土壤和再低贱的人群里也有美好的生命，再艰辛的生活和再苦难的人生中也有取之不尽的欢乐。

这就是关于"九月"的"寓言"所最先呈现的。也正因为有这一切，作家笔下的秋天才有那么多不可思议的欢乐：

> 谁知道夜幕后边藏下了这么多欢乐？一伙儿男男女女夜夜跑上街头，窜到野地里。他们打架、在土末里滚动，钻到庄稼深处唱歌，汗湿的头发贴在脑门上。这样闹到午夜，有时干脆迎着鸡鸣回家。夜晚是年轻人自己的，黑影里滋生多少趣事！如果要惩罚谁，最严厉的莫过于拒绝他入伙——让他一个人抽泣……咚咚奔跑的脚步把滴水成冰的天气磨得滚烫，黑漆漆的夜色里掺了蜜糖。跑啊跑啊，庄稼娃儿舍得下金银财宝，舍不下这一个个长夜哩。

对于秋天的礼赞遍布作品各处。写到野地里的流浪者，作家的文字与他们一道兴奋起来。秋天里遍地都是吃物，流浪的人对秋天的感激也最为强烈：

> 多么好的秋天！地瓜叶儿一片一片向上仰，迎接日头和露水、大雨。哗哗的水声让人想起饱胀胀的地瓜汁水，想起花生果里的白浆。嗬呀，青草在小路上茂长，卸了套的牲口不歇气地飞奔。"吃啊吃啊，

点火烧豆棵呀！掰又绿又结实的玉米棒子往火里扔啊！"田边地角的人嚷着，像搂抱老婆一样使足了劲儿搂抱这个秋天。没有人去理在秋野上流窜的人，都知道他们是躺在地上打挺儿的快活人儿……野地人的福分全在秋天里了。黑斑老头明显地胖了。老婆婆们怀中的鸡一个接一个下蛋，有两个女人嚷着要生娃了。

这样大段的带有抒情色彩的叙述文字，再鲜明不过地标示了作品的内在质地和语言风格。这是一种主观性很强的写作，语流没有犹豫和滞涩。

收获的季节，人再也不会疲倦、委顿与颓废，而是心怀感激和温暖。正如作家在《融入野地》一文中所言：

……九月，一个五谷丰登的季节。这时候的田野上满是结果，由于丰收和富足，万千生灵都流露出压抑不住的欢喜，个个与人为善。

在创作《九月寓言》之前，张炜写过两个题目带有"秋天"的中篇小说，一个是《秋天的思索》，另一个是《秋天的愤怒》。这两部中篇小说都是现实意义非常强烈的作品，写的是作家对变革时代的农村诸多问题的思考，风格冷峻严肃。《九月寓言》也是写秋天的，风格及色调与前述作品完全不同，简直可以称为"秋天的欢乐"。这部作品中虽然也写到许多苦难，但总体上是诗意的和欢乐的，是具有浓郁的艺术气质的，可以称得上是一部以散文诗的笔调写成的大地之书。

这一巨大的变化说明的是作者艺术观念的飞跃。不难看出，这是深受《玉米人》等拉美小说的启发而创作的一部作品，它以居高临下和疏离的态度俯视小村的生活，将芸芸众生置于苍茫大地之上作统一观照，因此气度上有一种恢宏感与超脱感。但在叙述风格上，《九月寓言》热烈奔放，宛如一首圆润流畅而又充满咏叹的长诗，或者是一曲唱了三天三夜但仍然浑然一体的歌谣。在这里，作者挥洒诗性笔墨，充分显示了对大地万物的熟知，尽情咏叹了对大地的深情；在写到以"九月"为代表的秋天时，笔墨更是淋漓尽致。

二 逃亡与追寻：长辈们的故事

小村人都是从远方迁徙而来的，因此老一辈的每个人都是流浪者，每个人都有自己的苦难史。

第一个来此建村的，是刘干挣（书中唯一写明姓氏的人）的祖父。当年，这个男人挑着担子，拉扯着儿媳和一个大头娃娃（他的孙子）奔走在雪地里，白雪的反光快要刺瞎他的双眼，全靠前面的娃娃引路。他们听说北方开满千层菊的地方可以吃上玉米饼，便揣着这个希望奔走，吸引了许多跟随者。这些人走了两天两夜也没走到目的地，懊悔不已，但又回不去了。这条雪路他们走得无比艰辛，以至于那个大头娃娃（也就是刘干挣的哥哥）死在了雪路上。刘干挣三岁时死了母亲，是饿死的；十岁时又死了父亲，是吃地瓜噎死的。饿死和被地瓜噎死，就是小村创始人的苦难命运。死亡是如此容易、如此平常，刘干挣把死看得很淡，在他心中，只要家族的血脉没断就行，"要紧的是有个传香火的人"。所以，他对自己的儿子龙眼的期望也是非常简单的。

村头赖牙的祖先也是较早来到这里定居的。赖牙听父亲说，祖父是远处西南山地人，离这片平原五千八百四十多里。祖父挑着担子和祖母往这边赶，一头是破锅，另一头是娃（赖牙的父亲）。他们要饭过来，和一大帮破烂人赶到平原上，最终看到大海，无路可走了，就一迭声地喊："停吧！停吧！"当地人听见了，就以海里毒鱼的名字称呼他们，叫他们"鲹鲅"。

小村创始人的迁徙故事因为年代久远，比较简略，对他们所经历苦难的描写仅仅是点到为止。而以下几个故事，则讲述得细致动人。

（一）露筋和闪婆的故事

露筋是小村里天生的懒汉，一个招惹是非、对长辈不恭的人。要是生在外村，这样的人恐怕早就被族长除名了，他有幸生在这没有规矩的小村，才得以苟全性命。然而，就是这样一个浪荡子，却拥有全村最奇特、最完美的爱情。他钟情的是一个瞎眼的姑娘，他在野地里游荡时发现了她，便再也不能忘怀。这个瞎眼姑娘就是闪婆，是护秋的火枪手的女儿，整日被父亲养在山坡上的一个茅屋里，娇弱而可怜。她并不真的是个瞎子，只是眼睛怕光，不敢常用，必要的时刻她会睁一下眼，然后飞快地紧闭。但就是这一眼，她看清了她想要看清的东西，也让露筋看到了她的明眸。自从看见了闪婆，露筋的漫游不再是无边无际的了。他想方设法靠近她，赢得了她的信任，最终在护秋汉子的枪口下抢走了她。他抱着她，日夜不停地赶路，三天三夜才回到小村，但父亲拒不接收，说："我们家不要瞎子。"于是他们只好离开村庄，走向荒无一人的田野。他们又回到山坡上的茅屋，告诉护秋汉子是回来成亲的，得到的回答是土枪的轰响。两方面的拒绝，把二人逼得找不到归宿，于是茫茫野地便成了他们的寄身之地。

刚刚爱上闪婆的时候，露筋曾经想象过二人世界的景象："一起喝酒、周游平原和山地，采集了无数的果子和鲜花，偷了一万户人家的烙饼。"现在，这想象变成了现实：

> 他们的乐趣只有自己才知道。他们手扯着手游荡，一会儿出现在东，一会儿出现在西。有时盲女扮成卖唱的，进大户人家逗趣儿，趁机摸走一点儿东西。有时露筋夜行四十里逮一只肥鸡，天亮以前烧得喷喷香。吃不愁，穿不愁，方圆几十里一对自由自在的福人儿。

后来，双方的父亲都死去了，他们才回到小村，住进了灰色小泥屋，静静地过起了日子。人们给盲女起名"闪婆"，闪婆后来成了小村里的忆苦高手。闪婆生下儿子欢业不久，露筋的身体越来越糟，但野地里那段浪漫时光让他无比怀念：

> 露筋躺在炕上，回想着田野里奔腾流畅的夫妻生活，觉得那是他一生里最幸福的时光。有谁将一辈子最甜蜜的日月交给无边无际的田野？那时早晨在铺着白沙的沟壑里醒来，说不定夜晚在黑苍苍的柳树林子过。日月星辰见过他们幸福交欢，树木生灵目睹他们亲亲热热。

泥土的腥气给了两个肉体勃勃生机，他们在山坡上搂抱滚动，一直滚到河岸，又落进堤下茅草里。雷声隆隆，他们并不躲闪，在瓢泼大雨中东跑西颠，哈哈大笑。奇怪的是那会儿并没落下什么病，离开田野住进小屋了，老天爷才让他的腰弓了腿硬了，真是老账新账一块儿算了。不过他不后悔，他常常说这些小村的人白过了一辈子啊！

野地里的爱情单纯强烈又充满后劲，爱人死了，爱情在心中依然存在，并且完好无损。闪婆对爱情无比忠贞，她曾向露筋发誓："欢业他爹，你放心吧，俺要为你守住瓜（寡）儿。"她说到做到，"守瓜"的武器不再是当年的火枪，而是锐利的铁锥。露筋活着，两个人"是这个小村里从未有过的一对恩爱夫妻"；露筋走了，"小村里再也找不出像闪婆这样镇定自若的寡妇了"。"人们觉得她一生狂欢，如今对村里懒洋洋的男人早已厌恶。"

（二）光棍金祥的故事

金祥的故事多是他忆苦时讲述出来的。他出身贫苦，几代人的苦水怎么吐也吐不尽。金祥的讲述有很多感性的东西，常常夸大其词，苦难在他的口中变成了一种炫耀，但毕竟有许多事实做依托，让人不觉得很离谱。

金祥说奶奶生了十六个孩子，也就自己的爸活下来了，其余的都因病饿而死。为求活路，全家人往平原上奔，爷爷奶奶死在路上，父母则一边赶路一边给人做活，挣下吃的养活金祥，但后来他们还是死在路上。金祥挑起父母留下的破担子继续赶路，但并未如愿抵达目的地。迁徙之路漫长而艰苦，"一家三代居然没有赶到平原"。多亏秋天的到来，金祥才没有饿死在路上。但他因为偷吃庄稼，被人捆到一个高门大院里。老爷一扬手把他打发了，管事的将他的脚后跟砸洞穿了铁环子，系到场院上看场。他见有好多吃物，就说看一辈子场也知足了，所以后来老爷就把他放开了。但他偷偷告诉另一个看场的老人，说自己还是想到平原上去。那老人则告诉他，野地里有暗枪瞄着，谁也逃不脱。老人也是一肚子苦水的人，老婆被老爷夺去了，自己孤苦一辈子，无儿无女。老人死后，金祥孤单得睡不着，夜里想起父母临死前的叮嘱，于是又起了奔平原的心。一个大风天，他点燃了老爷场院里的粮食垛，趁乱逃了。

金祥终于来到了平原上，成了小村众多光棍汉中的一个。没有老婆，他可能干下了与牲畜交配的勾当，所以，"金祥的故事是野地里、牲口棚里的，都是女人听不得的故事"，而他本人则被称为"鲹鲅中的鲹鲅""没有廉耻没有尊严的两条腿牲口"，"他与众不同之处是比同类狂躁数倍，一度不可收拾。曾经有长辈联合商议把他按时吊打，说这样能'去火'。结果金祥空留下遍体鳞伤，脾性未改……"但金祥有自己的拿手好戏，那便是"忆苦"。"他在寒冷冬夜里，给了村里人那么多希望，差不多等于是一个最好的歌者。他在有女人之前，讲述往事富于激情，关键时刻能够放声大喊。"

他平时少言寡语，忆苦时才有说不完的话。其实他这般年纪在旧社会待不久，也不知瘪肚里怎么积下了那么多苦难，每到了农闲时节，村里人没事了，就饶有兴味地听他忆苦。人们因为有个金祥，度过了多少有盐有醋、火火爆爆、慢声细语的冬天哪！渐渐方圆几十里都知道有个擅长忆苦的老光棍了。傲慢的当地人万事不求人，只有忆苦要从这儿借人，请走宝贝一样的金祥。

忆苦本来是一项严肃的政治活动，但在民间，经由金祥这样讲故事的好手的讲述，却变成了充满乐趣的精神食粮。他总能以神奇、怪诞、惊险的故事征服听者，让大家在百无聊赖的冬夜获得精神上的满足。

直到五十岁的时候，金祥才意外得到一个女人：这是流浪到小村的痴女人庆余。庆余也是一个苦命人，她家离平原有多远，谁也不知道。庆余精神不太正常，流浪生涯中受尽男人的欺负，肚子里的孩子是谁的也搞不明白。但金祥珍惜庆余，把她当宝贝一样看待。庆余对小村的重大贡献，是传授了村里人摊煎饼的技术。而金祥的贡献，则是翻山越岭寻找庆余所说的摊煎饼的鏊子，往返路上历尽千辛万苦，还曾遭遇诡异可怕的"黑煞"，差点丢了性命。寻找鏊子的路线实际上就是重走了庆余流浪来此地的路线。金祥的这一壮举，是书中的华彩乐章之一，不啻一部个人的史诗，光棍汉金祥的生命从此显得辉煌壮丽。临死的时候，金祥还在梦幻中不停地赶路：

> 金祥在梦幻中赶路呢，他在飞快地挪动双脚呢！他走的是买鳖子的那条坎坷之路，跌倒了又爬起。他是小村派出的一条汉子，是一个干瘪有力的新僧人，一个有独特耐力的人。他这一辈子走了多少路，村里人迟早都会忘记，唯有这一次子子孙孙都会铭记在心。

苦命的金祥在大限将至之时回顾一生，居然有"几乎无一不好"的感叹（《九月寓言》第二章第九节）。这个一生忆苦的"幸福的提醒者"，果真体验到了幸福，对命运充满感激。

（三）独眼义士的故事

他原来有个女人，跟他过了三年日子，是老相好了。可是当他什么都准备好要去娶她的时候，却扑了个空，谁也不知道她到哪里去了。他便变卖了家当，外出寻找，逢山爬山，逢河过河，睡不起店就钻野地，落下一身病。一年又一年过去，方圆几百里都知道有这么一个找女人的男人，人们叫他"老鳖"。有一次，有人把他领到山坡上的一个石屋里住下，要他给村里辈分最大的老婆婆当丈夫或者儿子，他看看老婆婆，选择了当儿子。他想逃跑，但到处都有人看守，跑不脱就会被人打死。后来，他还是冒死跑了，虽然腿上受了枪伤，但毕竟逃出来了。他在平原和山区中间的丘陵地带转了三年，跌断了三根肋骨，有几回差点儿就死了，后来还是被老婆婆家族的人抓住，差点把他阉了。这以后，他咬断绳子再次逃脱。一晃又过去了几年，但他初衷不改。

> 他晃晃荡荡往前走，早已不把寻人的事儿当成眼前的事儿了，而是自觉不自觉地变成了一辈子的事，变成了他这一生的目的。有时他甚至想：真亏了有个负心的嫚儿，要不我这一辈子找什么？要知道人

这一辈子总要找个什么啊！

然而伴随这种寻找的并非浪漫，而是接踵而至的苦难。有一次，他在地边看见一个女人酷似负心嫚儿，穷追不舍，结果被村里人拦住狠揍了一顿；晚上他又趴在人家窗户上看，被里面的人一针扎在眼上。坏了一只眼的他后来跟上了一伙儿乞丐，"一伙儿人像一股肮脏的水流漫流在旷野中，没有确定的路线和目的"。但在丐帮中，他跟一个老者学会了扎干针的手艺。一个秋天，他随丐帮来到小村，凭着扎针的功夫，他直接住到了村头赖牙的家里。临死时，他当着赖牙和大脚肥肩的面，讲了自己的身世，听得大脚肥肩泪流满面。原来，大脚肥肩就是他苦苦寻找了三十年的负心女人。

与逃离贫困和饥饿、寻找生存之地不同，这一次我们看到了另一种倔强的奔走。比起小村先人的寻找落脚处、金祥的千里寻鳖，独眼义士无边的寻找更多体现出一种精神性，代表了一种不可泯灭的理想；以至于到后来，几乎演变为一种形而上意义的追寻。这种大地上的漫游，再次谱写了一个人的悲壮史诗。

露筋和闪婆的故事、金祥的故事、独眼义士的故事，都是茫茫大地上人类激情奔走的故事，是怀着渴望执着地寻找和追求的故事，是感恩大地和秋天的故事。这是老辈人留下的故事，饱含苦难与艰辛，也体现出倔强的生存信念和强大的精神能量。作家以人物列传的方式记下它们，为老辈人的苦难留下了宝贵的记录，对后来者必将有所启迪。值得注意的是，无论是露筋、金祥还是独眼义士，作家都以极富情感的笔墨抒写了他们临死前的心灵独白。回首一生，他们都有一种了无遗憾的完成感。他们的离去是对大地的皈依，有秋叶之静美。

随着岁月的逝去，这些故事已经退居历史深处，化为雕像一般坚硬的存在，不可轻易触摸；它们已近乎寓言，变得乖张、荒诞乃至不可思议。但这一切，都是历史，是不应该轻易被忘记的历史。

上述这些人物，都是具有整体性的典型人物，每个人物都是作品的有机成分，能让人感受到丰富的历史内涵和文化品格。这些人物与传统小说中这一类型的人物有很大不同，他们不是凸显于文本之上，具有复杂性的那种典型人物，而是呈弥散状态化入叙述流中，为一种大的思想走向而服务，参与了某种合奏的音符式人物；退远一点看，就会发现他们身上具备一种本质的真实。他们最终归属于大地，而大地才是作品真正的主人公。在此，作家竭力表现的是一种民间的精神和力量、民间的激情和魅力。而对民间立场与乡野精神的强调，则是对所谓现代文明和渐呈颓败的城市生活的质疑和排拒。

三　奔跑与哭泣：年轻人的故事

比起老一辈人，小村里年轻的一代要幸福多了。他们有东西可吃，不为肚子发愁。他们也奔跑，但不再是被饥饿催逼下的逃亡与寻找，而是夜幕下欢乐的嬉闹，是青春激情的宣泄。随着年龄渐长，他们这代人也有了自己的苦闷和痛苦，但这是上升了一个层次的苦闷和痛苦，主要关乎爱情，不甘心做"鲹鲅"。肥、龙眼、三兰子、喜年、金敏、争年、年九、憨人……年轻的一代无论男女，个个有自己的心事、自己的烦恼、自己的痛苦，甚至连最美丽的赶鹦也有自己的愁烦。这里只对几个相对重要的年轻人的故事作一番梳理。

（一）龙眼的故事

龙眼是刘干挣的儿子，一出生就满头白发，是小村里有名的"少白头"。他是泡在一辈一辈分泌的愁汁里的人，在娘胎里就知道愁，愁汁把他的头发泡白了。他的母亲为他的白发发愁，但父亲不在乎，还叫他"小老头"。父亲当过兵，又是小村创建者的后人，所以他瞧不起村头赖牙，一心想联合屠宰手方起起事。这个有馋病的人馋酒，也馋方起制作的猪皮冻。有一次，母亲把父亲交给她买酒的钱给龙眼买了抹头的药水，结果挨了父亲一顿狠揍。母亲五十岁得了病，瘦得只剩下一把骨头。丈夫不疼她，儿子又令人愁，她活够了，喝了一瓶农药等死，但意外的是药水治好了她的病，这让龙眼兴高采烈："妈妈活了，我无比欢欣！"

龙眼既是家族苦难的传承人，也是现实苦难的观察者和孤独的感悟者。村子里的许多秘密他都是第一个发现并铭记于心的，比如庆余被金友强暴，只有他看见了；再如憨人的父亲弯口总在大雨天的水沟里逮泥鳅，也只有他知道。他喜欢独处，小村的年轻人在赶鹦的带领下在海滩上奔跑嬉闹的时候，唯有他躺在白毛毛草中发愁，白发与毛毛草融为一体。他满头的白发是不幸的根源，没有哪个姑娘愿意跟他。光屁股时肥和龙眼是一对儿，但肥长成一个白白胖胖的大姑娘后，再也觉不出他有什么好。尽管龙眼始终以固执的眼睛盯牢了她，但她就是不想嫁给他。小村有女孩不外嫁的传统，但时势变了，肥也经不起工程师的儿子挺芳的执着追求。比起烧胃的地瓜，她更向往工区人的黑面肉馅饼。龙眼见儿时伙伴要离他而去，特别不甘心。肥也心疼他，觉得他是自己的哥哥。但这种感情无法持久，龙眼没有得到肥的心，肥跟挺芳私奔了。

刘干挣起事不成反遭毒打，方起畏罪自杀，这样的窝囊事也给龙眼增添了愁烦。龙眼后来到工区当了一名挖煤工人。煤矿无休止地扩展延伸，在地下挖出了看不到尽头的大街小巷，当小村下面就要被掏空的时候，因爱情失意而绝望的龙眼也多少有点不正常了。这个固执的少白头，好像已处于疯狂的边缘，意识有些错乱了。"漆黑漆黑。地下巷子，人的脸，手，还有心。"他独自一人在巷道中乱走，最后误入炮区，又恰巧遇到冒顶，于是被下陷的村庄埋葬了。

（二）欢业的故事

欢业是露筋与闪婆的儿子。当年，两个流浪的人儿像野兽一样在野地里奔走，居无定所，那种经历赋予了他们以顽强和坚韧，而彼此相爱又让他们获得了巨大的内力，所以即使缺乏亲人的支持，他们仍然活得很好。欢业将父母的心劲儿悉数继承下来，最终成了一个拥有顽强记忆的隐忍的复仇者。欢业小的时候，曾经目睹小村里的邪人金友欺负母亲的一幕。"我让金友死"，儿时的念想扎根于心，从来不曾忘记。

闪婆去世的时候，欢业已经长成一个高高细细、满头金发的小伙子。一个深秋之夜，金友痛打老婆小豆，这一幕被欢业看见了，内心的复仇之火立刻被点燃。他上前解救小豆，把金友狠揍了几下，金友举刀刺他，他夺下刀，反手杀掉了金友。"金友的脖子青筋累累，像交错的地瓜根须，欢业几乎没怎么犹豫就把这些根须割断了。"

杀人后的欢业跑回自己的小土屋，一眼看到土炕上的包裹，那是不久之前包好的，看来他早已做好了复仇和奔逃的准备。欢业开始了奔逃，他一心要穿越平原，顺着小村人迁徙的相反方向而去。"奇怪的是这脚一踏上野地就分外来劲儿，精神头儿也足了。原来爹妈都是野地人啊，他们在野地里过了半辈子，他们的孩儿也该是个野地人哩！"后来，他加入了流浪人的团伙，成了乞丐中的一员。他在流浪人中娶了棘儿，像父母一样在野地里成亲了。有命案在身，小村是永远不能回去的，他也曾发誓不回去。但几年以后，他遏制不住地想念小村，夜夜不能安睡，死也要回小村看看，他知道自己的思乡病只有让小村的烟火熏一熏才会好。他究竟回没回去呢？书中没有写。也许他终于回去时，小村已经不存在了。

（三）三兰子的故事

三兰子是个长得不难看而且没有规矩的姑娘，很小的时候，她就和一个看护杂树林子的小男人有过一点瓜葛，后来林子变成了工区，她常挎着篮子到工区去，捡回一些螺帽、铝丝之类的东西。工区里尽是单身汉，女人极少，三兰子很快引起了男人的注意。一个被她称为"语言学家"的男人主动与她说话，三兰子很快忘乎所以，表演"拿大顶"给他看，他马上明白了她是怎样的一个人。接下来，没用几个回合，他很容易就得手了。事后，他送了一双长筒胶靴给她，又往她腰上扎了一条黑帆布皮带。

小村里年轻的姑娘内心都向往工区，赶鹦被秃脑工程师勾引，三兰子也不甘下风，她与"语言学家"好，实际上是怀了竞争之心的。赶鹦有父亲红小兵的保护并未吃亏，三兰子的父母就没有那么精明了，直到女儿怀孕了，才发现大事不好。"语言学家"是有妻儿的人，他能做的只是"倾其所有"，赔了一些东西给三兰子，那不过是两双胶靴、一摞黑面肉馅饼、几件花花绿绿的衣服。不久"语言学家"就逃离了此地，遭罪的是三兰子。村里的一个老婆婆用祖传土法让她流产，疼得她死去活来。因为行为不端遭此劫难，她只好自吞苦果。

三兰子的父母做主让她嫁给了赖牙的儿子争年。大脚肥肩是个虐媳的好手，她对三兰子的折磨近乎变态。三兰子因为用土法流过产，一直没能怀孕，争年不疼怜她，还常常打她。三兰子苦不堪言，觉得既不幸福又无前途。一个雨天，大脚肥肩又借故折磨她，她奋起反抗，然后在疯狂中赤身裸体地跑了出去。当她终于回家时，又挨了争年的揍和婆婆的虐待。半夜里，三兰子吃了大脚肥肩杀鼹鼠的毒药，含恨而死。

比起长辈们的故事，年轻一代人的故事要平庸许多，这主要是因为他们已经摆脱了长辈们野人一般的生活，奔跑的激情在逐渐衰减，取而代之的是迷茫和莫名的愁烦。工区的人给他们带来了灾难，也揭开了小村蒙昧的面纱，让他们认识到外面世界的精彩。传统的生活方式受到挑战，年轻人不再甘于当"艇鲅"，而是开始向往现代文明，愿意走进外面的世界。他们是处于新旧交替时代的一代人，是必然要承受变革阵痛的一代人，他们的痛苦是内在的、难以言说的，因为这痛苦也许是阵痛，迈出这一步，可能就意味着会面临许多陌生的色彩斑斓的东西，而这些也许是文明与进步的体现。但无论如何，当传统的一切被轰毁，"艇鲅"小村的童话世界最终陷落并被荒草掩埋，他们这些在月光下有过奔跑经历的人，都会长时间地陷入追忆和迷茫中。就像作品开头，几年后回来探寻小村旧址的肥，在夕照和荒草间发出痛切的呻吟：

没爹没娘的孩儿啊，我往哪里走？

这是失去了家园的游子共同的悲伤和询问。在这一意义上，肥这个人物的设置是至关重要和不可或缺的，她代表了整整一代人。

四　乡村备忘录与民间百科

进入《九月寓言》的路径，就在开篇的一段话中。这里是叙述的起点，小村陷落后十几年，一天傍晚，肥和丈夫挺芳重返小村遗址，面对晚霞中那片仿佛要燃烧一般的荒草和小村遗留的大碾盘，开始了回忆：

> 我那不为人知的故事啊，那浸透了汗液的衬衫啊，我那个夜夜降临的梦啊，都被九月的晚风吹跑了。在这冰凉的秋夜里，万千野物一齐歌唱，连茅草也发出了和声。大碾盘在阵阵歌声中开始了悠悠转动，宛若一张黑色唱片。她是磁针，探寻着密纹间的坎坷。她听到了一部完整的乡村音乐：劳作、喘息、责骂、嬉笑和哭泣，最后是雷鸣电闪、地底的轰响、房屋倒塌、人群奔跑……所有的声息被如数拾起，再也不会遗落田野。

大碾盘在鼹鼠的推动下旋转起来，越转越快，变成一张黑色唱片。而肥，成为其上的磁针。这一刻，小村曾经的生活变成了寓言一般的存在。

《九月寓言》共分七章，每章相当于一个单元，每个单元在一个共同的主题下讲述了小村里的若干故事。

第一章"夜色茫茫"，写的是小村里的年轻人在赶鹦的率领下于夜色中奔跑，以及秃脑工程师父子对小村姑娘的渴慕与追逐。

第二章"黑煎饼"，主要围绕人类生存的基本需求，写了小村老一辈人的故事，核心故事有两个：一是露筋与闪婆野地里的爱情；二是庆余和金祥为解决吃物问题所做的努力。

第三章"少白头"，写的是小村年轻一代人的故事，主要是龙眼一家的烦恼和肥的苦闷。

第四章"忆苦"，通过小村人的重要娱乐节目"忆苦"，进一步讲述了小村老一辈人的故事。这一章只有长长的一节，主要是金祥追忆自己的苦难身世。

第五章"心智"，主题是小村人（"蜓鲅"）与工区人（"工人拣鸡儿"）之间各有胜负的碰撞与较量，以及小村人内部的碰撞与较量。前者包括两个故事：一是三兰子与"语言学家"物质与肉体的交换；二是赶鹦的父亲红小兵与好色的秃脑工程师之间的斗智。后者写的是刘干挣联合屠宰手方起起事，遭到村头赖牙的报复，二人惨遭毒打折磨，方起有愧于泄密，用阉割的方式自尽。

第六章"首领之家"，写村头赖牙家的故事，具体包括如下两个：一是独眼义士寻找负心嫚儿（大脚肥肩）的苦难经历；二是大脚肥肩虐媳和三兰子服毒自杀的故事。

第七章"恋村"，写煤矿开采导致小村毁灭，以及老一辈逝者和年轻的逃亡者对小村的留恋，包括多个故事：欢业杀死小村的邪人金友，加入流浪人的行列；失恋的龙眼在小村地下挖煤不止，并最终死于冒顶事故；肥最终作出抉择与挺芳私奔，离开了小村。

七个单元之间联系不是特别紧密，虽不是各自独立，但随便抽出其中一章来看，都是成立的。通读之后，会知道整部作品是关于一个小村历史与现实的记述，简言之，是一部"'鲹鲅'传"。

以这样的结构写下的一部书，能叫作长篇小说吗？还有，你会发现在这部书中，没有哪一个人可以被视为传统意义上的主人公；故事是呈并列关系铺陈的，所有人物也都呈并列关系而存在。

是的，这不是传统意义上的长篇小说。当我们带着审视的目光看待这部书时，就会发现它是非常另类的；就像鲁迅评价萧红的《呼兰河传》时所说的，有相当多"越轨的笔致"。如果说它是长篇小说，那么它就是一部具有先锋意义的小说。不过，最好还是不要拘泥于体裁去议论它。它是文学，这就够了。

它也是有主人公的：以时间论，是九月，是秋天；以空间论，是小村，是大地。

在纠结于它的文体的时候，你会发现它有巨大的包容性。

首先，它是"鲹鲅"小村的村史与传记的结合体。它叙写了小村的来历和几代人的历史，多角度多层面地展现了小村人的生活，因此堪称"小村的《史记》"。作品写的是一个独特的村庄，也许主要是想给故事增添一抹奇异色彩，但我们通过自己的经验知道，尽管"鲹鲅"早先的故事不乏传奇，但在落定之后，他们其实并无特异之处。小村是中国北方许许多多农村的缩影，它的存在状态是无数个村庄曾经有的状态，许多故事也是每个村庄曾经发生的故事，因此，作品所指涉的一切仍然具有普遍意义。

其次，它是一部陈年旧事的备忘录。它记述的是中国农村人无穷无尽的苦难和卑微琐屑的欢乐。作家采用了"寓言"的写法，在现实故事中一次次插入无明确时间的叙述，将故事抽离特定背景，并拉扯得远远的。这样一来，故事便成了游离于历史轨迹的故事，而在无拘无束的自由天地里，更能展示其本身的魅力。这里既有浪漫的爱情与流浪，也有残暴与血腥，但因其"寓言"的品质，都显现出特异的魅力：天地因之开阔，意境因之旷远，人与万物都呈现出生生不息的活力。

虽然故意模糊了时间概念，但从"红小兵""民兵""忆苦"这些符号，以及小村男女一起干农活的事实，可以确定书中所写时段大致在20世纪50年代到70年代之间。作家故意回避了思想观念叙写，强调的是民间的概念。

描写了形形色色的人。其中的特定角色包括赤脚医生、饲养员、屠宰手、乡村货郎、变戏法的、流浪汉等。

描写或提及了具有民俗特色的活动。如忆苦、说数来宝、拔火罐、扎干针、捉虱子、摔跤、抬夯、"拿大顶"、喝蛇汤等。

详略不一地提到了各种各样的男女性爱。

记录了多起非正常死亡。如屠宰手方起的阉割自尽、欢业为母亲复仇杀死金友、龙眼在煤矿冒顶中死亡、三兰子服毒自杀等。

还记录了若干令人惊奇的趣闻逸事。如金祥遇上"黑煞"、男人金友的乳房能射出乳汁、龙眼妈喝毒药治好了胃病……

可以说，整部作品展开了20世纪中期中国农村的生活画长卷。

最后，它还是一部乡村生活的百科全书。在此，不妨列举书中涉及的物事。

植物：庄稼不仅写了地瓜，还有玉米、小麦、花生、高粱、大豆等；野生植物除了各种树木外，还有酸枣棵、千层菊花、白毛毛草、刺蓬菜、打破碗花、紫灰菜、苍耳、蒿草、茅草、葛藤、沼泽蕨、两栖蓼、芦苇、蒲草、紫穗槐、鬼针草等。

动物：家畜有猪、牛、马、驴、羊、狗、猫、鸡等；野物有刺猬、狐狸、野獾、山狸子、野兔、鼹鼠、喜鹊、鹌鹑、蛇、青蛙、蚯蚓等；昆虫有蝈蝈、蚂蚁、萤火虫和各种甲虫等。

农事：翻地瓜蔓、割地瓜蔓、刨地瓜、切地瓜干、翻晒地瓜干、刨地、打酸枣儿、捋榆树叶、割猪草、阉猪、喂牲口、捉泥鳅……

家庭生活：轧碾、纳鞋底、烙煎饼、做槐花饼、酿制酸酒、熬猪皮冻……

这是一种向后看的写作，旨在唤醒和挽留记忆。因此，它不仅是一部关于人的故事的书，还是一部关于大地的书。对乡间种种物事的念及，流露的是浓浓的情感。可以说，情感在回忆中流动，乃是这部书创作的缘起。因为情感的存在，作家才用心良苦地将许多原本零散的故事连缀缝合在一起，写成了这样一部书。

五　乡愁与挽歌

《九月寓言》还是一首无韵的长诗。整部作品是用亮闪闪的诗一般的语言写成的，字里行间流动着纯文学的美感和气韵。施了魔法般的文字，夸张、幽默、浪漫。像《百年孤独》等拉美小说一样，《九月寓言》的故事如此神奇又如此真实。作家以惊人的想象力、令人钦佩的耐心和技巧缝合连缀的这些故事，是20世纪中期中国农村民间生存状态极为形象、优美、精练的概括。这部书饱满而丰盈，流畅而生动，高度浓缩又异常简洁。

而这，正是诗的特质所决定的。

从题材上论，它是农事诗；从风格上论，它是史诗；从文本上论，它是散文诗。

书中关于自然的描写尤其精彩，读来引人入胜。比如在憨人妈和龙眼妈月夜割猪草的一节中，就有这样的描写：

> 月光像无花果流出的水。千层菊的气味弥漫在草地上。……一只青蛙射过，冰凉的水甩到了她们身上。蝈蝈叫了两三声，戛然而止。蚯蚓藏在湿泥里唱歌，萤火虫攀着长长的软梯从月亮上下来，在她们

花白的头发上弹跳跃动，借着湿气把花粉抹上去。看不见的死亡之丝从两颗头颅上长出来，与浅浅的月夜连接。憨人妈和龙眼妈若无其事地挨坐着。大鸟孤单地蹲在一边，红脚扎在湿漉漉的草里，它呼吸粗重，像憨人一样害了哮喘病。

萤火虫偷偷把两个女人的头发扑满了花粉，想爬回月亮上去。一只鼹鼠在镰刀上蹿了一下，嗦嗦嗦往一旁跑走了。"老姊妹的篮子满了吧？"憨人妈一声问，龙眼妈的镰刀差点割了手。她们唉声叹气沿着水渠往回走。蚯蚓的歌声响成一片，唱得她们好心酸。

在这样的描写中，我们能充分感受到人与天空大地、自然万物相融合、相呼应的和谐与美妙。类似的描写俯拾即是，不胜枚举。

细读此书你会发现，作家特别喜欢写夜晚，书中有许多关于月夜的动人描写，因为在作家心目中，夜晚是阴性的，而阴性滋养大地与万物。

……月亮越来越大了，街巷上的鸡毛、小草秆，一切都看得清清楚楚。只有一个人尽情地享受了这月光，那就是弯口。他挑着一个紫穗槐筐子出来捡粪，微笑着，弓着腰，毫不费力地辨认着地上的一切。地上的蚂蚁、小甲虫，都从他脚旁匆匆走过。

……他们一齐迈步转过大街小巷，又转出了村子。辽阔的原野立刻呈现在眼前，无垠的地瓜叶儿一齐放射光华。

……弯口昂着头，手指着上面说："天上星，亮晶晶，数也数不清……"寒露落下来，杨树叶儿哗哗响。有一个萤火虫儿飞了来，在龙眼的白发上停了一瞬，又升上去了。

这是描写龙眼与弯口老人在月夜里相遇的一节的文字，其中包含作品的玄机。弯口"特别瘦弱无力也就近似于一个残疾人"，在小村不为人所看重，但他是读者不该忽略的一个人物，因为他有一种最能代表大多数农民的勤劳和坚韧。

他破烂不堪的身体中潜藏着无法估量的韧劲，腰弓了，看人必得费力仰颈，但仍不停劳作。

他沉着而又和蔼，对穷困笑脸相迎。

这个月夜，弯口老人充当了龙眼的启蒙老师。以下一段特别值得回味：

……他们亲密无间地依偎，一会儿分一会儿拢，摇晃着走向田野深处。高秆作物里有什么咕咕叫唤，还有吭吭的喷气声，呼呼的喘息声，有咳嗽，有低笑……"有人藏着吗弯口老叔？""没有没有——是野物哩！""这么多野物吗？"弯口将叉柄抵在颏下站了，端量远处茫茫的土地说："你当只有你、只有小村子的人活着吗？这地上的活物多了，它们趁着月亮天，趁着大好时光在忙事情哩！""忙些什么？""和小村里人一样，忙着找吃食、养小孩、打架，还忙着造酒、成亲哩！……"

"你当只有你、只有小村子的人活着吗？"弯口的这句话，问得平实而深刻。实际上他是在含蓄地点拨龙眼，让他心里装得下更多东西，明白世界的广阔。也是在此，作家不同流俗的精神指向得以彰显——这是一种"齐物"思想，决定了其所关怀的不仅是人，还有其他"地上的活物"。这本书的独特价值也许主要在这里，它使作品在当代文学中具有了卓尔不群的特质。悟不到这一点，大概不能算是真正理解了《九月寓言》。

书的最后一章极富意味，写的是出走或将死的那些人对小村的留恋。这留恋真的是饱含深情。这是栖居于大地上的人在失去了物质与精神双重家园后的无限怅惘和悲哀。小说结尾，肥违背小村祖训，与挺芳私奔，在他们乘车离开家乡时，肥怔怔地望着窗外：

无边的绿蔓呼呼燃烧起来。大地成了一片火海。
一匹健壮的宝驹甩动鬃毛，声声嘶鸣，炮起长腿在火海里奔驰。它的毛色与大火的颜色一样，与早晨的太阳也一样。"天哩，一个……精灵！"

肥所看到的，是她和赶鹦他们一起度过的欢乐岁月，如今已在涅槃中变成了寓言。欢业有没有回小村看一看，作品没有交代，但我们相信他在某个夜晚，是和棘儿一起回去探视过的。读者明确看到的是十多年后，肥站在小村废墟上，在苍茫暮色中做着无限伤感的追忆和缅怀。这时候，那些秋天里的欢乐嬉闹、月光下的激情奔跑，不免染上了悲凉的色调。而作品也由此获得了巨大的张力。

最终，你会意识到：这是一部乡愁之书。那大碾盘的唱片播放的，是一曲关于乡土家园的挽歌。

有人说，小村的历史可以用"奔跑"和"停吧"两种状态来涵盖，奔跑带来生机、带来欢乐，而一旦停下，保守和愚昧便不断滋生，相互残害也不可避免，于是生发出了许多人性与兽性搏杀、善良与邪恶冲突的故事。小村最终在工业开发中毁灭，意味着"鲅鲅"时代的结束，小村人将在迁徙的奔跑中获得重生。小村的历史本身就是一个寓言，云云。这似乎有道理，但也许，什么是"寓言"并不重要，我们的思维完全不必为书名所约束和限制。一些读者表示看不懂此书，一些评论家对书的主题做牵强理解，都是因为迷惑于该书表达了怎样一个主题，特别是写了怎样的一个"寓言"。但如果把该书视为乡村生活备忘录，就没有什么不明白和不好理解的了。正如作家自己所言：这本书写的是"人的生活"。在这一极其宽泛的大主题的写作上，《九月寓言》可以说是当代小说开先河之作。作品发表四年后，南方作家韩少功有了一本叫作《马桥词典》的长篇小说，也是用零散故事连缀编织而成的，不过他走得更远，更大胆，更无所顾忌，完全不在乎文体归属，是不是小说无所谓。这两本书可能有一种呼应关系，即一种南北大地上的呼应。

是的，曾经有这么一群人，在某个历史时期，如此这般地生活过。写下那些故事，是因为难以忘怀。

六　一个自己的世界

《九月寓言》创造了一个属于作家自己的世界。作家把这个世界的许多人物活生生地描画出来给我们看，把月夜星空、山川河流、禾稼草木、飞禽走兽统统描画给我们看，充满自信，游刃有余。

而且，重要的是，作家所用的语言是独特的，它是诗意的，它流畅自如，毫无滞涩，浑然天成。有人说，"长篇小说要等作家建好一个世界，才会有结构和语言；而这个世界的形成需要漫长的时间，直到作家能画出它的详细草图，才算建好"（艾柯：《一个青年小说家的自白》，广西师范大学出版社 2014 年版）。对于作家张炜来说，小说中的世界早已了然于胸。那些纷繁芜杂的素材转化为个人风格的叙事经过了长久的沉淀和发酵，因而，他讲述的故事已不是那种通俗意义上的真实，而是作家心灵的真实。

小说的开头和结尾给人以挽歌的感觉，但整体上的节奏和感觉是欢快与欢乐的，这是因为作家在回忆和书写往昔的时候，心灵已"融入野地"，有一种皈依大地母亲的欣慰和笃定。就风格和气韵而言，《九月寓言》与《古船》是非常不同的，《古船》是压抑的喘息和沉郁的低吟，而《九月寓言》则是一往无前的奔走和神采飞扬的欢唱。小说给我们的阅读快感绝不止于故事的奇异，更在于叙事的美妙。这里的叙事有强烈的个性，它形成了一个磁力场，任何进入其中的故事、人与物，都有一种归属感，它们在流动与飞翔中和谐地融为一体，合奏出独属于这个世界的韵律，强大的叙述流和浓浓的诗意让人心醉神迷。

尽管如此，但读者如果不是受过纯文学阅读训练的人，有可能不太容易进入作家营造的情境之中。读《九月寓言》需要一种特别的耐心，唯其如此，才能读懂故事，读出故事缝隙间的无穷意味，才能进入作家的心灵世界。而且，读此书需要怀着情感去读，因为这是一颗善感多情的心与包括"草响虫鸣"在内的大地万物的合唱，读者也要有类似情怀才行。带着情感去亲近文字，想象并且融入，思维才能与之合拍，才能感受到作家的脉动，体会到作品的魅力。

《九月寓言》传递给我们的哲学认识和美学观念也是独特的。它描绘的是一个激情的世界，作家的创作当然也是充满激情的。这激情源于发现，而发现源于皈依。这部作品正是作家背弃了令他厌倦的城市，回归故地之后的收获。在与小说同期发表的散文力作《融入野地》中，作家坦白了自己皈依大地母亲的心路历程：

> ……市声如潮，淹没了一切，我想浮出来看一眼原野、山峦，看一眼丛林、青纱帐。……辽阔的大地，大地的边缘是海洋。无数的生命在腾跃、繁衍生长，升起的太阳一次次把它们照亮……当我在某一瞬间睁大了双目时，突然看到了眼前的一切都变得簇新。它令人惊悸，感动，诧异，好像生来第一遭发现我们四周遍布奇迹。

"我想寻找一个原来，一个真实。""我想追求的不过是一个简单、真实和落定。"作家在民间和大地上寻找的，实际上是一种安身立命的根据，一种形而上的理想。所幸的是，他找到了。

> 一种相依相伴的情感驱逐了心理上的不安。我与野地上的一切共存共生，共同经历和承受。长夜尽头，我不止一次听到了万物在诞生那一刻的痛苦嘶叫。我就这样领受了凄楚和兴奋交织的情感，让它磨砺。

> 我关注的不仅仅是人，而是与人不可分割的所有事物。

这些文字足以解释《九月寓言》里的情感，解释作家内心的那个世界。这是完成长篇之后意犹未尽的言说，约等于一篇含蓄的创作谈。

《九月寓言》的创作动用了作家重要的阅历和经验。书出版后，作家在接受采访时说："写完之后，我觉得自己身上被挖掉了一块，而且很难补上了。它是最珍贵的一块。"挖掉是挖掉了，但它并没有消失，而是以夺目的光彩呈现了一个世界。作家还说，"我用《九月寓言》送远了一场生活"。送远是送远了，但它已经化为了诗篇。那找回的一切，将永驻心间。

《九月寓言》注定是属于诗的，因为这里全是发酵的记忆，以及历史在心灵里激荡的声音。诗意是一种发现，是去蔽，诗的世界是明澈的心灵世界。在一部长篇中创造一个自己的世界，并不容易做到。在浮躁的当代，很多所谓长篇小说不过是对喧嚣俗世的直接抄袭，读后毫无回味可言。而《九月寓言》却耐得咀嚼，它创造了一个"野香熏人"的世界，"时空在这儿变得旷敞了，人性也自然松弛"。它给了我们一个崭新的时空，在这里，"山脉土地是千万年不曾更移的背景；我们正被一种永恒所衬托"。

这是一个自足的世界、一个得天地之精华的世界，它生机勃勃、满目簇新。

张炜《古船》 *

——象征性意象所示的含义

田井水 著　李宜真　李光贞 译**

摘要：《古船》以极具特征性的表现手法深刻反映了中国历史发展的一个阶段，其特殊形式传达出了传统现实主义手法无法传达的思想情感。其中，象征的运用和对象征的解读是关涉作品核心的重要问题，"老磨屋""古船""地下河"三个象征性意象在作品世界的构建中发挥了关键作用，主人公的状态与"老磨屋"这一象征紧密相连，与"古船""地下河"这两个象征相互交织。在表现手法上，《古船》以现实主义为基调，同时明确而有意识地运用象征性意象，形式与小说所蕴含的高度抽象内在联系紧密并相互交织。

关键词：张炜；《古船》；表现手法；象征；历史性

---

* 原文出处：田井みず「張偉『古船』——象徴的形象の意味するもの」『中国言語文化研究』6 号、2006。基金项目：本译稿为济南市市校融合发展战略工程项目"济南中日经济人文交流平台建设"（JNSX2021026）的阶段性成果。

** 作者简介：田井水，原名入交水，日本高知人。1977 年进入东京外国语大学中文专业学习，1982 年中退；2001 年进入佛教大学文学部中文专业（通信教育课程），2005 年毕业。之后至 2012 年一直从事地质调查工作。曾经翻译过多部中国文学作品。以入交水之名翻译张炜的作品有：《怀念黑潭中的黑鱼》（《螺旋》2000 年第 5 期）、《美妙雨夜》（《螺旋》2001 年第 6 期）。之后以田井水之名在 2003 年 3 月至 2004 年 11 月的《螺旋》杂志第 7 期至第 11 期上，连续刊登她翻译的张炜的《古船》，2006 年她翻译的张炜的《冬景》刊登在《火锅子》杂志第 68 期上。译者简介：李宜真，山东师范大学翻译硕士研究生，研究方向为翻译理论与实践；李光贞，山东师范大学长聘教授（三级），硕博导师，研究方向为比较文学、日本文学与翻译、外国文学解读与文学教育、海外汉学研究。

一　绪论

（一）问题提起

张炜的《古船》① 于 1986 年发表在《当代》杂志第 5 期，次年由人民文学出版社出版单行本。《古船》一经问世便引起了广泛的关注，尤其是其中对土地改革的描写，但也受到了一些批评，认为该作品有"抽象人道主义""否定阶级斗争"等方面的倾向。② 随着时间的推移，这部作品逐渐得到了肯定，最终于 1999 年入选人民文学出版社出版的"百年百种优秀中国文学图书"。这部作品在内容上深刻反映了中国历史发展中的一段悲剧，因此获得了广泛的正面评价。

另外，其特征性的表现手法也同样引起关注。《古船》将传统叙事方法与"魔幻现实主义"相结合，这一观点散见于各种评论中。③ 尽管如此，作者对于被以"流行"的评判方法审视自己的作品并不满意，明确表示这并不是他创作的初衷。④ 然而，《古船》采用了独特的表现方法，这也是不争的事实。

为什么作者要采用这种独特的表现手法呢？在该独特性表现中必定有其必然性，这种表现手法能够表达一些传统的现实主义手法无法传达的思想和情感。正如杉本达夫所指出的："尽管作品以当代的视角叙述，但它创造了一个与现代不同、令人难以置信的时空。"⑤ 这种特殊的表现手法有助于构建一个独特的作品世界，使作品更加丰富和引人入胜。这些特殊的

---

① 本文以《张炜文集·长中篇小说》（上海文艺出版社 1997 年版）为底本。本文的作品名称为《古船》，第四章出土的船则标记为"古船"。

② 陈涌：《我所看到的〈古船〉》，伍杰编《中国百年书评选》下，云南教育出版社 2002年版。

③ 易新鼎主编《二十世纪中国小说发展史》，首都师范大学出版社 1997 年版，第 708 页。金汉：《中国当代小说艺术演变史》，浙江大学出版社 2000 年版，第 218 页。

④ 《期待回答的声音——与烟大学生对话录》，见《张炜文集·长中篇小说》卷一，上海文艺出版社 1997 年版，第 629 页。以下引用该书的文本只记页数。

⑤ 『しにか』大修館書店、1998、62 頁。

表现形式多种多样，本文将选择其中几种最能够接近作品核心主题的表现形式展开研究，并进一步剖析它们的深层内涵。

（二）《古船》故事梗概与特征性表现

20 世纪 80 年代初期，改革开放的浪潮涌进《古船》的舞台洼狸镇，粉丝工厂也迎来了变革时刻。故事以追忆式回顾历史性事件为纵轴，以没落的隋家和腾飞的赵家间的纷争为横轴展开。受四爷爷之意，粉丝工厂由赵多多执掌，而赵多多在经营中不断谋求私利。隋抱朴坐在老磨屋里从早到晚苦思冥想，最后主动担任了粉丝公司的总经理。

《古船》使用特征性表现手法的例子，首先是以回忆和登场人物的背景说明为引子，讲述历史事件，展现了错综复杂的时代感；其次是反复使用类似的表现；最后是大量使用象征性意象等。关于错综复杂的时代感和反复使用类似的表现所蕴含的意义，在后面考察象征性意象的过程中会得到明确，因此本文目标将集中在象征性意象上。

依笔者浅见，能够具体挖掘作品中的象征意义并取得成果的先行论文相当有限，[1] 而王晓明在《古船》对当代文学所发挥作用的研讨会上的发言，则极具启发性。

第一，如果你也想像张炜那样，将揭示某种历史真相作为创作小说的主要目的，你就应该用象征作为基本的叙述方式，从整个场景和人物的设计，到具体的人物语言的安排，象征应该贯穿故事的各个层面；第二，这种以象征为主的叙述能否取得意想的效果，很大程度上取决于作家对自己想要表达的东西，是否有明确的把握，你脑子里越是清楚，用起象征来就越自如，你甚至能将象征的意味推广到小说的每一个角落，使人几乎分不清什么是象征，什么不是。我觉得，这就是《古船》对八十年代小说创作的最主要的贡献，后来出现的《故乡

---

① 杨传珍：《评古船与白鹿的认识功能》，《〈白鹿原〉评论集》，人民文学出版社 2000 年版。

天下黄花》，就证明了这一点。①

这个发言是针对批评《古船》象征驳杂、艺术形式不够规整这一观点的。的确，正如赵多多房间的砍刀表现出他的残暴，潜藏在四爷爷心中的蛇则象征着被人们认为"品德高尚"的权力者可憎的本性，而放射性物质铅筒的丢失则表现出对科学技术的不安。文中既有一些意图相对单纯、平凡的象征，也有一些让人难以理解作者意图的象征，这或许是《古船》中的象征被认为"驳杂"的原因。

另外，文中也存在一些非常深奥的象征。如何去解读这些象征，可能是触及作品核心的重要问题。本文将考察"老磨屋""古船""地下河"这三个象征的意义，以及它们在作品世界的构建中发挥的作用。

二　本论

（一）象征性意象之一——"老磨屋"

1. "老磨屋"：沉默的历史见证者

作者创作《古船》的契机，是看到弃置不用的大石磨这一经历。据说作者在经过芦青河畔时，看到一块大石磨被遗留在傍晚红霞映照下的废墟之中。这块石磨勾起了作者儿时的回忆，当时这里曾有一家制作粉丝的作坊。这个经历让作者渐渐地回想起了那个作坊以及众多与之相关的情景，激发起他要写下那些被时间流逝所无情掩埋的历史、故事以及人世变迁的冲动。②

在《古船》的象征性意象中，出现次数最多的就是"老磨屋"，这也许是因为作品世界所营造印象的起点就是大石磨。对作者来说，被遗弃的大石磨是默默注视着周围人们喜怒哀乐的存在。接下来具体看一下作品中

---

① 《〈古船〉的道路——漫谈〈古船〉、〈故乡天下黄花〉和〈白鹿原〉》，《当代作家评论》1994 年第 2 期。
② 张炜：《激荡和畅想》，《张炜文集·长中篇小说》卷一，第 497~499 页。

出现的"老磨屋"。在长篇小说中占有尤其重要地位的第一章和最后一章，几乎使用了同样的表现手法写"老磨屋"，这点值得注目。

> 它们（老磨屋——笔者注）在暮色里与残破的城墙遥遥相对，似乎在期待着什么，又似乎在诉说着什么？（第一章）①
> 一个个古堡似的老磨屋矗立在河滩上，与残破的镇城墙遥遥相对，似乎在期待着什么，又似乎在诉说着什么？（最后一章）②

故事一开头就讲述了"残破的城墙"的来历。在战国时期，洼狸镇位于齐国的领土内，当时的齐国是与西秦对峙的强国，"铁色的砖墙城垛的确也显示了洼狸镇当年的辉煌"③，这样的描述进一步显示出其位于"东莱子国"旧址的城内。后来的洼狸镇，芦青河波澜壮阔、河道宽广，无数船舶停靠在码头，呈现一片繁荣景象。但随着芦青河的逐渐干涸，洼狸镇也渐渐走向了衰败，如今只有粉丝工业在苦苦挣扎。

"老磨屋"面对诉说着洼狸镇已逝荣光的"残破的城墙"，"似乎在期待着什么，又似乎在诉说着什么"，表现出"老磨屋"一直用深切的目光注视着洼狸镇的盛衰兴废。此外，在老庙烧毁（第一章）、地震（第一章）、改革开放的推进（第二章等）、"大跃进"运动后的粮食危机（第十章）各种场景描写的前后，常常出现"老磨缓缓转动，耐心地磨着时光"④这样的描写。"老磨屋"默默地注视着洼狸镇的人们，人们也会在遭受巨大苦难时来向"老磨屋"倾诉痛苦。

> 它们（老磨屋——笔者注）仿佛是洼狸镇的一个个深邃而博大的心灵。在最苦难的日子里，总有人跑到老磨屋这儿做点什么。土改复查那几年，有人要合家逃离洼狸镇，走前偷偷跪在这儿磕头。还乡团

---

① 《张炜文集·长中篇小说》卷一，第5页。
② 《张炜文集·长中篇小说》卷一，第398页。
③ 《张炜文集·长中篇小说》卷一，第4页。
④ 《张炜文集·长中篇小说》卷一第9页和第23页有相同的表述，类似的表述有5处以上。

把四十二个男男女女活埋在一个红薯窖里，有人就在这儿烧纸。老磨屋一声不吭。①

在沉默的历史见证者"老磨屋"中，还有一位沉默寡言者隋抱朴，他也同样见证了许多历史事件。抱朴的父亲是革命前掌管芦青河一带粉丝工厂的资本家，当他意识到自己在剥削民众后，便将所有财产都献给了革命，但由于精神压力太大，最终垮掉而去世。抱朴继承了父亲希望与大家共同生存的理念，在粉丝工厂发生"倒缸"事故时，他展现了超凡的能力，但除此之外，他始终做着老人的工作——看老磨，只是每天按时用木勺往磨眼里送绿豆。据说这是因为抱朴从小不断目睹洼狸镇发生的残酷事件，患上了"怯病"。

抱朴所目睹的残酷事件主要集中在小说的第十七章、第十八章中，是以抱朴与同父异母的弟弟见素吐露心声的形式写下的。在土地改革中，因地主本人逃亡，其儿子被当作替身杀害；地主的女儿也惨死；封建武装势力"还乡团"为报复土地改革，将四十多名男女的锁骨用铁丝串起来，活埋在红薯窖里，抱朴也在场，但因有人喊"他是老隋家的大少爷，不能穿到一串上"而幸免于难；继母服毒放火烧主宅时，赵多多不但不救她，还对着她小便进行凌辱……对于目睹这一切的抱朴来说，其内心受到巨大伤害。但他只是从早到晚默默坐在"老磨屋"里，反思自己的内心，没有采取主动报复的行为。在这一时刻，抱朴可以说与沉默的历史见证者"老磨屋"是融为一体的。

2. "老磨屋"：循环与停滞

如绪论所述，《古船》采用了许多相似的叙述元素。例如"一个谣传像蝙蝠一样在镇城墙上飞动"，以及"全镇人都沉默了，鸡狗鹅鸭也缄口不语。天一黑，大家都赶紧上炕睡觉，要说话也只是互相看一眼"。前者在决定土地再分配②和抖威风的赵多多再次承包粉丝工厂③时出现，后者则

---

① 《张炜文集·长中篇小说》卷一，第 95 页。
② 《张炜文集·长中篇小说》卷一，第 11 页。
③ 《张炜文集·长中篇小说》卷一，第 155 页。

在描述老庙被烧和芦青河干涸衰退①、决定实施政策恢复个人承包制②，以及不可能实现的产量目标被以"红色巨数"刊登在报纸上③时反复出现。这些表现显示出人们对"大跃进"、改革开放等大规模运动抱有的不安和无力感。

此外，《古船》采用了回忆和人物背景介绍的叙事方式，多次回溯过去。故事的现在时间点是20世纪80年代初期，而第十七章和第十八章交替讲述土地改革，第九章和第十章交替讲述"大跃进"和"三年困难时期"，第二十三章和第二十四章交替叙述"文化大革命"。除了大量交替的历史叙述之外，散落的回忆场景随处可见，过去和现在不断交织，给读者留下历史仿佛原地打转的印象。

在改革开放后，土地重新分配，工厂和粉丝作坊也变成了个体经营，洼狸镇的人们感慨道："老天，时光真的像老磨一样又转回去了吗?"④ "老磨屋"里的石磨碾磨着，以转轴为中心在同一个地方不停旋转。尽管时代在前进，但人们的生活似乎没有改善，不幸反复发生，人们的内心沉浸在绝望中，这与那个似乎一直原地打转的老磨的形象相符。

改革开放后，社会发生了翻天覆地的变化，而"呜隆呜隆"的声音不断响起，就像贯穿作品的基调低音般连绵不息。一方面，见素对抱朴说的"你是想让我也在老磨屋里坐上一辈子，听老磨呜隆呜隆哭。我不"⑤ "老磨屋就像个活棺材，你让它装着你吗"⑥ 等话语，表现出见素对于本应成为粉丝工厂领袖却一直不离开"老磨屋"，甘愿做个看磨人的抱朴的焦躁感。另一方面，抱朴虽然一再回忆自己目睹的悲惨事件并反思它们的含义，但始终无法打破自己所处的闭塞状态。"呜隆呜隆"既是"老磨屋"的呻吟，也可以说是抱朴的呻吟。

---

① 《张炜文集·长中篇小说》卷一，第7页。
② 《张炜文集·长中篇小说》卷一，第12页。
③ 《张炜文集·长中篇小说》卷一，第128页。
④ 《张炜文集·长中篇小说》卷一，第11页。
⑤ 《张炜文集·长中篇小说》卷一，第46页。
⑥ 《张炜文集·长中篇小说》卷一，第171页。

> 我已经是铸就了的沉甸甸一块东西，再也漂不起来了。后来我还想就这么一辈子了，坐到老磨屋里吧，让老磨一天到黑这么磨，把性子磨钝，磨秃，把整个儿人都磨痴磨呆才好！①

"老磨屋"中，"两头老牛拉着巨磨，在没有开端也没有终点的路上缓缓行走"②，正是象征着人世的不幸、历史的停滞以及人们为命运所苦苦挣扎的闭塞状态。

然而，作者也必然会描写抱朴——他曾经几乎与"老磨屋"融为一体，沉默地注视着悲剧，但其内心渴望走出这个循环与停滞，奋起抗击命运。抱朴得知心爱的小葵再婚，受到很大的打击。见素对他说："抱朴啊，你忍受着一切，坐在老磨屋里，如今算是得到了报应。"③ 之后，抱朴开始了长篇独白，占据了第十六章、第十七章的大部分篇幅。

> 不能再犹豫了，不能再拖拖拉拉，像死人一样坐在磨屋里了！我一遍一遍催促自己，一遍一遍地骂着。我会走出磨屋，挺起腰来，这也许都能。④

在上述描写中，抱朴想要走出象征循环和停滞的"老磨屋"的愿望萌生并日渐强烈，而成为其原动力的，不仅仅是一些具体情况的变化，比如对于深爱的小葵因自己的窝囊而再婚产生的后悔，以及对于粉丝质量下降的危机感等。还有一股内部的思想力量在推动他，但那是什么呢？除了屈原《天问》中的"问根本"⑤ 思想之外，还有两种思想激励着抱朴。

首先，是中国传统伦理。抱朴最先学会的字是《论语》中的"毋意、

---

① 《张炜文集·长中篇小说》卷一，第240页。
② 《张炜文集·长中篇小说》卷一，第5页。
③ 《张炜文集·长中篇小说》卷一，第238页。
④ 《张炜文集·长中篇小说》卷一，第258页。
⑤ 《张炜文集·长中篇小说》卷一，第259页。

毋必、毋固、毋我"①，在练字时还会写"仁义""爱人"②。接受儒学家庭教育长大的抱朴说："一辈子又一辈子的苦难，也许就是因为没有一块过生活。"③ 特别是在看到盲人独自旅行、老婆婆捡垃圾来维持生计时，抱朴的内心感到十分痛苦，④ 抱朴的话语似乎在回应孔子的大同思想："人不独亲其亲，不独子其子，使老有所终，壮有所用，幼有所长，鳏、寡、孤、独、废疾者皆有所养。"⑤ 如果继续容许四爷爷和赵多多掌管洼狸镇，这些传统伦理将会被否定。

其次，是抱朴下班回家后一直读到深夜的《共产党宣言》（以下简称《宣言》）。《古船》中有十处引用了《宣言》中的数行原文，⑥ 引用之处可大致划分为以下几种类型：①"现代工业愈发达，男工也就愈受到女工的排挤"，用于描述洼狸镇的粉丝工厂和当时状况；②"在这一章里，正好没有说到俄国和美国。……今天，情况完全不同了！"对国际关系的未来作出了准确的预测；③以"要给基督教禁欲主义涂上一层社会主义的色彩，是再容易不过了"⑦ 开头，对"封建社会主义"进行了批判；④其他。①和②表明了《宣言》具有普遍价值，那么作者为何要执着于③中对"封建社会主义"的批判呢？

吴俊和罗强烈都认为，《古船》中的《宣言》虽有牵强附会之感，但如若没有《宣言》的穿透力和感化力，抱朴的"原罪"意识是无法被消除的。⑧ 从抱朴"我是老隋家有罪的一个人"⑨ 的话语可以看出，抱朴虽然从未犯下大罪，但一直处于自责状态。吴俊尤其注意到该作品对"要给基督教禁欲主义涂上一层社会主义的色彩，是再容易不过了"的引用，认为

① 《论语·子罕》前接"子绝四……"，意为不臆测，不独断，不固执，不自以为是。
② 《张炜文集·长中篇小说》卷一，第95页。
③ 《张炜文集·长中篇小说》卷一，第243页。
④ 《张炜文集·长中篇小说》卷一，第260页。
⑤ 《礼记·礼运第九》。
⑥ 《张炜文集·长中篇小说》卷一第165页三处，第166、388页各两处，第316、317、387页各一处。
⑦ 《张炜文集·长中篇小说》卷一第166页所引用的马克思、恩格斯《共产党宣言》。
⑧ 吴俊：《原罪的忏悔，人性的迷狂——〈古船〉人物论》，《当代作家评论》1987年第2期。罗强烈：《思想的雕像：论〈古船〉的主题结构》，《文学评论》1988年第1期。
⑨ 《张炜文集·长中篇小说》卷一，第93页。

《宣言》使抱朴开始理性地把握自己和现实世界。

> 他的那种自虐般的"赎罪"行为即使还算不上是不折不扣的基督教禁欲主义，但不也散发出阵阵宗教狂的气息吗？……抱朴本人也正是从这里开始实现了思想上的真正飞跃，并进入到了一种对自己进行自由批判的境界。因为，"这多少触及到了他灵魂最深处的东西，让他一遍又一遍地筛过那些痛苦、忧虑和欢乐"。[①]

对于吴俊的观点，笔者想要补充一点。《古船》中所引用"基督教禁欲主义"的后半部分为"基督教不是也激烈反对私有制，反对婚姻，反对国家吗？它不是提倡用行善和求乞、独身和禁欲、修道和礼拜来代替这一切吗"。这让抱朴回想起自己的禁欲生活，他甚至连向小葵求爱都做不到，又想到僧房般的"老磨屋"，于是陷入了悲伤与痛苦，但同时也想起了与小葵相爱时的喜悦。抱朴大概是通过这些再次确认了自己"灵魂最深处的东西"。

作品中对《宣言》的最后一次引用是在接近尾声的第二十六章："其中半是挽歌，半是谤文；半是过去的回音，半是未来的恫吓；……但是它由于完全不能理解现代历史的进程而总是令人感到可笑。"[②] 这段话无疑是对"封建社会主义"的批判。被过去的桎梏束缚、无法前进的抱朴，无疑也有对"未来的恫吓"。作者将这两者结合，把这句话视作对自身的批判，从而逐渐坚定了只有向前进才能推动"现代历史的进程"的观点。由此可见，《宣言》为抱朴摆脱循环和停滞的象征性意象"老磨屋"提供了巨大的力量。

抱朴在小葵再婚后，开始为粉丝工厂整理账目；小葵生下了跛四之子；而赵多多死于车祸。在这个时代的转折点上，抱朴终于走出了"老磨屋"，主动担任了粉丝工厂的负责人。走出"老磨屋"让抱朴从此摆脱了

---

① 《张炜文集·长中篇小说》卷一，第318页。吴俊：《原罪的忏悔，人性的迷狂——〈古船〉人物论》，《当代作家评论》1987年第2期，第84页。

② 《张炜文集·长中篇小说》卷一，第388页。

循环与停滞，决心与命运抗争，并与洼狸镇的人们一同走向幸福。可以说，走出"老磨屋"象征着抱朴的"成人礼"。

（二）象征性意象之二——"古船"

1. "古船"所滴落的"红水"：苦难的历史

如果说"呜隆呜隆"是作品的基调低音，那么"红色"便是作品的基调色。在作品中，"红色"通常被视作"血"的颜色，贯穿全篇，涵盖古庙和威风凛凛的隋家主宅熊熊燃烧的大火、抱朴父亲吐在高粱地上的鲜血、被杀害的地主儿子身上被血染红的白衫、"还乡团"因复仇而充满鲜血的疯狂眼神、以对越自卫反击战中牺牲者为原型的战死者的鲜血和照映鲜血的晚霞等，以及四爷爷被含章用剪刀刺入腹部而喷出的鲜血，还有染红含章全身的晚霞等，赋予了这些场景强烈的象征意义。其中，一位共产党员被"还乡团"以"五牛分尸"之刑处死时的描写如下：

> 栾大胡子在多人的注视下，被绳索套住，缚上了五头黑牛。……五个牛才低下头去，缓缓地往前拉。……血水溅得很远；五条牛身上同时沾了血，于是同时止步。[1]

而且在作品中，"红色"并不只表示"血"本身，还有作为"血"的象征使用的例子。例如，在"大跃进"运动中，不可能实现的粮食生产目标数在报纸上被用"红色"字印刷出来。印在报纸上的"红色"并不代表具体的"血"本身，而是一种象征性表达，从"血的颜色"引申出"会出人命"。

> 数码印成了红的颜色，印在了省报上。开始人们都不明白为什么数码还要印成红的？后来才知道那可是一个了不起的先兆。那是血的颜色，它预言了围绕着这些数码会出人命。[2]

---

① 《张炜文集·长中篇小说》卷一，第 269 页。
② 《张炜文集·长中篇小说》卷一，第 127 页。

在作品随处可见的"红色"中，"红色"的象征性表达手法最为显著
地发生在出土"古船"的第四章，这一章讲述了出土"古船"的情节。尽
管"古船"是作品的标题，但它在整个叙事中出现的次数却寥寥可数。①
然而，作品的高潮之一便是关于"大跃进"运动水利工程中意外挖掘出
"古船"的场景。

> 这是一条残缺不全的大木船。船舷已朽碎无存，只剩下一条六丈
> 多长的龙骨。……一股奇怪的气味弥漫在空中，招引来一只大鹰在高
> 处盘旋。这气味让人喉咙发干，欲呕不能。龙骨的外层被风吹干，接
> 着就发红。木头上，所有洞眼一齐滴水，先是白水，然后是红水。到
> 后来谁都闻到血腥味了，啊啊呜呜地想退远一点。高空里，那只大鹰
> 还在盘旋，有时像定住了一样，纹丝不动。②

在现实中，出土的古船不可能出现"红水"或"血腥味"。木制船舶
腐烂通常散发出木头腐烂的气味，滴下的水可呈现茶色，但呈现红色的可
能性极小。作者在这里采用了一种超越现实主义的表现手法。

王彬彬主张"古船"是邪恶的象征："如果我的理解不错，我想那条
从古河道里挖出的船就象征着人性中的黑暗和丑恶。"③ 但如果真是这样，
抱朴的叔父隋不召不可能不顾路途遥远去"看看"摆在省城的"古船"，
也不可能留下"在心里供奉古船"的遗言。"红水"和"血腥味"与其说
是"黑暗和丑恶"，不如说是想由牺牲者的"血"引导出更宏大的象征
意义。

"大跃进"之后镇上陷入粮荒，导致洼狸镇的人饥不择食。"文化大革
命"期间，洼狸镇也遭受了无意义的破坏活动和权力斗争，甚至有能力的

---

① 　除第四章出土场景外，只有第十三章中隋不召回忆"古船"的场景。
② 　《张炜文集·长中篇小说》卷一，第 58 页。
③ 　王彬彬：《俯瞰与参与——〈古船〉和〈浮躁〉比较观》，《当代作家评论》1988 年第
　　1 期。

女教师被冤枉并上吊自杀。

可以说，作品虽然以虚构的洼狸镇为舞台，但实际上讲述了那个时期在中国各地发生过的悲剧。因此，《古船》这部作品以虚构的方式描写了现实中的一段历史。

在故事中，出土的"古船"实际上可能只剩龙骨的形象，但结合作品所描写的那一时期的苦难历史，它给读者的印象就像是从凶险的大海中浮出水面的满目疮痍的巨船，呈现出一个高度抽象化的时代印象。虽然陈晓琳在台湾出版的《古船》序言中指出了这个核心，但其是不是忽略了"古船"中不只有苦难的历史，还蕴含着积极的意义呢？《海道针经》正是解读"古船"所包含积极意义的关键，下一部分将对其进行介绍。

2. "古船"与《海道针经》：辉煌的历史

如果不考虑"古船"所蕴含的积极意义，恐怕隋不召将找不到"在心里供奉古船"的理由。隋不召与严厉的兄长隋迎之形成鲜明对比，是隋家的浪子，某天晚上他离家出走当了一名船员，多年后才回到洼狸镇。他是郑和的狂热信奉者，总是说些真假难辨的话，谁也没有当真。他认为《海道针经》这本书比他的生命还重要，宣称这本书是"郑和大叔有一本，后来给了我"[1]。郑和是明初奉永乐帝之命七次远征西洋的最高负责人。从时代上看，不召是不可能见到郑和的，这个年老浪子支离破碎的话语中包含了某种寓言。

第四章出土的"古船"具有龙骨，因此应该属于唐代至明代在福建制造的尖底结构船，即"福船"。虽然至今尚未出土郑和舰队的任何船只，但有很多关于这支巨大舰队谜团的探讨。与平底的"沙船"相比，尖底的"福船"更能承受剧烈的海浪，所以现在普遍认为，郑和舰队从南洋航海到非洲使用的主要舰船就是"福船"。[2] 作品中"古船"出土时，不召高喊："这是我的船！我和郑和大叔的船！"[3] 虽然这是不召的妄想，但作品

---

[1]　《张炜文集·长中篇小说》卷一，第51页。

[2]　宫崎正胜『鄭和の南海大遠征』中公新书，1997，100頁；王天有、万明编《郑和研究百年论文》，北京大学出版社2004年版。席龙飞、万明《试论郑和宝船》发表于1983年，比宫崎更早地提出郑和的船不是"沙船"而是"福船"。

[3]　《张炜文集·长中篇小说》卷一，第58页。

中的"古船"还是让人联想到了郑和。尽管这艘船并非来自当时展示中华民族威严的郑和舰队，但作者似乎意欲将郑和舰队的印记投射在这艘腐朽不堪的巨大"古船"上。

《海道针经》是实际存在的书籍，记载了远洋航海时指南针的使用、用摆锤进行深度测量、根据沿海景观确认船只位置等丰富的经验知识。虽然该书在中国不为人熟知，但在《古船》中被以隋不召背诵的方式多次引用。《古船》中出现了《天问》《海道针经》《宣言》这三本书，对于《海道针经》的意义，鲁枢元发表了以下看法：

> 二是（一是《天问》——笔者注）隋不召珍藏的一本《海道针经》，据说是中国十五世纪著名航海家、外交家郑和率领庞大舰队七次下西洋时的一部航海书。郑和的驾船远航，比哥伦布、麦哲伦早上百年，在世界航海史上留下了光辉的一页。这部书的真伪当然值得怀疑，但这是一部指导在大海上远航的书当是肯定的。隋不召把此书视为性命，临终前又珍重地将其托付给抱朴，这体现了老一代开明的中国人的开拓精神和他们渴望走出中国、走向世界的强烈愿望。[1]

《古船》可以说是一个跨越悲惨过去、努力前进的故事。抱朴坚定地说："我们满身都是看不见的锁链，紧紧地缚着。不过我再不会服输，我会一路挣脱着往前走。"[2] 这种决心体现出了一种一直以来缺失的"开拓精神"的再次觉醒。此外，地质调查队的李技术员在谈到美国里根政府的"星球大战"计划以及美苏两国所引发的世界两极化问题时表示："中国应该强大。她的丰富资源、战略地位、不断增长的经济军事力量、众多的人口、深远的文化背景和社会结构，都注定了她应该成为世界第三大国。"[3] 鲁枢元所提到的"开拓精神""走向世界的强烈愿望"，就以这样的形式与故事联结在了一起。

---

[1] 鲁枢元：《从深渊到峰巅》，《当代作家评论》1988年第2期。
[2] 《张炜文集·长中篇小说》卷一，第410页。
[3] 《张炜文集·长中篇小说》卷一，第204页。

　　李技术员在上述讨论的基础上还强调了科学技术进步的必要性。虽然每个人只是"小小的变速轮"①，但作品的中心舞台——粉丝工厂，也经历了一系列曲折最终实现了全面的机械化。由此可知，《古船》对于新时代的科学技术也进行了深刻的思考。因此，当谈到作者寄托在《海道针经》中的东西时，是否应该加上"卓越的科学技术"呢？在隋大虎葬礼的当晚，李技术员和李智常等人就"星球大战"计划进行热烈讨论时，醉酒的不召在背诵《海道针经》中的一节，并高呼其中所写技术的珍贵，这些描写并非偶然。《海道针经》中记载的就是当时最先进的航海技术。

　　有多人主张，抱朴的理想是"人道主义＋科学技术"。鲁枢元指出，《宣言》作为抱朴的精神支柱，其结构正是"人道主义＋科学技术"②，耿传明也表示，"他（抱朴——译者注）给社会开出的药方是人道主义加科学技术，这与新儒家颇有相通之处"③。"人道主义"就是前文所述的抱朴的"大同"思想，在此基础上，笔者想要追加上述观点，主张《海道针经》具有"科学技术"这个意义。

　　明初的大航海时代是中国气宇轩昂的鼎盛时期。当时的中国拥有世界领先的造船和航海技术，积极与世界进行外交和商品贸易活动，如郑和的第一次远航。据推测，郑和船队共有大小 208 艘船，搭载了 2700 多名船员，总吨位在 2500～8000 吨。④ 曾参加郑和舰队的巩珍在《西洋番国志》中有"其所乘宝舟，体势巍然，巨无与敌，篷帆锚舵，非二三百人莫能举动"⑤ 的描写。在这样庞大船队的带领下，各种大小不一的船只组成船队一同延伸航线，最终抵达非洲东海岸。

　　作者在回顾那段苦难的历史时，多次通过让不召在话语间提到郑和，以及描写"古船"和《海道针经》，让读者联想到郑和舰队，向读者讲述

---

① 《张炜文集·长中篇小说》卷一，第 197 页。
② 鲁枢元：《从深渊到峰巅》，《当代作家评论》1988 年第 2 期。
③ 耿传明：《新时期民国史小说中的末代儒家形象——兼论儒学传统中的伦理绝对主义》，《烟台师范学院学报》（哲学社会科学版）1997 年第 4 期。宫崎正胜『鄭和の南海大遠征』中公新书、1997、100 页。
④ 向达校注《西洋番国志 郑和航海图 两种海道针经》，中华书局 2000 年版，第 6 页。
⑤ 《张炜文集·长中篇小说》卷一，第 85 页。

其开拓精神，诉说中国曾经拥有世界一流的科学技术力量这个事实。

> 郑和大叔一死，他妈的十条八条船都是沉。死了多少人了，船也
> 漏了，光着身子去堵。活该他们不信《海道针经》。连驶船的性命都
> 不理了，还有个好。……船到了七洋洲，书上写得明白。"东南西北，
> 可以仔细斟酌，可算无误。……"没人听进心里。①

在郑和的时代，中国是世界上拥有高端文明和强大气势的国家，但不久后退出了"航海世界"的前列。与之相对，西欧各国以大航海时代为契机，充实了国力，远远超越了中国。不召的言辞应该包含了对于后世没能更好地发展科学技术的自责之情。

综上所述，"古船"所象征之物具有两面性，既包括第一节所描述的中国苦难曲折的历史，也包括从郑和舰队上看到的中国辉煌的历史。

然而，前述鲁枢元所说的"这部书的真伪当然值得怀疑"，应该是指《海道针经》是否与郑和舰队有直接关系的问题。《海道针经》在中国国内已经失传，但传教士带回欧洲的两种版本《海道针经》（《顺风相送》和《指南正法》）至今仍存藏在牛津大学图书馆。经过对这两种版本进行研究，可以推测其成书时间分别是 16 世纪和 18 世纪。② 郑和的西洋远航是在 1405 年到 1433 年，因此这两个版本的《海道针经》至少是在郑和远航 70 多年后才写成的。然而，仅是该两种不同版本的《海道针经》，其问世时间就相差两个世纪，所以无法否认在它们之前还可能存在与郑和远航有直接关系的《海道针经》版本。16 世纪成书的《顺风相送》中记载了从卡利卡特到霍尔木兹和亚丁的导航指南，如果没有郑和舰队开辟的从印度到非洲的航线，这些记载很难出现。

由此可见，郑和虽然与《海道针经》的关系非常密切，但目前还不能

---

① 向达校注《西洋番国志 郑和航海图 两种海道针经》，中华书局 2000 年版，"两种海道针经序言"，第 4 页。
② 笔者询问作者，在撰写《古船》时参考用的《海道针经》是如何得到的，得到的回答是 1982 年中华书局出版的向达校注版。于 2007 年 12 月 27 日确认。笔者参照的《海道针经》是其再版，所以内容应是相同的。

确定两者之间存在直接关系。如果作者想使用与郑和有直接关系的文献，他可以找到一些共同航行者的著作，如巩珍的《西洋番国志》、马欢的《瀛涯胜览》、费信的《星槎胜览》等，为何最终却选择了《海道针经》？[①]笔者认为，这是因为这本书极具实践性，是船员的实用书。而船员选择使用这本实践性的书可能与"地下河"亦有一定关系。

（三）象征性意象之三——"地下河"

1. "地下河"：重新远航的可能性

第三个重要的象征性意象是"地下河"。在芦青河冰面融化、柳枝发芽之际，地质调查队在芦青河地下百余米处发现了地下河。在作品描写了洼狸镇人们的阴郁生活后，"地下河"的发现让人感受到了蓬勃的生机和希望。

> 洼狸镇的显赫地位失去了，传递了多少代的骄傲也失去了，变得无声无息，像河水一样正从这个世界上慢慢消逝。而今什么都清楚了，原来是河水渗入了地下，变成了一条地下河！它没有抛弃这个镇子，它还在地下汹涌澎湃。[②]

人们明知"地下河"是看不见的，还是纷纷跑到河边。老人们兴奋地互相对视，脸色红润，就像微醺的人一样。曾经无法行船、船只触礁、渐渐没落的芦青河以另一种形式复活了。

对于"地下河"的发现，最为欣喜的是隋不召，他高兴得痛饮美酒，背诵《海道针经》。"在他看来，好像那条消逝的大河又快回来了，洼狸镇又要像几十年前那样，河道里挤满了大船"，他还对抱朴说，你也许能等到驾船出海的那一天。[③] 在那之后，不召不断经历同辈人的去世，深受打击，醉醺醺地在街上叫嚷："一个个身强力壮，就这么踞在街道上，给祖宗丢人！还不快上船，芦青河涨水了，风好流好，郑和大叔早开着船走了……"

---

① 《张炜文集·长中篇小说》卷一，第 327 页。
② 《张炜文集·长中篇小说》卷一，第 328 页。
③ 《张炜文集·长中篇小说》卷一，第 392 页。

随后，他问赶来扶住他的抱朴："咱也上船吗？"抱朴庄严地点点头，回答"上船"。[1] 抱朴这样回答不仅是为了不伤害老人的心，此时的抱朴已经通过《宣言》坚定了前进的决心，担任了面临存亡危机的粉丝工厂的负责人，对他而言，"上船"也意味着要向更为广阔的世界进发。

"地下河"虽然只存在于人们的想象中，但它为船只的再次航行提供了可能性。不召高呼着再次从洼狸镇驾船出海。从抽象的角度来看，这是否可以看作被损坏和触礁的"古船"重新启航的可能性呢？在本文第二部分，笔者曾经提到过"古船"其实象征着历史上积极的和消极的中国。因此，"古船"并不仅仅指的是从洼狸镇出土的船，它代表着被象征化的中国。同样地，虽然"地下河"实际上是不可见的，但它应该极具象征性意义。作者采用这些象征性的表达方式，是因为它们包含了现实主义无法传达的思想。作者通过这些象征性表述，如"受损触礁的'古船'重新启航"，表达了对历经苦难的中国再次振兴的愿望。

不召在那之后给抱朴留下了三个遗言：第一，如果自己去世了，就把《海道针经》传给抱朴；第二，要找到镇上丢失的放射性铅筒；第三，如果无法把在省会展出的"古船"带回洼狸镇，就在心中永远供奉它。不久，不召为了救李智常被卷进粉丝工厂转动着的变速轮中死亡。这番话成了隋不召的真正遗言。在人生的最后关头，不召似乎褪去了浪子的外衣，展现出了英雄的风采，为众人背诵起《海道针经》。

> 累次较正针路，牵星图样，海屿水势山形图画一本山为微薄。务要取选能谙针深浅更筹，能观牵星山屿，深打水色浅深之人在船。深要宜用心，反复仔细推详，莫作泛常，必不误也。[2]

以上提到的航海时的告诫之言具有深刻的意义，强调了随着航程的延长，对技术、细心和谨慎的重视愈加重要。在《古船》中，这句话被作为

---

[1]　《张炜文集·长中篇小说》卷一，第393页。

[2]　向达校注《西洋番国志 郑和航海图 两种海道针经》，中华书局2000年版，"顺风相送序"，第21页。张炜：《古河之声》，《冬日的阅读》，东方出版中心1997年版，第150页。

比喻使用。《古船》创作于改革开放初期的新时代，也就是说，作者想要借《海道针经》中的这番告诫来警示时代。

在一段时间内，如同"大跃进"之类的无视客观情况的盲目运动导致了各种悲剧。为了不再重蹈覆辙，中国必须走向一个新时代。这个过程有点像航行中的大船，渐渐地向着目标前进。中国这艘"古船"若想踏上新的航程，《海道针经》中的这番警示变得不可或缺。这意味着中国需要能够把握客观情况、熟练运用科学技术、在细心和谨慎中开拓新时代的人才。为了让"受损触礁的'古船'重新启航"，不仅需要"地下河"的出现，还需要《海道针经》的指引。在创作《古船》时，作者故意没有选用与郑和有直接关联的书，而是选择了《海道针经》。这个选择最大的原因应该是作者想要借用《海道针经》中的这番告诫。

2."地下河"：希望与生命力

"地下河"还象征着希望与生命力。在随笔《古河之声》中，作者写道："古河是万水之源，是文明的潮汐，是劳动、艺术、创造的源头。现代人无论如何应该倾听古河之声。"[1] 所有的古代文明都在河畔诞生，人类的进步与河流同在。河流是人们创造性活动的源泉，而创造性活动又是由人们的生命力所支撑的。

以《古船》中的河流为例，曾经的芦青河水面宽广、波澜壮阔，洼狸镇欣欣向荣，人们充满活力。而之后，河流干涸衰退到无法行船的程度，不幸也接二连三降临到镇上，人们无力抵抗，只能垂头过活。然而，当人们得知芦青河变成一条"地下河"在深处流淌时，洼狸镇的人们都非常高兴。作者通过这样的方式将河流与洼狸镇人们的活力联系到一起。

因为河是在地下流动的，所以实际上不仅不能行船，河水也不能马上被利用。那么为何人们会如此欣喜于"地下河"的发现呢？答案在于"地下河"在人们心中具有特殊的象征意义。这是因为河流是劳动和文化的源泉吗？就像制作粉丝和运输产品都离不开河流一样，洼狸镇的繁荣与芦青河密不可分，而这条河流也"没有抛弃这个镇子"。可以说，理由包含了

---

① 《张炜文集·长中篇小说》卷一，第420页。

以上所有这些因素。即使当下无法直接去利用，只要在心中描绘出"地下河"，人们就能重新燃起希望和生活的力量。因此，"地下河"实际上代表着这份希望和生命力。

自从"地下河"出现后，一度被不安、消沉和绝望所笼罩的人们的心境开始一点点发生变化。小葵生下跛四的孩子后，抱朴和小葵之间的尴尬消失了，两人只是为新生命的诞生真心感到喜悦；李智常也开始处理拖延已久的变速轮设计和制造工作。

就这样，随着故事接近尾声，人们重新找回了希望和生活的力量。尽管他们仍然面临各种困难和挑战，如见素得了不治之症；含章刺伤一直凌辱她的四爷爷而被警察拘留；抱朴离开老磨屋成为粉丝工厂的负责人，同时也背负了前经营者赵多多不正当行为导致的赊账及其他困难。但即便如此，他们都在积极应对，充满了生活的动力。见素在老中医郭运的指导下积极治疗，大喜依然一如既往地对见素表达爱意；含章已和四爷爷等人撇清关系，李智常也做好了一直等待含章归来的心理准备；抱朴决心重新振兴粉丝工厂，和大家一起走向幸福。洼狸镇的人们开始向前迈进。

《古船》故事的结尾处，是亲戚隋小青走出隋大虎战死的悲痛，决定参军，临行前镇上为他举行送别酒宴的场面。在酒宴中，兄弟俩感到心中涌上一股热流，便悄悄离开喧闹的会场，倚靠在城墙上，回忆起了妹妹、去世的叔叔和父亲等人。

> 见素握住了哥哥的手，紧紧地握着。停了一会儿见素说："我这些天老想叔父。我后悔最后没有跟他好好玩。他是盼河里涨水，盼着开船出海，盼不来，就死了。可恨的是有人一听他喊开船号子就嗤笑他……"
>
> "河水不会总是这么窄，老隋家还会出下老洋的人。"①

过了一会儿，见素停下脚步，问："河水声吗？"仿佛在倾听某种声

---

① 张炜：《心中的文学》，《文学评论家》1983年第3期。

音。实际上，那是老磨转动的声音，但见素仿佛听到了河水的声音，看到了波光粼粼的广阔河道，以及阳光照耀下的航船桅杆，故事也在此画上了句号。因私怨而执着地试图夺回工厂、如今身患不治之症的见素，在最后一刻心灵得到了净化。

在故事的结尾，曾作为作品基调低音的沉闷的"呜隆呜隆"声，变成了潺潺流淌的河水声；带有"血"印象的基调色"红"色，也化为了明亮的白色和蓝色。可以说，深受历史重压的"循环与停滞"的洼狸镇，通过奔腾的河流，已经焕发出新生的"跃动"。

作者曾说："文学作品表现苦难，同时也表现希望。……若要问我们的作品是为了呻吟而写还是为了希望而写，那还是为了希望而写吧。"①作者所寄托在《古船》中的，即是在沉郁复杂的人际关系与过往苦难尽头产生的希望之歌。

结　语

综上所述，本文探讨了在《古船》中作为重要象征性意象的"老磨屋""古船""地下河"所蕴含的意义，以及它们与人物之间的关系和它们在构建作品世界时所发挥的功能。

首先，"老磨屋"默默注视着镇上接连发生的不幸，它是一位"沉默的历史见证者"。最初，抱朴一直与"老磨屋"联系在一起，就像老磨在同一地方不断旋转，民众无法逃脱不断到来的苦难，情绪低落，二者相互重叠，使"老磨屋"成为循环和停滞的象征。然而，抱朴凭借传统伦理和《宣言》中的思想力量成功走出了"老磨屋"。这对抱朴来说，象征着下定决心与命运抗争，一起走向幸福的"成人礼"。

其次，"古船"不仅象征着洼狸镇的牺牲者和那一段苦难曲折的历史，也象征着中国光荣的历史，如郑和在西洋远航时所展现的开拓精神和卓越技术。

---

①　原文的注释为"张炜：《心中的文学》，《文学评论家》1983年第3期"，但经过多方搜索仍然搜不到原文和刊载期刊。故，该段话根据日文翻译成中文。

最后，"地下河"的发现引出了《海道针经》的箴言，暗示着受损触礁的"古船"有重新远航的可能性。"地下河"也是希望和生命力的象征，是表现出从循环与停滞到跃动这一变化不可或缺的意象。

主人公的状态与"老磨屋"这一象征紧密相连，与"古船""地下河"这两个象征相互交织，表现了从失望到希望、从过去到现在再到未来的变化，这一点值得特别强调和关注。可以说，作者从作品构思阶段到细节润色阶段都明确而有意识地运用了这些象征性意象。

《古船》以现实主义为基调，同时在以象征性意象为核心的表现手法上下了很大功夫，成功地创作出了经得起时间考验的文学作品。特别是关于中国再生的愿望，如果没有"古船"和"地下河"这两个充满象征意义的意象，将无法得以表达。特征性表现不仅仅意味着在表现方式上的新颖，更重要的是这些表现与《古船》中蕴含的高度抽象内在联系紧密并相互交织。

关于今后的研究课题，笔者希望能够探讨作者在他的下一部代表性长篇小说《九月寓言》中如何发展这种特征性表现，以及如何用寓言的方式构建作品世界等问题。

参考文献

伍杰编《中国百年书评选》下，云南教育出版社 2002 年版。

易新鼎主编《二十世纪中国小说发展史》，首都师范大学出版社 1997 年版。

金汉：《中国当代小说艺术演变史》，浙江大学出版社 2000 年版。

《〈古船〉的道路——漫谈〈古船〉、〈故乡天下黄花〉和〈白鹿原〉》，《当代作家评论》1994 年第 2 期。

吴俊：《原罪的忏悔，人性的迷狂——〈古船〉人物论》，《当代作家评论》1987 年第 2 期。

罗强烈：《思想的雕像：论〈古船〉的主题结构》，《文学评论》1988 年第 1 期。

王彬彬：《俯瞰与参与——〈古船〉和〈浮躁〉比较观》，《当代作家评论》1988 年第 1 期。

张炜：《忧愤的归途》，华艺出版社 1995 年版。

宮崎正勝『鄭和の南海大遠征』中公新書、1997。

寺田隆信『中国の大航海者鄭和』清水書院、1984。

王天有、万明编《郑和研究百年论文》，北京大学出版社 2004 年版。

鲁枢元：《从深渊到峰巅》，《当代作家评论》1988 年第 2 期。

向达校注《西洋番国志 郑和航海图 两种海道针经》，中华书局 2000 年版。

王冠倬编著《中国古船图谱》，生活·读书·新知三联书店 2000 年版。

张炜：《问答录精选》，山东友谊出版社 1996 年版。

张炜：《古河之声》，《冬日的阅读》，东方出版中心 1997 年版。

张炜：《心中的文学》，《文学评论家》1983 年第 3 期。

吴秀明主编《中国当代文学史图片》下，浙江大学出版社 2002 年版。

魏建、贾振勇：《齐鲁文化与山东新文学》，湖南教育出版社 1995 年版。

论当代文学中生态批评意识新变

——以张炜小说《河湾》为例

洪　昌*

摘要： 张炜作为当代文学史极有力的书写者之一，他的小说写作贯穿了中国当代文学的数个阶段。他的个人创作的分期与整个中国当代文学的发展有着深切的呼应关系。生态批评意识产生于西方的文学思潮，在进入中国后形成了本土化语境中的生态批评范式。中国化的生态批评意识同样也呈现不同背景下的理论倾向。从改革开放后的寻根文学、伤痕文学、新历史小说到新世纪文学，作家张炜小说文本在经历不同文化环境后形成的不同风格文本，当是观察当代文学中的生态意识变迁的一条理想路径。作为生态叙事在作者第三阶段的最新产物，张炜新小说《河湾》是重新理解张炜以及当代文学中生态批评意识多维性的重要文本。

关键词： 张炜；生态批评；《河湾》

张炜旺盛的写作生命力让他成为当代文学史的有力见证者和积极参与者，从 1973 年开始的写作生涯，让他拥有了包括长短篇小说、散文、儿童文学、文学评论、学术论文在内的丰足的学术版图。我们需要意识到张炜小说中的自然意识，也就是生态批评的要素。他在亲历社会转型和时代进步、观照小人物命运的同时，对人与自然环境关系的探讨也从未停止。张炜的文学写作分期可以分为伤痕阶段、寻根阶段、当代阶段等，不同写作

---

* 　作者简介：洪昌，厦门大学中文系中国古典文献学硕士研究生，研究方向为中国典籍与文化。

时期虽然都有对自然生态的书写，但在不同阶段的文本中，自然书写的倾向和意义却各不相同。从《一潭清水》的海边渔村到《古船》的农村生态，再到《河湾》里现代社会中的边缘地带——河湾，张炜的生态批评意义在不同历史时期呈现出不同的位面。

一　生态批评的在地化过程和文学史意义

生态批评是诞生于20世纪60年代欧美的社会性思潮。生态批评本质上是出现在后现代社会中的对现代性的反思与批判，具有强烈的后现代气质。雷切尔·卡森《寂静的春天》揭开了当代生态意识的序幕，其背景是DDT滥用带来的生态恶果。起初，《寂静的春天》遭到西方当局的误解，但最终得到了社会公认并推动了工业社会的转型。

生态批评的后现代性在于它突破了数千年来人类文明的人类中心主义，突破了人与自然的二元对立框架，实现了人与自然的和谐统一。自然生态学所着眼的是人与自然的关系，追求的是人与自然和谐共生的态度。西方生态批评提出之后走向了三个路径：第一，打破人类本位的多元中心主义观点，将人类和动植物，甚至无生命自然界都纳入考虑范围；第二，在坚持人本主义的同时，对自然界承担力所能及的使命；第三，放弃传统人类思想，将对大自然的保护置于人类文明发展之上，拒绝人类文明的继续发展。这三种生态美学都体现了当代学者的历史使命感，它们突破了传统的认识思维，丰富了人类认识世界的视角。这种生态批评观点进入具体学科之后产生的生态美学、生态文学、生态社会学，已经成为这些学科系统中不可或缺的一部分。

中国当代生态批评的原创探索首推鲁枢元《生态文艺学》，他继承了西方生态学的观点，认为人类精神世界中价值取向的偏狭才是地球生态系统严重失调的根本原因，人类精神和自然精神的协调一致是当代文学艺术的努力方向。[①] 生态批评对人类整体与自然相处的哲学思索的普遍适用性

---

① 程相占：《生态文科：从文科的生态转向看新文科的生态维度》，《新文科理论与实践》2022年第3期，第29~42、124页。

价值毋庸置疑，但早已步入后工业社会的西方文明的生态批评史观不能直接移植于仍处于社会主义建设进行时的新兴经济体。此外，中国古典文献中的人与自然超二元对立的自然观也让生态批评的本土化路径成为可能。在中国语境中，虽然说当代意义上的生态批评是舶来品，是从西方后工业社会中习得的前瞻性思潮，但是中国历史语境中并不缺少生态意识的相关看法。《吕氏春秋》"竭泽而渔，明年无鱼，焚薮而田，明年无兽"和《荀子·王制》"斩伐养长，不失其时"的节制思想，《老子》"天地与我并生，万物与我为一"的天人合一思想等，都是将人类生产生活与自然节序联系起来的生态主义思想。①

近代以来，中国在"救亡和启蒙"的感召下，努力寻求国族自决。从自强运动，到社会主义建设时期的工业化运动，在面临民族解放和实现现代化的理想之时，工业化，尤其是重工业的发展才是国家发展的重中之重。在这样特殊的历史背景下，很长一段时间里，生态保护无法成为关键议题。在改革开放后，西方的许多现代思潮进入中国，不少学者开始对中国几十年的发展进行重审，生态批评即是其中之一。当时，西方也确实因为盲目工业化而忽略环境问题，许多人道主义灾难，如洛杉矶烟雾事件、日本水俣病和痛痛病事件由此产生。生态主义批评的命题便最先在经济讨论中建立起来，并随之在文学批评和美学研究中也得到了相应的发展。

当代文坛与社会现实是同步发展的，在不同的历史时期，自然生态在文学中具有不同的内涵。在十七年文学阶段，"人定胜天"意识高涨，文学中富含人对自然征服的雄心和魄力，以农村为代表的自然生态成为被人类"启蒙"的对象。而伤痕文学、反思文学时期人类对大自然的损害很自然地和极左思想对人性的摧残联系起来。到寻根文学时期，汪曾祺等作家继承了沈从文和废名浪漫主义乡土的写法，生态的自然美成为与人性美相得益彰的表现手法。而到 21 世纪，生态意识显得复杂而多面，是包含环保主义、城乡关系、工业社会的复合思想。因此，从具体文本的生态描写切入对于理解中国当代文学的生态批评意识颇有裨益，而以本土化的生态批

---

① 刘胜男：《张炜，诗意栖居的坚守者——生态美学视角下的张炜小说研究》，《文化学刊》2023 年第 7 期，第 95~98 页。

评眼光重新认识中国文学史的发展脉络很有价值。

二 张炜的创作分期和生态意识

作家张炜出生于 1956 年的山东龙口，其一生经历了从社会主义建设到改革开放新时期的全过程，其对中国社会思潮的感悟尤为深刻。他将社会历史症结和山东半岛的文化底蕴相结合，实现了历史、现实、文化多维度的书写。从文学史角度来看，张炜作品贯穿了当代文学的多个分期：1973 年到 20 世纪 80 年代的《木头车》《声音》《一潭清水》等可视作他的早期创作，它们都带有孙犁、汪曾祺、沈从文寻根抒情散文的写法；80 年代中期后以《古船》为代表的小说，带有伤痕文学色彩，同时具备厚重的家族史和新历史主义叙事风格；90 年代至今，他将视野重新放回到自然生态中，从《你在高原》到《河湾》，张炜的作品开始有现代气味的日常化写作、知识分子写作。在历史巨大转折面前，作家张炜的作品和时代大方向基本保持一致。

张炜的写作暗藏的线索即他的生态批评视角，并且作为隐线埋伏于他至今的全部作品之中。在早期，他的自然生态是作为人性美的同构物而存在的，将美好人性放入山清水秀的自然之中，从而摆脱繁重的现实细节的叨扰。这种生态思想如同学者将汪曾祺、沈从文归入浪漫主义作家的序列中。浪漫主义表现为当代社会的复古思想，重返乡土田园的乌托邦理想。在中国现代化和城市化进程中，乡村在承受工业化污染、土地开荒之外还承受了大量繁重的政治任务，重回宁静田园成为当时部分作家的美好愿景，张炜的早年时期也选择了这条道路。这一时期，《看野枣》写大贞子自愿到大海滩上看野枣，不计前嫌帮助三来。《声音》叙写二兰子与小罗锅儿之间朦胧的爱情，二兰子并未因割牛草而放弃对生活的向往。《一潭清水》写就了 20 世纪七八十年代胶州半岛海边渔村田园诗一般的生活。

20 世纪 80 年代出现对"文化大革命"的回顾和反思，让张炜的小说也自觉增添了伤痕反思的笔调。《古船》这一时期，自然生态则沦为一种背景，生态破坏与人性的摧残联系到一起，构成了人与自然环境的互文。

《古船》讲述了带有历史周期率意味的乡绅在社会转型后的回环曲折，他在不同阶段扮演着地主、革命者、企业家等不同的身份对农民和自然进行迫害。在浩荡的历史躁动之年，自然大地扮演着被官方话语操控和索取的对象。开垦荒地，提高产量，兴建工厂，大炼钢铁，以超负荷的方式调动人民和生态资源几十年时间后，中国大地确实收获了社会主义工业化的成功，但留给自然与普罗大众的累累伤痕却无法抹去。张炜的《古船》和"芦青河系列"放下寻根时代清扬幽婉的风格，是从早期对自然环境的赞美到对社会历史、人性深刻挖掘的基因突变之作。①

但是我们可以看到，无论是寻根时期还是家族史时期，张炜的自然仍然为他其他叙事目的服务，即直到90年代之前，他的生态叙事并不是纯粹意义上的生态主义批评，而是古典式的化用自然为人性、历史叙事的工具。在90年代之后，随着西方思潮的输入和本土自然批评理论自省，如何理解人与自然的关系得到当时知识界的大规模讨论。以当代思维反照中国过去数十年的社会主义建设，快速实现工业化开始具备多层面的含义。在国内外政治环境好转的背景下，中国实现了现代化和改革开放。但是一系列问题接踵而至：人与自然的关系前所未有的紧张、生态问题成为亟待解决的全球性问题；人类在面临生存危机的同时也面临重大的精神生态危机；文学艺术面对复杂的现代化生活出现了"失语"和"眩晕"。②

进入21世纪，看似陷入中年危机的生态批评意识似乎失去了生态批评原生的躁动和激越，而无法被实现理想寄托。然而正是这种当代意识上的"河湾"从更具体的意义上展示了生态批评的现实。从个人创作史来看，张炜的"归于田园"是具有多元意象的复合体，是对复杂历史和社会现状的摆脱。洛珈家族历史上的血腥之夜代表的家族史苦难从属于更为宏阔广大的一代人，除了土匪的屠杀外，后续的政治误解和重压才是过往成为持续性症结和阵痛的原因。亦衔的父亲曾在战乱的年代救出了"仁公"，在特殊年代却被认作"伪区长"而受尽折磨，此外洛珈的母亲被首长垂青，

① 李雪：《论张炜的自我形构与文学叙述——兼及对知识分子与时代之关系的反思》，《聊城大学学报》（社会科学版）2023年第5期，第122~130页。
② 范冰倩：《鲁枢元生态文艺思想研究》，硕士学位论文，河南师范大学，2022。

表面上是首长对单亲家庭的怜悯和对母亲美丽容貌的认可，但作者隐含着官方权力对私人生活的介入和无力，最终母亲选择服从，以优渥的家庭环境消解苦难。

作者在《古船》等小说中对家族苦难历程的叙述在《河湾》中并不是重点，从家族史走来的流浪叙事是引出到更开阔的河湾地带的前景。从历史苦难步入今天体制内的日常化无聊之中，苦难本身被赋予了多层次的寓意。但是河湾在叙述中只是作为想象性的空间而存在的，抛弃当下生活而投入田园牧歌一般的诗意栖居并非不可能，然而作者的人生经历和生活原欲让作者又无法抛下当前的生活。

张炜的生态批评是一种面对当前生活的书写。《河湾》所体认的是人与自然非二元对立的可能。"半岛啊，我的往复跋涉之地，从北到南，从东到西，命中滞留的福地和险地。直接奔向北方，向北再向北，直到抵达那片大海之滨，大口吸进清凉的咸风。更近了，那片丛林还在吗？我双眼瞪裂，搜寻游走，直到确认一切消失得无影无踪。心中的坐标已然失去，如今是千篇一律的楼群，是水泥丛林：几乎没人居住，变成所谓的鬼城。"[1]也许我永远无法抵达河湾，对当代个体而言，远离当下生活而重归自然生活已经显得不切实际。当河湾成为普遍性的反思和愿景之时，这种"大隐于市"的生活方式已经实现了河湾的在地和自我的复归。

三 河湾：三重意味的生态存在

笔者认为，如果说张炜早期作品中自然是以对抗残酷历史的作用而存在的，那么在 21 世纪完成的最新长篇《河湾》中，他实现了一种前所未有的自然生态意识。学者鲁枢元在《生态文艺学》中将生态美学分为"自然生态学""社会生态学""精神生态学"。《河湾》的独创之处在于实现了在地化的自然生态学、社会生态学和精神生态学的统一。

第一，在他的笔下，生态与人类是相互依存的。实现自然生态学命题

---

[1] 张炜：《河湾》，花城出版社 2022 年版。

最恰当的案例即是通过余之锷夫妇来实现的，他们彻底远离嘈杂的都市生活和功利思想，来到最原始的河湾地带，与草木鸟兽共同生存。余之锷感叹"河湾对她是一场浪漫，对我是一场苦役。回头看看，好像今生最大的成就，不过是栽活的三棵树"①。余之锷逃离机关单位，自己创业，随后也从事业中逃脱出来，来到河湾。河湾作为余之锷流浪的目的地，在这里他们彻底摆脱了都市文明，过上了春生夏长、秋收冬藏的陶渊明式生活。

然而，这种空想社会主义式的实验让余之锷忽视了对夫人苏步慧的照顾，她陷入余之锷编造的新的无聊日常之中，并最终为一个路过河湾的歌手小木澜所蛊惑，背叛余之锷。作者肯定了余之锷夫妇的大胆出走，他们实现了在工业社会之外对自然生态的重返与体认，然而，脱离现实不食人间烟火的生活与无法"太上忘情"的人性本身之间的差距让这场河湾生态实验不得不走入某种失败之中。

第二，张炜的生态意识同时也是一种社会生态的意识，是在对抗倦怠社会中的深度无聊中而产生的。他从知识分子在中年日常生活对婚姻、事业、欲望的疲惫和纠结中展示了当代生活的困乏和无奈。可以说，他在文中首先寻找了一种感情生活上的田园状态，即游离于一般固定生活中的萨特-波伏娃式的两性关系实验。傅亦衔一方面承认在现代社会中女性独立的意义，另一方面却又保留着大男子主义的陈旧思维。他认为"在男女二人的世界中，男子外出打拼才是天经地义的，古代男子狩猎，这种传统一直延续至今。我骨子里还是保守的"②。他对苏步慧这样依附于男性的小女人多有溢美之词："她有一种过人的温度与怜惜，举手投足间透出呵护照料的劲儿。"③ 当激烈浪漫的爱情步入中年之后，被祛魅的爱情对普通人而言带有若即若离的感觉。傅亦衔的友人余之锷的典型性家庭是一种超稳定结构，保持传统意义上的男主外女主内：男性强势，女性温婉并辅佐男性事业，但同时家庭又变为女性的牢笼。亦衔在承认洛珈自强独立的同时，又对余之锷的夫妻生活颇生羡意。

---

① 张炜：《河湾》，花城出版社 2022 年版。
② 张炜：《河湾》，花城出版社 2022 年版。
③ 张炜：《河湾》，花城出版社 2022 年版。

对爱情渴慕和中年乏力的爱情生活之间的割裂感构建了婚姻围城，使河湾成为理想的生活隐喻。经历过中年危机的男性对爱情的理解早已褪去了青年时代对爱情的向往和憧憬，关联于无谓的感受和生理欲望本身。傅亦衔已经失去了对爱恋的幻想，无法构拟出理想中的爱恋对象，但是又选择表达对目前爱情生活状态的反感。洛珈提出一种"爱情保鲜法"："借用一个口号来讲，就是'把初恋进行到底'。""分开，彼此独立，和而不同，相敬如宾；一生热烈、真挚。"

在洛珈的情感世界中，由于童年时父爱的匮乏，她对男性始终不信任，难以与男性建立亲密关系，难以对爱人付出全部的爱。而傅亦衔早在童年时代就被迫失去了童贞，他将青春年华全部用在等待爱情，直到年老体衰之时才真正决定步入爱情的长河。洛珈对亦衔隐藏自己的行踪，她的工作、交往、豪宅皆对亦衔保密，并拒绝拥有孩子。傅亦衔的现实之困和洛珈的历史之困的后遗症让二人公开表明心迹变得如此困难。亦衔和洛珈保持着秘而不宣的爱情方式，即呈现为独特而无聊的爱情故事，在亦衔和洛珈的爱情中，各自保持着独立，任何的陪伴和亲密都需要提前的安排。他有爱人，但是他并不沉入爱情当中，保持着单身时候的游牧状态。傅亦衔在事业上选择成为公务员，继续仕途的路上逐渐偏离自己的职业理想，开始选择逃避和漠然。"作为意象"的河湾是现实存在于海滨的地带，是傅亦衔的朋友们最终抛弃亿万身家选择投身的安栖之所，也是傅亦衔作为一种逃离疲倦的"登高图"。

第三，《河湾》的生态意识是一种精神生态意识。它已经逃离出城乡二分、工业污染的经典命题，在网络化、倦怠化的日常生活，例如文中棋棋在看似自由的网络游戏中成为统治者，实际陷入游戏所属的现代网络生活的驾驭和控制，她夜以继日地享受着游戏的快感却已经陷入过度刺激的哲学家韩炳哲等所谓的"深度无聊"之中。韩炳哲等认为："过度的积极性还可以呈现为过度的刺激、信息和资讯，它从根本上改变了注意力的结构和运作方式。感知因此变得分散、碎片化。此外，日益增长的工作负担要求一种特殊的时间和注意力的管理技术，这反过来也影响了注意力的结构。"①

中山大学谢有顺教授认为，张炜是一位持续贯彻其写作主题和写作理念的作家，他对于世界、人性、自然有自己坚定的看法。② 我们需要意识到，张炜的《河湾》并非浪漫主义作品的一大原因是他已经放弃了重回田园牧歌的做法，而是在现实生活中寻找河湾。田园生活与现代生活完全脱节，隐士隐居的归去来模式在当代早已经失去了可能性，现代以来，人早已被先验地归入具象的社会单位家庭中，古代登高望远、吟诗作赋的高士在当代已然失去了存在的土壤。

像余之锷夫妇一样生活于河湾是作为遥不可及的诱惑和愿望而存在的。真正实现诗意栖居的"异人"实际是何典，他没有前往河湾生活，而是寄居于城市之中。"小隐隐林薮，大隐隐朝市。"何典兼具感性和理性，有异才，懂医药，博学多识，十年如一日地钻研"古文字学"，坚守自己的原则和立场，余之锷的友人曾想聘请他住在"草寮"吸引游客，他也不为所动。

"我在海边走了一天。记忆中的一切荡然无存。"余之锷夫妇的选择是超越性的，是与当代社会完全无关的前现代做法。傅亦衔只能观望余之锷的河湾，而无法真正放弃目前的生活。傅亦衔走入河湾的历程中，是一个开放式的谜面。即便小说最后，余之锷离去，亦衔接管河湾，找到了心灵暂时得以休憩的驿站，但亦衔式的河湾与余之锷式的河湾并不一致，因为恰如张炜所言，"每个人的生命阶段，生命的河流，是不一样的"。

结　语

作为重新理解中国当代文学发展的一条可行性路径，生态批评对于重读张炜在不同历史时期的文学写作具有独特的价值。张炜的最新力作《河湾》延续了张炜一贯的反思性写作，在当代社会的语境中提出"走向河

① 韩炳哲、王一力：《倦怠社会》，中信出版集团 2019 年版。
② 转引自李晓燕《寻访"高人"的行踪——张炜小说〈河湾〉论》，《中国政法大学学报》2023 年第 5 期，第 295~304 页。

湾，走向心灵的向往"的沉思姿态，是对传统意义上工业社会、商业化、现代科技的精神危机，以及体制内日常生活和中年婚姻的无聊状态的一次反问与沉思。河湾的生态批评意味在于它的多义性，它是生态叙事在作者第三阶段的新变产物，构建出了多义性的生态寓言。文中"河湾"所具有的三种隐喻与文中的三对夫妻之间构成了同题关系。余之锷夫妇出走之后经营河湾荒地实现了"河湾"的自然生态价值，"我"在倦怠婚姻中的挣扎和清醒是对"社会生态"的认知，而何典坚持个人爱好，在社会变动中不忘初心，宁静致远则是对精神生态的回归。

在"河湾"的"异人"

——评张炜《河湾》

文红霞[*]

摘要： 张炜小说《河湾》以回忆串起两段惨痛的家族秘史，追溯和还原"我"的来处，也是为了完成"我"是谁的身份认同，将它们作为基石，构筑"我"往何处去的底层逻辑，在对历史的打捞和确认中，在对童年和家园的怀念寻觅中，确认现代人的精神使命。追寻一种重生命活力、重心灵承载力、能生长、非重复的、静看天地、省察内心的与自然和谐共生的生存方式。

关键词：《河湾》；张炜；历史叙事

读张炜的小说《河湾》，乐趣中有很多痛苦，那些历史与现实纠缠的诘问，以及对人性黑暗的凝视，如同看一场有点阴沉绝望氛围的话剧，各种奇特的声音你方唱罢我登场："我"执着于家族惨痛历史的喃喃自语，洛珈、德雷令和女上司等人的另一个世界，他们的世界似乎与"我"的世界折叠了，虽然生活在同一个城市，却并不知晓对方的心灵和精神状态。洛珈所拥有的豪华别墅、德雷令在他庄园里的生活状态、女上司奇特的过去和现在洛珈和"我"的家族秘史，在交织的线索中时隐时现，既形成叙述中断，又往往互文佐证。

但这些又似乎还不够，张炜浓墨重彩地描绘了手机时代带给人们的各

* 作者简介：文红霞，文学博士，重庆市青年职业技术学院副教授，硕士生导师，研究方向为当代文学与当代文化。

种烦恼以及日复一日重复的生活带给人精神的厌倦，并塑造了作为对抗这些烦恼和厌倦的"异人"形象。显然，作家的野心既不是讲一个都市奇情故事，也不是破解历史的罪恶，他是想做一个自然田园中的思想哲人。

一　以回忆作别

张炜的文学成就众所周知。他曾以《古船》《九月寓言》等深刻切入历史与时代的作品名闻天下，被评论者称为"道德理想主义者""自然之子""乡村哈姆雷特"。① 他曾写作非虚构散文《我的原野盛宴》《游荡：从少年到青年》等来追溯"我"从哪里来以完成"我"是谁的身份论证。他的十卷本《你在高原》以宏阔的书写阐述了从历史到当下的时代变化与诗性哲思。他还"以纯诗的方式提取世界"。②

有评论家这样说："张炜似乎是文学史的宠儿，实际上他是一个游离于文学史主潮之外，又对当代文学产生强大辐射力的作家。"③ 张炜通过对曾经的"秘史"的解读和文学书写，体现了一个有使命感和责任感的作家主动所做的一种现实思考。④ 张炜通过千万文字写出了一个异路独行神思渺渺的"我"，对这个时代发出了沉勇坚忍的谔谔之声，用"圣徒般的耐力和意志"创造了一个天地人鬼神声气相通、历史与现实相冲撞的深妙世界。张炜是一位天真诗人，诗不仅是他的"向往之极"，而且是他全部文学创作的基点。对张炜来说，写作就是一场漫长的言说，是灵魂与世界的对话。他为濒危的世界找到了一条中国式的生存之道，同时也透露出一种以退为守、以守为攻的隐逸倾向。⑤

---

① 雷达：《独特性：葡萄园里的"哈姆雷特"——关于农村题材创作的一封信》，《青年文学》1984 年第 10 期。
② 欧阳江河：《以纯诗的方式提取世界》，《文艺报》2022 年 6 月 6 日。
③ 房伟：《从启蒙思者到自然之子——张炜 90 年代小说与当代文学史》，《文艺争鸣》2019 年第 1 期。
④ 张丽军：《当代文学的"财富书写"与社会主义新伦理文化探索——论张炜〈艾约堡秘史〉》，《文学评论》2019 年第 2 期。
⑤ 赵月斌：《大物时代的天真诗人和孤独梦想家——张炜引论》，《比较文学与跨文化研究》2021 年第 6 期。

我读张炜的作品，最深刻的记忆是《柏慧》，那一封封长信，仿佛是压抑着内心激情的男人的深情告白。他沉浸在悲伤的回忆里不能自拔，仿佛一个忧郁的歌者在反复吟唱那首追悼的歌。当我读到《河湾》时，看到苏步慧这个名字，自然又想到了柏慧。苏步慧同样是一个特别有魅力的女人，笑声像清水，性格也天真热烈。

《河湾》一直在回忆。

从题记开始，张炜说："这是我写给好朋友的一个故事。在十分困难的时刻，我不知道该讲些什么，无从讲起，淤积太多，我用它来作别。……让我们在即将耗尽的长夜，在黎明前，做最后的长谈。……最后，我怀疑的是这次讲述的意义，你或许已失去倾听的耐心。"很晦涩，多歧义，话语矛盾，互相抵牾，读起来令人郁闷不爽。

唯一可以肯定的是，作家在回忆。在小说开头的美好相遇、热烈相恋，都只是昙花一现。他的叙述者依然是"我"，一个深情中不乏忧郁哀伤色彩的中年男人，长得很帅，被多个女人追求，但他对爱情有洁癖。很忠贞。甚至为人处世都有几分刻板迂腐。

与人相处时总带几分温软老实，所以几乎小说中出现的每一个人都能影响到他。洛珈得到他死心塌地的爱情，女上司得到他至诚的感激，琪琪、圆圆、生生得到他的友善关爱，就连诬告他的老科长都能够得到他的关心，嫉妒他的德雷令对他另眼相看。好朋友余之锷、苏步慧把他当成亲人。可以说他是个没有缺点的人。

但他总是沉浸在忧郁往事中，他的外祖父、父亲、母亲、外祖母，以及荒野上的流浪，那些青少年时代的屈辱，总会闪现在他面前，一次又一次如同老牛一样反刍。他把往事变成了历史中的钻石，以此来映照人心的阴暗、命运的逼仄和生活的不近情理。

"我"不仅自己的一切都陷在回忆中，还触发了洛珈的回忆。她是另一个半岛历史中遭遇奇崛命运的人物，洛珈的区长生父的苦难遭遇和继父的故事在小说中若隐若现，与"我"父亲形成复调的叙述。这些人物的故事简单带过，但就像是点豆腐的卤水，轻轻一洒，就让小说蒙上了忧郁的底色，使小说从粉红爱情中跳出来，自始至终回荡着这种凄凉的腔调。整个故事得以成立的事实依据，是半岛历史上曾经有过的十五个武装力量的割据，这就让小说历史主题有了深度开拓的空间。①

洛珈的继父究竟该不该对洛珈外祖父母和舅舅的死以及区长生父的遭遇负责，其实也不重要，也无法从历史沉冤中寻找到答案。作者在这里想说的是，历史的吊诡之处就在于，曾经以书信严厉逼问继父的洛珈，最后接受了继父给予的一切资源和人脉，心安理得地成为无所不能的"女王"。这才是小说最意味深长的一笔。

历史长河静水深流，回忆中看不见的地方暗礁处处。爱或恨，都不再有清晰的标识，当失去爱人、失去朋友，工作中无比厌倦。此时支撑人活下去的激情和兴致在哪里呢？

二　寻找"异人"

张炜在《河湾》里隆重推出了一个新的异人概念，不同于他其他小说中的异人往往是身怀绝技的人，这里的异人是指特立独行的人。他其实把很多人都写成了异人，他想用这种"异"来对抗现实生活中的平庸，以抵御无处不在的厌倦。

小说一开端，"我"就喜欢好友燕冲所画的访高图，对异人表示了极端的好奇和热情。对异人的书写，正是一个理想主义者的退守和反抗。什么是异人？小说借余之锷和"我"的讨论说出：异人让我们认识到人的各种可能性，发现自己的盲角和误区。"特立独行或者比身怀绝技更重要，因为那关乎心灵和品质。自我恪守。一个人的刚正不阿，不随俗见的坚持和洞悉。勇气和心智，大概就是异人的核心内容。"

在《河湾》中的"异人"是指拥有自我的人，他们避世独处是因为要思考和处理复杂的内心问题，显现出一种古典的、老派的、有尊严的清风

---

① 郝敬波在《当代文学研究中的语言观念史问题》里说："文学语言观念的表现形态是丰富和复杂的，不仅表现在作家对语言的某种价值取向，同时也表现为读者对文学语言的审美变化。这些价值立场和审美意识往往并不呈现出显著的外在特征，而是更多地潜隐在文本之中。"［《江苏师范大学学报》（哲学社会科学版）2022 年第 3 期］张炜小说的很多叙事是符合这个特点的。

峻骨。选择退居山顶的"异人"不是消极避世，而是主动选择了一种简单淳朴的自然生活。这里的"自然"是对生命的皈依，是人的返璞归真，与天地万物同为一体，能相互同情、友爱与对话。

"我"爷爷一生痴迷于象棋，不事生计，不管俗务，唯棋是命。"我"父亲一辈子寻找仁公，他勇敢热烈，九死不悔，踏破铁鞋，也要寻找仁公。洛珈父亲付出生命的代价也要娶母亲。余之锷原本在单位前途颇好，他毅然辞职，租了一个海轮，把生意做得风生水起之际，却忽然厌倦这种生活，到河湾过起诗意田园的生活。苏步慧去世之后，他远遁海外，每一步都干脆利落，不纠结利害得失。有一种洞悉世界的清明和超然物外的淡泊品质。

他们都是异人。

小说中那些女性是另一类异人，旨在唤醒一种有承载力的人格，一种柔性的力量。在张炜讲述的家族苦难的背后，站着具有承载力的女性。她们全然无辜地被卷入命运的洪流，被苦难反复碾压。她们并没有倔强反抗，而是以一种柔性的力量保护了自己的家人。洛珈母亲少女时代，亲眼看见自己的父母、哥哥被土匪残忍杀害，又被带进土匪窝，虽然那几年的时光未提一字，但一定是充满了屈辱的。她逃出来之后，被众人轻蔑、嫌弃、打压。区长父亲爱上她，替她申冤，为她遮风挡雨，她感恩这份深情，在物质条件极为窘困的山顶小学陪着丈夫教书。丈夫去世之后，她之所以再嫁继父，很大一部分原因是想为女儿谋一个庇护所。她一直想抹平女儿心中的恨。这个一辈子生活在屈辱中的女人，却是一个极坚韧、极富柔性力量的女人。"我"的外祖母和母亲也是这样的女人。当外祖父被土匪杀害，父亲突然被抓之后，一直是这两个女人相依为命，她们顽强地与命运搏斗，给了"我"一生中最温馨最值得怀念的童年时光。或许这些女性并没有光辉灿烂的事业，也没有作出什么可供夸耀的成就，但是她们就像大地一样承载着世间万物，用一种柔性的沉默的力量承托了她们的丈夫、她们的孩子、她们的家，她们源源不断地给这个家、给万物以生长的动力和向上的养分。

小说中"我"身边虽然看似热闹，但内心十分孤独。"我"少年时代有一段在荒野中流浪漂泊的经历，回忆中的人生千疮百孔，饱受磨难。却一直坚守本性，拒绝各种诱惑。虽有秘密情人，却被迫保守秘密，处于等待被召唤的位置。当对一切都失望后，"我"决定辞职，从余之锷的手中接手河湾。在这里做一件长久以来"我"一直想做的事，即写家族史，这当然是一个带有浪漫意味的结尾。

可以说，"我"选择了坚持自我，有一份大智慧和大勇敢。

所以笔者第一时间想到了毛姆的以印象派大师高更为原型创作的《月亮与六便士》，斯特里克兰生活富足，家庭幸福，却选择离家出走去画画。弄得穷困潦倒，差点病死。老婆找到他后，他反而跑去了更远的塔希提岛，在那里搭了个草棚继续画，最后得了麻风病去世。"在满地都是六便士的街上，他却抬头看见了月亮。"月亮是理想，是艺术。而六便士代表的是现实和凡俗。

"我"一直在讲述家族历史。那些惨痛史和亲人的遭遇让他顿悟：生命在时间长河中算不了什么，反而脆弱如风中之烛，转瞬间消失了踪迹。"我"外祖父以医术救人，参与革命救国，被土匪残害。"我"父亲孤身进匪巢，以非凡的智慧救出仁公，却被冤服劳役。偌大的家财被抢光，外祖母和母亲被欺凌。洛珈生父为妻子申冤，付出了生命的代价。而妻子再嫁的继夫很可能就是曾虐杀洛珈外祖父母和舅舅的那支土匪。历史的肮脏和残酷被沉埋，人性的黑暗和复杂令人惶惑。

在爱情方面，"我"爱洛珈至深，视她为生命的光，认为那些至关重要的家族故事只能讲给洛珈听。但洛珈仅视他为"献花少年"，她对"我"隐瞒了绝大多数事情。在"我"视野之外，洛珈是无所不能、拥有极多资源极大能量的"女王"。被欺骗的痛苦令"我"不再联系洛珈，他们陷入了失联的黑洞。

在事业方面，"我"兢兢业业多年，写成的公文达数百万字，距离副局长之位越来越近，却突然发现生命在白白浪费。女上司以关切之名要求他夹着尾巴做人，让一个充满激情和热力的小伙子变得期期艾艾，如同生了什么病。老科长、绿林镇等人的诬告让他对这种生活极度反感。等苏步慧去世，他开始审视失去的青春、蹉跎的人生和一地鸡毛的生活，这样活着究竟是为了什么？未来的自己究竟该怎样生活？

三　去河湾

"我"选择去河湾，跟斯特里克兰选择去塔西提岛一样，不是简单的逃离现实。他们是想找一种生活方式对人生价值进行反思和重构。

遵从心的选择不一定是最睿智的。通往理想的路从来都不好走，但总有人一路披荆斩棘，摘下心中的月亮。傅余衔从孤清的荒野一路艰难跋涉，不是为了当一个"献花少年"、一个职场的文字工。他说，至少要对得起自己所经历的这一切苦难，所以要做那个主动选择生活的人。

这里有你我生活中真实的缩影和写照。或许你也可以问一问自己，是否还有为梦想孤注一掷的勇气，是否有放下一切重新开始的胆量？人到中场，停下来，找一个河湾，过一段读书写自传的日子，是智慧的。那是对自我的断舍离，对过往的清零，对下半场人生的重新规划和开启。

毛姆在《月亮与六便士》中说："要记得在庸常的物质生活之上，还有更为迷人的精神世界，这个世界就像头顶上夜空中的月亮，它不耀眼，散发着宁静而平和的光芒。"

是啊，如果不能过自己想要的生活，我们到这个尘世所为何来？

张炜在作品里对那种重复的、同质化的生活方式；重复的声音和思想；只有利益，没有真心的交往；热衷于建鬼城，而忽视了自然的做法等进行了批判。这与张炜在其他小说中对自我精神的坚持是一致的，他的人物形象都带有某种道德洁癖，不肯轻易盲从和屈服。他塑造的何典、余之锷、苏步慧、傅余衔等选择隐居山林的异人，意在找回一种有力量、有格调、亲近自然的生活方式。

在小说中，"河湾"不仅是一块充满生机的自然之地，也是一块充满温情的慰藉之地。"河湾"是"我"的世外桃源。在这里，"我"不再疯狂思念洛珈。在这里，"我"遇见了让我亲切的动物们，这些多次出现在张炜小说中的动物，负载了他对天地自然的亲近和热爱。在这里，"河湾"是属于心灵的居所，"用长了棘刺的保守精神抵御着躁狂时代的骚动与喧哗"①。"河湾"是"大地守夜人"②对人文精神的坚守。哪怕只能给鸟儿撒一把玉米，或者给松鼠留几个果子。大雪封山时，读喜爱的书，写自己的家族笔记，那是一种回归自然的生命状态，并非怀旧，而是从中获得一种新的心灵成长的力量。

却顾所来径，苍苍横翠微。"我"是有着绵长深刻痛楚的孤单少年，从少年时代的苹果园，到寒冷荒原的独自跋涉，一段段的人生影像流转。"我"身上带有一眼都能看得见的张炜印记，"我的全部努力中的一大部分就是为了抵御昨天的哀伤和苦痛"③。这个"昨天"大多源自父辈的历史，是来自血缘的根。"我"清醒克制，有着道德上的洁癖，因而看上去有些保守。

他在很多作品如《我的原野盛宴》《游走：从少年到青年》《爱的川流不息》《你在高原》等或多或少有讲述，这正是张炜的执着，他想要弄清楚自己从哪里来，自己的父辈都经历了什么，为什么会有这样的"发生"。因为时光太过久远，事件的亲历者大都已经离开人世，真相已经很难追溯，只能打捞出一个又一个的记忆碎片，如同沙漏里的沙，一点点透露。这样的叙事安排使历史诘问规避了金刚怒目和剑拔弩张的愤懑，多了沉勇坚忍，在对历史碎片的耐心拼接中，重构了一个人鬼自然相通、历史与现实碰撞的幽深世界。在被隐匿、被遮蔽、被刻意遗忘的社会历史和小人物的命运中，凸显出人性的黑暗与复杂。

张炜之所以被称为"自然之子"，固然是因为他在作品中执着地书写灵性自然，对自然表现了发自灵魂的亲近和热爱，更多原因是"我"总是在作品中赤诚热烈地剖解自己、询问自己、反思自己，以对自己灵魂的拷问来重塑自己。当然这样做也可能面临一些风险，比如"使得思想大于形象、理性压倒感性"④。"我"在这个世上早已没了父母亲人，当最好的朋

---

① 赵月彬：《大物时代的天真诗人和孤独梦想家：张炜引论》，《中国文学批评》2018 年第 10 期。

② 张新颖：《大地守夜人：张炜论》，《上海文学》1994 年第 2 期。

③ 张炜：《莱山之夜》，《张炜文集》第 33 卷，漓江出版社 2019 年版，第 226 页。

④ 吴义勤：《难度·长度·速度·限度：关于长篇小说文体问题的思考》，《当代作家评论》2002 年第 4 期。

友和爱人离去后，河湾成为"我"的选择。这与"我"的经历性格有密切的关系。小说中"我"总带了几分忧郁的游吟诗人的色彩，"我"回顾童年往事时饱含惆怅眷恋。讲述对洛珈的爱时热情奔放，情感如同燃烧的火焰。而几次来到河湾，都有一种赤子回归家园的欣喜。他在水中嬉戏，和鱼儿、小鸟对话，可以看出他有一颗明澈的童心、灵性的诗意。

追溯和还原"我"的来处，也是为了完成"我"是谁的身份认同，将它们作为基石，构筑"我"往何处去的底层逻辑，在对历史的打捞和确认、对童年和家园的怀念寻觅中，确认现代人的精神使命。追寻一种重生命活力、重心灵承载力、能生长、非重复的、静看天地、省察内心的与自然和谐共生的生存方式。

张炜最为人称道的是小说中的自然情怀和生态忧思，他关注人的心灵状态和精神品质，关注人有尊严自由地活着。所以他小说中总在忧郁地反思，为何会有一批人恶意地欺压陷害另一批人。在《柏慧》中，"我"不能忍受生活中的污浊逃到葡萄园，很快葡萄园又被资本的力量破坏，天地之大，容不下一个热爱自然的人。

那么，河湾能如小说中所描述的一样，一直自然地美下去吗？"我"是在这里暂住写写家族史，还是真的要在河湾山顶草寮中做个异人？

吊诡之处在于，他想通过河湾找到童年和失去的家园，想寻觅纯真朴实的人与人与天地自然的关系。而先他一步来到这里的余之锷和苏步慧恰恰在此遭遇灾难。一个名叫小木澜的流浪歌手，在这里蹭吃蹭喝蹭住蹭玩，还引诱了苏步慧这一情节，与《月亮与六便士》中主人公引诱房东的妻子一模一样。苏步慧因这一河边的错误精神崩溃心衰而死。余之锷因此一夜白头，灰心丧气，放弃河湾，移居海外。

小说中余之锷是个彻头彻尾的理想主义者，敢想敢做，精明干练。他原本在机关做得很好，因厌倦人事纷争而选择做生意，短时间内生意做得风生水起。但他又及时止步，接手河湾，甘于做一个在河湾种树的人。

"我"所走的路都是步余之锷之后，余之锷才是那个真正有梦想、有坚持、特立独行的异人。但小说给了他这样一个凄凉的结局，让人不免对人生、对人性、对存在产生怀疑。或许越是宁静之地产生的"恶"带给人的心理冲击越深刻强烈，因为没有人知道这样假借爱之名而行的恶如何去避免，让人怀疑这是不是一种宿命。

文明进程中，总是黑与白、是与非、善与恶纠结在一起，难以分辨真相，是彻底地弃绝爱，还是忍着恶心接受爱？小说中洛珈对继父的感情也是非常复杂的，她一次次严厉地质问，认为继父在历史中有罪。但继父给予她的爱如此包容，以至于继父究竟是不是曾经是个恶人反而不重要了。同样地，"我"父亲是否曾经救过仁公，是否真的冤屈，洛珈有没有爱过我，都成为一笔历史的糊涂账。

"我"来到河湾的第一时间是找回文字学家何典和画家燕冲，所以"我"去河湾绝对不是要学陶渊明种豆南山下，而仅仅是寻觅一方静谧之地，思考这扯淡的人生。

在这复杂的世界里，在这漫长的历史长河中，善恶对错并不能黑白分明地呈现，每个人都有自己要承担的责任和要实现的梦想。"我"是历史之子，就要重新勘探历史。至于是否能实现，以及写完之后能发挥多大的作用，那可能是"我"面临的困惑和不能解决的问题。

张炜《九月寓言》的思想内涵与艺术特色

李恒昌[*]

摘要： 张炜的长篇小说《九月寓言》是一部有一定争议的作品，本文依据接受学基本原理和文本细读的研究方式，深度挖掘该作品的思想内涵和艺术特色，指出该作品是一部苦难悲歌，再现小村人的生存状态和内心渴望，深刻地体现了张炜的苦难意识；是一部文化悲歌，再现小村人与外界的文化冲突，深刻地体现了张炜的文化精神；是一部爱情悲歌，再现小村人情爱的缱绻与决绝，深刻地体现了张炜的人文情怀；是一部现实悲歌，用看似夸张的手法反映现实生活，深刻地体现了张炜的真实性原则；是一部诉说式悲歌，用内向性语言讲述小村故事，深刻地体现了张炜的内向型性格。

关键词： 当代文学；张炜；九月寓言；苦难意识；文化精神

1987 年初冬，渤海之滨的登州海角，大雾弥漫，长久不散。张炜从远方而来，到"东去的居所"——把自己深深地埋在"雾"里。五年之后的

---

* 作者简介：李恒昌，铁道战备舟桥处原党委书记。中国作家协会会员、中国文艺评论家协会会员、中国散文学会会员、中国报告文学学会会员、山东省作家协会会员、中国铁路作家协会会员、山东省散文学会会员、山东省寓言研究会学术委员、山东摄影家协会会员、济南市作家协会会员。济南市首批签约作家、《齐鲁晚报·齐鲁壹点》签约作家、2021 年度泉城实力作家。齐河县作家协会顾问、高乡书院顾问。曾获山东省精神文明建设"精品工程"奖、中国铁路文学奖、刘勰散文奖、吴伯箫散文奖理论奖等。先后出版《爱之苍茫》等文学作品和学术著作 14 部。作品散见《中国当代文学研究》《解放军文艺》《清明》《时代文学》《评论》《百家评论》《人民日报》《工人日报》《文艺报》《中国艺术报》《文学报》等报刊。

春天，他从"雾"中走出来，"像从身上挖掉了一块"。他喃喃自语："对，确实是挖掉了一块。"五年里，他实现了一次蝶变、一次更生、一次涅槃。《九月寓言》是他的新生儿。他第一次用长篇小说的形式表达自己对苍茫大地的猜悟与理解。

《九月寓言》是一部不同于《古船》的新作，是一个完全崭新的生命。如果说它们是一对孪生兄妹，那么《古船》更多地继承了父亲的民族特性，《九月寓言》更多地继承了母亲的大地特征。它是一首歌，是献给大地母亲最深沉的恋歌。如果说它们是天空中的一对星体，那么《古船》更像照彻天空的太阳，《九月寓言》则是阴柔美丽的月亮。它是一首诗，是献给光阴岁月最动人的长吟。相比《古船》，《九月寓言》更内向，更柔美，更诗性，也更难懂。她像一场大雾，时淡时浓；像一段呓语，时断时续；像一个恋人，若即若离；像一个梦境，似实若虚；像一个锦团，缠绕交织；像一颗果实，内实外美。一切都又像它的《题记》所言："听老人的叙说，既细腻又动听。"

必须真正走进去，才能从里面走出来。

第一，《九月寓言》是一部苦难悲歌，再现了小村人的生存状态和内心渴望，怎一个"愁苦"了得？这深刻地体现了张炜的苦难意识。

小村人的愁苦，好像是天生就注定的愁苦。他们的先人是一些从外地逃荒而来的人，他们是一些"没爹没娘的孩子"和一些"像没爹没娘的孩子"，还有一些"饿死鬼托生的人"，还有一出生就"愁白了少年头的人"，似乎他们生来就是为了受苦受罪。肥的妈妈吃地瓜噎死后，肥在雨水中奔走："没爹没娘的孩儿啊，我往哪里走？"这是他们面对苍天的呼唤。

小村人的愁苦，是饱尝饥肠辘辘滋味的愁苦。他们的先人因为讨饭来到这里。在那些挨饿的日子，多少人吃野草、啃树皮，多少人吃芦苇的白毛、破衣服里的棉絮，多少人因饥饿身体垮掉，又有多少人因饥饿而死？

小村人的愁苦，是即便有东西吃，也让人胃里和心里难受的愁苦。这里人的主食是地瓜。这"地上之火"虽然能让人果腹，维持生命，但吃多了、长期吃，就会烧胃、烧心，让人痛苦不堪，特别是遇到雨天地瓜发霉变质，更是让人苦不堪言。

小村人的愁苦，是男人找不到媳妇，女人找不到爱的愁苦。世界上最大的愁苦，莫过于打光棍的愁苦。由于小村极度贫穷，打光棍的男子不在少数，而村里的姑娘也不能轻易嫁到外面去，更不可能找到"爱"。这是何等令人发愁的事情。

小村人的愁苦，不是少数人的愁苦，而是整体性愁苦。村子里，不仅光棍金祥、闪婆等人生活愁苦，绝大多数人，甚至村头赖牙和他的老婆大脚肥肩也生活在另一种愁苦中。

小村人的愁苦，是一眼望不到边、看不见希望的愁苦。极度艰难的生活状态并没有随着社会的变化发生完全"焕然一新"的改变。"人到这世上，不能问，只能挨。不能问为什么饱受煎熬，不能问，只能挨，我挨我受我爱。"①

小村人的愁苦，居然还是山里人向往的一种"生活"。和他们相比，山里人的生活更苦，他们不远千里，跋涉、要饭而来，很多女孩子希望在这里找个人家过上"有地瓜吃的日子"。"忆苦大会"将这种对愁苦生活的描述发展到了极致。金祥是最会忆苦的人，也是幸福的提醒者。他诉尽了穷人所受的苦及地主的恶毒，揭示了"天下乌鸦一般黑""地主的斗，杀人的口"的"真理"。"忆苦大会"不仅回忆了金祥和闪婆的苦，还回忆了诸多人的苦，不自觉中还模糊了新社会和旧社会的边界。

"老爷"和"女娃"的故事回答了一个非常重要的问题，就是"老爷"家的财富，他的"第一桶金"究竟是怎么来的，这是一个"秘密"。"老爷"原本也是穷人家的孩子，是一个黑孩子，一次偶然的机会，他遇到了"母猴精"变的"女娃"。"女娃"力大无穷，会"大搬运小搬运"。"老爷"让她夜里去"富人家"偷来了食物、家具、农具，最后偷来一个大大的碾盘，从此之后，小两口起早摸黑种庄稼，不再贪心，慢慢富了起来。面对这样的故事，你只能说，这根本不可能。因此，读者就有可能得出另一个结论。那就是，他们的财富不可能是"偷来的"，而是通过其他方式

---

① 张炜：《九月寓言》，重庆出版社 2013 年版，扉页。

得来的。这是一个"禁区"，但是被《九月寓言》突破了。这虽然不是历史的全部真实，但至少反映了历史的部分真实或者说个别真实。

小村人的愁苦，还是未曾绝望的愁苦。虽然他们的生活苦到了极点，但他们懂得苦中作乐，也懂得知足常乐。弯口说："白毛毛绒做成的大被子蒙了我和憨人妈，大火炕底下呼噜噜响，日子就这么过来的。"① "你当只有你活着吗？这地上活物多了，它们趁着月亮，趁着大好时光在忙事情哩。和小村人一样，忙着找食、养小孩、打架，还忙着造酒、成亲哩。"②他们这些人，虽然看不到走出愁苦的希望，但是内心始终抱有一分难得的渴望。虽然不知道自己从哪里来，但内心知道自己想到哪里去。特别是村里的年轻人，他们趁着夜色，不停地游走，总是在寻找着什么、发现着什么，他们只是想找到一个走出愁苦生活的出口而已。金祥做梦时，曾经走到路的尽头，"终于把它生生逮住，它的名字叫'饥饿'"③。他们人穷志不穷，人苦志不苦。闪婆曾告诫儿子欢业，要记住你是受苦人家的孩儿，爹妈奶奶爷爷，没有一个不是苦海里泡泪海里淹，你要对得起你的先人。

第二，《九月寓言》是一部文化悲歌，再现了小村人与外界的文化冲突，怎一个"纠结"了得？这深刻地体现了张炜的文化精神。

文化的最大冲突来自煤矿的"工区"。这是两种文化的冲突：一种是农业文化，一种是工业文化；一种是"刨食"文化，一种是"挖煤"文化；一种是"黑煎饼"文化，一种是"黑面肉馅饼"文化；一种是"大盆洗澡"文化，一种是"大池洗澡"文化。面对来自"工区"的影响和冲击，小村人既惊喜，又彷徨；既接受，又排斥；既观望，又纠结。

对于秃脑工程师和他的儿子挺芳，村里的头头赖牙、大脚肥肩、红小兵、赶鹦、肥等人，既接触，又不配合，始终保持一种防范心理，甚至和他们斗智斗勇，有人还与他们发生情爱纠葛。一方面，他们希望煤矿的开挖能给村里人带来实际利益，走出愁苦的生活；另一方面，他们担心地下被挖空后小村会下陷，失去赖以生存的土地。一方面，他们希望村里人能

---

① 张炜：《九月寓言》，重庆出版社 2013 年版，第 112 页。
② 张炜：《九月寓言》，重庆出版社 2013 年版，第 114 页。
③ 张炜：《九月寓言》，重庆出版社 2013 年版，第 115 页。

到煤矿当工人，吃"黑面肉馅饼"；另一方面，他们又担心村里的姑娘经不住"黑面肉馅饼"的诱惑，跟着"工区人跑掉"。一方面，村中的女人羡慕矿区的大澡堂，偷偷找看堂子的"小驴"去洗澡；另一方面，村里的男人们担心妇女们会被影响坏了，所以坚决反对。

他们之间的这种冲突主要体现在三件大事上：小驴被打、挺芳被打和偷鸡被打。

小驴被打。打他的是村里的男人金友。理由是小驴让他的媳妇小豆和其他妇女去大澡堂洗澡。在打小驴之前，金友已经将媳妇小豆一顿暴打。理由是她去矿区洗澡。平时金友经常暴打小豆，即便没有任何理由。在这个村里，有一种奇怪的现象，夜晚到来，男人总是喜欢打老婆。他们以打自己的老婆为乐，他们认为老婆就是让男人打的，没事的时候，就应该打老婆。不打老婆，"到了俺们男人这儿说不通。男人不打老婆又打什么"，"留着力气干活"吗，"干活，干活，夜间还干活吗？夜长着哩"。① 这就是他们的理论、他们的文化，是精神生活极度贫乏的写照。为了教训小驴，金友下了很多功夫，做了很多研究和准备，他甚至专门找左撇子牛杆前来助阵。当把小驴突然拦在村口时，二人左右开弓，将小驴打得满地找牙，连连告饶，"再也不敢了"。从此之后，村里妇女"轰轰烈烈"的洗澡"运动"宣告彻底结束了。"小驴的大池子给了小村人多少愤怒的想象。它简直成了全世界罪恶的深渊。"这既是文化的差异，也是观念陈旧的体现。

挺芳被打。他是被吊在村头的大树上被打的，打得也很惨、很凶。因为他爱上了肥，时常尾随肥，想接近她，让她接受他，有一天被龙眼等人发现，被喜年等人扛走，一顿暴打，打得鲜血直流。当时，他被剥光了衣服。尽管他喜欢的肥就在不远处，但是他一声也没吭。直到肥发现后，他才被救了下来。这既是爱情的冲突，也是文化的冲突。

偷鸡被打。小村丢了一只鸡，这本来是一件很平常的事情。但金友发现了一条线索，他认为是工区的人偷的。于是，便有了"工区的人馋啊"，"工人拣鸡儿，工人拣鸡儿，小村今后无宁日了"的说法。于是，小村里

---

① 张炜：《九月寓言》，重庆出版社2013年版，第107页。

的年轻人悄悄组织起来，半夜里，他们发起了一场报复行动，到矿区偷他们的鸡。冲突就在所难免了。这既是生活的冲突，也是观念的冲突、文化认定上的冲突。

文化的冲突还体现在其他方面。相对于其他地方人，小村人属于有性格的群体，他们很难融入当地人的生活，无论走到哪里，都被人称为"蜓鲅"——一种有毒的鱼。对此，他们既自负，又自卑。日常生活中，难免会与其发生矛盾和纠葛。村中年轻人到海边摘酸枣，与海边村子青年发生直接冲突，结果喜年被捅伤了眼睛，龙眼差一点把对方打死。相对于山区农村，地处平原的小村子的文化是进步的，但是他们的"纯地瓜"文化与山区的"鏊子"文化又似乎是一种落后。可贵的是，他们通过痴老婆庆余汲取了这一文化，将"煎饼"和"鏊子"引进了村子，解决了吃发霉的地瓜发苦、严重烧胃的问题。

之所以说是"文化悲歌"，是因为几大冲突往往以悲剧的形式结束。学者刘圣红、黄葳在《挽歌与乡愁——试论张炜的道德理想》中写道："坚守精神家园的张炜的道德理想在现实社会中的失败是注定的。张炜所奏响的只能是一曲日渐远去的挽歌，只能是一份文化乡愁的抒发和表达。"但是，纵然是一种失败，也是一种精神的坚守。

学者李洁非在《张炜的精神哲学》中指出，能在历史上立足的作家，是有能力提出和坚持一种精神哲学的人。在这个变色龙般的文坛中，他是仅有的几个在艺术哲学和精神哲学上保持了连贯性的作家之一。我读了《九月寓言》，甚至觉得其他当代小说都变得庸俗不堪了。李洁非为什么会得出这种结论，最根本的还是《九月寓言》里所蕴含的文化精神和哲学精神。

第三，《九月寓言》是一部爱情悲歌，再现了小村人情爱的缠绵与决绝，怎一个"忧伤"了得？这深刻地体现了张炜的人文情怀。

挺芳与肥的爱情，是一条有方向的射线，几经波折，几经磨难，最终以"私奔"结束。挺芳是与爸爸秃脑工程师完全不同的人，爸爸是个"风流才子""花心大萝卜"，他却是一个格外钟情的人。妈妈曾经告诉他，一个人可以放弃各种各样的事，就是不能不学会钟情。真的爱上了，就永不反悔。挺芳便是一个爱上了就永不反悔的人。自从认识肥之后，他就爱上了她，认为她是"小村落的魂魄，是它的化身"。他经常在远处观望肥，在茫茫夜色中尾随肥，希望肥能够接受他的爱。但是，肥说的一句话，直接划清了两个人的界限："我可不信服你。"肥说，我是小村人，也是一个土人，生下来就要在土里刨食。你不是吃地瓜的人，咱俩不一样。他说，我也会变成一个土人，和你一样，我只要和你一样。肥曾明白无误地告诉挺芳，她永远不会喜欢他。因为他是一个吃黑面肉馅饼的人。后来，肥变了。当赶鹦劝说她，趁早别费力气了，最好嫁给龙眼时，肥终于觉悟了。她说，你想得好美啊，你让别人都趴在土里，你老狠的心啊。我不，我不，我也要做个野人哩！这是她的梦想。那个九月，肥一度和少白头龙眼在一起，龙眼妈妈也向她保证，跟了龙眼，一定会过上"好日子"，但是，最终肥还是没有抵挡住来自挺芳的召唤，没有抵挡住做一个"野人"的内心召唤，当他提出外逃"私奔"时，她毫不犹豫地离开小村庄，义无反顾地随他而去，去当一个"野人"了。这在村里是"欺天的事儿，是遭天谴的事儿"，但对于他们，却是为了爱和自由。这是缱绻之后的决绝，也是缱绻之后的选择。对于他们的私奔，村里人议论说，他们害了馋痨病，一个馋黑面肉馅饼，一个馋村子里的女娃。他们并不理解肥心中的梦想，她要做一个"野人"。

赶鹦与秃脑工程师的爱情，是一条没有方向的线段，是缱绻与决绝后的苦果。赶鹦是小村女孩子的代表，是村中"三绝"（酸酒、黑煎饼、赶鹦）之一，她人长得漂亮，有乌油油的又长又粗的辫子，高高的屁股细细的腰，年轻得呼呼冒着热气的身体，像个小马驹，还会说数来宝。她日夜领着村里的年轻人在村里奔跑，钻草垛，不停地寻找。有家室的秃脑工程师看上了她，想"帮助"她。她也被秃脑工程师、工区生活、黑面肉馅饼所吸引，然而，最终无疾而终。因为秃脑工程师有自己的家人，而且他也并不想对她负责。父亲红小兵为了阻止她和秃脑工程师接触，一把大锁把她关在了屋里。村里年轻人在屋后挖洞将她救了出来，当听到父亲红小兵安排人准备埋伏秃脑工程师时，她疯了一样去工区找秃脑工程师，结果遭到工区蛮横女人和男人的一顿毒打和羞辱。当她回到家时，已经是满身煤屑和伤痕。从此，赶鹦变了，变成了一个没有任何想法的人，一个极其保守的人。当香碗让她"领俺跑吧，不能像老兔儿不离草窝"时，她却说，"是小村把咱占下了哩！咱不做小村的负心嫚儿"。① 她还说，我一辈子不嫁人也不能找外村人，不能找个工区人。他们把咱们年轻时候的水灵气吸走，转身就跑。男人——工区的男人都会装模作样，这么那么体贴你，过一阵子，他还是他，咱还是咱。不过最终她无可奈何地感叹："看不到边的野地，我去哪儿啊?"② 她终究没有走出自己的迷茫。她的悲剧，既是父亲红小兵"机智"的结果，也是她自我否定的结果。

三兰子的爱情，是一个爱的休止符。她是小村子最悲情的女孩。她长得不如赶鹦，一对细长的吊眼会瞪人。最初，她喜欢上了林中的一个小矮人。后来小矮人突然不见了，她又认识了工区的语言学家。然而，语言学家让她怀孕后，又突然失踪，让她遭受巨大打击。但是对她最大的伤害，不是来自欺骗她的工区语言学家，而是来自她的婆婆——大脚肥肩。她是村头赖牙的老婆，也是村中大权的实际掌控者。她原本是城里青楼中的"风尘女子"，"旧社会过来的人"，曾经"被压得翻不过身来"，然而，她携了本想赎她的人的钱外逃，隐姓埋名来到小村，成了赖牙的老婆，后来又主动要求当了三兰子的婆婆。自从手中有了"权力"，"千年的媳妇熬成婆"，她便开始欺压别人，无所不用其极。三兰子在她面前受尽屈辱，毫无尊严可言，最终被折磨而死。这是一个被欺压者身份转变后又欺压别人的"恶性循环"的悲剧。

庆余与金祥的结合，属于野百合的春天。他们最初结合是因为生存和生理的需要，后来发展为令人羡慕的结合。庆余是外地逃难来的痴老婆，她衣着破旧，头发凌乱，身无长物，身边只有一条黄狗，没有人知道她从哪里来，也没有人知道她究竟要干什么。她白天傻傻地站在村口杨树下，夜晚到田地偷吃地瓜，夜深时钻到草垛里睡觉。遇到有人问话，她总是不着边际地回答。就是这样一个痴老婆，村里还有不少光棍看上她。不止一个男人半夜里钻进草垛欺凌她，其中一个就是光棍金祥。后来，不知道哪

---

① 张炜：《九月寓言》，重庆出版社 2013 年版，第 258 页。
② 张炜：《九月寓言》，重庆出版社 2013 年版，第 259 页。

个男人让她怀上了孩子，肚子越来越大。这时候，金祥没有当缩头乌龟，他主动站了出来，把痴老婆扛回家，当了自己的老婆，从此过上安稳生活，随后生下孩子年九。庆余不仅让金祥过上了有老婆的生活，她最大的贡献是利用老家的传统做法，把摊煎饼的技术传到小村，并让金祥到南部山区把摊煎饼的鏊子引进来，让小村人从单纯吃地瓜变成吃黑煎饼。金祥死后，她又跟了村子里的牛杆，解决了另一个光棍的问题，而且生活得也不错。她的故事告诉我们，野百合也有自己的春天，痴老婆也会对他人作出自己独特的贡献。这就是小村女人的爱情和命运，是情殇，更是悲歌。"我这本书中的女孩子生活得不可能再好了，她们就是那个命。——几乎没有人关心和爱惜她们的青春。"① 张炜后来这样说。

第四，《九月寓言》是一部现实悲歌，用看似夸张的手法反映现实生活，怎一个"惊人"了得？这深刻地体现了张炜的真实性原则。

张炜始终坚持真实性原则。只是对于真实性原则，不同人有不同理解。有人坚持艺术性真实，有人要求描摹般真实或者拍照式真实。学者钱谷融在《谈当代中国文学》一文中曾有这样一段文字，对张炜的真实性作出评价："看好张炜，是因为觉得张炜这个作家真诚，写出的东西给人感觉就是坦诚，所以才乐意去阅读他的作品。任何时候，我们鉴别作家或者作品值不值得阅读，也都应以'真诚'为度。"

《九月寓言》写的不是一般的现实，而是一些看似奇闻的现实。这些奇闻，在当地几乎每天都在上演，都在发生。在外地人看来，这很神秘，也很奇特，但对本地人来说，这并没有什么。有人曾经指出，《九月寓言》不符合农村生活的真实情况。其中所举的例证之一是小村最后的消失："那个缠绵的村庄啊，如今何在？"② 认为这不可思议，不符合事实。事实上，20世纪80年代，在鲁西南地区曾经有一个县城因开采煤炭地面下沉，上级决定整个县城实施大搬迁。既然一个县城都会因为挖煤矿而搬迁，一个小村因煤矿开发而"消失"，又怎么成了不真实了呢？"挖到哪里，哪里

---

① 张炜：《九月寓言》，重庆出版社2013年版，第291页。
② 张炜：《九月寓言》，重庆出版社2013年版，第3页。

就会凹下来。"① 这是秃脑工程师说过的话。在这个问题上，我们应该相信科学。作品最后，煤矿冒顶，龙眼被埋在了地下。憨人高喊，龙眼，你跑了，离开自己村子了！你的心真狠啊！你舍下了一个火爆爆的秋天，舍下了一地好瓜儿！我们应该相信，这是真实的。

也有人质问，小村庄消逝究竟是什么寓意？在此，可以毫不回避地告诉质问者：现代工业文明的发展是一把双刃剑，它在给中国农民带来某些福祉的同时，也会带来某些方面的灾难。龙眼妈妈的病越来越重了，看不到任何好转的希望，绝望之际，她把一瓶农药乐果喝下，等待死神快一点降临，结果非但没死，反而肚子里的硬块不见了，久治不愈的病也随之好了。

地瓜，地瓜，火红的地瓜，地瓜煎饼、地瓜窝头、地瓜糊糊，早地瓜，午地瓜，晚地瓜，一天到晚是地瓜，一年到头是地瓜。对此，也有人提出疑问。他们告诉作者，农村人有时也吃其他五谷，建议不要只写吃地瓜，最好写上吃玉米、小麦等。这多么滑稽。当年，在很多农村，人们的确是以地瓜为主食的。当然，他们有时或者偶尔也吃其他粮食，但地瓜绝对是他们赖以生存的食粮。

与鬼魂对话看起来不可思议，也绝无可能。但张炜自己介绍说，他们是小村里的活人——与其写到的死人有密切关系的一些人的臆想和判断，或者是一种愿望。实际上生活中常常有人听到死去的亲人、熟人向他们讲什么、预告什么，等等。更令人惊讶的是不止一次有人看到家里早已死去的老人在村边田头转悠——据说那叫恋村。这种现象应该属于人的错觉或幻觉。既然有此现象，为什么不能写出来呢？

如同《古船》面世时一样，《九月寓言》出版后，依然有人提出所谓的"抽象人性"问题。这个问题也有必要进一步辨明。什么才是真正的"抽象人性"？那些指责别人"抽象人性"的人，实际上骨子里坚持的就是"抽象人性"的观点。

第五，《九月寓言》是一部诉说式悲歌，用内向性语言讲述小村故事，

---

① 张炜：《九月寓言》，重庆出版社2013年版，第16页。

怎一个"严整"了得？这深刻地体现了张炜的内向型性格。

《九月寓言》最大的艺术特色是严整性。首先是精神的严整，它依靠坚守的立场而严整。作品究竟表达和体现了什么精神？可以概括为中国农民在大地上生存发展、向往美好的原生精神。这种精神是自然的、纯粹的、朴素的，也是不断遇到冲击和挑战的，是一种坚韧、坚守和坚持。评论家陈思和在《中国当代文学史教程》中充分肯定了《九月寓言》所体现的精神和品质："通过对大地之母的衷心赞美和徜徉在民间生活之流的纯美态度，表达出一种与生活大地血脉相通的、因而是元气充沛的文化精神。"因为这种精神，他将其誉为"20世纪中国文学的殿军之作"。①

其次是结构的严整，它依靠布局而严整。它的布局不同于其他长篇小说。全书共分七章，每一章都相对独立，可以看作一部中篇小说。章与章之间又前后交织，相互联系，构成一个闭环的整体。张炜说，这源于生活的单元性和复杂性，酝酿出一个个好的气势。它的结构与《鱼王》有相似之处，但更精于纤细文思的衔接。从时空状态结构来看，《九月寓言》也是严整的。作品描述了三个时空：过去时，小村人从外地逃荒而来，主要通过回忆展开；现在时，以肥、赶鹦等人与他人的纠葛为主线展开；将来时，小村被毁，他们将再次迁移。三个时态环环相扣，构成一个有机链条。

再次是语言的严整，它依靠内向而严整。作者不愧是营造氛围的高手。所有故事、所有人物、所有存在，都似乎被置于一场浓雾之中。要读懂它，必须冲破那片云雾，揭开那层神秘的面纱。它不是一部单纯的小说，而是一首长诗。有人评论说，它"包含了当代乡村生活的全部奥秘"，是一部"新的农事诗"。既然是诗，就不可能那么简单明了。庞守英先生曾经指出，张炜的《九月寓言》是"献给大地的诗"。它的故事只可意会不可言传，无法转述恰恰是作家对故事的刻意追求。故事的框架里填充的是荡漾的激情、盎然的诗意，这部长篇小说实际上是一首献给大地的长诗。作家王安忆曾在《我眼中的作家们》中指出："张炜身上最文学的东西，就是诗意。他也是一个抒情诗人，我特别喜欢他的小说。"王安忆之

---

① 陈思和：《中国当代文学史教程》，复旦大学出版社 1999 年版。

所以特别喜欢他的小说，只因为他的小说里面蕴含的诗意和诗性。有人担心读者的承受能力。他说，他拒绝肤浅。他还说，他信任自己，也信任读者。读者在何方？他说，在心灵深处。只有那些"好好地思考"的人，才能读懂大地，读懂村庄，读懂生命的律动。

最后是内容的严整，它依靠意象而严整。这是一个意象遍布的世界，它们像一个个人物，存活在那个神秘而又独特的世界里。"夜色"是一种意象。人们在茫茫夜色中游荡，不停地游荡，不知道自己从哪里来，也不知道要到哪里去，更不知道世界的出口在哪里，似乎遗落了什么，在寻找着什么。"酸酒"是一种意象。"酒和酒不一样，我的酒有滋养。""没有任何嗜好，清苦寂寞，幸亏晚年发现了这种酸酒。"这种酸酒实际上就是小村人寂寞清苦生活的代名词。"鲅鲅"是一种意象，原本是"停吧"的谐音，指一种有毒的海鱼，是小村人的外号。它既是孤僻与坚强的象征，也是被蔑视和侮辱的象征。只要走出村子，就有人用指头弹击他们的脑壳，还以掌代刀，在后脖子那儿狠狠一砍。"我给这小村人打过交道。我有经验。他们与一般人不一样。脾性泼，好比牲口。"这是外村人赤脚医生对小村人的评价。"奔跑"是一种意象。有评论家指出，作品中的"奔跑"不是一般意义上的"奔跑"，而是一种"具有生命意义的追寻"。"奔跑是小村对于自由的向往，体现这群人骨子里的野性。""小村人的奔跑同时又是孤独和寂寞的，他们的奔跑，展现生命的活力。""无论是最初的迁徙，还是年青一代的奔跑，生命在这里呈现诞生蜕变，最后衰亡的过程，新的生命不断继承年长的生命，这是循环往复地繁衍生长的象征。""地瓜"是一种意象。地瓜是小村人的主食。属火，能维持人的生命，但吃多了会烧心、烧胃。它是小村人甘甜与苦难的象征。瓜干化成力气，化成血肉心计，化成烦人毛病。不吃瓜干，庄稼人就绝了根了。红色的地瓜一堆堆掘出来，摆在泥土上，谁都看着它们像熊熊燃烧的火炭。烧啊烧啊，它要把庄稼人的里里外外烧得通红。人们像要熔化成一条火烫的河流，冲撞荡涤到很远很远。"九月"是一种意象。九月是小村人的九月。难忘的九月、让人流泪流汗的九月、亲如爹娘的九月，一闭上眼就能嗅到秋野的气息。九月里田野上什么也能吃，只要撅着屁股弯下腰往土里一扒拉就行。

九月是闪婆的九月。每年的九月都让闪婆激动。这个月份在她的一生中刻下了深痕。她九月里出生，九月里被人抢走，九月里成亲，九月里失去了男人。九月是肥和赶鹦的九月。人们把火红的地瓜掘出来，让它们在泥土上燃烧。她们把自己献给了各自不同的人。正可谓，爱也九月，恨也九月。"少白头"是一种意象。少白头龙眼，从娘胎里生出来就顶着一头白发，那是从老辈的血脉里传下来的，虽然爷爷、父亲，还有母亲家里都没有少白头，可是愁根儿一代代积下了，最后让龙眼生着一头白发出世。那是急的、愁的，是绝望之火烤成的。另外，石碾是一种意象，它是村民粉碎粮食的地方，也是女孩子躺下的地方。杨树是一种意象，村民在这里守望，痴老婆在这里守望。草垛是一种意象，它是村里青年男女钻进钻出的地方，也是怀上新生命的地方。阄刀也是一种意象，矿井通道同是一种意象，地下村庄还是一种意象——只有读懂这些意象，才能真正读懂《九月寓言》的内涵。

有人说，《九月寓言》师从马尔克斯、福克纳，受了魔幻现实主义的影响，它与《百年孤独》殊途同归，与《八月之光》异曲同工。我们说，它是中国的，也是民族的。它所写的人物，生活在中国渤海之滨，它所写的故事，全部发生在中国那个偏远的小村，绝不是来自海外，来自南美。它只能属于中国，属于张炜。2004 年，评论家杨俊国发表《寻根与无根的困惑——重读张炜的〈九月寓言〉》。文章说，它是那样朴素、浑厚，元气淋漓。十年过后重读，仍能直达人的心灵，感觉到扑面而来的山野的风。十年时间，许多追赶时风、热火一时的作品如今早已被遗忘，而《九月寓言》经受住了时间的考验。文本中的追忆、憧憬、忧虑、困惑非但没有过时，反而在当下的境况中更加耐人寻味。如今，时光又过去十多年，重读《九月寓言》，依然感觉那么蓬勃又鲜活。

论张炜小说语言的"混沌"美学[*]

黄明海^{**}

摘要: 汉语的"混沌"美学是建立在汉语基本规律之上的一种杂糅、浑然、绵延的存在状态。张炜小说叙述语言的"混沌"美学至少包含三个方面:表现语言的一种原初状态,即通过方言回归真实生活;映照语言的一种杂糅之感,即文化碰撞中的复调叙述;隐含语言的一种澄明之境,即由"混沌"抵达"澄明"。论及汉语"混沌"美学的艺术价值,不仅是其作为一种"敞开发生的真理"的方式存在,还在于它能够在无形中积蓄力量、营造氛围,以一种退守、回归的姿态向前迈进,在全球化浪潮中坚持文化自觉与文化自信。

关键词: 张炜小说;语言艺术;"混沌"美学

在 20 世纪世界人文科学中,语言科学的突破是一场具有划时代意义的革新。"语言不再是单纯的载体,反之语言是意识、思维、心灵、情感、人格的形成者,语言并非人的驯服工具,语言是人类认知世界与自己的框架,语言包括逻辑,而不受逻辑的局限。"① 语言既是人类交际的关键媒介,也是民族文化的重要承载及特征,"通过一种语言,一个人类群体才

---

   *   基金项目:四川民族学院"甘孜州当代社会文化与文学研究团队"成果。

  ** 作者简介:黄明海,文学博士,四川民族学院文学院讲师,研究方向为中国当代文学与文化。

  ① 郑敏:《语言观念必须革新——重新认识汉语的审美与诗意价值》,《文学评论》1996 年第 4 期。

得以凝聚成民族，一个民族的特性只有在其语言中才完整地铸刻下来"①。
汉语经由漫长的形态演变，在文学中始终是一种流动性的重要载体，在不
同的时代语境中具有各自相应的阐释，传达出对文化的感性认知、理性思
考的动态内容。随着科技文明的进步和时空距离的延展，人们对于汉语的
理解与使用逐渐发生改变。早在 2006 年 9 月 28 日，《文学报》以《呼吁
回归汉语之美》为题，发布"海峡两岸文学艺术高端论坛"相关报道。时
任中国作协名誉副主席的邓友梅痛斥：欲望化写作为吸引眼球抛弃了汉语
之美，而一个民族的精神内核就蕴含在语言中。评论家贺绍俊指出，语言
是文学的根基，对母语尊严的遗弃在当下社会表现得尤为严重，汉语为国
人营造的精神家园已被遗弃，在语言工具化盛行的今天，行业套语、成语
滥用等语言垃圾充斥着国人的生活。② 十多年过去，这种对汉语肆意化用、
乱用等的现象仍然存在。因此，考察中国当代文学很有必要重拾"汉语之
美"的价值尺度。

一

陈志昂曾在《"混沌"之美》一文中梳理过古今中外关于"混沌"的
审美范畴，开头便引司空图《二十四诗品》之首"雄浑"："返虚入浑，
积健为雄。"③ 意指诗歌风格雄健有力而浑然一体。他认为："在艺术创作
中，我们要从自然与历史的混沌运动中认识它的复杂性，从而再造混沌，
实现阴阳互补刚柔相济的浑化之境，弘扬刚健有为自强不息、厚德载物博
施济众的精神，这也就是审美创造的最高境界。"④ 这里所讲的"混沌"的
再创造，并不是简单意义上的返璞归真，而是透过自然与历史演进过程的
多种样态，从中发掘出谐和、中庸、宽博的精神向度。本文选取汉语的
"混沌之美"，其蕴涵不拘泥于前人的概念定义，而是建立在汉语基本规律

---

① 〔德〕洪堡特：《论人类语言结构的差异及其对人类精神发展的影响》，姚小平译，商务
　　印书馆 2002 年版，第 39 页。
② 丁丽洁：《呼吁回归汉语之美》，《文学报》2006 年 9 月 28 日。
③ 郁沅：《二十四诗品导读》，北京大学出版社 2012 年版，第 1 页。
④ 陈志昂：《"混沌"之美》，《文学理论与批评》1995 年第 4 期。

和文学文本基础之上，对语言的暗示性、象征性、表现力等进行重新阐释，以此实现汉语文化价值的唤醒与延续。

在古人的想象中，"混沌"一般被看作宇宙开辟前的一种状态。作为宇宙起源的重要概念，众多典籍都曾描述或解释过"混沌"一词。《三五历》中传说："未有天地之时，混沌如鸡子。盘古生其中，万八千岁，天地开辟，阳清为天，阴浊为地。"①《周易·乾卦》有云："《象》曰：大哉乾元！万物资始，乃统天。云行雨施，品物流形。"②《老子》亦云："有物混成，先天地生。寂兮寥兮，独立而不改，周行而不殆，可以为天地母。吾不知其名，强字之曰'道'，强为之名曰'大'。大曰'逝'，逝曰'远'，远曰'反'。"③在这些语句里，诸如"混沌""元""道"等概念即指万物的开端和本源。因此，在古典概念或者传统经验里，"混沌"既可以是一个名词，也可以是一个形容词，甚至可以是一个动词，暗示一种潜在的动态过程。"混沌"的英文通常译作"chaos"，源自古希腊神话，一说孕育世界的神明，也用以指称宇宙形成前的状态，与古代中国描述相似。《圣经·旧约》也试图用一种体系化的神学宇宙论阐明世界的发生过程，即上帝与原始"混沌"共同存在，而后由上帝从混乱中带来秩序。因此，"混沌"本身既是朦胧的非秩序状态，又时刻昭示某个瞬间的转变。正是这种不确定性使它具备更多演绎的可能。由此一来，"混沌"一词就被古今中外的文学、艺术、宗教典籍和科学著作不断采用。

回顾中国现代文学发展至今的百年历史，汉语"混沌"是一个独特的存在。语言的使用直接影响文学的发展。鲁迅以《狂人日记》开启了中国现代小说的现代化，他从小接受传统文化与民间文化的熏陶，而后又广泛接触西方文化，中西交合的思想文化碰撞使鲁迅在文学上"追求表达的含蓄、节制，以及简约、凝练的语言风格"④，达到入木三分的强烈效果。从另一个角度来说，鲁迅的文学思想旨在"启蒙"，那么其语言就必然处在

---

① 顾之京、佟德真编《中国古代短篇小说选》，花山文艺出版社1982年版，第1页。
② 郭彧译注《周易》，中华书局2006年版，第2页。
③ 饶尚宽译注《老子》，中华书局2006年版，第63页。
④ 钱理群、温儒敏、吴福辉：《中国现代文学三十年》，北京大学出版社1998年版，第36页。

"混沌"的边缘，而这种"混沌"包含个人与时代的模糊性、中西文化的杂糅性等。这一特征在现代作家作品中大量存在，郭沫若、徐志摩、老舍等作家的语言"欧化"痕迹明显。到 20 世纪 30 年代，无产阶级文学与民主主义、自由主义文学各自发展演变，但总的来说，"'中国社会向何处去'成为时代意识的中心"①。从对人生意义的追求转向对社会出路的探求，在文艺大众化过程中许多作家的创作发生转型，文学语言同样经历了一个"混沌"的过程。20 世纪 40 年代的文学主题是"救亡"与"解放"，毛泽东《在延安文艺座谈会上的讲话》提出的"工农兵方向"奠定了此后的话语规范，但在沦陷区仍有张爱玲、苏青等作家作品涌现，作品意蕴和语言风格独具特色。对于 20 世纪 50—70 年代的文学，洪子诚曾用"一体化"进行论述："中国的'左翼文学'（'革命文学'），经由 40 年代解放区文学的'改造'，它的文学形态和文学规范……在 50—70 年代，凭借其影响力，也凭借政治的力量的'体制化'，成为惟一可以合法存在的形态和规范。"② 其间也存在"潜在写作"等文学创作形式，其语言形态各异。20 世纪 80 年代中国文学把西方文学文艺思潮作为革新的主要参照，各类文学作品以井喷式状态呈现。在纪实与追忆中，部分作家注重追求哲学层面的艺术价值，语言的使用也更加富含深意，是为社会生活现实、作家个体精神与文学艺术表现等多重状态并存。20 世纪 90 年代以来，商品化、全球化语境对传统文明产生冲突，伴随现实主义创作方法的复归，作家们各自演绎现实人生的体悟与精神世界的追寻。

综观 20 世纪中国文学中的语言观念以及语言实践，不论是汉语言的古典承继和"欧化"倾向，还是"大众化""一体化""多元化""失语症"等，其存在状态姑且可以用"混沌"这一概念加以涵括。因此，汉语的"混沌"就是建立在汉语基本规律之上的一种杂糅、浑然、绵延的存在状态。

张炜的小说内涵丰富，语言风格独特，具有多重解读性。正如他在《融入野地》中所说的那样："我所追求的语言是能够通行四方、源发于山

---

① 钱理群、温儒敏、吴福辉：《中国现代文学三十年》，北京大学出版社 1998 年版，第 160 页。

② 洪子诚：《中国当代文学史》，北京大学出版社 1999 年版，前言第 4 页。

脉和土壤的东西，它活泼如生命，坚硬如顽石，有形无形，有声无声。"①张炜并未对这种语言进行命名，却彰显出一种万物共生、天人合一的"混沌"之美。总的来看，张炜小说语言的"混沌"美学至少包含以下三个方面。

第一，"混沌"表现语言的一种原初状态，即通过方言回归真实生活。张炜的文学创作从 20 世纪 70 年代开始，始终高擎浪漫主义、理想主义的大旗，把目光投向自然大地。这种尝试回归自然生活的途径，切入口便在于语言。方言的大量使用促成了张炜小说的原生态叙事。当然，所谓"原初"并不意味着拒绝修辞，而是呈现为整体上的苍茫与素野。

第二，"混沌"映照语言的一种杂糅之感，即文化碰撞中的复调叙述。语言的杂糅是文学创作中的特殊现象，不仅在于作家接受教育、阅读经验、个人喜好、写作习惯等情况，还在于创作技法的使用。张炜一方面吸收齐鲁文化、古典文学的精髓，另一方面也深受外国文学尤其是俄国文学的影响，反映在小说语言中便是思想文化的外在碰撞与内在糅合。

第三，"混沌"隐含语言的一种澄明之境，即由"混沌"抵达"澄明"。关于"存在"命题的思索，张炜与存在主义哲学家海德格尔殊途同归。海德格尔以深刻的思辨洞悉了人的生存状况，提出"人，诗意地安居"这一召唤，契合了张炜内心深处的"野地"情怀与"还乡"情结。语言是"存在"之家，张炜的小说通过语言接近本源，抵达形而上的境界。

当然，这三个方面的内容并非独立存在，也常以相互渗透的方式呈现，有时一部作品包含多个阐释层面的"混沌"内涵，这也正是张炜小说语言的"混沌"美学的魅力所在。

二

张炜十分注重语言的考究，他认为："一个成熟的写作者会苛刻地对待自己每一个文字和标点，如果一定要用得多，一定有巨大的理由，这是

---

① 张炜：《融入野地》，《九月寓言》，人民文学出版社 2005 年版，第 299 页。

一种简朴。这种不夸张、不奢侈的态度渗透生活，人是语言动物，语言的简朴解决了，生活的简朴就解决了。"① 这里所说的"简朴"的方言接近原初的"混沌"语言。张炜的出生地山东省龙口市，位于胶东半岛的一片海滩冲积平原，西部和北部濒临渤海，只有市区南部是山地。这样的生长环境与内陆联系受阻，相对封闭，但同时又面朝开阔的海洋，涵盖平原、丘陵、山地三种地貌，拥有丰沃的动植物资源，以及儒家思想和齐文化的熏陶，使张炜养成活跃的思维和流畅的文笔，通过对方言的精心驾驭回归生活的真实。②

首先，使用方言能够保持生活的原汁原味，凸显地方色彩。这些方言大都夹杂粗鄙的字眼、绕口的土话，形成阅读上的"阻碍"，但极为符合说话者的身份，使小说的内容与形式和谐统一。举例来看：

　　[1] 老少爷们儿支棱起耳朵吧，俺经的苦处从这会说到大天亮，只当是说了个头儿。（《九月寓言》）
　　[2] 臭海蜇皮都吃不上的饿马死龟烂尾巴根！九条水蛇缠在一疙瘩的老鳊鱼、刀鱼梢儿小虾米、抹上大酱就要下锅的黄花鱼，你要这会儿死了也就好了，咱毛哈也就用不着千里万里寻你个水鳖了……（《黑鲨洋》）

粗俗语随口而出，可以见得当地人直率、豪放的性格。比如"支棱"对应普通话中的"竖"，方言动词的使用加深了语言的表现力。第[2]句中出现的鱼类名词，反映出说话者从事的劳动带有鲜明的地域特色。方言是地域文化的重要载体，它表现出的素朴和野性与说话的世居居民及其所在地域形成一个共同体，它们之间相互影响相互依存。正因如此，方言的"混沌"在于它展示了集体无意识下的话语表述，并非有意为之，而是浑然天成。

其次，方言中的俚语、谚语甚至戏文等形式，使人物形象的塑造更具

---

① 张炜：《方言是真正的语言》，《南方都市报》2011年8月3日。
② 黄明海、高旭国：《论张炜小说中的植物意象》，《南方论刊》2015年第10期。

活力，同时其幽默调侃的特点也增加了小说的趣味性。在《九月寓言》中，出工的人们跟脏女人庆余谈笑，她毫不羞怯、主动回击：

[3] 脏女人用手揉揉肚子："小崽刚揣上，全靠你帮忙。"有人闹了个大红脸，旁边的人全去看他。有人又问："你是从哪儿来的？"脏女人说："苦命人哪有家，俺爹是个老水鸭。"大家哈哈大笑。开始赖牙在一边吸烟，这会儿也围过来。脏女人来了兴致，主动说话了："出门人全靠两条腿，鼻子下面有张嘴……"金友凑过来说："别听她拉长拉短，是个痴子。"脏女人眼神尖尖地盯住他，喊："小崽刚揣上，全靠你帮忙。"大伙一阵哄笑。金友用手势骂她，她从地上捡个土块打金友。金祥提着裤子站在一边，说："听她说话哪像痴人。苦命人倒是真……听口音，千儿八百里外有了。"大家都不吭声了。（《九月寓言》）

这段对话中庆余的回答多是押韵的对句，有效化解了谈笑的尴尬，带有诙谐的成分，读来趣味横生。但不同于他人的取笑，金祥觉察出庆余的苦命。小说此后叙述了金祥经受过的非同一般的苦难，因此他能从庆余的语言中感受到同样苦难的命运。那种苦中作乐的自嘲方式，带有底层人物对命运的无告和对苦难的消解。在语言中寻找命运的共鸣，这是人性原初"混沌"状态的内在连通。

除此之外，张炜小说还经常使用方言语气词。这是一种说话习惯和书写方式，表示说话的情绪和态度。例如：

[4] 哎哟哟，人家怎么就掌了这么大的权，福人哩！小村里不少人想去泡个澡儿。他们说："一池子脏水放了也就是放了，俺进去泡泡不行吗？"小驴说："不行。""哎哟，一点面子不给。俺这辈子还没到池子里洗过澡哩……"小驴叼上一支烟，说："你一辈子没做的事情多着哩，你睡过刺猬吗？""天哩，这个同志不说人话。"（《九月寓言》）

[5] 那一天他磨磨蹭蹭，不停地摸着包红绸的手枪，心想：咱有

这物件还用费那鸟劲？真恨不得迎着老刘懵一家的脑门点划几下，然后顺手牵得人回。也罢，这事儿瞒不得哩，先装样儿去他一遭，等那大水娃到了手再从头算账。好汉不吃眼前亏嘛。也真是的，这有什么难为情的？咱说到底还不是为了一个大水娃？嗬咦，快去哩。这样一想步子就迈开了。（《丑行或浪漫》）

在第［4］句中，小驴使用"不""没"等否定词和问句，语气带有较为明显的强权意识，小村人话语中的"哎哟哟""哎哟""天哩"等语气词则带有讽刺和反抗的意味。第［5］句中，民兵连长"小油矬"依仗自己的权势，在一番轻蔑的假想和抱怨后回到现实，"嗬咦"一声感叹，透出些许轻侮和迫不得已。方言语气词的运用使人物思想情绪更为饱满，让小说叙事有了更加清晰的指向。

胡适曾在《海上花列传》的序言中说："方言的文学所以可贵，正因为方言最能表现人的神理。通俗的白话固然远胜于古文，但终不如方言的能表现说话的人的神情口气。古文里的人物是死人；通俗官话里的人物是做作不自然的活人；方言土语里的人物是自然流露的人。"① 生活真实通过方言的叙述，在小说文本中转变为艺术真实。阅读带给读者的淳朴与真诚也好，狡黠、虚伪也罢，都是这种"混沌"语言产生的效果，它由形而下的形式叙述了生活的全部所在，而这也正是抵达人物心理的通途。

三

自明清大量西方传教士来华，中国开始真正接触西方语言，到晚清翻译文学大盛，催生国语运动。两百年间，西方语言思维方式对汉语的影响已见成效。"五四"以后，现代汉语在寻求统一的同时，又不断纳入新的语言要素，因此有学者认为，"当代中国作家是在一个越来越复杂甚至也可以说越来越分崩离析的语言背景下写作的"②。葆有较为"纯粹"的汉语

---

① 欧阳哲生编《胡适文集4·胡适文存三集》，北京大学出版社1998年版，第408页。
② 郜元宝：《汉语别史——现代中国的语言体验》，山东教育出版社2010年版，第346页。

基础，是文学创作的重要所在。

张炜小说语言的"纯粹"是一种氛围，这并不与"混沌"相矛盾。他的小说中杂糅的"混沌"语言既包含文言文句式的混入，又包含外来语言的交杂。这种形式的背后是不同文化之间碰撞的火花。张炜对中国古典文学极为推崇，还做过不少研究，出版过《楚辞笔记》。深厚的古典文学修养使他不仅能够延续文言书写，而且能够赋予其新的用义。例如：

[6] 那温柔的水浪花抚摸在我身上，暖融融哉。我透过波涌间的低谷望着棒棒，看她在踩蛤蜊，心想你踩蛤蜊又何如？（《生长蘑菇的地方》）

[7] 我们钻玉米地，就像刮了一阵风，爽哉！我们尽量不把玉米棒子碰折，而是侧着身子，沿着垄往里跑。跑得越深，天色越暗，大玉米地深处黑乎乎的，忒怕哉。（《钻玉米地》）

[8] 二先生举着纸页随上他转，提高了嗓门并一字一顿："顽志既存，潜在民间苟延残喘，等候天赐良机。"（《古船》）

胶东半岛三面环海，内部统一而与外界联系有限，及至明清到此驻军、发展海运，推动官话与方言、方言与方言之间的亲密接触。① 因此胶东方言保留了古代官话的部分样态，张炜巧妙地将之融于小说创作。第[6] 句和第 [7] 句中的"暖融融哉""何如""爽哉""忒怕哉"等短语均是文言中的常用法，混入现代汉语，造成一种句式的陌生化，却具有古朴、典雅的语感。第 [8] 句中二先生的话完全是文言，这既符合他的身份设定，也代表一种精神文化的现代呈现，带有语言的年代感和历史感。这种搭配以其调和性，使"混沌"的语言在同一文本中运用自如，产生新奇的效果。

文白杂糅除了丰富小说的语言层次之外，有时也会承担小说的主题意义，被作者转化为思想文化隔膜的显现，具有充实的反讽效果。例如：

---

① 宫钦第：《胶东方言音韵结构特征与地理、政区和移民关系》，《西南交通大学学报》（社会科学版）2007 年第 2 期。

[9] 他们谈不拢。主要原因是语言不通：一个书面语太多，另一个尽是小村俚语。"我到贵村为国育材，还望领导多多支持为盼。""腌臢孩儿耍习咱就泼揍！叫驴炮蹶子那都是没阉哩！""来此地任职颇为忐忑，惟恐辜负父老乡亲殷殷期待。""老兵油子时不时就得换防，老在一个地方闲散，连一杆铳都扛不上哩！""我本是少才无能之辈，惟愿在教育岗位上克职尽责，死而后已。""这天底下的怪鸟多了，你我才见了几只。听人说南边山里有了人面雀，一对小奶儿鼓鼓着。""领导，您能听清我说话吧？""咱耳朵里一根驴毛也没塞呢，你肚里墨水多，咱这儿有大口尿罐接着哩。"雷丁的汗水在额上渗了一层，热得解了衣怀。就在这一刻黑儿愣住了，两眼尖尖再不眨动。因为他看出对面这个人是鸡胸。他笑了。

"领导，我跟你说。""说什么？话语不通哩。""那我，那我就慢慢说个仔细吧，这总能听个明白吧？"黑儿一拍膝盖："这不就结了！对人就得说人话哩，不能搬出北国骚鞑子那一套。来吧，你给我实打实地数叨。"（《丑行或浪漫》）

这段话中书面语与俚语交替出现，对话双方以各自的说话方式展开问答，整个场面十分滑稽生动。张炜设置这段对话场景很有意味，一方面是顺应小说情节的发展，另一方面也巧妙地隐含了官方话语与民间话语的差异，小村人并非无法理解对方的意图，而是厌恶对方说话"掉书袋"的方式以及高高在上的姿态，从"对人就得说人话"这句话便可看出"谈不拢"的真正原因。如此叙述不仅是生活场景的映照，也是文化价值冲突的体现。

语言的杂糅还可以理解为多重声音的组合，这便是巴赫金所提出的"复调"，即"各种独立的不相混合的声音与意识之多样性、各种有充分价值的声音"① 同时存在。张炜小说中的"复调叙述"也别具风味。例如：

---

① 〔俄〕巴赫金：《陀思妥耶夫斯基的诗学问题》，刘虎译，中央编译出版社 2010 年版，第 3 页。

　　[10] 闪婆真的老了，身上没有火气了，手脚冰凉。欢业把她的脚贴在肚子上暖，又把那双僵硬的手揣进怀里热着。这脚在野地上奔跑过上千上万里，这手为找吃物在棘棵子里抓挠过哩。妈吔，你受的苦楚没有数，你跟上俺爹钻庄稼地睡烂草窝，那时你还是又小又娇的媳妇，像千层菊花一样啊。你和爹成了野地人。你的身子是那些年熬干了的，一点点失了汁水。我身上的火气能给妈一些就好了，我是为妈活着的。妈妈的眼睁不开，可孩儿从未见过世上有谁的眼睛比得上你。你的眼最亮，水灵灵黑漆漆，像杏核儿像初秋里的葡萄。妈看着我长大，我记得住妈的眼。好孩儿妈要不行了，我一夜一夜听见你爹在那边喊我，老说准备好了吗，收拾停当俺接你走。我说急性儿等等，我舍不得孩儿，舍不得这个家哩。你听你爹又在叫我了，一声比一声急吧。妈吔妈吔，我不让你走，你走就领上孩儿。世上有一个孩儿是为妈妈活的，那个孩儿就是我。闪婆抱起欢业，欢业伏在她胸前泣哭。妈吔，你到了那世上，也得有孩儿为你扯手引路啊，爹岁数大了，手脚不灵便了。我还要跟去服侍你，去抱柴草碾瓜干哩。傻孩儿留下住土屋，娶个婆娘，接下班儿！（《九月寓言》）

　　这段话至少包含三个叙述者，分别是作者、闪婆、欢业。作者以全知全能视角讲述闪婆的身体日益衰老、欢业为母亲暖手暖脚的情景，表现母子深情以及凄凉的命运。闪婆、欢业各自呓语式的念叨，互诉衷肠，层层递进，没有段落、标点的区分，仅凭内容加以辨别，中间还穿插着作者的描述性语言。这种写法交织三种人称话语，既各自独立又相互纠缠，使语言张力得到极大发挥。

　　一方面，使用杂糅的"混沌"语言丰富了小说的情节和主题，是为作家创作技法、思维方式的创新；另一方面，这种写作范式的"泛滥"也透露出当下文坛的一个"短板"，即外来语言和技法的本土化问题未得到充分解决，致使文学创作趋向扁平化。如何拉近我们与母语的距离，如何充分运用汉语资源，是当下不得不思考和实践的重要问题。

四

张炜早年曾孤身一人游走南山，直到 1978 年考取烟台师专才结束这段行程。在小说创作上，张炜不自觉地把这种"流浪与还乡"的主体经验转接到文学创作中，形成了小说"逃离城市，返回乡村野地"的基本主题。

海德格尔曾经指出，人类安居的真正困境是"无家可归"。他在《我为什么住在乡下？》这篇文章里谈及，住在乡下虽然使人"孤独"，但不是城里人所认为的"寂寞"——感情上的匮乏，这种"孤独有某种特别的源始的魔力，不是孤立我们，而是将我们整个抛入所有到场事物本质而确凿的近处"①。所以，"还乡就是返回与本源的亲近"②。通过还乡，人类才能从沉沦于世界的非本真状态回归本真状态。张炜的小说创作映衬了海德格尔的哲学观念，他对万物的"本源"进行一种回溯，并且通过"混沌"语言抵达"澄明"之境。他的理想主义和浪漫主义使他具有一种"乌托邦情感的表达方式"，而"乌托邦首先是语言的乌托邦"③。张炜在小说中大量描写乡土风光的绝妙与乡村生活的美好，呈现未经开凿的自然时空。例如：

[11] 7 月的土地是灼热的，一望无际的麦子收割了，到处是闪亮的麦茬。一个接一个的大麦秸垛子竿起来，像一些肥嫩的蘑菇。白杨树挺立在路边，油绿油绿的叶子哗哗抖动……（《美妙雨夜》）

[12] 谁见过这样一片荒野？疯长的茅草葛藤绞扭在灌木棵上，风一吹，落地日头一烤，像燃起腾腾的火。满泊野物吱吱叫唤，青生生的浆果气味刺鼻。兔子、草獾、刺猬、鼹鼠……刷刷刷奔来奔去。（《九月寓言》）

---

① 〔德〕海德格尔：《人，诗意地安居——海德格尔语要》，郜元宝译，上海远东出版社 2011 年版，第 84 页。

② 〔德〕海德格尔：《人，诗意地安居——海德格尔语要》，郜元宝译，上海远东出版社 2011 年版，第 87 页。

③ 郜元宝：《汉语别史——现代中国的语言体验》，山东教育出版社 2010 年版，第 304 页。

[13] 这个季节的蜀葵刚刚长到腰际，宽大的叶片旁有豆粒大的苞蕾雏形。它们在坡地蔓延，吸取着河边上充足的水分，色深株壮。（《能不忆蜀葵》）

以上三段话中十分密集地出现了"麦子""蘑菇""白杨树""茅草""葛藤""浆果""蜀葵"等植物，以及"兔子""草獾""刺猬""鼹鼠"等动物，描绘出一个天然的乐园。第［12］句作为《九月寓言》的开头，展示了一方与世隔绝的天地。"谁见过这样一片荒野"的反问句式意味着一种虚设。第［13］句的叙述背景是淳于重返家乡，他曾在开满蜀葵的农村度过充满纯真理想和艺术激情的年少时光，城市的流浪生活荒芜了他的精神家园，"还乡"不仅是流浪途中末路的回归，更是迷惘人生的自省与决断，具有重新审视故园大地、照见自我心性的含义。

张炜小说中的"家"和"乡"并不仅仅是简单地指住所或乡村，更是指物理空间与心理空间的混合体，包括自然中的一切庇佑之地，蕴含着情感体验和精神价值。面对社会转型中城乡结构的变化，以及个体在时代环境中的位移，张炜始终坚守回归自然的省思，他的小说语言也始终透着一股神秘、留恋又决绝的气息。例如：

[14] 一群鼹鼠从他身旁游过。破碎的瓦片被弄得沙沙响，接着又是咔嚓一声。他疑心有什么随着一只鼹鼠掉进了地裂里。满地裂隙直通地底，连接着纵横交错的地下巷道，也连接着父亲那颗阴暗的心。一群鼹鼠又转回来，在暗影里摸索，咬折了身旁的草秆，发出啪啪的声响。父亲的人究竟用了多长时间才掏空了一座村庄的基底呢？他宁可相信那是一个缓慢的、坚忍不拔的过程。一个老男人的耐性和勇气令人钦佩，不过他因此而仇恨这个人了。他们捣毁了一座村庄，而这座村庄是他爱的摇篮。此刻，他望着在茫茫夜色中摇动的枯草、一片断墙瓦砾，明白他心爱的肥再也找不到家了。（《九月寓言》）

[15] 亲爱的肥你再不要哭泣，我已经无数次地吻去了你的泪水。亲爱的肥，紧贴在我身上吧，这样一路、这样一生！我们逃出来了，

我们去找自己的生活。瞧瞧，时代真的变了，我们再不用像你的先辈们那样，赤脚穿过野地。我们乘车——看着一片片的庄稼在窗外飞闪。看看，多好的红薯地，望不到边……你最后看一眼就可以把它忘掉了。真的，因为你没有什么可以牵挂的了，你是没爹没娘的孩儿。

我的男人！你多么瘦弱，可你是我的男人哩！我原来也以为自己是没爹没娘的孩儿，这会儿才知道不是哩。我的男人，咱都没能赶上刨出一地瓜儿……（《九月寓言》）

长篇小说《九月寓言》具有史诗般的忧郁气质。上述两个例子都是描写村庄塌陷之后的状况，一场象征现代文明的煤矿开采给小村带来灾难。张炜以恣意、混沌的语言描述小村"乌托邦"的狂欢与幻灭，而对于"找不到家"的泣诉、对于"那个缠绵的村庄啊，如今何在"的追问，以及由于"没能赶上刨出一地瓜儿"而成为"没爹没娘的孩儿"——这些焦虑的背后，隐含着张炜对现代文明和精神苦难的哲思。

张炜在小说中以一种面向自然大地的抒情，表达了迷途知返的现代人回到自然、寻找诗意居所的愿望。张炜徘徊于两种感觉之间："一种是一直向前，走向很遥远的地方去，可以成为'出发感'；一种是越走越近，正如远处返回来，可以叫做'归来感'。"① 从荒原流浪到末路还乡的抉择，张炜以语言的原初状态和杂糅之感，实现了小说主题、人物精神内涵从"混沌"到"澄明"的意义升华。

余　论

语言是一种连续的创造性精神活动。诚如洪堡特所说："一方面，整个人类只有一种语言，另一方面，每个人都拥有一种特殊的语言。"② 作家的创作语言应该处于"生长"的状态，通过阅读不同阶段的文学作品可以

---

① 张炜：《忧愤的归途》，华艺出版社 1995 年版，第 18 页。
② 〔德〕洪堡特：《论人类语言结构的差异及其对人类精神发展的影响》，姚小平译，商务印书馆 2002 年版，第 62 页。

窥其"修辞"的轨迹。陈望道先生曾在《修辞学发凡》中提出修辞使用的三境界，分别是"记述的境界——以记述事物的条理为目的""表现的境界——以表现生活的体验为目的""糅合的境界"。① 本文将"混沌"理解为一种语言修辞，由它带动文本记述事物，表现生活，传达作者的情感意图、思想观念，让读者产生足够的共鸣，仅是一次尝试。

论及汉语的"混沌"美学，其本质在于如何理解"美"。海德格尔认为"语言"的本质是"诗"，而"美"是与"语言"相连的东西。他形象地说明"美"如同一束光芒，"这种光照将自己射入作品，这种进入作品的照射正是美。美是作为敞开发生的真理的一种方式"②。显然这种阐释带有某种诗性和神性。而"混沌"既指向"纯粹"，又意味"含混"，既包含"庄穆"，又寄寓"狂欢"，正是作为一种"敞开发生的真理"的方式存在。因此，本文将张炜小说的"混沌"美学划分为原初状态、杂糅之感、澄明之境三个层次，它的艺术价值也在这里得到了充分体现。

当我们在谈论"语言"的时候，往往被固有的狭隘的条条框框所限定，在多元发展的当下，语言承载着更多的内涵。"语言不仅是表达和交流的工具和手段，实际上是我们的生存方式，意味着文化的基本规范，追问语言，谈论语言就是在谈论生存方式本身，谈论文化的基本规范本身。"③ 当语言作为一种生存方式或者思维方式出现在某个作家或某部作品中时，就不会存在某种单纯的风格，这种糅合状态构成一种全新的风格——姑且使用"混沌"一词来说明。语言形态彼此不同而能共同存在，这是当前中国文艺语言的局面。正如王一川所论述的："当前这种杂语共生情形颇与20世纪初至'五四'前夕类似。那时是文言小说、文言与白话夹杂小说并存时期。作家们敏感地感受到文言文的严重桎梏和口语白话的活力，却又无从获得决定性突破。但这种'阵痛'无疑具有促进意义，助成了'五四'白话文运动的大获全胜，确立起现代文艺语言规范。当然，目前的杂语共生

---

① 陈望道：《修辞学发凡》，复旦大学出版社2008年版，第3页。
② 〔德〕海德格尔：《诗·语言·思》，彭富春译，文化艺术出版社1991年版，第54页。
③ 王一川：《修辞论美学：文化语境中的20世纪中国文艺》，中国人民大学出版社2009年版，第302页。

现象远不如'五四'年代白话与文言的对立那么尖锐和水火不容。今天的问题不是根本性断裂而是创造性转型：在现代汉语规范基础上适当吸收古典汉语的某些因素和西方语言的合理成分，以便建构新的现代汉语规范。"① 联系开头所引《呼吁回归汉语之美》的报道，既然当前存在的问题已经明确，那么就要寻找补救的方法和创新的途径。古典汉语规范、现代汉语基本规范都已形成，必将作为"传统"发挥其作用。在中国文学与文化走向世界的同时，汉语也须和世界接轨。当然这不是说"泥古"或者"西化"，因为语言始终处在变化当中，它的整体形态自然是"混沌"的。所以，论及汉语"混沌"美学的艺术价值，还在于它能在无形中积蓄力量、营造氛围，以一种退守、回归的姿态向前迈进，在全球化浪潮中坚持文化自觉与文化自信。

---

① 王一川：《修辞论美学：文化语境中的 20 世纪中国文艺》，中国人民大学出版社 2009 年版，第 318 页。

灯影里拨亮寂静的遥念

——谈张炜《东莱五记》晚郁叙境的多义记忆

张高峰*

摘要： 作为多种文体兼善的当代重要作家，张炜以其独特的人文理想持守和厚重的文学书写，探索并形成了博大而辽阔的精神话语空间与生命意志世界。其中短篇小说《东莱五记》以短章连缀的志怪体叙述表现方式，经由散落于民间的记忆与传说，探寻着技术时代失落的精神家园和可皈依的生命方位，形成了回返生命源始故地的现代性反思。置身于抗辩性的记忆对大地伦理的述说之中，将民间传说与历史生存相结合，呈现出生命更为本真的存在思考，破除现代性的价值迷思，则正是张炜小说为我们所展现的存在的地形图。面向大地复魅的祈愿，对于心灵的考量和凝视，语言在叙事里承受起对话与聆听双重的精神重力，张炜于野地与行吟间的文学呈现，有着时代历史性召唤的内在意义，从更为深远的时光流变而言，则可以看出人类自我生命存在辨认的灵魂指证，这无疑是我们时代最可珍贵的文学价值和意义所在。

关键词： 张炜；民间记忆；历史对话；生命源始故地；反思现代性

---

* 作者简介：张高峰，诗人，北京师范大学博士，河北师范大学文学院教师，中国文艺评论家协会会员，中国诗歌学会会员。著有学术著作《修远的天路——张炜长河小说〈你在高原〉研究》，诗集《转述的河流》《原乡的信使》《云霜之树》《鹿雪》《雨旅山行》等，诗作及评论散见《人民文学》《文艺报》《诗刊》《中国作家》《文艺争鸣》《当代文坛》《小说评论》《理论与创作》《北京文学》《作家》《长江文艺》《诗选刊》《扬子江诗刊》《延河》《星星》《诗歌月刊》等。

　　张炜在长河小说《你在高原》后，又相继恭呈了长篇小说《独药师》等，而今再次细读他构思精妙的短篇也同样察觉意义深在其间，充满野地心灵慰藉独特气韵的短篇小说《东莱五记》尤为值得关注。在《芳心似火：兼论齐国的恣与累》中，张炜细婉沉静地在融贯文化累积与物质劫毁、历史记载与民间传说间思索游走，将清洁的人文理想持守通过人生如长恋的微妙拟喻，经由兴衰更替、伦常复变、繁华奢靡等人间万象而洞明幽微，省察混沌未名的诸种虚妄。短篇小说《东莱五记》中"砸琴""失灯影""龟又来""赠香根饼""三返和定居"诸篇什，便是《芳心似火：兼论齐国的恣与累》文集中人文精神较为核心的部分，也正如作者所体认的那样，这是"丝缕相连的心书"，充盈着"热恋之心，激越之心，思念之心"。这天地芳心是自然与生命和谐相依的"芳心"，一如皎洁的月光。东方文化认为人实为五行灵秀，"人要赢得这个世界，最终还是要赢得这个世界的心"，张炜为寻得一个真实、一个本源，融入野地的行吟，气韵沉实，与消费性实用主义价值迷乱相疏离，成为现代性去根化行程上逆向的返乡者，始终自觉地抵御着时代精神沙化的涡流，书写出对于生命的敬畏与悲悯之心的喟叹。

　　从《古船》《九月寓言》《刺猬歌》到长河小说《你在高原》及《独药师》，我们可以经由张炜的作品触摸到中国当代文学的精神走向和极为扣人心弦的文化生态对话祈愿，可以说，他的小说创作为我们更为深入地思考历史与现实提供了独特的视角。张炜小说创作重意象性营造，而颇具诗性的叙述，以及其内在抒情所生成的充沛的意象化元素，都深深地契合着如同诗人特朗斯特罗姆般的淬炼，"通过凝练、透彻的意象，他为我们提供了通向现实的新途径"。远逝的风景里，穿行在非时间流变的他，"融入野地"的一再呼唤和创作里，无疑会押入生命气息的韵色。他必为这原乡敞开的灵魂风景所导引，融入万物开合注息。而在回应现实的道路上，张炜孤峭幽深的行吟向我们投来陌异的目光，令我们在遗忘中暗自心惊，恍如隔世，在最为生硬的石光间，碰撞出温厚的火花。这来自山川大地的注视，属于书写人类隐秘命运的谱系，需要以他自己全部的生命存在去感知，以诗人保罗·策兰"倒立行走"般落入天空深渊的存在去感知万物。

我们可以较为明晰地关注到，五则口耳相传的野趣故事间存在独特的精神向度关联，无疑是如同黏合世纪野兽脊骨的精神还乡，在此也势必溯源回返到东莱民间的山野文化地理之中，在物欲喧哗中再次将我们的灵魂刨亮。在他翻山越岭的记录中，留下时光不复的跋涉和生命依托，乃至皈依的路向。无疑《东莱五记》有着现实灵魂皈依的考量和盘诘，从它纳入《芳心似火：兼论齐国的恋与累》这一整体性的古今玄思和历史对话中，反思现代性的文化持守与理想抵抗便萦绕其间了，这既是时代巨浪下的幽会独语，更是喑哑之地发出吁求的多声部对话，民间大地仅剩的余音，于此构成了张炜半岛游走的个人心灵史。

一　隐喻为生命敞开的世界

"砸琴""龟又来"是来自民间记忆的隐喻遗韵，相互构成了近乎密语世界的神秘聚合，潜在地书写出对于民间口耳相传的稗史的致敬，以及于历史生存中聆听自然的心音。"砸琴"讲述了在古登州和莱州交界临海的城镇，为避秦祸隐匿的徐福后人历经千载仍然持守道德义理的故事。他们沿袭了自徐福而来的家族精神，他们行事扎实而不事声张，身怀才艺学识，遵循礼法，晴耕雨读。在这"曲"姓渐渐增多的地方，留下了许多稀奇古怪的事情，民间代代口耳相传，而往往令人顿感生命存在的神秘和深长的敬仰。在此叙述者为之深情回望，那草寮里抚琴被冲的老者，那不为市利而独自欣赏的书画者，都如这泥土喑哑未语的巨大的谜团，只自在隐喻性的寓言故事里，为后人所追忆和挽留，成为一缕缕无限伤感的绝想。张炜以此作为自己一再重访的精神源头和原乡的踪迹，与现实欲望相逐的利益浮动相对照，成为刺穿诸种虚妄和价值迷乱的野地皈依，保留着生命温度的光亮，即使其已成无名的废墟，犹然驻足怅望思绪深远。由于文化的血脉里对琴棋书画的喜爱，收藏自然成为生存的自觉，这个城镇上就有一位营生一般而老来得子的古琴收藏家，就在他等待制琴师傅重新寻找蟒蛇皮镶造百年古琴期间，发生了一件古怪而触动他的事。金黄色大斑蟒蛇与豺狗搏斗，救下了他的孩子，而当他取回修复的古琴后，妻子却发现这古琴所用的蟒蛇皮正是救下孩子性命的"金环扣"蟒蛇的，这令他心生无限的追悔和责恨，砸毁了自己所有收藏的古琴。

"龟又来"讲述了海边守渔铺的老人和灵龟的故事，叙述者通过漫谈以海为生的习俗和生活方式，来引入近乎聊斋般的灵异感恩传奇。在这里有着独特的人对于自然生息的依赖，这些守渔铺的老人逃离了热闹的喧哗，耐守着一份"自己在海边听着海浪，看着日出日落"的宁静，钟情于这种对他们来说算得上"真正的日子"的生活。生命在难得的寂守里深入现代文明之外的生存音域聆听自然。叙事寓言化的民间志怪故事追忆，都有着张炜海边生活实感经验的寄托，这些怀想是极为深远的存在呈现，自然与人的生命融为一体。海的声息与密林野物都成为思乡的象征。而进入越冬的季节，对于守渔铺的老人来说，降雪后的安静尤为难得而显得异常珍贵，灵龟弈棋的传说也便相延流传，在老人的救治下，灵龟渡过生命的劫难，而感恩地化为黑衣老人陪伴老人左右：

> 从那年冬天开始，无论是多么大的风雪，总会有一个黑衣老人赶来与他下棋。这个黑衣老人看样子有七十多岁，长了一口细小坚硬的牙齿，能咬碎核桃壳。黑衣老人的棋艺一般，但也足以陪他玩了。他们闲了就扯一些海上事情，守渔铺的老人常常被对方异常丰富的海洋知识、五花八门的水上见闻所吸引。他们就这样成了好友。黑衣老人对自己的来路遮遮掩掩，他也就不再打听。有一天黑衣老人打起了瞌睡，不小心露出了左边肩膀，让他一眼看到了一处不小的伤疤。他马上想起了那只老龟。

黑衣老人漫长的陪伴，成为老人耐守宁静的心灵依赖，充满知音相遇相惜的深厚情感。由于对海的无限倾心，黑衣老人广博的水上见闻深深地触动着老人的心弦。由知遇感恩的诡异叙事，我们可以感受到齐地文化志怪逸事的幻化特色，异类而多情，颇通灵性，这也恰如哲学家海德格尔所说的，天空、大地、人与神四元居有的自然共存。在"话语与回忆之乡"渐行渐远的现代行程中，对于大地复魅的祈愿从未止息，而这正是张炜持续性的胶东半岛书写的文化价值和历史感喟所在，也同样是精简的《东莱五记》隐喻渊深的生命世界的敞开缘由。这些都将成为文学想象中最为动人的部分，迥异于现行消费性的猎奇化品格，一如夜盏里扑闪的火焰。这关乎民间口耳相传的记忆，更是文学想象力的充盈抵达，兼具了迁敏的感受力。这隐匿的星辰，曾那么幽蓝地将生命万物和谐地照亮，基于一种对隐匿的存在的命名，我们在生命与自然的叩问中显现自身。

二 迷与思中回返的光亮

诗人、哲学家荷尔德林曾深情地写下："贫乏的时代，诗人何为？"正是源自一种现代性缺失的灵魂战栗，张炜将目光投注到类乎精神家族性的大地万物，文字叙述之中饱含人类命运的哀感和万物寂历的迁延疼痛。源自民间记忆的口授者，为我们曾在的生命维度一再辩护和留影。躬身所向灵魂的来处和未知的去处，实感经验的"灯影"传递，都使得他在回返中自有介入现实批判的焦灼和对于历史的省察。这自是回返到我们生命原始故地的现代反思，注定他要做这哀歌与挽歌的信使，月光下为你我投来清冷的火焰。

"追随口授者"的诗对于张炜来说是灵魂盘诘与辨认的相互存在，追寻踪迹里祈愿唤回的心灵复归，注定会一再触到岁月的心脊。这些光屑里端凝的传说为我们接引过往的风和吟诉，一份保有的语言见证。"从黑夜里现身"，与现下写作形态相脱节的逆光行吟，一步步触及心灵逃离的庇护之乡。他要再次聚合幽灵的弥散，在历史生存的困境中以意象化的隐喻世界复使喑哑发出抚慰的音色。在无边的异乡行程之中，近乎起死般苏生我们曾如此深念的原乡内韵，那些记忆的遗骸，与渐次熄灭的呼吸。

"失灯影"为我们讲述的是古登州一带神秘隐匿的村庄的"灯影"传闻。在历史的记忆里，这里蛮荒偏僻，与现下早已市场化的人烟喧闹的消费之地迥然不同，而恍若隔世，已是沧海桑田，因此追述都已近乎不再可能。"融入野地"的隐喻世界使张炜的小说创作与消费文化相抵触的张力之弦拉伸绷紧，在近乎神话和现实的交织间，遗忘与缺席重临，与我们再次一同在场。无疑，张炜夜巡一般持续抵达的创作，以及如烛照般存在的诗篇，带给我们久违的光亮，在风浪里为生命之舟系下语言深度的测度线。无边的异乡里忆念的内部留下"意义的灰烬"，这是幸存的仅有的记忆。我们看到在张炜的叙述中，充满无奈和深深的惋惜之情，昔日野地丰盈的万千生命与传说，渐次消弭在时过境迁之中，"现在这一带入夜常常是灯火辉煌，早就没有黑夜中星星点点的光亮了。现在所忧虑的只是太热闹了，是人气过盛，除了人什么都没有了"。同样在这野地的民间忆念里，万物有灵，"动物与人一样，也有个思想品质的问题"，自然会存在人与灵物的纠葛。也正是如此，野地的包容性可谓无奇不有，而茂密的林子更是无限神秘，一个顽皮的孩子便与他生命中的"灯影"相遇，这似乎是属于永远的性灵的村庄：

> 进了小村，马上有些比他还小的孩子围上来看，一个个毛头毛脑分外好奇，问他是从哪里来的、叫什么等等。他们告诉他这个小小的村子叫"灯影"。他和他们玩得高兴，又跳又叫，玩捉迷藏之类，累了就随他们进小茅屋吃各种果子。他从来没见过这么多野果，一大堆摆满了桌子，一些上年纪的老人坐在桌旁，见他吃过一个又递过来一个。这些野果甜得很，结果他一口气吃得肚子都圆了。左右小孩子有男有女，扯上他的手跑到街上，还让他去一个地方打秋千，看另一些有奇才异能的孩子在大树梢上蹿跳。他惊得合不上嘴，因为这是从来没有见过的。午夜过了，村里的老人扯着他的手，让另几个孩子把他送出林子，叮嘱说：回家吧，再不回你家老人该急了，有工夫可以再来，不过对谁也不要告诉这个灯影，要不你就来不成了。

近乎世外桃源般的"灯影"，为天性无机的孩子敞开，犹如梦园一样，处处充满令人惊异的神秘。"灯影"无疑是欲望时代之下暗哑的被遮蔽的差异声部，在此如同"密封"了现时代文化断裂的深渊，张炜徘徊在已逝国度里，试图寻向与亡灵对话的草茎。天心鸥兹，玄心素览，在这荒率的野地难掩"灯影"的慰藉。成长后的孩子凭借聪明谋取功名，成为官场中人，当他脱下官服再次寻找"灯影"时，却再也找不到了。叙述者借由老人的话语点出素心以待的奥义，野地灵聚般的"灯影"对功利熏心的人类持有古老的抵触。性灵迷失后，原在真观的所见将不复存在，而为欲望驱使的执迷，终会覆盖本心的澄澈，无地回返。

在引向野地神明的虔敬和笃诚的冥思里，有我们精神的来处和文化血脉的皈依。将民间传说与现实生存相结合，呈现出生命更为本真的存在思考，则正是张炜小说为我们所展现的存在的地形图。"张炜笔下的自然——大地，是与现代社会的文明形态相比较而言的"，有着更为深刻的思考，"三返和定居"与"灯影"相对照，为我们叙述了另一角度的故事。胶东半岛中部的栖霞因独特的地理形貌，素来有神奇的传说，"是一个神仙传说繁多、蓄志修身传统深远的地方"，更有独居的山民融入山峦。关于这离别家小独居山中的人，有这样一则真实的传闻，他上山返家时，偶遇一处清冽甘甜的山泉，因对这泉水的惦念不舍，他重返三次，以在心里记下寻找的标记，并最终不顾妻儿的反对，到泉水旁开凿新屋居住，竟至连山下过年时也并未返家。多少年后，家人入山看望他时，再也找不到他的踪影，留下无尽的空白。有人认为他已成仙，而唯独他的儿子坚决地认为他又寻到了新的泉水。如此诸种民间口耳相传的地方人物志式的传说，承载了深远的历史生存向度，于此意义上而言，一场写作之于张炜犹如对他人的聆听和倾心交谈，在叙述中他很难仅是旁观者，而是或显或隐地在内心守候梦呓的光亮，进入与现实相观照的历史场域，叙事的经验和探寻的思想资源，以及历史维度都使他从幽昧不明的生存角落、语言啃噬的摩擦里闪现火花。在他的叙述中，我们将感受到沉默为生命所触及的可能性和存在对于孤独个体的显示，也正如诗人曼德尔施塔姆所说的"文明的怀想之思"。

三　流浪从心脊带回馈赠

《东莱五记》犹如民间稗史的回声，而太久远的召唤仍在回响，正如评论家郭宝亮所指出的那样，"张炜的深刻之处就在于他以自己独特的生命体验，直觉地体悟出了存在的可能性领域"。面对存在被遮蔽的生命本源之思，张炜小说创作往往呈现出对常规叙事的疏离和自觉文体实验。异质化冷硬的荒寒叙事意境里，滞涩着的是温暖的怀想，叙事向度抛锚在诸神隐退的怅惘眺望里，灵魂探寻源自失落的野地。他在传统文化古老的疆域，一路追寻生命的奥义，朝向存在的感知，导引出现代性激变里那些被遗忘的声部。这抗辩性的记忆对自身的复述，写下欲望过剩中文化价值颓败的哀歌，被放逐的游魂在他不免苦涩的地质化的裂隙勘探之中深深地扎下根来。

张炜小说中弥散的对现时代的文化价值的担忧和无限感伤，深含民间玄思残存的遥望，在思想荒芜的文化消费里如一剂苦药。《东莱五记》虽是近乎《聊斋志异》的民间传说，但张炜创作的初衷并非志怪探微，我们更应较多地关注到这一系列的半岛奇闻逸事里所深深掩藏的精神内涵，注意到一种反思现代性的文化道德的民间聆听。也正是因此，张炜的小说充满在历史流变的时空里对于心灵的考量和凝视，语言在叙事里承受起对话与聆听双重的精神重力。"赠香根饼"里，"金黄县"一带旧日莽野丛生，村落稀疏，对于隐在生存背后的未知，更使得当地居民深信万物有灵的观念，这里的灾难并不是海潮和地震，而是如影随形的饥馑，这与蝗灾和旱灾密不可分。于是自古关于莱州流浪的故事便在民间相传颇多，也有落为文字的《锁麟囊》，而在《东莱五记》中则讲述了莱州女子前往登州的流浪故事。饥饿一如幽灵盘旋在人的头顶，女子家人不幸都被饿死，善良似薛湘灵的她此时如同孤儿，灾荒连同瘟疫使人烟难觅。就在她孤苦无助时，迷失闯入的丛林给予了她生存的希望，茅屋中奇迹般闪现出的一位白须老人挽救了她：

那是一座林中茅屋，屋顶的茅草被雨雪洗白了。就像当年的薛湘灵得到了奇迹般的救助一样，她也被茅屋中的一位老人救下来了。这位老人一人独居，须发斑白，好像已经有一百岁了。但老人精神健旺，腿脚利索，坐在一旁看着她，手边是一本打开的书。她醒来后看到的就是这样一位老人，同时还闻到了满屋的香气。老人扶她起来，给她吃了些粥，让她慢慢恢复了一些力气。没等老人问起，她就哭诉了从莱州到登州这一路的惨状。白须老人一声不吭，只抬头看着窗外满地的枯树。

为帮助女子走出荒野，白须老人赠送给她形如鹅卵的香根饼，也正是依靠这相赠的神奇吃物，女子得以走到登州码头，最终和亲人团聚。在一代代传说里，林中神秘的白须老人无疑是如同神仙一样的存在，令人敬仰。这既是落难与感恩的故事，也是民间关于饥饿的心灵史，在奇闻逸事中深深地寄托着来自民间最为淳朴的意志和祈愿。奇幻化的白须老人的现身，充满生民良善的现实意愿和慰藉。关于饥饿与流浪的民间故事，口耳相传沉淀下历史生存深深的印迹。以此观照民生疾苦和生命的艰难，无疑是对《聊斋志异》的一种隐秘延续和对自然生灵反思现代的无限敬意。张炜在他的文学世界里将生命拯救的力量投入了渐渐消失的野地———一片没有肆意修饰的神秘家园。林中的白须老人是一个意象化的充满挽救力量的灵异形象，在欲望渊薮的旗帜张开，以及现代化人类欲望扩张的持续性去根化的道路上，这都将是民间记忆对于历史生存的惦念和缅怀，更多的也是以生命心象来观照现实生存境地的一种警惕和反思。

张炜以短章连缀的志怪体叙述表现方式，使我们现时代生存的灵魂深渊显现，从而在民间传说里接引那些不可见的历史苏生，在叙述时保持自身对已逝世界的虔敬和语言的节制。这一篇篇精简的乡谈虚实相生，犹如语言的伤口，消弭记忆对于遗忘的克服，呈现出独特的存在的精神地形图。我们也可以说这是一种既新且旧的认知到来，汇聚为现代灵魂补救性的力量。从存在本源来说，生命通过记忆来呼吸存在的延续，张炜周曲复杂的文学世界的出现，有着我们时代历史性召唤的内在意义，从更为深远的时光流变来看，都可以看出人类自我生命存在辨认的灵魂指证，这无疑是我们时代最珍贵的文学价值和意义所在。返回到张炜以长篇小说《九月寓言》《刺猬歌》《你在高原》和短篇小说《东莱五记》等为代表的文学世界，围绕生命元素的"隐"和"显"，形成了奇特的艺术结构。我们可以深深地感受到这动人的"受雇于记忆"的行吟，在民间慰藉与灵魂庇佑的还乡追忆里，聆听那幽暗中依旧闪烁的声音，如同"历史沉音符"，"以文学的历史之舌说话"。

在这一场聆听与诉说的文学长旅之中，如同密林枝节丛生、岩壁孤绝幽峭的文学勘探和寻找，都将在野地已然寂静的消失里，为我们换来另一种生命的呼吸。正如诗人保罗·策兰在《直到》中写下的那样，"直到/我将你作为一个影子触摸/你才担任/我的嘴/它攀升着/带着后来才想起的事物/攀入/时间的庭院"，而对于影子的唤回，正是张炜在现实不可能之中，于文学心灵沟壑所要深入的生命境地。他在胶东半岛上的游走，注定是孤独和呼吸在风里的对话，记忆为之到来，通过他写下往事和被遗忘的无法命名的存在，叙述的灵魂也将被历史所呼吸共感，啃着日子细细的风。"站在一阵信风里？/我们都是异乡人"（保罗·策兰），而"我必须听，如其所示"，在现实与历史的岩壁间侧行，在记忆与不复的密林间回返。"灵魂还乡，对精神家园的寻找，是人类生生不息、代代相传的冲动"，现代性无家可归感将日夜焦灼着渴盼的心灵。他要寻觅可依恋的精神家园和生命方位，怀着对自然野地无限倾心的情愫，而终将面对被肆意修饰过面目全非的现代性荒凉，"当一种荒凉呈现在我们面前"（王家新），欲望对于大地家园和记忆的掠夺，都将使生命的存在更为悲怆而疼痛。这无疑也注定张炜会在文学精神空间里，面向生命永恒的流浪。对于消费主义精神平面化的抵抗，端凝为心弦的遥远的吟唱，张炜始终如此执拗，跋涉于存在探知的半岛地形之上，朝向那神明已逝后大地复魅的灵魂升阶之地，这终归是一场场"芳心似火"的渺茫的遥想，令我们在寂静里聆听到诗人保罗·策兰般的存在感念：

　　光柱，把我们吹打到一起。
　　我们忍受着这明亮、疼痛和名字。

参考文献

郭宝亮：《文化诗学视野中的新时期小说》，河北人民出版社 2007 年版。

〔德〕保罗·策兰：《灰烬的光辉：保罗·策兰诗选》，王家新译，广西师范大学出版社 2021 年版。

张炜小说中园子空间的在场性书写

秦　琳*

摘要： 在张炜的小说世界中，空间类型丰富。随着人物的游走与故事的展开，不同空间既独具特色与不可替代，又在作家思想的统帅下显露出其背后的社会文化渊源和关乎人生人性的体察。其中，形态各异的园子空间作为标志性的空间意象，频繁出现在张炜小说中，融合贯穿于文本的骨架血脉，成为透视作家写作立场与精神向度的文学镜像。张炜通过丰富的园子空间进行在场之思，经由最直观朴素的日常生活，确证空间的意义不仅在于地理、场所、环境等层面，而且参与到切实的历史进程，强调空间的在场性经验表达。

关键词： 张炜；园子；空间；在场性

卢卡契、列斐伏尔等人曾从日常生活反抗论的角度出发，强调日常生活自身所包含的异质性因素，这使我们看到空间具有生活场域性的特征。而日常生活空间之于人的存在和发展具有重要的基础性意义，并能在普遍压抑的现实状态与反抗压抑的积极力量之间获得新的可能。故而，日常生活空间既平庸亦神奇。空间不仅是有意义的，还充满创造性与张力。

具体可感的空间形态、在此空间中经历和感知日常生活的生命个体、真实可靠的生存语境和情感结构，不仅建构出广阔的日常生活空间图景，而且佐证着空间的存在论意义。张炜笔下的园子空间，横向来说，包纳果

＊　作者简介：秦琳，原为鲁东大学张炜文学研究院研究生，研究方向为中国现当代文学，现为烟台第十五中学教师。

园、菜园、葡萄园及笼统意义上的田园，内容广阔、内涵丰富；纵向来说，园子空间贯穿张炜创作始终，体现出其作为表征与言说的主体所产生的历时性变化。无论从哪个角度来看，张炜对于园子空间的反复书写，既不是简单地为人物提供背景舞台，也不仅是对故乡进行地理性致敬，而是以园子承载精神与思想、接续历史与现实、构建生命与生活。

一 工作居住的处所

从马克思的实践观点来看，张炜的园子空间首先是在实践活动过程中被创造出的一个属人的世界，是主体共同的活动舞台。人们在此场所中找到自己生存与生活的依据，发现、理解并且体验意义。这样集工作居住于一体的园子场所，不仅是赋予客观实体以意念的网络，也是连接群体关系的意义表征，它远远超出了地理学上的单一限定。

在张炜的文学版图中，园子空间既是物理的也是社会的，既是私人的也是开放的。其构成个体稳定的心理基础，也从侧面体现出极为稳定的生活模式。随小说走入形态不一的园子，可以发现无论园子属于哪一种类，园子规模是大是小，总有固定的小茅屋或泥屋筑立其间，供与园子有关的人居住生活。一般来说，自家的园子里，主人会精心搭建一所小屋，成为全家人的落脚之地，比如《他的琴》《老斑鸠》《采树鳔》等小说中的泥屋形象。这些小屋极为朴素，简小封闭的构造并不让人感到压抑与沮丧，反而成为园子中的庇护处，使居于此处的人感知家的真正意义。除了小屋，草铺子也是园子中重要的生活空间，草铺的搭建没有规定，但看园人往往会搭成高高的草楼铺，使看护时视野广阔又不怕夏炎。较之小屋，草铺子是更为开放的空间样态，这是欢乐的聚集地，是情绪的宣泄处，也是劳动者日常点滴的记录所，它们在《护秋之夜》《紫色眉豆花》《草楼铺之歌》《一潭清水》《胖手》等小说里都有所表达。概括来说，这一封闭一开放的具体空间场所是园子得以承载人们日常工作生活最重要的人文空间与表达空间，带来的是明亮的烟火味道和忙碌的生活气息。虽然其中不乏真实的生命沉重，或是攸关生存的园子危机，或是犹豫不定的人生抉择，但将目光投射于园子空间中的普通人便可发现，人们正在用积极的地方生活经验阐释属于他们自己的存在和归属，人与园子互相言说，园子里驳杂的日常生活图景正体现了具有空间感知力的鲜活的人对于自身生命价值的确证与维护。

具体而特定的空间形态在一定程度上也是人置身其中行动的结果。随着时代的变迁，园子里的生产关系与生产方式也在作出相应改变，人的身份及其分工随之有所不同。比如《葡萄园》里开头就提到，起初人们为寻生存，常在荒原之地开辟园子，自己成为主人。园子规模往往不大，产出的作物变成生存来源，此时园子与家的概念更为接近。20世纪50年代后期人民公社成立，国家为发展生产积极拓荒，人们开始集体劳动的生活，小说里诸多园子空间的叙写都是在此时代背景下完成的。这一时期劳动的欢乐与集体的力量充盈字间，如《木头车》里展现的劳动场面。张炜对这种劳动的力量是非常看重的，他不止一次地说在土地上过活是何等幸福，而他又能清楚地感知到园子中人的劳动赋予了个体与空间怎样的自由，张炜很早就站在劳动者的立场为土地上的劳作者发声，"而他们的劳动却被看成最无诗意、最无希望、最不需要灵感的事情。实际上一切只会相反"①。当改革浪潮涌入乡村，人们选择联合承包或独自承包的方式继续经营园子，《秋雨洗葡萄》里承包葡萄园、《护秋之夜》中承包菜园、《篝火》里二人承包果园。园子能够带来直接的经济效益，而从经济角度反思社会现实、反观人性之变是张炜早期小说的一个重心。

在对园子的细致描绘中，我们可以察觉出其中浓厚的人情与伦理味道，集中体现出传统乡村的生活方式与较为牢固的意识观念。空间的规划与区隔并不明显，人与空间的关系较为和谐稳定，这时对于生活在此处的人来说，自身生存的空间性得到保障，相应地，空间的生存性也由此得以确立。小说里呈现的园子空间，不仅公共领域与私人领域很少划分边界，人们工作与居住的场景尚未分离，自然与人也是没有被剥离开来的状态，这样一种较为稳定的生活空间从总体上来说给了人们生存的逻辑依据。

---

① 张炜：《张炜自选集：葡萄园畅谈录》，作家出版社1996年版，第278页。

二 儿童游荡的乐园

尼尔·波兹曼曾在《童年的消逝》中提出，"童年的概念是文艺复兴的伟大发明之一，也许是最具人性的一个发明"[①]。的确，每个人自童年走来，无论从哪个角度来说，童年都是个体最不受压抑与最自在无束的阶段。儿童的纯粹表述着人类原始的热情与天真状态，通往童年的路径正体现出自我世界不被分裂的诉求，而童年的源头恰是故地，时间的回溯与空间的投射互为支撑，共同交织出浪漫而诗意、温情又不失坚韧的儿童活动园地。在儿童眼中，此空间似乎富有激情，表征出更多关于想象的、跳动的、游戏的特征，深藏着无限的可能性和对人生的超越性力量。

儿童对空间的感官体验极为强烈，几乎园子各处都可以成为他们的乐园。然而，园子空间并不仅仅是孩童游戏的天地，也是建构起孩童性格与心理的强大支撑。园子由儿童的游荡注入生机，反过来又以自身的宽阔包容塑造儿童；儿童将园子视为乐园，又在与园子的交往中体悟情感、自然与生命，正是在这美好的双向建构中，我们得以看到作家对空间的主体性确证和对儿童本位的理解与尊重。《小爱物》里，"我们"救出了传说中的小妖怪，这不仅是一场孩子的游戏，还是一种生命对于另一种生命的亲近和敬畏。《赶走灰喜鹊》里，"我"阻止老梁打死灰喜鹊，即使心里害怕极了也没停下脚步，这正是儿童具有的悲悯与抗争的精神。《仙女》里，屋顶上，"我"总是在思考，仙女"会照抚这里的人，特别是命苦的人吗？"[②]儿童拥有如此丰富珍贵的内心情感，对世界有着独特的感知与体认方式，这是绝不应该忽视的属于儿童的生命状态和存在方式，而园子给予儿童充分表达的空间。

张炜认为，"文学作品写儿童和老人、男人和女人，都是正常的。作家的全部作品构筑的往往是一个复杂的世界，作家本人不可能将写儿童生

---

① 〔美〕尼尔·波兹曼：《童年的消逝》，吴燕莛译，广西师范大学出版社 2004 年版，第 2 页。

② 张炜：《致不孝之子》，作家出版社 2014 年版，第 255 页。

活的作品独立看待"①。正基于此，张炜从不刻意规避苦难。园子空间本身就是一个复杂的场域，空间流露出的表征语言具有多重性甚至有时极为隐蔽，儿童在成年人的佑护下虽不与之正面接触、冲突，或者说儿童的视角往往会过滤掉沉重的空间规则，但从张炜的园子空间里我们可以看到，游荡的儿童具有清晰的苦难感知能力，很多孩子正是在感受苦难、见证苦难、抗争苦难的过程中成长起来的。苦难的面貌多种多样，有的因贫穷被送去园里做工，如《持枪手》里的小来、《柏慧》里的鼓额；有的因政治背景不得已辍学，如《小北》里的小北；有的因家庭变故被送到乡下，如《老斑鸠》里的"我"。《葡萄园》里，罗宁像好多孩童一样，在园子里见证着分离与死亡。《半岛哈里哈气》里，老果孩常因父亲的政治问题被排挤，但他始终挑战苦难，生命也更显韧性。对园子中儿童生存处境及其生命体验的展现或许正如郑振铎所言，"儿童不是生活在真空里，他们需要知道人间社会的现状"②，这也许是作家赋予儿童个体最真切的尊重。

小说对园子与儿童之间的互动还有另一种书写维度，即主人公立于现实进行怀旧。比如《远河远山》里人到中年和老年时的"我"对童年的驻足遥望，小雪家门前的菜园子曾是"我"记忆的乐园，"任何地方都难觅这样一片菜园"③，"远河远山"四个字已足以昭示时间与空间上的遥远之路。这种怀旧之感更集中地体现在宁伽身上，无论是《柏慧》中的宁伽还是十部曲《你在高原》中的宁伽，怀念童年、怀念园子的生命冲动始终非常强烈，正像弗洛伊德所提出的"生命本能"。宁伽的不停游走似乎只为寻找到一处牢固的园地，这样的园地不管以葡萄园、田园或者农场、高原哪一种形态实现，实际上都是其对童年园地经历的回溯与重现。从怀旧的角度来说，儿童与园子有着天然和本源的连接，张炜打破时空限制构建情感体系，将园中童年作为向现实人生奔进的据点，当空间的连续性被打破，园子中"有根的自由"无论是对人物的命运走向还是对张炜本人的精神诉求都意义非凡。

---

① 张炜：《半岛哈里哈气》，作家出版社 2013 年版，附录，第 308 页。
② 王泉根：《现代中国儿童文学主潮》，重庆出版社 2000 年版，第 56 页。
③ 张炜：《远河远山》，作家出版社 2013 年版，第 133 页。

三　爱情发生的场域

爱情是亘古不变的人类情感语言，是日常生活空间中纯净又复杂的心理表达，是最为生动的文学母题之一。在张炜的园子空间书写中爱情从不缺席，它就像任何生命情感一样，总是在不自觉间流露出来。园子里的爱情携带着欲望的隐秘与释放，伴随着多种感情的交织与追逐，向生命个体不断靠近、追问，其一方面与历史、文化、社会、人性等因素交相融合，显示出作家更多人文思考的深意；另一方面回落到生活的实处，透过园子中的现实境遇还原具有生活实感的世俗之爱。

"任何人类行为都具有空间性。"① 没有空间的存在，人类就失去了自身生命存在的依据。大多数园子空间都显示出集体性的社会生活模式，人们共同做工，年轻人往往因为共同的奋斗目标和蓬勃的青春力量互相吸引，此情状下的情感更显纯净，比如《木头车》里的小春和小燕、《红麻》里的皮妞和达光。除此之外，园子空间本身的意义也促使着情感的释放与发生，园子里更广阔的空间被自然之物包裹，预示着更多实践的可能。人们工作居住在此，与各种生命来往交流，源于自然的生命力之杰作，促使情感本能的唤醒。《葡萄园》里明槐和曼曼的爱情纯粹而激越，即使明槐背负枷锁而压抑自己，曼曼还是伴着葡萄园的强烈光彩与气味热情而至。他们走到一起时，葡萄的香味越来越浓，当他们向彼此靠近时，茂绿的葡萄树唱起歌来，当两个人紧紧依偎时，葡萄园又静得没有一点声音。园子赋予人深情，又随情而动，这或是对爱情最好的成全和见证。《我的田园》中宁伽与肖潇的关系发展亦带有这种味道。几乎无一例外地，园子中的男女在滚烫的自然中释放情感本能，缩短向彼此靠近的情感路途，园子所具有的天然优势成为爱情绽放的舞台。

这里的爱情模式也是多样的，其中涉及爱情双方的身份特征及由此而来的爱情走向。

---

① 　龙迪勇：《空间叙事学》，生活·读书·新知三联书店 2015 年版，第 27 页。

年轻的女性往往善良、坚韧，带着自然的生命力自由成长，与之彼此吸引的男性形象或是同样充盈活力的大地的儿子，或是具有引导性意义的成熟个体。前者的呈现表达出对于生命感觉的丰富诠释，生命本能的爱欲和活力无拘洒落在彼此相爱的人们身上，人不应该是剔除情感的空洞符号；而后者更显示出启蒙的声音，像《远河远山》中小雪和老师的结合。实际上，在张炜所塑造的园子空间里，爱情模式极为复杂，向纵深处发掘会看到在平等的情感关系下，人们身份的不对等状态。尽管感情无高低之分，但身份的不对等仍给爱情带来阻隔，比如《葡萄园》里曼曼与明槐之间无可跨越的鸿沟、《秋天的思索》里老得与小雨之间的靠近与疏离，园子里的爱情无可避免地带有反思的意味。在这样的情境下，人们对爱情的渴望、压抑与反抗就具有了社会反思与生命反思的延伸。对此，我们一方面应当看到张炜不回避历史的写作心态，园子中的爱情叙事呈现出鲜明的反神话性质，青年男女爱情受挫背后充溢着经济政治纠葛，在利益驱动之下的人性表现作为社会反思的重要内容被呈现出来。另一方面应当看到作家对爱情的发展倾注了生命反思。展现生命个体如何进行艰难的探索，是作品对原生生命的重要审视部分和确立生命价值的重要尺度，在园子的爱情叙事中，我们可以清晰地看到关于生命意识的诠释，生命本相与生命理想的冲突使人陷入无解的悖论中。

尽管园子空间并不是一个私人化的独立空间，背后蕴含的社会历史动机与人性隐秘并不符合爱情试图纯粹的生长要求，客观上也并不允许大团圆式结局的存在，但作家终究还给了人做梦的权利。此时的园子也是一个交织起现实与虚幻的幻梦空间，托起无限的思绪。曼曼常幻想明槐骑白马的样子，小疤总想象在南山凿洞的春林的身影，胖手闭上眼睛就能看到老船长的儿子在海上拉网的画面……幻梦和想象在园子巨大的光圈中沸腾，这种朦胧的情感体验既是年轻人激荡起的诗意，也是农民对其所天然具有的朴素爱力的表达。园子中的人以自身的言行阐释出爱是人类的天性，而把爱情放置在多义性的园子空间里又使其涵盖丰富的延伸内容，爱情话语在时代与生命的映照下更显得坚实与深刻。

四　时代青年的思考阵地

作为作家，"我首要的任务还是投入思想家的行列，寻找思想者"①。张炜以其笔下诸多独特的思考者形象践行着这种写作理念，自早期中短篇小说创作伊始，就呈现出人物对于时代社会甚至自我本身的深沉索问和反思。这里将目光聚焦在园子中的青年身上，认为他们是园子中生命存在的基底层，具有原始的生命力量和广阔的生命内容，在特定的时代背景下，能够展现出更多也更复杂的生命可能。而空间是言说的，它随主体而变，充盈着激情，暗含着生活涌动，空间所散发的表征语言几乎与人的思索和挣扎同步，园子空间正是青年的思考空间、冒险空间与理想空间。

思考是人类重要的心理活动，也是产生行动的准备条件。综观张炜的小说创作，在《秋天的思索》中，葡萄园里的老得可看作其笔下首次以具有时代意义的思考者形象出现的青年农民，尽管这一思考者形象在其后续创作中不断成熟并有所突破，但停留在生命初步觉醒与挣扎时期的思索，不仅展现了独立个体的意志跃动，更将自我探寻的痛苦与艰难淋漓尽现。故而，人物艰难的思考绝不是简单的空想，其间蕴含着人之意识的全部丰富性，更为行动蓄积起得以抗争的强大动力。无论是从历时性还是从共时性的方向来看，老得作为一个青年农民，身上始终散发着似乎不应属于他的"知识分子性"，对于农民身份的强调似乎更便于主题的推进，但老得身上显然具有农民与知识分子的双重性质。他每天在葡萄园里做活，在葡萄树下守秋，却又花更多时间思索"原理"与法律，常常写诗拿去杂志社投稿，这些都是其身上具有思考性的表现。在《秋天的思索》中，葡萄园作为一个空间既具有实在感，又在与人物的互动中体现出彼此的认同感和交织感，园子空间在这里变成一个特定的感觉结构，园子中的人依据这种熟悉的感觉来理解他所体验的世界。在老得苦苦思考的过程中，他低头看葡萄的根须，看温软的土地，知晓了人要扎下根须才能长久笔直站立的道

---

① 　张炜：《关于〈九月寓言〉答记者问》，《当代作家评论》1993 年第 1 期。

理。园子以其自身的博大成为青年人生命思索的有力载体。

园子中青年的思考姿态也是多种多样的。老得经历痛苦的思考后决意反抗，在反抗未果的结局中选择出走，而深受老得影响的青年们，在这场守护秋天的战役中表现出更具勇气的决心。《护秋之夜》里，张炜使老得作为大贞子等青年的思想引领者存在。与老得的个人抗争不同，大贞子和伙伴的共同思考与成长侧面显示出集体的力量，日常空间其实潜藏着关于反抗的策略与秘密，人被空间所束缚，却也可以是新的空间形象的缔造者，而共同觉醒的思考姿态更有可能激发出肯定性的潜能，大贞子等人最后的胜利正印证了此说。《永远生活在绿树下》充满了对生活的思考，果园护卫者小穗这一青年农民从摇摆到坚定的思考姿态，暗含着人所必然具有的某些脆弱与复杂的生命底色，思考的意义在纷繁复杂的生存现实和无法逃避的生命感觉中更加真实，这不失为作家关乎人性阐释的写作策略。关乎生命理想的出走与游荡为人物的思考画上成熟的注脚，《葡萄园》里的明槐曾在园子里思考得以保存生命尊严的途径，而自身角色的断裂与冲突更显示出思考并为之坚守的困境。

从上述青年的思考姿态中我们可以看到一种精神姿态，这种精神姿态以园子的生活性能为支撑，并赋予园子主体意义上的精神属性。事实上，张炜始终在丰富笔下的思考者形象，具体人物从青年主体向中年甚至老年转移，身份不限于农民、知识分子，还包括养生家、革命者、流浪汉、商人、侠豪、情种等一系列人物形象，更在园子之外开辟更多思考的阵地，思考的内容与维度更加广阔，逐渐向更深刻、更全面、更体系化的方向铺展开来，这些在张炜长篇小说创作中清晰可见。然而，张炜早期创作中时代青年的思考仍具有深远的意义。或许这样的思考略显单薄，也并没有显现出鲜明的当代进步意识，但人物的思考有其内在脉络，即寻求一种朴素的合理性，一种对全部生命世界合理性的追寻与求索。这样的精神脉络其实贯穿于张炜的小说版图之中，冲破人物、时间、空间的规定而愈加坚实。

结　语

胡塞尔最早洞见生活世界的亮色，使更多人将视线投射到被遮蔽的日常生活空间中去。海德格尔进一步将日常生活与此在世界连接起来，在其《存在与时间》一书中详细阐明此在的根基性特征，而人于此在中的日常生存就是此在最为切近的生活方式。园子空间是张炜笔下极为具体的日常生活场域，张炜对园子空间的在场性书写既是对日常空间的合理性去蔽，也是对日常空间所具有的超越性品质进行的明确认知。文学世界关注人的现实境遇，参与人的生活建构，无疑要使人回落到语境化的生活空间中去，不仅强调其当下所处的历史维度，更关注在场性的生存剖析。这种在场性实际上言说出人与空间的双向互动，时代背后的社会文化因素通过空间形式覆盖人的空间体验，尤其空间经济结构的质变带来个体心灵结构的大转换。但同时，空间永远无法限定人的存在，人的个体意志与情感力量能够激发日常生活的创造性因素，并且显现出人的存在处于永恒跳动的生成过程之中，面向崭新的未来开放，指向更具有精神超越性的存在空间。

张炜曾言，"文学是生命里固有的东西"[①]，"写作是我生命的记录"[②]。可以说，张炜的生命经历给其文学版图以重要支撑，而他所看重的文学世界又与他的生命世界几乎重合，园子空间是带有作家生命特征与精神内蕴的主体性空间。而此场域固有的人文特征使其自身真正回落到人类世界中成为言说主体，使得日常生活的在场性表达成为文学表征人类生存境遇与情感结构的应有之义。张炜有意识地凸显空间的地点性与场域性，以特定空间形态中的日常生活图景勾勒社会文化与现实人生，赋予人物生命存在与生活体验的依据，并参与人物情感话语和精神体系的构建过程，园子空间的在场性书写表达出积极的存在主义哲思。

[①]　张炜：《疏离的神情》，作家出版社 2014 年版，第 13 页。
[②]　张炜：《读本，新作及其他》，作家出版社 2014 年版，第 209 页。

参考文献

〔美〕尼尔·波兹曼：《童年的消逝》，吴燕莛译，广西师范大学出版社 2004 年版。

王泉根：《现代中国儿童文学主潮》，重庆出版社 2000 年版。

龙迪勇：《空间叙事学》，生活·读书·新知三联书店 2015 年版。

路翠江：《家园情结与大地乌托邦——张炜"半岛世界"的空间诗学解读》，《中国现代文学研究丛刊》2014 年第 10 期。

余程程：《临水的小传统——张炜小说对空间的悖论性书写》，《安徽文学》2012 年第 3 期。

焦红涛：《论张炜小说中的"泥棚茅屋"空间》，《天中学刊》2016 年第 1 期。

张炜：《关于〈九月寓言〉答记者问》，《当代作家评论》1993 年第 1 期。

张炜：《疏离的神情》，作家出版社 2014 年版。

张炜：《读本，新作及其他》，作家出版社 2014 年版。

论张炜《河湾》的情爱模式建构

戚晓烨　路翠江[*]

摘要：在《河湾》中，围绕核心伴侣关系形成的两种主导情爱模式——主动-被动型情爱模式因爱的失衡而破裂，现实-浪漫型情爱模式因双方对爱的理解差异导致终结，由此张炜揭示出当代人在情爱关系中面临的无形挑战。对此进行深入的析理，可见对人物亲密关系的残缺、人物精神与命运悲剧的结构的阐释并非《河湾》的最终目的，探寻健康情爱可能性、赞美个体的趋善向美、探讨此中存在的个体主体性问题，才是张炜的用意所在。

关键词：情爱模式；亲密关系；趋善向美；主体性

张炜笔下的情爱是形态各异、千姿百态的，因此形成了不同的情爱模式：《古船》中抱朴对小葵与见素对大喜同是辜负但缘起不同，《刺猬歌》中唐童、美蒂、廖麦之间多角纠缠，《独药师》中季昨非经由几个女性走向生命的成熟，《艾约堡秘史》中淳于宝册曾经的情爱及当下对应在蛹儿、欧驼兰身上分裂的灵肉需求……但张炜表现和思考情爱，又围绕着相同的"核"，那就是爱——正如阿兰·巴迪欧所说："爱，就是用世界上既有的一切来赋予生命以活力，打破和跨越孤独。在这个世界中，我很直接地感受到，幸福的源泉就来于与他人共在。"[①] 聚焦和赋予生命以活力的"爱"

---

[*]　作者简介：戚晓烨，原为鲁东大学张炜文学研究院研究生，研究方向为中国现当代文学。现为淄博市张店区第七中学教师；路翠江，鲁东大学张炜文学研究院副教授，张炜研究所所长，研究方向为张炜研究，中国现当代文学研究。

① 〔法〕阿兰·巴迪欧：《爱的多重奏》，邓刚译，华东师范大学出版社 2012 年版，第 133 页。

固然美好而令人憧憬，但恰恰在这"共在"中，潜藏着各种未知的"风险"与危机。若不能规避风险、转化危机，则不得不面对残缺、面临情爱模式与关系状态的破裂；若能，则可向着永恒的幸福更进一步。

一　《河湾》中的两种情爱模式

在《河湾》中，张炜对情爱模式进行了新的探索。小说中的两组核心伴侣表现出完全不同的情爱模式与关系状态，也最终承受各不相同的痛苦。

（一）主动-被动型情爱模式

主动-被动型情爱模式从双方的爱情观出发，根据双方在物质、精神、权利等层面的强弱差异形成。"爱情不可能是在完全没有风险的情况下赠予生命的礼物"[①]，在主动-被动型情爱模式里，被动的一方往往面临更大的风险；极端情况下，主动方是"无风险"的，被动方却承担着"所有的风险"。《河湾》中女上司和首长之间、洛珈母亲和继父之间、傅亦衔和洛珈之间，都构成主动-被动型情爱模式，其中以傅亦衔和洛珈最具代表性。

小说的男女主人公傅亦衔和洛珈之间主动-被动型情爱模式的生成主要取决于双方的爱情观。

洛珈与傅亦衔的爱情观截然不同，洛珈认为"其兴也勃焉，其亡也忽焉"[②]，一切爱情终究走向厌倦，走向毁灭。洛珈爱情观的形成与她个人的成长经历相关：生父早逝，母亲再嫁，在洛珈眼中母亲过得并不幸福，这种猜测在一定程度上造成了洛珈对爱情的不信任，进一步导致了洛珈不懂爱、不会爱、不敢爱。"爱是一种不知名的持续的欲望"[③]，但洛珈对于爱情的需求并不是出于这种"持续的欲望"，而是出于一种理性的态度，爱情似乎只是洛珈生活的调味剂，"你是我的献花少年，我是你的什么，那

---

① 〔法〕阿兰·巴迪欧：《爱的多重奏》，邓刚译，华东师范大学出版社 2012 年版，第 39 页。
② 张炜：《河湾》，《花城》2022 年第 3 期，第 13 页。
③ 〔法〕阿兰·巴迪欧：《爱的多重奏》，邓刚译，华东师范大学出版社 2012 年版，第 64 页。

就随便吧"①。洛珈在乎的只是傅亦衔给予自己的欢愉，而不在乎傅亦衔能从她这里得到什么。在洛珈的生活里，爱情以及对方，永远要让位于她的现实诉求。"我觉得这个周末不能见她，那干脆见阎王得了。那边的声音还像过去一样平静：'啊，不行，我手头的事情一个星期才能忙完。'"②只有在洛珈需要傅亦衔的时候，傅亦衔才有机会在她的世界出场，居于被动处境的傅亦衔则时时面临被冷落、被抛弃的风险。

傅亦衔的爱情观与洛珈的大相径庭，这也预示着两人的爱情注定会以悲剧结局。傅亦衔认为"唯独一个人爱你朝圣者的心灵，爱你被岁月摧毁的面容"③。他是一个信仰"爱"的人，他爱洛珈，爱亲人们，爱朋友们，爱同事们，爱大自然。虽然傅亦衔在成长过程中也经历了许多苦难，但是他并没有因此怀疑爱、放弃爱。他对洛珈的爱是赤诚的、热烈的，也是盲目的、纵容的。洛珈是两人关系规则的制定者，而傅亦衔出于无条件的爱和对洛珈的尊重，他只是规则的遵守者。在生活层面，傅亦衔似乎愿意与洛珈进行这一两性实验。他们"既有共同的住处，也有各自的住处"④，他们"分开，彼此独立，和而不同，相敬如宾；一生热烈、真挚、渴望"⑤。傅亦衔尊重洛珈的秘密，尊重洛珈的自由，尊重洛珈的一切选择。这样的相处模式看似合理，但如果连最亲密的爱人都无法诉说自己的身世，无法了解彼此的生活，那么在合理的背后潜藏的是巨大的荒诞。傅亦衔在一些细节上发现了洛珈的异样，但是他太爱洛珈了，太相信洛珈了，以至于对洛珈的话选择盲从，所以他最初选择否认或忽略这些潜藏着洛珈身份地位的细节。比如为什么洛珈突然跨行做金融就身居高位？为什么德雷令和同学们叫洛珈"女王"？棋棋到底为什么被绑架？跟踪傅亦衔的小平头和洛珈又是什么关系？为什么洛珈总是如此理性平静？

在精神层面，洛珈是超越传统婚恋观念的新时代女性，她美丽、聪慧、理性、独立，爱情不是洛珈生活的必需品，婚姻也不是爱情的最终结

① 张炜：《河湾》，《花城》2022年第3期，第39页。
② 张炜：《河湾》，《花城》2022年第3期，第12页。
③ 张炜：《河湾》，《花城》2022年第3期，第13页。
④ 张炜：《河湾》，《花城》2022年第3期，第9页。
⑤ 张炜：《河湾》，《花城》2022年第3期，第10页。

果。但是傅亦衔传统、专注，他希望与洛珈光明正大地结婚，拥有一个孩子，构建一个温馨的小家。他内心并不完全认同洛珈的"两性实验"，但因为爱，他愿意听从洛珈的安排。精神为核心，生活为表象，在傅亦衔和洛珈的关系中，傅亦衔始终处于被动的状态。

对于主动-被动型情爱模式的恋人们，主动方掌握着绝对的选择权与话语权，被动方则只能委曲求全，时时承受被冷落、被支配的痛苦，痛苦与风险累积到阈值，关系就会走向终结。

（二）现实-浪漫型情爱模式

在《河湾》中，余之锷与苏步慧夫妇是现实-浪漫型情爱模式的典型。与主动-被动型情爱模式不同，在现实-浪漫型情爱模式中，恋人一方是现实主义，另一方则是浪漫主义，错位关系中的危机并不显于表层生活，但一直潜藏在暗处，蠢蠢欲动。

在傅亦衔看来，余之锷夫妇是一对神仙眷侣，"长期以来两人分工清楚：男的负责思想，而女的唯一要做的，终生都要做好的一件事，就是爱他"①。这一判断不无道理，但进入小说折叠的细节，可以发现两人的关系并没有傅亦衔想象得这么简单，看似温馨幸福的小家实则危机四伏。

余之锷是现实主义的。余之锷与苏步慧在工作上有两次变动，第一次是从机关辞职改做旅游，第二次是从旅游业脱身承包河湾。但不论是做旅游还是承包河湾，都是余之锷在操劳。在经营旅游公司期间，傅亦衔到访余之锷家，"发现他鬓角的白发又多了一些"②，而在余之锷夫妇决定承包河湾之前，"余之锷瘦了，两眼有点外凸。他的一双手比过去粗糙许多"③。通过余之锷的生理变化，我们可以合理猜测余之锷过得很辛劳，事事都需要他操心。余之锷在夫妻中总体呈现为承担与付出、包容的一方。

苏步慧是浪漫主义的。苏步慧爱写诗，喜欢热闹，喜欢河湾自在的生活。傅亦衔曾评价"她是一个盲从与随和的典型，奇怪的是反而因此而变

---

① 张炜：《河湾》，《花城》2022 年第 3 期，第 16 页。
② 张炜：《河湾》，《花城》2022 年第 3 期，第 55 页。
③ 张炜：《河湾》，《花城》2022 年第 3 期，第 65 页。

得可爱"，"我知道许多人在暗恋她"①。在余之锷夫妇承包河湾之前，他们的关系似乎并没有出现问题，但在承包河湾之后，苏步慧的问题逐渐显现出来。"她和杜鹃鸟儿犯了同一种病，那是大学时期落下的。"②苏步慧得的是心病，她缺爱，渴望爱，她不仅"从别处出发才能确信自我"③，而且她还需要来自不同"别处"的爱来确信自我。余之锷固然给予了苏步慧自己全部的爱，但苏步慧的心却没有被这个老实男人的爱填满。在大学时期苏步慧爱上了一个足球队员，并且把自己交给了他，苏步慧在与足球队员的感情中受到了创伤，并且这个伤疤一直潜藏在苏步慧的心里，直到小木澜出现，她旧病复发，不可遏制地爱上了小木澜。小木澜在河湾的歌唱结束之时，"苏步慧在胸前抚摸不已，显然那儿有些不适"④，这是苏步慧对小木澜剧烈的心动所引起的不适；小木澜向余之锷和苏步慧行的是洋礼，而在苏步慧病重时，傅亦衔纳罕"即便到了这种时候她也没有放弃洋礼"⑤，苏步慧因为爱小木澜所以模仿小木澜的习惯；苏步慧在养蜂场的巨石上被小木澜侵犯，她并没有视养蜂场为伤心之地，反而留下遗愿希望将自己埋葬在养蜂场的鲜花坡上。苏步慧爱上了看似浪漫的小木澜，但是小木澜没有打算给苏步慧同等的爱，在激情之后小木澜逃离了河湾。在这一事件中，余之锷失去了苏步慧的忠诚，苏步慧也没有获得小木澜的忠诚。⑥

苏步慧是一个极度浪漫的人，她追求爱，渴望爱，并且义无反顾；但余之锷是一个现实的人，他踏实、务实，一心一意只爱一个人。就像何典所说的："苏步慧是个特殊的女人，一般的爱对她根本不够用。打个比喻说，你是熟悉失眠症的，有人吃半片安眠药就呼呼大睡，有人吃数十倍才管事。爱也一样，'爱'的接受程度完全不同。"⑦余之锷和苏步慧的爱情悲剧在于，现实的余之锷给不够苏步慧想要的爱，而浪漫的苏步慧也因缺

---

① 张炜：《河湾》，《花城》2022年第3期，第17页。
② 张炜：《河湾》，《花城》2022年第3期，第114页。
③ 〔法〕马礼荣：《情爱现象学》，黄作译，商务印书馆2017年版，第82页。
④ 张炜：《河湾》，《花城》2022年第3期，第115页。
⑤ 张炜：《河湾》，《花城》2022年第3期，第124页。
⑥ 〔法〕阿兰·巴迪欧：《爱的多重奏》，邓刚译，华东师范大学出版社2012年版，第76页。
⑦ 张炜：《河湾》，《花城》2022年第3期，第129页。

爱无法给予余之锷"忠诚"。

现实-浪漫型情爱模式会因为双方所能给予与所接受的爱不对等而使得关系逐渐走向失衡破裂。

二 《河湾》对健康情爱模式的思考

罗兰·米勒在《亲密关系》中这样总结道："研究者和普通人都认为亲密关系和泛泛之交至少在六个方面存在程度差异：了解（knowledge）、关心（care）、相互依赖性（interdependence）、相互一致性（mutuality）、信任（trust）以及承诺（commitment）。"[①] 从这六个亲密关系标准透视《河湾》中的情爱模式，或许可以看出一些端倪。

（一）亲密关系构成视角下的情爱之殇

傅亦衔与洛珈之间的隐秘情爱模式具有某些亲密关系的基本特征，但二人关系的总体状态不佳。

在了解层面，洛珈一开始不愿言说自己的过去，"她有意回避，因为拒绝坦露，所以才拒绝倾听"[②]。这表现出傅亦衔对洛珈的不了解与洛珈对傅亦衔的不信任、不坦诚。虽然洛珈在之后对傅亦衔坦露了自己过去的部分经历，但一直没有对傅亦衔坦露自己当下的生活，对于傅亦衔来说是一种抵制。在洛珈可以掌控傅亦衔的时候，洛珈不了解也不想了解傅亦衔的过去；当洛珈对傅亦衔失去掌控，她派一个小平头跟踪傅亦衔，以便更好地掌握傅亦衔。而傅亦衔亦因无法了解洛珈的过去与现在，只能被动地接受洛珈传递给自己的信息。洛珈虽然与傅亦衔有性行为，但是她对傅亦衔精神上的种种抵制使他们的肉（chair）无法互相接纳，傅亦衔只能被动地留在原地，无法对双方的情爱关系进行更深入的建构。[③]

在关心层面，傅亦衔始终关心洛珈的生活：主动联系洛珈，观察到洛

① 〔美〕罗兰·米勒：《亲密关系》，王伟平译，人民邮电出版社 2015 年版，第 2 页。
② 张炜：《河湾》，《花城》2022 年第 3 期，第 16 页。
③ 〔法〕马礼荣：《情爱现象学》，黄作译，商务印书馆 2017 年版，第 223~224 页。

珈不常住在家里，担心洛珈的安全等。但与傅亦衔单方面的付出对照，洛珈似乎并不怎么在乎傅亦衔的生活，"这两天的大部分时间手机都设置了静音，每隔一会儿要翻阅页面，因为这是工作时间。信息蜂拥，一如既往。我惊讶地发现竟然没有洛珈打来的电话"①。直到傅亦衔决定要离开洛珈，洛珈才察觉出一些异常，但也没有阻拦或挽留。

在相互依赖性层面，双方都没有表现出很强的依赖性。"亲密伴侣的相互依赖性是指他们彼此需要的程度和影响对方的程度。"②傅亦衔出于本性的善良，对洛珈、洛珈的母亲、洛珈的弟弟、身边的朋友和同事都表现出温和的态度；洛珈出于自我保护的理性，对傅亦衔和身边的同学表现出礼貌性的尊重和源自强者内心的从容。洛珈没有因为傅亦衔变得更善良，傅亦衔也没有因为洛珈变得更漠然，就像他们一开始规定的那样"彼此独立，和而不同，相敬如宾"③，因此自始至终他们都是隔膜的。

在相互一致性层面，傅亦衔和洛珈在表层生活上存在一致性，他们有共同的话语体系，有相似的苦难的童年经历。但令人遗憾的是在深层次上却没有显现出一致性，在不同的价值观下人生的道路渐行渐远。傅亦衔善良、传统、平凡；洛珈老辣、前卫、卓越。他们在处事态度上没有达成共识，傅亦衔怜惜的耿杨却被洛珈在背后捏弄陷害；他们在生活层次上也没有持平，傅亦衔只是一个普普通通的工薪阶层，洛珈却有广阔的人脉、雄厚的经济实力、不为人知的资产；他们在婚恋观上也没有达成共识，洛珈可以一生独立、自由，但傅亦衔希望有一个温馨的家，有一个可爱的孩子。傅亦衔和洛珈维持着表面的一致性，本质却存在巨大的差异与分歧。

在信任层面，傅亦衔最初对洛珈是无条件的信任，但洛珈对傅亦衔却是漠然的态度。因为傅亦衔对洛珈无条件的信任，所以在最后发现洛珈代表的是颠倒黑白、操纵舆论的力量的时候，傅亦衔惊愕、愤怒、失望。洛珈对傅亦衔的离开表现出始终如一的漠然、莫测。傅亦衔和洛珈是两个极端。傅亦衔完全信任洛珈，不论洛珈做什么傅亦衔都尊重支持她，不论洛

---

① 张炜：《河湾》，《花城》2022年第3期，第99页。
② 〔美〕罗兰·米勒：《亲密关系》，王伟平译，人民邮电出版社2015年版，第2页。
③ 张炜：《河湾》，《花城》2022年第3期，第10页。

珈说什么，傅亦衔都会表示认同，哪怕与自己的观念不合也会为洛珈找其中的合理性。洛珈则是不在乎、不信任傅亦衔，她不告诉傅亦衔自己的真实身份，也不向傅亦衔透露自己的工作细节，甚至不到必要的时候也不向傅亦衔介绍自己的家人，"她爱母亲，一直牵挂，却从不对我提起"①。傅亦衔对洛珈是盲从般的信任，洛珈对傅亦衔是无所谓般的信任，二者均非恋人之间信任的健康状态。

在承诺层面，傅亦衔与洛珈的关系中没有承诺，只有一条条有利于洛珈的规定。洛珈规定了两人相处的界限、两人相处的时间、两人相处的方式。看似合"理"，实则无"情"。傅亦衔在最后也明白了对于洛珈来说"肉欲才是必要的，爱则无关紧要"②，自己对洛珈来说也不是必要的。承诺不是口头或者字面的形式，而是双方在爱情中投入的大量时间、人力和物力，"意味着一种过渡，从一种偶然到一种坚定的建构"，洛珈似乎从未想过将自己与傅亦衔"偶然"的爱情"固定"下来，从未想过将两人的爱情从"偶然变成一种命运"③，这也注定了他们二人的爱情不会一直持续。

（二）于千疮百孔间寻觅健康情爱模式构建的可能性

综观《河湾》余之锷与苏步慧情爱进程中的亲密关系，又有所不同。拨开生活表象的琴瑟和谐、甜腻温香，以及他们情爱结局的痛楚、破裂等的遮蔽，可以发现，这里的情爱底色中，从始至终存在人性中可贵的趋善向美的光辉。而探讨健康情爱可能性、展示人性光辉，才是张炜用意所在。

在了解层面，傅亦衔和洛珈是反例，余之锷和苏步慧却可以带给我们一些正向的影响。苏步慧没有对余之锷隐瞒自己在大学时期与足球队员的性经历，在小木澜侵犯她之后，苏步慧也没有隐瞒这段经历。虽然这些经历会让余之锷感到不适甚至是痛苦，但这里的坦诚远胜隐瞒与欺骗，余之锷有权利知道苏步慧的过去，也有权利选择留下或者离开。在情爱关系

---

① 张炜：《河湾》，《花城》2022年第3期，第20页。
② 张炜：《河湾》，《花城》2022年第3期，第130页。
③ 〔法〕阿兰·巴迪欧：《爱的多重奏》，邓刚译，华东师范大学出版社2012年版，第76页。

中，充分了解彼此并给彼此选择的空间，是构建健康情爱关系的重要条件。

在关心层面，余之锷和苏步慧也可以为我们提供一些正向的经验。虽然在这段关系中余之锷付出得更多，从"耳朵上有了几丝白发"①到"鬓角的白发又多了一些"②，再到"瘦了，两眼有点外凸。他的一双手比过去粗糙许多"③，最后"两鬓花白，额上有了深皱"④，但余之锷和苏步慧的工作与生活都是共进退的——一起离开体制工作，一起进入旅游业，一起经营河湾。虽然在这个过程中余之锷明显地苍老了，但他们两个人始终都是相互关心、相互支持的。余之锷厌倦了体制内的生活，苏步慧支持他进入旅游业，并且成为他的贤内助；苏步慧喜欢浪漫的生活，余之锷就和苏步慧一起经营河湾。在《河湾》中，余之锷夫妇始终是互相关心、互相支持、夫妇一体的。健康的情爱关系的确需要恋人双方给予彼此关心与支持，尤其在一方做艰难决定的时候，恋人的关心与支持是个体继续前进的动力。

在相互依赖性层面，苏步慧是一个反例。苏步慧得了一种离开余之锷就害怕的心病，这源于苏步慧对伴侣的过度依赖。《河湾》中写苏步慧在学生时代"演了两个角色，都是纯情少女被人骗了"⑤，戏如人生，苏步慧在爱情中的确始终宛如一个纯情少女，浪漫、依赖和轻信他人。苏步慧的悲剧启示我们，适度的依赖有助于促进亲密关系的成长，但过度的依赖反而会让人失去自我，成为没有根的浮萍。人必须先学会爱自己，成为一个独立的个体，长出自己的根，才能够在亲密关系中成为不失去自我、不依附他人的"这一个"。

在相互一致性层面，余之锷和苏步慧一个浪漫至死，一个现实踏实，他们表面上夫妻和睦，内在却危机重重，他们的爱情结局正是"同一性与差异性的冲突所引发的悲剧"⑥。相互一致性是两性关系稳健发展的基础，

① 张炜：《河湾》，《花城》2022年第3期，第41页。
② 张炜：《河湾》，《花城》2022年第3期，第55页。
③ 张炜：《河湾》，《花城》2022年第3期，第65页。
④ 张炜：《河湾》，《花城》2022年第3期，第134页。
⑤ 张炜：《河湾》，《花城》2022年第3期，第96页。
⑥ 〔法〕阿兰·巴迪欧：《爱的多重奏》，邓刚译，华东师范大学出版社2012年版，第92页。

差异性则是两性关系必然面临的风险与挑战，妥善地处理与看待差异性可以让情侣更好地体验、融入生活，无法调和同一性与差异性之间的冲突则会导致爱的悲剧。

在信任层面，苏步慧的问题在于轻信、盲信。苏步慧对余之锷无疑是信任的，在余之锷辞职创业时，苏步慧也毫不犹豫地辞职与他一起创业。苏步慧如此果断地赌上自己的事业选择做余之锷的"贤内助"，不仅因为余之锷有商业头脑，而且出于爱与依赖，她信任余之锷。苏步慧与余之锷的信任危机不在于他们自身，而在于苏步慧对于他人同样轻信与盲信，她相信小木澜是真心爱她的，就像当初相信校足球队员爱她一样。在两性相处过程中，彼此信任是必要的，轻信、盲信却有损两性关系，对彼此忠诚更是彼此信任的重要前提。

在承诺层面，余之锷是正面的例子。余之锷对苏步慧的承诺是不离不弃的爱，从爱上苏步慧开始，到苏步慧离世，余之锷始终爱着苏步慧，尽管苏步慧落入小木澜的陷阱，犯了错，余之锷纵使心痛但还是没有放弃爱苏步慧，直到苏步慧生命的最后一刻也陪着她，没有责备她。余之锷对苏步慧的爱是"一种持之以恒的建构"，"跨越空间、时间、世界所造成的障碍"。①

《河湾》向我们显现的这两类情爱模式，其亲密关系都仅存有部分特征；亲密程度减弱，必将导致关系疏远甚至破裂。虽然现实中并不存在单一的最理想的亲密关系模式，但可以肯定的是，令人满意的和有意义的亲密关系应当包括亲密关系的所有六个特征：了解、关心、相互依赖性、相互一致性、信任以及承诺。

《河湾》中的情爱书写生动细致地记录了在物质文明高度发达与精神文明相对复杂的斑驳背景下，两性关系的脆弱、复杂和两性关系面临的种种问题与挑战。主动-被动型情爱模式中被动方面临的巨大"风险"，现实-浪漫型情爱模式中现实方面临浪漫方不"忠诚"的危机，都是捍卫爱情面临的挑战；而在了解、关心、相互依赖性、相互一致性、信任以及承

① 〔法〕阿兰·巴迪欧：《爱的多重奏》，邓刚译，华东师范大学出版社2012年版，第63页。

诺六个层面对亲密关系进行持之以恒的建构与创造，则为"爱的持续"提供了可能。《河湾》中的情爱书写既不同于《古船》《九月寓言》等作品在物质文明与精神文明均匮乏的背景下的情爱书写，又不同于《艾约堡秘史》中淳于宝册对蛹儿、欧驼兰既是"宝物"又是"玩物"心态下的情爱书写，而是选取了两对当代的"异人"情侣，呈现当代人爱的危机与思索，为当代人如何捍卫爱、创造爱提供了独特的思考空间。

三　立足情爱，又超越情爱

（一）中西方思想碰撞的火花

《河湾》中两类情爱模式的建构基于中西方思想的共同滋养。西方追求真理、理性看待人生的"致知"思想，与中国强调审美人生观、追求充实人生的"致良知"思想，对张炜产生了不同程度的影响。

身体欲望的本能性及其非理性、爱欲形式和特征的多样性以及爱情的本质，一直是西方思想家思考的问题，并在文学传统中有所呈现。《会饮》篇为西方情爱思想和文化的普遍性和开放性奠定了基础；从基督教诞生到文艺复兴时期，禁欲和性的目的是生育等思想广为流传。苏格拉底、奥古斯丁、康德、克尔凯郭尔、弗洛伊德、波伏娃等人的各种旨在理解情爱的哲学理论都来自于此。在此文化场域下就有了薄伽丘的《十日谈》、莎士比亚的《罗密欧与朱丽叶》、夏洛蒂·勃朗特的《简·爱》、艾米丽·勃朗特的《呼啸山庄》、D.H.劳伦斯的《虹》、雨果的《巴黎圣母院》及其他以情爱为主题的作品。

综观中国的精神文化传统，我们会发现，在中国几千年的文学史中，很少有直接涉及情爱的文学传统。到了明清时期，才出现了李贽的"吃饭穿衣，即是人伦物理"等思想主张，为人性和人伦的合理性辩护，并出现了至情超越生死的《牡丹亭》、侧重市井人情描绘的《金瓶梅》、侧重贵族情爱的《红楼梦》等文学作品。

将中西古代情爱思想与书写源流比照，清楚可见西方传统总体上更肯定情欲与自我主体性，中国文化传统的主流更注重情爱之上的伦理或责任。《河湾》现实-浪漫型情爱模式中的余之锷自始至终无怨无悔地承担着自己家庭的责任，展现出中国传统文化影响下男性主体的责任与担当，苏步慧的所作所为虽然在伦理层面难以被世俗社会接受，但她所显现的对情欲的肯定和追求爱时的无所顾忌反而体现出一种极致的纯粹，就像《丑行或浪漫》中的刘蜜蜡一样，苏步慧的行为是"丑行"还是"浪漫"难以定论，这一类人物的塑造无疑受到了西方情爱思想的影响。而张炜情爱书写的人本意识则源自中西思想文化人本观念的长期滋养。透过傅亦衔与洛珈的对话，可见他们开放式的、隐爱隐婚的尝试，是受萨特与波伏娃婚恋中主体相对独立主张的影响；《河湾》情爱书写与不同情爱模式建构的背后，更是作家致意古希腊智者的人本出发点、中国道家逍遥追求的结果。

（二）主体趋善向美的可能性

在情爱关系中，个体的主体性面临考验，相爱的人一直有完全将自己的主体性交付给恋人的倾向，在主动-被动型情爱模式中，被动方存在丧失主体性的风险。《河湾》中傅亦衔对洛珈的无条件服从无疑在潜意识中逐渐放弃了自己的主体性："我的人生就像一条午夜航船，遮掩在茫茫夜色里。领航人是我的爱人，她像女王一样高贵。她主宰了未来的岁月，她是我的全部。我突然有些心慌：她如果消失了怎么办？天哪，那时候我还怎么活下去？"[1] 当情爱关系中的隐藏风险来自个体主体性的风雨飘摇，便值得深思：情爱关系中，个体的自主性、独立性具有与爱同等重要的地位，在情爱关系中个体应在爱的同时把握好自己的主体性地位。

《河湾》中傅亦衔对洛珈从一开始就存在认知偏差，他从未真正完全地了解洛珈，却单方面理所当然地认定洛珈如同自己一样忠于彼此，深爱着彼此。在从爱情到婚姻、从肉体到精神层面都以洛珈为傲、为支撑点、为引导者而心甘情愿地追随，傅亦衔逐渐因为无条件放弃自我而迷失在情爱迷宫中。他单方面认定洛珈一定与自己同样忠于感情，接受她发明的两性关系实验契约（实际上是保证相互不干涉的独立约定）、同意做她的持

---

① 张炜：《河湾》，《花城》2022 年第 3 期，第 17 页。

花少年、预约见面进行纯粹的性爱，这就造成几十年的相处中，实际上二人只有性的充分交流。对她还有别的住处的猜测、她在性爱后要没完没了地清洁身体的行为，都未引起这个沉迷其中的男人的怀疑。甚至面对德雷令试图教会他"掌控"洛珈的行为，他也"承认自己没有威"，"可是我有爱"①。所有这一切，全因他为爱而活，而非为个体自我而活："用作为被爱者或被恨者的自我替代作为思者的自我，事实上可能会削弱自我。"② 直至傅亦衔猛然心生疑窦："难道她拒绝完整和全部的我？""令我不敢多想"，他才逐渐意识到洛珈对他的忠贞与爱或许只是自己的假想，洛珈只想把握和拥有当下，她不需要完整和全部的傅亦衔，所以拒绝完整和全部的傅亦衔，拒绝二者爱的进一步深入。面对洛珈"你在吗"的问询，傅亦衔终于能够迎着夜色轻轻吐出一句："我不在。"③ 此时，躯体内部——身体的和精神的，都经历崩塌化成一片废墟。

借助对折叠的隐秘的打开，张炜揭示出：爱别人让我们盲目，对恋人的爱的盲目确信，对恋人一步步退让的爱的表达，进一步导致了失去主体性。在情爱主体的相互关系中，个体的主体地位与随时保持独立的主体意识，任何时候都极为重要。

张炜对情爱主体可能性的多方位探索，出自他对人的精神的关切、深邃沉重的存在之思。相对于其他人群的爱情，知识分子包含精神因素的爱情追求与思考更加丰富，其爱情失落也隐含着知识分子精神理想的落空。所幸，此时傅亦衔有能力将"我思"转变为"思我"。沉思中，傅亦衔逆行于单向度的物质时代，于边缘旁观，于逆向行走，实现对"我"的省思解剖，才具有发现人不仅没有获得主体地位，反而正被他者主宰的可能性。

主体性存在自我认识盲区，但随着盲区的暴露，人之为人的丰富性、完整性——或者说正是因为主体性不完整性的发现因而人的完整性得以实现："最完整的人是真正知道自己不完整，并能在这一事实前提下生活的

---

① 张炜：《河湾》，《花城》2022 年第 3 期，第 73 页。
② 〔法〕马礼荣：《情爱现象学》，黄作译，商务印书馆 2014 年版，第 51 页。
③ 张炜：《河湾》，《花城》2022 年第 3 期，第 125 页。

人。"① 正如《河湾》傅亦衔在情爱关系中的主体性缺失，虽然使他体验了宛若一场大梦的情爱经历，但也让他在体验后沉思主体趋善向美的下一步可能性，在他与洛珈情爱关系破裂的一瞬，他的主体地位一并归位，在身体与精神的废墟之上重建自己爱的家园，在河湾之中继续探索爱的可能性。

---

① 〔美〕阿兰·布鲁姆：《爱的阶梯——柏拉图的〈会饮〉》，秦露译，华夏出版社 2017 年版，第 159 页。

儿童文学研究

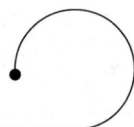

"打破界限"

——论张炜《橘颂》的成长叙事建构

辛　颖[*]

摘要：有别于一般成长叙事对主体内在性形塑的聚焦，《橘颂》提供了成长叙事的另一种开放性构想，意在处理主体与包含自我、客体与他者在内的世界的关系，探索总体性世界在现代语境中的新可能。

关键词：张炜；《橘颂》；儿童文学；成长小说

英国学者金伯利·雷诺兹曾谈论过儿童文学对于现代主义诸概念之回应。他十分看重儿童文学对于现实的反馈作用，在肯定儿童文学对儿童成长的推动作用之余，他也一并表达了对于此种作用的深深忧虑："成长必定要作出各种抉择，进行身份塑造，一个普遍的规则是，选择了一条道路——不论是教育的、文化的还是社会的——就意味着关闭了其他选择。"[①]在这一忧虑中，隐藏着儿童文学面临的巨大挑战：如何恰当地处理"成长"这一儿童文学永恒的母题。如果创作者沿着成人思维的惯性，将儿童的成长理解为目的合乎社会规范的发展模式，那么"成长"就会窄化为知识-权力结构对个体的收容，成为雷诺兹所言的"关闭了其他选择"的唯一道路，从而对原本不受系统性压制的儿童的自然天性造成难以逆转的压抑。

---

*　作者简介：辛颖，鲁东大学张炜文学院教师，研究方向为中国当代作家作品研究、中国当代文学史。

① 〔英〕金伯利·雷诺兹：《打破界限：儿童文学的变革能量》，徐文丽译，《激进的儿童文学　少年小说的未来展望和审美转变》，中国少年儿童新闻出版总社 2021 年版，第 2 页。

那么，如何建构起具有开放性的成长概念，为儿童存留社会性身份之外的广阔可能性空间就成为儿童文学需要不断探索并及时作出回应的问题。在《橘颂》中，张炜以自己的文学语言回应了这一重大挑战。

在《橘颂》后记中，张炜将儿童文学比喻为能够将文学映照得"灯火通明"的开关："如果以儿童的目光去打量社会和人生，会变得特别敏感锋利：有一种新鲜感，黑暗的更黑暗，热烈的更热烈。"① 这确乎道破了儿童文学在文学领域内的超越性之源。然而，若在儿童文学的定式与惯性中观照《橘颂》，那么它似乎成为一个没有被涵盖在这一解释中的例外——它的视角很难被概括为"儿童的目光"：在绝大多数时间里，担负着观察者、记录者责任的视角中心人物是已经八十六岁的老文公，一个具有通常意义上的"儿童"反义身份的主体；而这样一个形象，似乎很难担负起"儿童的目光"。

然而，《橘颂》对成长的开放式探索的秘密正隐含在老文公身上。儿童文学不应被狭隘地置于纯粹"儿童"的维度中去理解，它在创作、接受过程中的杂糅性几乎注定了它是关于更广阔的"人"的文学。周作人在解释世界对于儿童文学的现实需要时，曾将儿童文学与原人文学并论。"文学的起源，本由于原人的对于自然的畏惧与好奇，凭了想象，构成一种感情思想，借了言语行动表现出来"；而在文学多有嬗变的现代，残留有"原始社会的遗物"的儿童文学，以及其中所包含的那些"野蛮或荒唐的思想"，不是艺术或文明的落后，而是那遥远的被压抑、被漠视的文学本质与人之本质以儿童文学的特殊语言形式进行的呈露。儿童文学与原人文学之间的勾连，表征着儿童学与人类学之间深刻的联系，在这一意义上，"儿童的目光"或可不局限于儿童的身份；而成长的故事，也不仅仅是只能被童年所言说的叙事。

一　倒置的成长叙事

在张炜的写作中，成长的母题并不罕见。如果将《橘颂》置于他写作

---

① 　张炜：《张炜谈阅读与写作》，《橘颂》，新蕾出版社 2023 年版，第 203 页。

的历史脉络里，不难发现《橘颂》与《寻找鱼王》之间奇妙的互文性关联。张炜曾在《寻找鱼王》中写明，人一生的路途共有十里，"长辈人牵手走三里，自己走七里"。在这个意义上，《寻找鱼王》的成长叙事其实并不十分完整；它几乎是一次在人生旅途终点上的回顾，但作为一段对八十多年前回忆的书写，它的视角始终聚焦于前"三里"的行程。事实上，大多数儿童文学作品对于"成长"的理解也是这由长辈人牵手走过的前半段人生之路；而这，同时也正是金伯利·雷诺兹在他的讨论中所表达的忧虑之源。这种惯常定义中的"成长"固然十分重要，它催生了个体化的"自我"概念与具有内在深度的社会性主体，是自然人之所以成为社会人的必经之路；但在成人的引导下，它极易滑向对系统性的服从与对社会身份的选择和塑造。儿童文学的世界也是如此，当创作者察觉这一成长的危机时，如果不对"成长"概念本身作出突破性的挑战，那么所有在此基础上进行的开放性尝试只会将儿童文学进一步推向悖谬的空间，使它成为这样一个存在："这个空间（指儿童文学）既被高度管控，又被高度忽视；既正统，又激进；既具有说教性，又具有颠覆性。"①

但如果突破狭义的"儿童文学"中的"儿童"概念，让目光的焦点在包容儿童的同时又跳出到儿童之外，从周作人式的"原人"概念上理解儿童文学或成长小说，那么，生成一种更具有开放性的成长模式的文学形式并非绝无可能。事实上，关于这把破局的钥匙，张炜已经在《寻找鱼王》中给出了暗示。尽管那段后"七里"的人生并没有得到充分展开，但小说前的楔子已经有了足够重的分量：作为小说主体的"我"的少年事并非由少年的"我"直接给出，重新讲述这段故事的"我"已经身处八十余年的漫长时光之后。在这里，叙述主体已经几乎走完了整段人生之路，那个需要自己解决的成长命题已经被化解并包容在了"我"的主体性之中。在《寻找鱼王》的结尾，少年的"我"看似已经完成了自我的成长，然而，当这个被成就出的自我行走于变幻莫测的世界上时，已经具有能动性的主体绝不会故步自封、一成不变；而随着时光的推移，已经趋于成熟的自我

---

① 〔英〕金伯利·雷诺兹：《打破界限：儿童文学的变革能量》，徐文丽译，《激进的儿童文学 少年小说的未来展望和审美转变》，中国少年儿童新闻出版总社 2021 年版，第 3 页。

只会愈加孤独地面临属于自己的战斗，迎接不能拒绝的一个又一个挑战。在这个意义上，只要主体还在前行，成长的故事就仍在继续，只是转化为了更加私密、更加暧昧，也更加难以被言说的形式。

《橘颂》试图处理的正是这种更加内面化的特殊"成长"。它有着一种更广阔的人的面向，难以被完全包容在经典的成长小说模式中，因而它所面临的挑战在某种意义上比《寻找鱼王》更加艰巨。事实上，即使是更加贴近传统成长小说形式的《寻找鱼王》，也没有将成长的概念窄化为对主体社会身份的选择、塑造与定型；恰恰相反，它有意以拆解定向追求的手段拆解"成长"概念中的樊篱。"我"对"鱼王"的寻找最终导向了"鱼王"这一概念的解构——"我"不再执着于"鱼王"这个切实的目标和具体的实在，我将与一切"鱼"共生同在，"我"的人生从而具有了解放性的向度，足以在一定程度上抵抗社会身份形塑将要带来的束缚。

如果在与《寻找鱼王》的互文性意义上重新理解《橘颂》，那么，老文公几乎是在《寻找鱼王》中走上了另一条道路的"我"。在《寻找鱼王》的结尾处，少年的"我"升华了对于"鱼王"的执念；而在《橘颂》的开始，老文公依然深深纠缠于困扰了他几十年的"冰娃"带来的美梦与幻魇中。老文公没能如"我"一般幸运，在少年时代即得以窥破成长的奥秘；他需要在自己已然垂垂老矣的这个春天，与自我重新在心灵的内面约见，完成一段迟来的成长叙事的构建。

这一成长叙事天然地存在与惯常意义上的成长概念的错位。在这个由老人担任的特殊成长主体的统摄下，倒置了的叙事更为深刻地存在面向过去的维度。它不会单向度地向前延伸：老文公日复一日整理着的卡片、他热衷的"冰娃"的故事与消息、爷爷老石屋的秘密或者他拜托李转莲画下的橘树，都与老文公来到这片土地之前的记忆和经历息息相关。在凝视过去的基础上，它们向着未来敞开，以一种非线性的形式将生命编织成一张铺展开来的网。老文公没有沉湎于旧日的回忆中，在这张贯通了过去与未来的网里，他那原本已经成熟并沉淀的主体形式在一个陌生的存在环境里被催生出了深刻的改变。小说具有一个意味深长的结尾，它不是结束，而是一个真正意义上的开始：老文公终于成功地举办了第一次宴请，正式向乡亲们送上他和橘颂迟来的见面祝福。在这一刻，老文公由山乡的客人成为他自己的主人，他的旅程不会随着春天的结束而结束，无限的未知将来仍在这片无限延伸的春天中等待着他。这个颇具开放性的结尾如同《寻找鱼王》中对人生后"七里"的暗示一般，提示着读者成长本身同样不会随着成长叙事的结束而结束，它所面向的未来不是被知识-权力结构框定的单一道路，而是一片始终向着言说之外的广阔可能性敞开的无垠莽原。

二　超越二元的文学想象

与以儿童为成长主体的通常意义上的成长概念不同，作为成年人，老文公的成长之路不再是对社会性主体的形塑，而意味着已完成的主体对自身关系性的处理。在这里，关系性存在多重含义，其中最核心的两重含义发生在主体与客体、主体与主体之间。

事实上，主体与客体的西方哲学概念式称呼在此处本身即显得有些偏颇，它天然地将人与其所处的环境分隔开来，在世界上撕开一道巨大而深刻的裂痕，而这种分裂正是张炜的文学构想想要去抵抗的东西。张炜出生于"登州海角""莱夷故地"，在连接着无边的荒野与无边的海、"人口稀疏的林子里"[1] 度过了自己的童年。广阔自然世界构筑成的童年记忆对张炜的写作产生了极其深刻的影响，让他十分重视作家与自然之间的联系。在他看来，作家能够在这种联系中汲取到的自由、质朴、敏感的特质，是作家最为重要的素质。因此，被主体对象化了的客体之名无法概括张炜笔下的自然，自然在他的文学世界中绝非任由主体操纵、支配并处置的对象。

《橘颂》提供了一个特殊的情境。在这个文学构筑起来的形象世界中，八十六岁的老文公有着和孩童相似的境遇：如同儿童在听完将世界进行了浪漫化想象的故事后真正与这个复杂而广阔的现实世界相遇，老文公带着对老屋的遥远记忆来到一片他其实并不熟悉的土地上。对于老文公而言，

---

① 　张炜：《绿色遥思》，王景科主编《新中国散文典藏》第 10 卷，山东友谊出版社 2015 年版，第 47 页。

这里是一片孤岛，远离朋友，远离家庭，远离熟悉的生活环境，远离社会性的人际关系，甚至远离了长久栖身的科技文明；这片土地足够陌生，以至于老文公与橘颂的到来正如初生的自然人被孤零零地丢到这个世界上；在这一刻，老文公踏上的这一段旅程实际上是社会人向"原人"的复归，而真正的"原人"，曾带着尚未被主客体巨大鸿沟所撕裂的神话时代的余晖行走在世上。

张炜在散文中提到过一段自己关于"老屋"的记忆。他曾独自夜宿在山间一座老屋中，远离村落与人烟，偏僻到让他发出为何选址在如此荒凉之处的疑惑与慨叹。这并不是一段愉快的经历，夜半被惊醒后，他在山野鬼怪的联想中清醒到天亮。后来，山中人告诉他，独屋在过去这里还热闹的年份盖成，它的建材"有很多扒坟扒出的砖石木料"。第二夜，张炜不再回到独屋，而是选择在野地里度过；这一次，野外毫无遮拦的树影与山影没有再唤起他恐怖的联想，而是让他重新回到了童年的记忆中。这两夜的经历让张炜在散文中发出了这样的感慨："宽阔的大地让人安怡，而人们手工搭成的东西才装满了恐惧。"①

《橘颂》中老文公爷爷留下的石屋依稀带有张炜回忆中这一座山间的独屋的影子。它们同样在热闹的年头盖成，同样被独自遗忘在岁月的变迁中，荒凉、孤独，远离村落，充满遥远过去的回忆与传说，是宽广大地上人类活动遗落下的印痕。然而，这相似的造物在《橘颂》与这篇散文中显现出来的色彩大相径庭。尽管《橘颂》中的石屋依然危险，充满被人类活动构建起来的未知性，并给老文公的肉体带来过沉重的打击，但它绝不是一个独立在"宽阔的大地"之外的人造恐惧象征。这座石屋是"人工"与"天工"的交会点：房屋的建造者，老文公的爷爷，在奶奶和老棘拐讲述的故事里从人的历史升华向了超越历史的神话；这个未曾真正出场的老人在话语的建构中超越了具体的人的形式，并以这种超越性构筑起了《橘颂》文本叙事所发生的时空。通过这样的方式，《橘颂》的文学想象跨越了"人工"与"自然"之间的二元对立式鸿沟，重新回到非二元的总体性

---

① 张炜：《绿色遥思》，王景科主编《新中国散文典藏》第 10 卷，山东友谊出版社 2015 年版，第 50 页。

世界里；而故事发生的石屋，就是这个世界在实在存在中留下的路标。

然而，值得注意的是，《橘颂》没有将这个问题简单化，文本并未将在言说中被塑造出的超越性世界与老文公身处的形象世界混为一谈。《橘颂》无意将现代社会伪饰或回退为神话时代，相反地，它有意地凸显了神话的异在性。老文公始终在怀疑关于爷爷的传说的真实性；事实上，最初向老文公讲述这个故事的奶奶怀抱着怎样的一种情感也值得打上问号。在传说里，会流血的树是随凤凰而去的爷爷的化身，但奶奶阻拦了用镰刀刮树的尝试；更何况，在老棘拐向老文公作出的复述里，奶奶后来见到的大树刮痕中也从未渗出过红色的血。因此，奶奶无法向老文公提供神话的确认，这一过程最终是由老棘拐完成的。当老文公指出树并非爷爷的"证据"时，向他讲述故事的老棘拐坚持，"他一准在它们当中。肯定在。你奶奶信，全村人都信"①。老文公的将信将疑让爷爷的神话得以拉开一个反思的维度。神话无法简单地与现代作出对换，伊甸园中出走的人永远无法按原路回归，如果运用叙事的诡计，在文本中将它们混为一谈，会造成对问题本身的无力掩盖，唯有这一在对相异的承认中凸显出来的继承关系，才能够在赋予叙事以文化史脉络的同时提供具有现实意义的启示。

尽管老文公对爷爷的故事报以一声叹息，但在老棘拐向老文公强调"他们相信"时，走来走去的橘颂停下脚步，向他们投去了注视的目光。作为行走着的自然性与社会性的交界点，橘颂在此时的注视显得尤为意味深长，仿佛是已经远离的总体性世界向着此岸的实在投下的一抹光。这也使得与现实相异的神话并不以与现实二元对立的姿态出现，尽管它时刻提示着一种有距离的批判性。然而，唯有认可"异"，才能真正求得"同"。如同在神话中被提示着的人与自然的总体性关系一般，神话与现实也在文学的想象中获得了超越二元性的贯通。

三 主体意义与叙事形式

在《寻找鱼王》的儿童成长叙事里，童年时期的"我"就理解了自己

---

① 张炜：《橘颂》，新蕾出版社 2023 年版，第 153 页。

对于"鱼王"的执念；而在《橘颂》中，老文公在自己八十六岁的春天仍被"冰娃"深深地困扰。然而，这里的老文公不能被简单理解为时光停滞在童年的另一个"我"，儿童式的成长叙事无法平移到老文公身上。《寻找鱼王》里为"我"索求的"鱼王"，在《橘颂》中被直接送到了老文公手上；对于老文公而言，困扰他的不是"鱼王"式的"冰娃"，不是奶奶在他的童年记忆里编织起来的幻梦。在"海豹"这个遥远的象征下，老文公近乎病态的追求指向的是对自我之名的指认，其下隐含的话语是存在本身与自我认知及社会身份的错位；而这一点，在尚未建立起成熟社会身份的儿童身上是难以体现的。

"老海豹"的称呼是纠缠了老文公几十年的梦魇，是他者凝视对老文公的异化与对象化——他周围的环境、他身边的人、他过去的一切经历共同压缩到"老海豹"的名称之下，他无法仅仅作为"老文公"而存在，人之实被话语之名所压抑，"自我"与人的实在相分离。"老海豹"的外号与老文公的旧伤一道沉重地压在他的生命经验之上。在小说快要结束的地方，老文公在电话里小声地向朋友，更是向自己坦白，"我差点被这外号给毁了"。当他终于将这句话坦诚地说出口的时候，他才得以对这一切感到释然，而这一切的契机，在于他意识到爷爷花费巨大心思盖起的石屋可能仅仅只是为了"好玩"，如同老朋友告诉他的那样，"好玩本身就很重要"，"就是它了，又怎么样呢"①？在对超越了人之形式，呈露出近乎神话的本质性的爷爷的观照里，名终于不再成为对实在的压抑，人从描述他并框定了他的话语结构中脱嵌出来。在苦痛成为过往回忆的几十年后，老文公才终于得以与"自我"相遇——这个"自我"，不是概念，而是本质，不存在于他人口中，而存在于切实的人生轨迹里。

这一情节的设置已经接近文本的终结，但小说的探索没有终止于个体同自我和解、在权力结构里寻求解放的层面上。《橘颂》在将主体从社会身份中解放出来的同时，并没有选择舍弃人的社会性，将人的解放途径理解为对压抑性结构的彻底摒弃——这条过于简单化的道路即便在文学想象

---

① 　张炜：《橘颂》，新蕾出版社 2023 年版，第 173 页。

中也难以真正实现，只会沦为单薄的、一厢情愿的妄想。《橘颂》尝试在更复杂的维度上思考人之存在。在抵达真正的自我后，老文公以同橘颂对话的方式同自己对话："你有权做自己的事情，只要有利于他人和世界。"①刚刚从他者化的话语结构压迫中解放出来的老文公并没有将他者视作自我的仇敌，"他人"依然是与"世界"并行的一个重要维度，需要得到妥善而恰当的理解、沟通与对待。事实上，尽管《橘颂》有意营造了一方远离现代社会架构的空间，但广义的社会概念依然牢牢驻扎在文本的根基上，从未从叙事中真正远离。河谷上的石屋确乎是一座可以让人获得反思距离的孤岛，但并不意味着关系性的断裂，无论是在社会性还是在自然性的层面上。事实上，老文公在这里的生活反而更加深入地与他者纠葛在一起，过于原始的交易方式和生活方式让社群性的重要程度被明显放大。老文公或许可以在没有电力供应时暂停与老友或家人的通话，中止他与他从中走出的现代社会的联络而不影响生活，但他无法停止与李转莲、老棘拐或水根在这片大地上产生联系，他们中的每一个人都在实在的层面上参与编织着老文公的具体生活。

　　然而，他者并未在这种过于紧密的联系里被同化为单一主体的一部分而丧失他者自身具有多样可能的主体性。如同在尝试勾连人与自然时强调神话的非常识特征，《橘颂》也在主体总体性的构建过程中强调着村民们作为与"我"相异的他者的异在性：他们从属于一个带有集体性意味的村落概念，而远离他们居住的老文公始终处于无法被忽视的外来者处境之中。那么，老文公与"邻居"们的相处就变得颇有意味，他们之间的共生状态没有为现代所习惯的傲慢色彩，以自我为中心统摄整个世界，将一切视作自我的客体；相反地，在自我的主体性获得解放的同时，他者的主体性也得到了充分的尊重，甚至不被视为主体的自然界也突破了单一的客体定义，具有了某种能动的主体特征。在这个意义上，《橘颂》的叙事是成人的成长，是开放的成长，它将被僵化的人从现代性的定式中释放出来，开拓现代视野之外的世界多样性实质。

---

①　张炜：《橘颂》，新蕾出版社 2023 年版，第 174 页。

　　为了呼应这一开放性，《橘颂》采用了散文化、诗化的叙事方式。它或许会使习惯小说式叙事的读者感到些许陌生。作为卢卡奇口中为现代立传的文体，小说叙事讲求因果逻辑，叙事主体的解释威权由此凸显出来，造成对世界多样本质的压抑和消解。《橘颂》的形式则与传统小说笔法有着明显的区分，采用了另一条路径来削弱叙事本身的"叙事性"特征，提问而不回答，探索而不定义，让流动的生活如其所是地自然浮现出来。但同时也应当注意到的是，《橘颂》的笔触又有别于卢卡奇所批判的湮灭主体的描写，在《橘颂》的文学形式里，世界没有沦为表象的碎片，叙事主体的能动性依然得到了充分的彰显。

　　如果说《寻找鱼王》是以个体化心灵的形式回到天人合一的神秘境界，那么《橘颂》则是在回归自然的基础上再度与人世发生了联系，从而抵达"看山还是山"的超然之境。《橘颂》没有将"自然"变成对人的另一重困囿。小说以老文公对村子里全部乡亲们的宴请为结束，结束在宴请正式开启的那一刻，结束在老文公决定在春天之后依然留下来的时候。这是小说的结局，却不是叙事的终结。以这样的方式，小说自身也呈现出一种开放性的态势，文学的可能在文本之外进一步延伸开来。

　　《橘颂》是一场自我的修炼。它确乎是一个关于成长的故事，但它没有关闭选择的可能性。那么在这个意义上，老文公被选择为成长叙事的主人公似乎可以被如此理解：儿童视角中的成长故事容易滑向狭窄的境地，成长对儿童往往意味着更加合乎社会的规范；对于一位从社会中走出来的老人而言，他的成长意味着从他所熟悉的秩序中脱嵌。在脱嵌之后，人才可以作为"原人"来对自我、对他人、对世界进行更为透彻的观照。由小我而至大我，由大我而结自然，由自然而见众生，在这如同儿童般澄澈的目光里，被照耀得灯火通明的不仅是文学的建筑，更是内外澄明的人本身。

魔幻化、本土化与民间文化

——论张炜儿童文学创作

韦东柳[*]

摘要： 缘于童年时期生活体验和在故土大地上的"游走"，胶东半岛的风土环境激发了张炜的想象力、浪漫性情和生态意识。自 2012 年《半岛哈里哈气》出版后，张炜先后又创作了《少年与海》《寻找鱼王》《兔子作家》等一系列儿童文学作品，其作品依旧延续对民间、自然、道德的书写，并根植于胶东民间传统文化，以夸张、荒诞手法处理小说中的人物、环境与情节，呈现一幅胶东地区人鬼混杂、神秘精怪的魔幻世界，凸显出鲜明的本土化特征。

关键词： 张炜；儿童文学；民间文化；魔幻化；本土化

张炜近几年出版了一系列儿童文学作品，有《寻找鱼王》《橘颂》《林子深处》《美生灵》《岛上人家》《永远生活在绿树下》《名医》《魂魄收集者》，以及"少年与海"系列、"兔子作家"系列和"半岛哈里哈气"系列等。他在儿童文学领域的创作是一个值得关注的文学现象，学界有关张炜儿童文学创作的研究主要从主题内涵、艺术特色、文学形象和叙事模式等方面展开，如孙雪的《奔向童年的莽野——张炜儿童文学创作研究》、鞠萍的《归来仍是少年——张炜儿童文学创作研究》、赵月斌的《论〈寻找鱼王〉及张炜之精神源流》、朱自强的《"足踏大地之书"——张炜

---

[*] 作者简介：韦东柳，女（壮族），广西东兰人，厦门大学中国语言文学系在读博士，河池学院文学与传媒学院助教，研究方向为中国古代文论、文学评论。

〈半岛哈里哈气〉的思想深度》等。通过系统阅读和分析，笔者发现目前学界对张炜儿童文学创作的研究跟进比较及时，但主要集中在单个儿童作品的分析和评论，儿童文学创作的系统研究还存在很大的阐释空间。另外，张炜儿童文学作品中的魔幻化、本土化和民间意识特征鲜少有学者提及。张炜儿童文学作品创作立足于胶东地区这片神秘大地，将民间故事、神话传说和仪式习俗融入童话小说中，并以地方性知识的建构和审美经验的诗性表达为书写策略，通过夸张、荒诞的魔幻叙事手法描写环境、塑造形象和构思情节，创作出别具一格的儿童文学作品。本文以张炜的儿童文学作品为中心，分析文本中的民间传统文化，梳理小说中的本土化和魔幻化特征，并试图探索张炜儿童文学创作独特的思想指向和审美价值。

一　民间传统文化的别样书写

文学评论家陈思和说，张炜是最早找到"民间"世界的作家之一，他的民间就是元气充沛的大地上的自然万物自由竞争的生命世界。① 多年来，张炜致力于对胶东半岛的田野调查，在行走中深入底层人民的生活，详细记录当地的自然环境和民风民俗，加上童年、少年时期耳濡目染胶东半岛地区民俗风情的生活体验和文化记忆，张炜在进行儿童文学作品的创作时，潜意识里就有对本民族无限热爱的质朴情感，其充分挖掘民间文化资源，将自己熟悉的民间方言俚语引入文本中，并对民间故事进行提炼加工，体现出张炜浓重的民间情怀。

（一）采用大量的民间方言俚语

将方言运用到文学作品中的创作方法古已有之，诸如《三国演义》《水浒传》《红楼梦》《儒林外史》等经典名著都保留有当地方言口语，随着乡土文学的兴起，鲁迅《阿Q正传》《孔乙己》《故乡》等作品中也使用了大量的浙东方言。阅读张炜的儿童文学作品，随处可见其独具地域特

---

① 转引自宋庄《想象力首先从语言开始》，《人民日报》（海外版）2007年2月9日。

色和乡土气息的山东方言俚语。这些隶属于东莱片区的方言俚语使读者在感知作品内容、情节和主题的同时，打破既定的审美惯性，充分体验山东胶东地域文化的独特韵味，产生一种新奇的语言感受。

《半岛哈里哈气》是张炜第一部完全以第一人称视角进行创作的长篇童话小说，主要讲述"我"和小伙伴的童年经历。在这部作品中，张炜运用了大量的方言俗语。如标题"哈里哈气"一词是指各种动物玩耍打闹时发出的喘息声和喷气声。在"我"的心里，小孩和林子里的各种野物一样，都是"哈里哈气的东西"。这一词语生动形象地将顽皮可爱的小动物和调皮捣蛋的青少年描绘得淋漓尽致。另外，《半岛哈里哈气》一书中的人物名字同样具有浓郁的胶东方言气息，如"老憨""破腔""三狗""老扣肉""铁头"等外号，自然真切地刻画出淳朴、原生态胶东地区农村百姓的精神气质，对刻画人物形象具有至关重要的作用。这些方言词语蕴含丰富充实的文化信息，能够表达作者的某种深思，正如鲁迅所说："方言土语里，很有些意味深长的意思。"[1] 方言俚语使其文学作品更具生命力。

张炜从小生活在三面环海的登州海角，长期与海为伴，以海为生，他将大海视为自己的精神家园和情感依托，创作了许多以海洋为背景的小说，由安徽少年儿童出版社出版的《少年与海》中随处可见跟海洋有关的方言俗语。《小爱物》中形容"见风倒"的眼睛"泛着瓷亮，就像鱼眼"，"圆圆的"。[2]《蘑菇婆婆》中的老歪说："海边日子过得快啊，只一闪，小姑娘就变成了老太婆。"[3] 卖礼数的老狍子精教育小孩说："野物活着也不容易，打它作甚？"[4] 作品中的"鱼眼""闪化""作甚"是胶东渔民特用的方言词语，张炜借鉴方言俗语生动性、粗粝性、易交流性的特点，将其创造性地引入儿童文学作品的人物塑造和对话中，达到质朴、灵活、具体、生动、形象的表达效果。除了以上提到的儿童文学作品，张炜其他儿童文学作品，如《寻找鱼王》《橘颂》《刺猬歌》等也使用了大量极具地

---

① 鲁迅：《门外文谈》，《鲁迅全集》第六卷，人民文学出版社1981年版，第133页。
② 张炜：《少年与海》，安徽少年儿童出版社2014年版，第19页。
③ 张炜：《少年与海》，安徽少年儿童出版社2014年版，第75页。
④ 张炜：《少年与海》，安徽少年儿童出版社2014年版，第123页。

方特色的胶东方言词语，如日头、大天白日、破浪货、牙花子、胳拉拜、蝎虎子、茅子、花鼓娘子、撒黑、拉呱等，鲜活、质朴、生动，饱含浓郁的生活气息。

从语言学的角度来看，方言特指那些在方言地区流行而尚未成为共同语的词语，作为地域文化的载体，方言俚语沉淀着当地的历史文化内涵，更是反映丰富多彩的社会生活的利器。张炜将胶东地区土生土长的方言词语作为一种语境置入儿童文学作品中，其独特的名词、动词、语气词以及语句蕴含丰富的指向，能够传递极微妙的、事物内部极曲折的意味，呈现出普通话不能详尽表达的文学内涵和意蕴，不仅能塑造鲜明的人物形象、增加文学作品的地域性，也成为张炜儿童文学作品个性化的语言风格。

（二）呈现精彩的民间俗信与传说

张炜曾说："文学一旦走进民间、加入民间、自民间而来，就会变得伟大而自由。"[①] 随着民间本土文化审美意识的觉醒，张炜开始从民间视角观察、体验和捕捉生活，他创作的儿童文学作品出现了大量民间文学体裁，包括神话、传说、童话、生活故事、寓言、歌谣、俗语、谚语等，构建出极具神秘色彩和情趣的神异奇幻世界、极具传奇性的瑰丽传说与令孩子们着迷的野地故事，极大增强了儿童文学小说的审美张力。

童年时期，张炜随父母生活在渤海之滨，一个被阔叶林包裹的小村庄，从小就与野生动物比邻而居，海边老人闲暇时总会讲述各种"聊斋式"的民间传说。成年之后，随着生活阅历的丰富，张炜坚持每隔一段时间就外出采风，开展社会调查，细致入微地观察草木生灵，结识形形色色的人，各种各样的遭遇见闻引起他凝肃沉重的历史思考。正是这些独特的生活经历，成为他取之不尽用之不竭的创作素材。张炜的长篇志异童话小说《少年与海》就是在这样深厚的生活积累的基础上创作出来的。该书以海边林野为故事源发地，描绘了各类灵异物种，有介于动物和人之间的小妖、"闪化"成老婆婆的蘑菇精、讲究礼数的"老狍子精"、镶了铁牙与狼

---

① 张炜：《纯美的注视》，上海远东出版社1996年版，第17页。

决战的兔子、小猪"春兰"和花猫"球球"。李东华评价《少年与海》"是一部向中国式的幻想传统致敬的书"。[①] 海飞称其是一部高品位的现代少年聊斋。[②] 综观全书,光怪陆离的神奇故事和充满神奇色彩的语言随处可见。在作者眼中,动物与人一样,都是自然界富有灵性的生物,将动植物高度拟人化是张炜创作童话小说的独特手法。独自生活在林中小屋里的慈眉善目的老人,传说是由狍子精闪化为人形的,他讲究礼数,是海边最有名望的人物。历经千辛万苦逃出无边无际的水泥城市莽林的小猫、为兔子家族争取自由生存空间与狼王展开殊死搏斗的兔王老筋、密林深处神秘的老婆婆(村里人尤其是孩子们都深信老婆婆一定是蘑菇精"闪化"的)、会抽烟喝酒的狐狸等,作者笔下的各种野物与人一样,有着某些外在或内在特征的相似性,它们身上有人的灵性,甚至比人更加美好、纯洁。这些具有神奇魅力的故事本身就出自民间,在作者看来,蒲松龄笔下《聊斋志异》的故事都曾是真实发生的。张炜擅长从民间文化中汲取创作素材,如人和野物之间的相互养育、通婚、转化,一切听起来都匪夷所思,充满鬼魅色彩,这不仅让作品浸染上一种神秘的色彩,也更能吸引读者的阅读兴趣。

张炜另一部儿童文学力作《寻找鱼王》获得第十届全国优秀儿童文学奖,该书依旧围绕胶东半岛的民俗风情和地域文化特色展开,以极富诗性与童趣的语言讲述一个小男孩的成长故事,将人与自然的关系这一文学命题融进一则古老的东方寓言之中,表达对自然的观照和对生命的哲思。《寻找鱼王》一书总体遵循现实主义的叙事法则,通篇是朴素的写实,不像通常童话那般虚幻,却依稀可见作者从民间文化中汲取的养料,偏好"怪力乱神",拥有狂放不羁的想象力和奔腾不息的创造力。首先,基于"出门""寻找""考验""归来"此类来自民间故事的经典神话结构,运用童话的象征结构来展现社会生活的广阔与纵深,使整个叙事充满痛感和

---

① 转引自山丹《新世纪儿童小说中的童年书写研究》,硕士学位论文,东北师范大学,2020。

② 转引自赵月斌《〈少年与海〉:"齐东野语"不老书》,《中国图书评论》2014年第7期,第31~32页。

人文情怀。其次，书中弥漫着天真质朴的民间传说气息，如各种古怪的抓鱼绝技、翻山越岭拜师的经历、梦中进入幻化之境，以及"长辈人牵手走三里，自己走七里。一辈子十里"的警语等，① 呈现出民间文化的丰赡和思想的厚重。最后，全书有一种神秘主义的玄学化色彩，故事的最后借"我"之口确定那巨大的黑影就是传说中的鱼王，但自始至终从未有人见过它的真面目，就像是传说中七窍皆无的"混沌"或各种神秘的水怪。张炜将浪漫恣肆的民间文化元素融入少年寻找鱼王的奇幻故事中，使得在儿童对世界进行诗意理解的同时，引起阅读者的好奇心和探索欲，也给了读者想象的空间，拓宽了主题的深度。

张炜深受民间俗信传说及海洋文学影响，他的儿童文学创作依旧延续成人写作一贯的奇幻色彩，将那些来自民间的精彩传说写进文学作品中，这些传说故事就像一面镜子，能折射出故事背后的文化因素，儿童在阅读过程中能够领略到中国千百年来流传下来的优秀传统文化的精神内核。

（三）蕴含浓重的民间情怀

张炜作为一个从农村走出来的城市人，综观他创作的一系列儿童文学作品，可以发现他将关切的目光深深投向这片生生不息的热土中，其儿童文学创作体现出浓郁的民间情怀，主要表现为对生存苦难和生命挣扎的关注，以及对人与自然关系的深切思考。

只要细心品读和比较，就会发现张炜的儿童文学作品创作并没有一味迎合市场导向，避免了娱乐化和轻喜剧化的倾向，其作品扎根大地，以少年童年的视角直面复杂的社会，用浓厚的抒情笔调描绘民间世界的悲欢喜乐，具有文化的厚度和思想的深度。"半岛哈里哈气"系列不仅写"我"、老憨、三狗、破腚几人历经的童年趣事，也写父亲面对红卫兵的惶恐和母亲的辛劳、三胜父亲和铁头的多年旧怨、锅腰叔和玉石眼之间的斗争等。在"兔子作家"系列童话中，《为猫王立传》以英雄们被遗忘的现实来反映社会的冷漠，《孤独的喜鹊》思考社会老龄化和空巢老人的真实境况，

---

① 张炜：《寻找鱼王》，明天出版社 2016 年版，第 215 页。

《苦难的小鹌鹑》揭露儿童面临诱骗和虐待的黑暗现实。在"少年与海"系列童话中,《小爱物》既讲述小妖怪和"见风倒"之间的火热爱情,也抨击海上"女老大"的野蛮和霸道;《镶牙馆美谈》不仅歌颂兔王老筋的勇敢坚强,也反映兔子家族在狼族压迫下的艰难生存处境。在一系列的儿童文学作品中,作者真实地展现了民间社会自然生命的美与丑、善与恶,既有对生命个体面临生存之重的悲悯与留恋,也有民间野性生命飞扬的欢畅与快乐,带有潜在的历史感与悲剧感,蕴藏着张炜对生活本身、对生命存在的理解,在作家对现实生活的再现中,其所秉持的生命哲学与生存智慧也浸染着读者的灵性。

不管是意蕴深厚的成人文学作品,还是童趣四溢的儿童文学作品,在作品中探讨人与自然的关系已然成为张炜进行文学创作时绕不开的话题,这缘于张炜那浓郁的民间情怀,其秉承一名知识分子的良知,深切思考人与自然的关系。《寻找鱼王》一书成为生态书写的典范,赵月斌在《论〈寻找鱼王〉及张炜之精神源流》一文中说道:"原来'鱼王'不是人之大者,而是鱼之大者,所以我们人类不要自大,而是要向大鱼致敬,与大自然生死与共,云云。这或可视作《寻找鱼王》的生态主义读法。"[①]《橘颂》一书中的老文公和名叫橘颂的猫住在山中,他们以山川草木为伴,以鸟兽虫鱼为友,以日月星辰为灯,这样温馨和谐的世界正是张炜回归自然,回到生命的本源,达到诗意栖居的追求。面对现代工业文明逐渐破坏大自然的现状,张炜极力为自己的故土争取权利和尊严,从自然形象、自然乡土、自然意象、自然环境等多方面进行描绘,表达构筑和谐生存家园的愿景。

因自身独有的人生经历、文化记忆和理想创作目标,张炜将民间方言俚语置入儿童文学的创作中,以独特的言说方式向儿童讲述发生在胶东半岛上的故事,形成了干净、自然、个性化和充满浪漫色彩的叙述语调,为了使童话小说更加具有趣味性和厚重饱满感,张炜将从小就耳熟能详的民间俗信传说创造性地引入创作中,亦真亦幻的莽林、变化多端的野物、浩

① 赵月斌:《论〈寻找鱼王〉及张炜之精神源流》,《中国现代文学研究丛刊》2016年第4期,第59~71页。

瀚无际的大海，在这儿人与兽和谐相处，孩童通过阅读承载多重文化意蕴的文字，不仅可深入了解博大精深的民间文化，也开阔了眼界，丰富了精神世界。

二 本土化书写策略

对比其他作家的儿童文学作品，张炜的儿童文学创作立足于胶东半岛的乡土生活，无论是人物形象、叙事策略、审美特质还是语言风格，均体现出明显的地域性、民族性和异质性特征，呈现出明显的本土化倾向，这正是张炜为自己的出生地争取尊严和权利而有意为之的本土化书写策略。

（一）地方性知识的建构

随着"寻根文学"的兴起，中国当代文学家自觉承担起建构与传承乡土文学的重要使命。韩少功等曾说："文学有根，文学之根应该深植于民族传统文化的土壤里，'根部不深，则叶难茂'。"[1] 早在 1982 年的创作谈《卧虎说》里，贾平凹就提出，本土化就是以中国传统的表现方式，来真实地表达中国人的生活和情绪。张炜众多的儿童文学作品不仅以胶东半岛海边乡村的历史和现实问题为创作的重心，还深入乡村血脉中的心灵和精神，描写故土的思想信仰和知识经验，致力于地方性知识的建构。

首先，作品叙写具有独特的乡土经验。随着城市化进程的加快，乡村空心化的现象加剧，乡土经验日渐匮乏与乡土记忆的模糊，描写传统乡村生活经验的儿童文学作品显现出与现实的疏离和固化。面对这样的困境，张炜作为一个具有鲜明地域烙印的作家，在某种本能的驱使下，深入挖掘独特的、具有生命力和真实感的故土原乡，将童年时期的日常经验转化为文学审美体验，专注于乡土文化和童年记忆的书写。布搭子医生是一名老中医，张炜将他把脉、开药方、画符的治病过程呈现了出来，"中医大夫有自己独特的一套符号，他们所有秘密都包含在这些符号里"[2]。作品中还

---

① 韩少功、李建立：《文学史中的"寻根"》，《南方文坛》2007 年第 4 期，第 75 页。
② 张炜：《半岛哈里哈气》，作家出版社 2013 年版，第 67 页。

生动细致地描绘了生活在海边的渔民和铺老，将这些为生计奔波劳碌的平凡之辈刻画得入木三分，拉大网的家伙"皮肤黑红，眼珠子锃亮"①，领号子的人"肋骨一根根清清楚楚，开口一唱，肋骨和喉结就上下移动一次。他的脖子好像永远也洗不干净，黑乎乎的，像一截弄脏了的胳膊"②。张炜以儿童的视角写出了"我"看到海边渔民一齐用力拉网喊号子的场景，"又粗又长的网绳开始移动，拉大网的人当中有个粗沙沙的嗓子齐了调，大家就'嗐哉、嗐哉'地应起来。""大家随着这节奏一齐用力，海里的大网就一寸一寸地往岸上移动。"③ 从他的作品中，读者也会感受到海边号子带来的豪迈力量，无形间也折射出渔民丰收的喜悦和面对大海勇敢拼搏的精神。

其次，有意识地将胶东半岛的传统习俗巧妙地融进童话小说中，通过对民风民俗的艺术建构和普及，培养青少年读者热爱、传承民族文化的情感。在《少年与海》和《寻找鱼王》中，张炜将山东齐鲁地区的原始宗教文化、居民建筑文化、饮食文化、服饰文化等巧妙地引入小说叙事中，海边的小土屋，火炕烧得热热的，玉米棒、花生、黄瓤地瓜、槐花饼，"在白木案板上揉面、撒盐、浇油，一层层叠起，擀成圆圆一片，再一次撒盐、浇油、叠起……"④ 饮食书写拉近了文本与读者之间的距离，刺激着读者的味觉，从感官上渲染了浓厚的民俗气息，以传神的饮食书写配合灵动的儿童叙事，给小说平添了"馋嘴"的儿童趣味，也使文本变得更加生动。张炜从小生活在海边的小村庄，从小就见识到许多抓鱼的绝技，《寻找鱼王》一书中还详细描述了旱地抓鱼和水里抓鱼的区别，"那些有出息的捉鱼人，都不会捕杀没有长大的小鱼，不会在溪口那儿堵上小围网，更不会使用毒鱼草"⑤。齐鲁地区的民俗风情在行文中穿插，调整叙事的节奏，既传达了深厚独特的京味，又丰富了文本的内容。当青少年读者阅读张炜的儿童文学作品时，就像随着张炜到那片齐鲁大地上游历一番，亲近

---

① 张炜：《半岛哈里哈气》，作家出版社 2013 年版，第 83 页。
② 张炜：《半岛哈里哈气》，作家出版社 2013 年版，第 87 页。
③ 张炜：《半岛哈里哈气》，作家出版社 2013 年版，第 85 页。
④ 张炜：《少年与海》，安徽少年儿童出版社 2014 年版，第 99 页。
⑤ 张炜：《寻找鱼王》，明天出版社 2016 年版，第 107 页。

老百姓的生活，领略那源远流长的历史文化，体察那片土地上每一个默默无闻的人的情感律动，在阅读中得到一种异质性的审美享受。

张炜在进行儿童文学创作时，以本土资源为依托，通过书写乡土经验和民风民俗，描写乡土故乡中最独特、最具有精神力量和艺术表现力的内容，实现了乡土现实与文学表达之间的艺术转化，为当下儿童文学的乡土叙事提供了宝贵的经验，也为弘扬中国童年精神添上了一笔浓重而绚丽的色彩。

（二）地方性审美经验的表达

地方性审美经验的基本要素包括文化、习性、文化传统、语言、习俗、认知模式、象征符号等，具体表现为独特的地方文化特点和感知世界的方式。张炜的儿童小说创作致力于以胶东半岛民族地域文化为底色，具有明显的地方性审美经验的特征，主要表现为叙事风格的野性和神秘。

张炜儿童文学作品的魅力源于作者采用了野性的叙述手段来为读者展开故事，细致地描绘胶东半岛寂寞而辽阔的特点，渲染一种荒寒、艰辛的原始野性的生存环境，"这里的冬天啊，北风刮起来让人害怕。沙子飞到空中，树枝发出'咔嚓嚓'的响声，鸟儿大清早死在脚下"[①]。在这样苦寒、荒凉的环境下，塑造出坚韧不拔、豪放粗犷的野性人物，铁匠铺抽烟喝茶的一大帮老人，"他们是海边上最能瞎吹、倚老卖老、不断说谎的家伙"[②]，锅腰叔是与野物交往最密切的人，他是村子里独一无二的怪人，也是一个无所不能的人，他的小泥院里不仅有牛羊猪狗等家禽，还有野獾、乌龟、蜜蜂和大蟒蛇，因生活环境的原始，思想行为上都带有明显的顽强、简单和蛮性的野性特质。胶东半岛世居居民的生活生产方式是渔猎文明，面对气候严寒、缺少衣食和野兽横行的现实需要，小说中描写荒寒土地上渔民、农民、猎民的顽强生命力，既有大海般的深沉和强猛，又有莽林般的野蛮和挺立，凸显出一种超越自然束缚的原始野性的生命力和一种无拘无束的自由生活状态。俗话说"一方水土养一方人"，不同的地域特

---

① 张炜：《半岛哈里哈气》，作家出版社 2013 年版，第 89 页。
② 张炜：《半岛哈里哈气》，作家出版社 2013 年版，第 162 页。

征形成人不同的特质，张炜儿童小说中的野性特征正是他所生活的地域文化的反映，小说的景物、人物，乃至情节安排，都具有这种野性特质，文字间都带有乡野味。

小说文本的神秘性根植于文化的神秘性，不管是小说的主题思想、人物形象的塑造，还是写作手法均不同程度地受到地域文化神秘性的影响。张炜的儿童小说体现出胶东地区"自然崇拜"、"方仙道"和"因果报应"思想，呈现出神秘、玄幻的氛围感。《寻找鱼王》为小读者呈现了一个鱼的博物馆，吃人的大嘴鱼、会笑的毒鱼，讲述旱手鱼王和水手鱼王之间的爱恨情仇。《少年与海》中的人妖相恋、猪和猫相恋、老熊养育小孩等，还着重笔墨营造人与自然界都有灵性。《为猫王立传》通过一只兔子的视角，以细腻唯美的笔触叙述一只年轻兔子经过学习成为一名作家的成长故事。神秘而美好的阅读体验能够发散小读者的想象力，激发孩子们的灵感。

张炜作为山东土生土长的作家，他试图在自己最熟悉的领域继续深挖，回归传统，扎根地域，立足现实，极力在儿童文学作品中体现出本土的深刻和个性，创作富有民族风格与地域特色的儿童文学作品。

三　魔幻化书写表现

张炜深受齐文化的影响，齐人血脉中浪漫豁达与富于幻想的特质在张炜的作品中体现得淋漓尽致，加上拉美魔幻现实主义作为一种异质文化传入中国，以张炜为代表的当代作家不可避免地受到其影响，他创作的儿童文学作品，以夸张、荒诞手法设计人物形象、安排故事情节和描写环境，具有明显的魔幻叙事特征。

（一）奇特新颖的形象设计

在儿童文学创作上，张炜打破人类中心主义的桎梏，将目光转向莽林海边的野物，设计出一系列奇特新颖的形象。与人相恋的小妖怪，"就像一只轻到不能再轻的气球，只一跃就弹到了更高处——比所有的树都高"①。多年来与伍伯亲密相处的母狐瓦儿，喝醉酒就会露出尾巴，也会"打开话匣子，胡言乱语，什么秘密都不会留在肚子里"②。立志成为作家的兔子，为了让自己像一名作家，听从老兔子的三条建议，"多读书，多交朋友，多看星星"③，经过长时间的学习和实践，他开始为猫王立传，那与众不同的书，让很多人感动。独自生活在莽林深处的老户，传说他给狐狸当老婆，"他的眼睛像铃铛，牙齿像钢钉，看人的时候死死盯住"④。这些奇特新颖的形象集人性与物性于一身，不仅丰满、有个性，而且富有艺术魅力，为孩子们开辟了新的视角，引领孩童在未经世事的年纪，去认识大自然中的万物，不带偏见地探索神秘的未知，在阅读中无意识地激发孩童对自然生命的敬畏，也引导孩童对人性、道德、理想的追寻。

（二）荒诞离奇的情节安排

张炜创造性地借鉴民间童话叙述故事的方式，在写人、写环境、写情节发展时都带有夸张的笔法，显示出独特的幻想特色。小猫历经千难万险，跨越重重困难，从城市逃回海边的小村庄。镇上的镶牙馆专门为动物镶牙，由此引发狼族与兔族争夺自由的战争。失去孩子的老熊领养了猎人的女儿，并将其养大成人。失去幼崽的狐狸会偷小孩，给孩子喂奶，不然乳房会胀坏。三胜的歌声会把树梢摇动，刺猬听着歌声会围起来跳舞。三个小孩为了解救兔子，免得它们成为下酒菜，合力将"火眼"灌醉并将其捆住，把兔子送到河西边的密林中。八十多岁的老人带着一只猫独自生活在大山中的石屋，偌大的村庄只有三个老人、一个小孩和一只猫，他们相依为命，等待春天。张炜在创作儿童文学作品时，在一个个故事的骨架上，随意支配想象中的各种奇闻险事，那些惊险奇异的故事，写得跌宕起伏、妙趣横生，牵引着小读者不断地读下去。

---

① 张炜：《少年与海》，安徽少年儿童出版社 2014 年版，第 11 页。
② 张炜：《少年与海》，安徽少年儿童出版社 2014 年版，第 193 页。
③ 张炜：《为猫王立传》，安徽少年儿童出版社 2016 年版，第 62 页。
④ 张炜：《少年与海》，安徽少年儿童出版社 2014 年版，第 287 页。

（三）亦真亦幻的环境描写

张炜笔下的儿童小说具有强烈的故地情结，这样的情结缘于其对儿时原生态的自然风貌的向往，也是其对诗意人生的追寻。不同的是，张炜从创作《半岛哈里哈气》开始，对儿童文学作品中的环境描写就坚持一种亦真亦幻的色调与格调。《少年与海》开篇就写到了孩童的天堂——果园，园子里静悄悄的，那里生活着各种奇怪且孤独的护园人和野物。书中这样描写冬天的场景："冬天是妖怪搞出来的，那家伙长了绿色的眼窝，身子有五头黑牛加起来那么大，每年春天要去海北……它走累了，一屁股坐在海边，望着南山，张开血盆大口喘气，把一地沙子都吹起来了。"[①] 大海作为一种意象常常出现在张炜的儿童文学作品中，就如张炜所说："好像写作就是不断从大海中汲取什么。即便不是写海的作品，也要有海的气味在里边。"[②] 文本中有汹涌且平静的大海、一望无垠的沙滩、充满灵性的海边生物，对于孩子们来说，海边是世界上最热闹吸引人、最不可思议的地方，书中写道："海边什么都会发生，海边上的故事多得不得了。经常在海边转悠的孩子，都是世界上知道秘密最多的孩子。"[③] 综观张炜的儿童文学作品，不管是对大海的描写还是对森林的描绘，即使是日常生活的小村庄，都弥漫着一种无可参透的幻化和神秘，显示出张炜对主体精神意志的重视。在这个科技至上、尊奉理性的时代，面对人类直觉感知的消退和幻想空间的消失，张炜的儿童文学作品在形象设计、情节安排和环境描写中，都利用想象和审美进行再创作，在幻想和现实的交错中，保持文本的魔幻色彩，这种调动文化积淀中的想象元素构建起来的儿童文学作品，不仅能充分调动读者的阅读想象，也能让孩童在阅读时找到深层的文化共鸣，无形中实现对民族精神、审美和价值观的继承。

---

① 张炜：《少年与海》，安徽少年儿童出版社 2014 年版，第 7 页。
② 张炜：《秋天的大地》，中国青年出版社 2007 年版，第 284 页。
③ 张炜：《半岛哈里哈气》，作家出版社 2013 年版，第 34 页。

结　语

　　真正优秀的儿童文学创作者会葆有儿童心性。[①] 张炜作为当代文坛上成熟优秀的作家，他始终与世界保持联系，关怀儿童的成长，关注现实的真实境况，自 20 世纪 70 年代初至今，张炜一直致力于儿童文学的创作，出版了大量的儿童文学作品，其运用自己独特的、欢快明朗的言说方式向小读者讲述故乡的原风景和久远的乡村记忆，用儿童的本真生活理想抗衡成人被异化的存在方式，彰显了童真的美好。孩童通过文字阅读能够直接感受到健康广阔的艺术境界，读来让人变得安静、柔软，对世界充满爱悦，抵达童年的理想国。

　　[①]　朱自强：《儿童文学概论》，高等教育出版社 2009 年版，第 113 页。

综合研究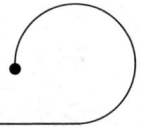

张炜文学作品在韩国的译介与研究[*]

韩 晓^{**}

摘要：自中韩建交以来，张炜的《古船》《陶渊明的遗产》《芳心似火：兼论齐国的恣与累》《激动》等作品在韩国得到了翻译、传播与研究，这既是中国当代文学海外传播的有机组成部分，也彰显了张炜及其文学作品的地位和价值。本文系统整理了张炜文学作品在韩国翻译与研究的具体情况，进而总结出张炜文学作品在韩国译介与传播的特点及原因。通过本文的研究可发现，张炜的作品本身所具有的文学性、艺术性以及对人性价值的深刻思考，是其作品在韩国得到翻译和肯定的根本前提和基础，体现了张炜文学作品具有跨越国境的价值和意义，也为我们思考中国文学"走出去"提供了重要的参考。

关键词：张炜；韩国；文学作品翻译

张炜（1956— ），中国当代著名作家，从事文学创作近五十年来，发表了诸多脍炙人口的作品。其中，发表于 1986 年的长篇小说《古船》，通过描写胶东洼狸镇三个家族的故事，映射了 1949 年以后四十多年间整个中国的风云变幻，该作品被誉为具有史诗品格的集大成之作。张炜的大河小说《你在高原》于 2011 年荣获第八届茅盾文学奖。张炜不仅在小说创

---

* 基金项目：本文为 2022 年度韩国学孵化型研究项目"中韩近现代文学关系史的深层探究与韩国学研究后备力量培养"（项目编号：AKS-2022-INC-2230001）的阶段性成果。

** 作者简介：韩晓，文学博士，山东师范大学外国语学院副教授，主要研究方向为韩国文学、中韩文学比较。

作领域卓有成就，在散文、诗学等多个方面也笔耕不辍，著有《陶渊明的遗产》《楚辞笔记》等多部有关中国古典诗学的研究著作。

早在 1994 年 3 月，张炜的作品《古船》就由韩国职业翻译家吴世京、金庆林夫妇翻译成韩语，由 Pulbit（풀빛）出版社出版，并在出版当年随即进行了再版，充分体现了当时韩国社会通过阅读中国当代著名作家作品，以期了解中国的迫切愿望。从张炜的第一部作品被译介到韩国开始，迄今已有《激动》（흥분이란 무엇인가）①《芳心似火：兼论齐国的恣与累》（제나라는 왜 사라 졌을까）②、《陶渊明的遗产》（도원명의 유산）等多部作品经由韩国的中国文学研究者或译者介绍到韩国，并发行了单行本。这些作品的韩译，增进了韩国读者对张炜、齐鲁文化、中国文学、文化及社会等各方面的了解，促进了两国之间的人文交流。此外，张炜的散文《第一本书的故事》也被收录在由金惠俊选译的中国散文选集《汉香》中。张炜的文学作品经过韩国译者孜孜不倦的介绍，现已在韩国文学评论界和学术领域引起了更多读者和学者的关注。近年来，韩国学界也有以张炜文学作品为研究对象的论文出现，充分说明张炜文学作品所具有的学术价值和研究意义。不过，综观目前的研究成果，可发现尚没有一篇以张炜及其文学作品在韩国的传播为主题的专门性文章，这不可谓不是一种遗憾。因此，本文旨在通过对张炜及其文学作品在韩国的译介与传播进行全面考察，进而探讨张炜文学作品的跨界意义，并为中国文学"走出去"提供一定的参考性资料。

一 张炜文学作品在韩国的翻译情况

最早被翻译到韩国的张炜的作品是其长篇小说处女作《古船》。该小说在中韩建交后不久即由吴世京、金庆林夫妇翻译成韩语。这两位译者分别毕业于韩国外国语大学中文系与梨花女子大学中文系，非常关注中国文学。除张炜的作品外，他们还翻译了戴厚英的《空中的足音》（하늘의 발

---

① 张炜：《激动》，任明信译，文学与知性社 2017 年版。
② 张炜：《芳心似火：兼论齐国的恣与累》，李有镇译，Geulhangari 出版社 2011 年版。

자국소리）与贾平凹的《浮躁》（별은 잠들지 않는다）等优秀的中国当代文学作品。《古船》作为当时 Publit 出版社策划的"外国小说"系列中的一部，分上下两卷于 1994 年 3 月出版，并于同年 6 月再版。

《古船》的译者在翻译该作品的题目时没有采用直译的方式，而是根据小说的象征意义，将其翻译成了"새벽강은 아침을 기다린다"，意为"黎明的江等待清晨"。这里"黎明的江"意指小说中出现的"芦青河"，也是故事发生的场域。"等待清晨"则带给读者一种"希望""希冀""明亮""光明"之感。并且，江水的意象也容易使读者联想到生命之河的生生不息，与小说中展现的平凡生命在巨大的社会变迁和不断的磨难与挫折面前表现出的张力相契合。也就是说，译文题目与原标题"古船"一样，都具有丰富的象征意义。"如原作者本人所言，作者将中国比喻成一艘巨大的古船，采用高度的象征手法，描绘了中国人的形象……作者向读者传达了强烈的信息：古船不能再仅仅是'古旧的船'，它应该配置现代化的装备，朝着新世界前行。也就是说，应打破人们观念中所有根深蒂固的幻想和执念，直面现实。"①

在阐述这篇小说的翻译背景时，译者写道："最近有关中国现当代文学的翻译、出版逐渐多了起来。韩国一直关注中国文学。以中韩建交为分水岭，（建交后）对中国文学的关注变得更加活跃。这不仅可以满足相关领域的专业人士对文学的需求，还可以满足关注中国问题的高级知识分子阶层、试图通过文学获得更为广博的世界认识的一般读者阶层的需求。从这一点来看，关注中国文学是一件非常令人高兴的事情。"②

韩文版《古船》封底的出版社推介语中也对小说作出了高度评价："整个故事像一部宏大影片一样娓娓道来，用细致的心理描写和风景画般的场景描写，以及时而兴奋时而内敛的语句，确立了其在中国当代文学中的经典地位。"③ 由此可见，韩国译者和出版界的评价不仅肯定了张炜的文学地位，也恰如其分地点明了该小说的特点及价值和意义，对于韩国读者

---

① 张炜：《古船》，吴世京、金庆林译，Pulbit 出版社 1994 年版，译者序，第 14 页。
② 张炜：《古船》，吴世京、金庆林译，Pulbit 出版社 1994 年版，译者序，第 13 页。
③ 张炜：《古船》，吴世京、金庆林译，Pulbit 出版社 1994 年版，封底。

了解张炜及当代中国起到了非常重要的作用。

众所周知，中韩两国一衣带水，自古以来有着密切的文化交流，两国之间有着悠久且良好的交流基础。而在 20 世纪中后期，两国数千年来的沟通与交流被阻断。这种隔绝也对两国文学之间的相互认知造成了障碍。直到 20 世纪 80 年代，随着国际局势的变化，以及韩国国内对以往左翼文学的"解禁"，韩国学界对中国现当代文学的关注才重新活跃起来。并且，这一现象在 1992 年中韩建交之后变得更为突出。《古船》的译介就在此背景下应运而生。

《古船》的韩文译本出版后，韩国联合通讯社随即对其进行了报道。该报道引用了《古船》韩文译本中的评论，认为张炜的小说"如实展现了在传统和现代化的矛盾中不断重复着传统的中国人的形象"[1]。该报道还介绍了张炜的生平及主要作品等，使韩国读者通过新闻报道，更加广泛、直观地了解张炜的创作倾向及其代表作。

《古船》为什么能在中韩建交之初便作为中国当代文学作品的典型，由韩国译者主动进行翻译呢？首先，从作家的地位来看，张炜是新时期文学的重要作家，引起了中韩建交后韩国翻译界的关注。其次，从作品本身来看，这部小说一经发表，便得到了中国文坛的广泛好评，被誉为"民族心史的一块厚重碑石"[2]。最后，从《古船》的内容来看，该小说前后跨越四十多年，贯穿了土地改革、反右派斗争、"文化大革命"以及改革开放等中国当代史的几次重大节点，非常符合当时韩国人想了解中国社会的需求与意愿，为韩国人理解和认识当代中国打开了一扇大门。

十多年后的 2011 年，张炜的《芳心似火：兼论齐国的恣与累》被毕业于韩国延世大学中文系的李有镇博士翻译成韩语，以《齐国为什么消失了？》之名由 Geulhangari（글항아리）出版社出版。在这本著作中，张炜以其深邃的洞察力和冷静的思考，反思了物质与精神、思想文化的关系，表现出其一贯主张的人文主义理想和使命感。译者李有镇既从事中国文学

---

① 《中国作家张炜的〈古船〉出版》，《联合新闻》（연합뉴스）1994 年 4 月 18 日，https://n. news. naver. com/mnews/article/001/0003889734？sid＝103。

② 雷达：《民族心史的一块厚重碑石》，《当代》1987 年第 5 期，第 232 页。

研究，也翻译了《中国神话史》《太平广记》《敦煌》等著作，是一位学术型译者。

　　《芳心似火：兼论齐国的恣与累》的韩文版后记很好地诠释了张炜这部著作的核心思想。在题为《齐国为什么消失了？——一本让我们回顾过去、现在并展望未来的故事》的译者后记中，李有镇认为，这本书能安慰现代人的心灵，并适合多次阅读。读者通过阅读，可能会思考齐国为什么灭亡，还可能会从齐国灭亡的教训中思考自己生活着的当下世界，从而对物质至上的社会产生反思，进而思考如何在纷杂的世界中保持"安静"的内心，也就是作家所言的"芳心"。"芳心"其实就是"爱的心"，是"安静的内心"，是与该书原文结尾处的美好"月光"相呼应的纯洁、热爱之心，也是懂得节制的心。① 从解读中，我们可以发现译者很好地把握了张炜写作本书的目的，正确诠释了《芳心似火：兼论齐国的恣与累》的主题。同时，在解读过程中，译者与作家自身的思考也达成了共鸣。

　　2017 年，韩国学者任明信选取了张炜早期创作的《看野枣》《天蓝色的木屐》《声音》《生长蘑菇的地方》《夜莺》《一潭清水》《黑鲨洋》《海边的雪》《激动》《三想》《美妙雨夜》《满地落叶》《梦中苦辩》《冬景》《一个人的战争》《蜂巢》《怀念黑潭里的黑鱼》《面对星辰》《书房》《鱼的故事》等 20 篇中短篇小说进行了翻译，并以《激动》之名在文学与知性社出版。该书是文学与知性社策划的韩国大山世界文学丛书中的一部。该丛书的策划目的在于以韩国人的视角和观点审视世界文学，促进韩国文学的发展。张炜作为代表当代中国的著名作家被该丛书选中，彰显了其在韩国的中国当代文学研究界和翻译界的地位。

　　文学与知性社成立于 1975 年 12 月，一直秉承文学的自主性、公共性，尊重人文价值，致力于出版能够触发读者对韩国社会进行深刻思考的文学或人文学著作，是韩国文学出版界公认的代表性出版社。该社曾翻译出版莫言的《红高粱》《红高粱家族》、阎连科的《速求共眠》等中国当代著名作家的文学作品。

---

　　① 　根据张炜《芳心似火：兼论齐国的恣与累》第 497~505 页内容整理。

　　文学与知性社的推荐评中如此评价张炜，"他是一位严肃且具有问题意识的作家，在艺术敏感度、塑造文学形象、叙事能力等多个方面，都达到了最高成就"①。他的作品"蕴含着经济高速增长时期的中国的时代背景和自然美，对人类的欲望进行了反思和忏悔"②。对《激动》这一短篇小说集的介绍和评价为"标题作（即《激动》——笔者注）描写了贫穷乡村十多岁男孩们的一天，从他们闲谈的故事或传闻中，可管窥中国社会的矛盾。作品中的每个角色，都是代表当时中国人普遍性格和命运的寓言"，该作品是"了解'文化大革命'后的中国和体现中国文学现代性的有效媒介和证据"③。并认为"这本短篇小说集通过将戏剧性的构思、隐喻、讽刺和幽默杂糅于各种体裁中，揭示了时代的弊病。读此一本书，却犹如读了许多本书"④，高度称赞了该小说集中收录的作品。

　　《激动》的韩文译者任明信毕业于首尔大学中文系，后在东京大学学习中国现代文学，并获得博士学位，也是一位专业的文学研究者和翻译者。任明信在该书最后附加了对张炜作品的解读与评价，题目为《中国新时期文学与张炜早期中短篇——反讽的文学性、历史性与现在性》。文中对张炜及其文学成就进行了整体评价，"他是当代中国最了不起的作家之一。他不仅是数一数二的小说家，还是博学多识的人文学者。他曾指出文学的核心是'诗'。他著作颇丰，其中包括诗集，他的文字中流淌着'诗性'"⑤。任明信不吝溢美之词，认为"（张炜的作品）体现着智者的气质和志士的风骨，基调是人道主义"⑥，"（张炜）无疑是当代中国最优秀的作家之一"⑦，"是中国严肃文学的巨匠"⑧。

　　从任明信的评价中可以看出，他不仅非常肯定张炜的文学成就与文坛地位，对其作品中体现的人文价值与流淌的"诗性"也大加褒奖。而张炜

---

①　张炜《激动》出版社书评，http://moonji.com/book/14153/。
②　张炜《激动》出版社书评，http://moonji.com/book/14153/。
③　张炜：《激动》，任明信译，文学与知性社2017年版，封底。
④　张炜《激动》出版社书评，http://moonji.com/book/14153/。
⑤　张炜：《激动》，任明信译，文学与知性社2017年版，第372页。
⑥　张炜：《激动》，任明信译，文学与知性社2017年版，第372页。
⑦　张炜：《激动》，任明信译，文学与知性社2017年版，第372页。
⑧　张炜：《激动》，任明信译，文学与知性社2017年版，第372页。

本身及其通过作品体现出来的对人性的追寻与探求，与该书韩文版出版社——文学与知性社一贯秉承的办社理念又实现了完美契合。

张炜自己曾言喜欢诗，并认为诗是文学的最高形式，诗是其终生追求的目标。在中国诗人中，张炜尤其喜欢陶渊明，并著有作品《陶渊明的遗产》。这部著作也于 2021 年被译介到韩国，是张炜几部在韩译介作品中的最新作。译者赵诚焕毕业于韩国庆北大学中文系，多年来一直致力于中韩人文与文学交流，曾编著以近现代来华游历的韩国人的游记为主题的《与北京的对话》，翻译中国著名革命作家蒋光慈的小说集《鸭绿江上》等，也是一位学术型译者。

《陶渊明的遗产》是张炜以陶渊明的生活与作品为主题进行的演讲的合集。该书不同于一般的学术写作，采用的是老少咸宜的口语体。张炜认为"陶渊明给我们留下了一笔丰厚的遗产，这就是关于尊严、自由、田园，关于生命本质必要强烈追求的天性"①，而之所以追寻千年之前的陶渊明的思想与价值，目的在于给畸形的现代一味药，这同时也是陶渊明所具有的现代价值。

该书附有张炜为韩语版《陶渊明的遗产》出版所作的序，这是与其他几部译介到韩国的张炜作品的一个不同之处。通过序言可以看出，该书的出版得益于作家与韩国出版界人士之间展开的直接交流。2018 年，张炜访问韩国时，与韩国图书出版界人士卢承贤有过密切交流。该书便由卢承贤介绍，经赵诚焕翻译并出版。张炜在韩文版序言中强调了该书在自己创作的有关中国古典诗学的作品中所具有的特殊地位，指出陶渊明的作品让自己有一种深陷其中的"迷恋"，使自己思考生活在混乱的魏晋"丛林"中的陶渊明是如何在进退两难的环境中"挺住"，并在尊严和基本的自由之间找到平衡的。并坦言，古人的不安、痛苦，与我们现代人是相似的。而中韩两国在生活方面也有很多相似之处，因而有关人生的终极命题也是一致的。陶渊明就是连接中韩读者心灵深处共鸣的纽带。②

"采菊东篱下，悠然见南山"的陶渊明的心境，也是作家张炜想通过

---

① 　张炜：《陶渊明的遗产》，中华书局 2016 年版，第 104 页。
② 　张炜：《陶渊明的遗产》，赵诚焕译，Param Book（파람북）2021 年版，第 8 页。

此书向韩国读者传递的心境。尤其，该书翻译于新冠疫情肆虐之时，译者的心境也如作家在序言中所言，读者可通过阅读陶渊明，获得在与全世界肆虐的传染病的抗争中应该如何"挺住"的启示。这不仅是作家与译者观点的契合，也是陶渊明对现代人的启示所在。

陶渊明是韩国人耳熟能详的中国古代文人，他对韩国古代文学也产生了深远的影响。像曾在唐朝留学并考取进士的崔致远在其《桂苑笔耕集》中就创作了和陶渊明有关的诗歌；高丽时期的著名文人李仁老著有对陶渊明《归去来兮辞》的唱酬诗《和归去来辞》；朝鲜王朝的金时习也学习陶渊明的归隐生活，创作了《和渊明饮酒诗二十首》等诗歌。可见，韩国人非常熟悉陶渊明，并崇尚其淡泊、高洁、率真的品格。如该书译者所言，希望现代读者能通过阅读陶渊明，体味他的精神世界，在疲惫的日常生活中得到安慰。这也说明张炜文学中富含的人文价值与人文关怀，得到了海外译者和研究者的认同和共鸣。

除上述单行本外，张炜的《第一本书的故事》也被翻译并收录在由金惠俊选篇、翻译的《汉香：第二集故事——情重昆仑》（한향 2：쿤룬산에 달이 높거든）[1] 中。金惠俊是韩国釜山大学中文系教授，著有《中国现代文学的"民族形式论争"》，译有《中国现代散文论》《中国现代散文史》等学术专著，是一位学术型译者。该书收录了包括张炜在内的 39 位中国作家的散文、随笔。译者选取反映当时中国社会最新变化或最能体现中国精神面貌的作品进行翻译，以期让韩国读者通过该书更好地了解中国。此外，张炜在第三届中日韩东亚文学论坛上发表的《谈谈书香社会》一文也被翻译成韩语，收录在此次会议的文集《文字共和国的梦》（문자공화국의 꿈）[2] 中。

张炜及其文学作品通过上述单行本及部分文集在韩国得到了译介，其中不仅包括长篇或中短篇小说，其随笔、关于古典精神的思考和学术思想等也通过译介在韩国得到了传播。虽然相对于张炜丰硕的创作成果而言，

---

① 史铁生等：《汉香：第二集故事——情重昆仑》，金惠俊译，好书出版（좋은책 만들기）2002 年版。

② 中日韩东亚文学：《文字共和国的梦》，Sumnsum（섬앤섬）2016 年版。

译介到韩国的作品总量不算多，但每部作品都由专业译者或学术型译者完成，保证了其作品的质量。且从译者的解读或后记中，基本可见译者与作家的思想达成了共鸣。由此可以说，张炜的作品获得了跨界的认同，具有跨越国境的价值和意义。

二　张炜文学作品在韩国的研究情况

相对于张炜作品在韩国的译介来说，对其文学作品的学术研究比较有限，且主要出现在最近几年。其中，由韩国学者发表的研究成果有两篇，作者都是中国当代文学的研究者金炫周。另外还有一篇是由在韩中国留学生完成的硕士学位论文《"齐鲁文化"在张炜小说〈古船〉中的呈现》。①

金炫周在《〈九月寓言〉研究——以大地与人物的关系为中心》② 一文中分析了张炜的代表作之一《九月寓言》。作者认为在快速的工业化进程中，商品经济不断加剧，由此造成了人们的贫困，而作为人类栖息之处的大地也迅速被工业化侵蚀，《九月寓言》便是张炜在这样的背景下向人们发出的警示。作者还认为，《九月寓言》的"大地"具有重要的象征意义，大地是万物之根源，该小说的核心主题就是保护大地。为此，作家设置了肥、赶鹦、三兰子三位女性形象，她们分别象征着保留自己主体性的女性、守护大地的女性以及被过度的物欲破坏的女性，并通过描写她们在工业化进程中的徘徊，试图唤起人们对大地的保护。③

金炫周的另一篇有关张炜的论文也是围绕《九月寓言》展开的。在这篇题为《〈九月寓言〉研究：以流浪—定居为中心》④ 的论文中，作者分析了《九月寓言》中的流浪主题。他认为小说围绕"流浪—定居—再流

---

① 王圣楠：《"齐鲁文化"在张炜小说〈古船〉中的呈现》，硕士学位论文，木浦大学，2021。
② 金炫周：《〈九月寓言〉研究——以大地与人物的关系为中心》，《中国文学研究》2019年第 76 辑。
③ 金炫周：《〈九月寓言〉研究——以大地与人物的关系为中心》，《中国文学研究》2019年第 76 辑，第 53 页。
④ 金炫周：《〈九月寓言〉研究：以流浪—定居为中心》，《人文学研究》2021 年第 30 辑。

浪"的过程展开，"流浪"是人类本性的体现。小说中的主人公从遥远的异地来定居，但最终仍然避免不了去流浪的命运。金炫周通过对文本的深入分析，认为张炜通过金祥、露筋、独眼老人等人物，展示了流浪是人类的本能。当流浪的本能在丰饶的大地上得以实现时，人们可以获得快乐。然而，就像《九月寓言》中描述的那样，定居造成了"封闭"。封闭的生活破坏了人们的本性，并引发了人们对物质的贪欲。最终，定居在丰饶大地上的梦想灰飞烟灭，人们只能再次流浪，去寻找大地的希望。[①]

金炫周的两篇有关《九月寓言》的研究，从不同维度对文本进行了深入分析，从而向韩国读者和研究者揭示了《九月寓言》的深层内涵，同时也和国内学界的相关研究形成参照，更好地推动对张炜文学的研究。

在韩中国留学生王圣楠的硕士学位论文立足"齐鲁文化"的视角，分析了张炜的代表作《古船》。作者认为齐鲁文化潜移默化地影响了张炜的创作，并融入了《古船》的人物性格塑造、家族关系呈现，以及小说的各种民俗现象中。《古船》确认了张炜在"寻根文学"中的地位。这是目前在韩国发表的唯一一篇有关张炜作品的学位论文，不仅为韩国研究者了解张炜及其文学提供了一定的基础，也在一定程度上促进了齐鲁文化的海外传播。

除期刊和学位论文外，张炜及其文学作品还通过中韩作家会议、中日韩东亚文学论坛、张炜作品国际学术研讨会等各种论坛或研讨会，得到了与会者的探讨与研究。例如，自 2007 年起开始举办的中韩作家会议现已举办十多届。其间，两国各有百余位作家参加了该会议，对促进两国之间的人文交流起到了重要作用。其中，张炜及其作品也通过中韩作家会议在韩国得到进一步传播。中韩作家会议的发起人之一、韩国现代文学的著名评论家洪廷善个人非常推崇张炜及其作品，还组织韩国评论家对张炜的作品进行过专门讨论。[②]

---

① 金炫周：《〈九月寓言〉研究：以流浪—定居为中心》，《人文学研究》2021 年第 30 辑，第 251 页。
② 根据徐黎明《与中国结缘的中韩文学交流使者》，《中国社会科学报》2020 年第 1988 期内容整理。

例如，2015 年 11 月，在韩国庆尚北道青松郡客主文学馆举办了有关韩国作家金周荣与中国作家张炜的专门讨论会。金周荣是韩国著名作家，客主文学馆便是以其作品《客主》命名的。出席会议的韩国文学评论家、首尔大学名誉教授吴生根认为"张炜的作品以多样的人物形象为主题，将生活中的各种事情非常自然地融合在一起，却没有丝毫人为的色彩"，并认为张炜的创作特色可以给生活经验不足、作品充满人为色彩的部分韩国作家审视自己作品的机会。① 韩国小说家朴相禹认为张炜的小说擅长使用短小、轻快的句子。《激动》的韩文译者任明信也出席了此次会议，他认为张炜的小说富有主题意识、时代意识、人文学的问题意识，他小说中体现出的不是哀伤的、无力的浪漫主义，而是崇尚自由和解放的具有革命性质的浪漫主义。②

综上，张炜及其文学作品相对于翻译而言，目前在韩国的研究还有所不足。韩国学界仅有的几篇学术论文聚焦的文本较少，研究的主题和视角也比较有限。综观在韩国研究较多的中国当代作家或文学作品，会发现作品被翻拍成影视剧的作家的研究较多。因而，以纯文学写作为主的张炜的作品在韩语世界的翻译与研究相对匮乏。③ 随着张炜文学作品的不断翻译和两国文学界交流的不断深入，期待会有对张炜文学更全面、深入的研究。

三 张炜文学作品在韩国译介与传播的特点及原因

从上文的分析可以看出，张炜及其文学作品在中韩建交之初便得到了韩国翻译界的关注。《古船》是其第一部被译介到韩国的作品。《古船》的韩译为两国建交初期有效消除隔阂、促进文学与人文交流以及促进韩国读者更好地了解中国起到了开创性作用。在此后近三十年里，张炜的中短篇

---

① 《韩中评论家，讨论两国文学的现在》，《世界日报》2015 年 11 月 5 日，https：//www. segye. com/newsView/20151105003102？OutUrl＝naver。

② 《张炜是农夫型，金周荣是船夫型》，《韩民族新闻》2015 年 11 月 4 日，https：//www. hani. co. kr/arti/culture/book/716030. html。

③ 李静、张丽：《张炜文学作品海外传播的研究与启示》，《当代文坛》2022 年第 3 期，第 204 页。

小说、随笔等都在韩国得到了较有质量的译介与传播。通过分析，可发现张炜文学在韩国的译介与传播有以下几个特点。

首先，他的作品的翻译基本是由文学专业出身的研究者完成的。译者不仅熟悉中韩双语，还了解中国文学和文化，对张炜文学的内核理解得比较透彻，能够很好地向韩国读者传递作家的思想精髓。

其次，韩国对张炜作品的译介涉及其创作的各种体裁，这不仅是对张炜在中国文坛地位的认同，也向韩国读者比较全面地传播和形塑了张炜的文学形象。

最后，通过分析译者序言或后记中对张炜作品的解读，可以发现译者都与张炜的作品产生了高度共鸣。诚如张炜自己所主张的"好的翻译作品旨在传播语言艺术，不能急于求成，一定是作者和译者两个人合作产生的新的生命"①。通过本文的分析可以发现，张炜的作品跨越国境的限制，获得了韩国读者的认同。

张炜及其作品之所以能被韩国学界认可，其主要原因可以概括为以下几点。

首先，张炜的文坛地位及其作品所具有的现代价值引起了韩国学者和译者的关注。张炜的作品为韩国人了解中国、中国文化等提供了重要的窗口。其作品中内含的人文价值具有超越国境的普遍意义。这是张炜文学能够在韩国得到传播的根本原因所在。

其次，与韩国文学界的良好互动促进了张炜作品在韩国的译介。张炜与中韩作家会议的韩方发起人之一洪廷善教授有过多次深入的交流，双方建立了良好的关系。洪廷善是韩国著名的文学评论家，对促进张炜与韩国文学界的交流起到了积极的作用。

最后，从张炜为《陶渊明的遗产》韩文版所写的序言中，可以看出张炜与韩国出版界人士之间也有交流和互动，这也是促进张炜文学作品在韩国传播的因素之一。

此外，张炜及其作品在韩国的译介也反映了韩国社会有了解中国及中

① 赵思琪：《张炜作品国际学术研讨会暨第二届中国文学国际传播上海交大论坛综述》，《比较文学与跨文化研究》2021年第1期，第88页。

国当代文学的需求。随着中国经济的不断发展，两国之间的经贸交流越来越频繁，相互之间深层了解的需求也不断增多。韩国有多所高校开设中文专业，并培养了不少优秀的硕博士生人才。从张炜文学韩译的译者身份便可以看出，他们都出身于韩国高校的中文系，有些与中国文学界有密切的交流，他们为中国文学在韩国的译介和促进韩国社会了解中国作出了贡献。

张炜文学作品在韩国的翻译、传播、研究等是中国当代文学海外传播的有机组成部分。在张炜文学的传播过程中，我们可见其作品本身所具有的文学性、艺术性以及对人性价值的深刻思考，是其作品在韩国得到翻译和肯定的最根本的前提和基础。通过本文的分析可以发现，其作品在韩国的翻译全部是由韩国译者完成的，且大部分是译者的主动译介。从译者身份和学术经历来看，他们都经历了系统的中文学习，有的是专职翻译，有的则是大学教授，对中国当代社会、文学有着较为精准的认识和把握，且准确把握到了张炜文学体现的时代性、民族特色与人类共同价值。如《古船》的译者认为该书是了解中国当代社会变迁的重要图书，《陶渊明的遗产》的译者认为该书的韩译本可为因新冠疫情而饱受煎熬的韩国读者提供精神安慰。且从张炜为《陶渊明的遗产》所写的韩文版序言与译者序中，可看到作家与译者之间展开了积极有效的沟通与对话。这对话并不是简单的作者与译者之间的闲谈，而是从作品本身上升到对人类普遍价值和意义的关注，是对时代命题的观照，这充分说明张炜文学具有跨越国境的价值和意义，也为我们思考中国文学"走出去"提供了重要的参考。

参考文献

李静、张丽：《张炜文学作品海外传播的研究与启示》，《当代文坛》2022年第3期。

赵思琪：《张炜作品国际学术研讨会暨第二届中国文学国际传播上海交大论坛综述》，《比较文学与跨文化研究》2021年第1期。

张炜：《古船》，吴世京、金庆林译，Pulbit出版社1994年版。

《中国作家张炜的〈古船〉出版》，《联合新闻》1994年4月18日。

张炜：《芳心似火：兼论齐国的恣与累》，李有镇译，Geulhangari 出版社 2011 年版。

张炜：《激动》，任明信译，文学与知性社 2017 年版。

张炜：《陶渊明的遗产》，赵诚焕译，Param Book 2021 年版。

中日韩东亚文学：《文字共和国的梦》，Sumnsum 2016 年版。

王圣楠：《"齐鲁文化"在张炜小说〈古船〉中的呈现》，硕士学位论文，木浦大学，2021。

金炫周：《〈九月寓言〉研究——以大地与人物的关系为中心》，《中国文学研究》2019 年第 76 辑。

金炫周：《〈九月寓言〉研究：以流浪—定居为中心》，《人文学研究》2021 年第 30 辑。

徐黎明：《与中国结缘的中韩文学交流使者》，《中国社会科学报》2020 年第 1988 期。

《韩中评论家，讨论两国文学的现在》，《世界日报》2015 年 11 月 5 日。

《张炜是农夫型，金周荣是船夫型》，《韩民族新闻》2015 年 11 月 4 日。

论张炜的"半岛性"海洋书写

史胜英　张丽军*

摘要：张炜创作中的海洋书写基于他生长于胶东半岛的生命体验和齐文化底蕴，形成了鲜明的半岛特色。在空间展现上，张炜海洋书写具有海陆一体的审美空间展现，对海洋的描写延伸至海滩平原、入海的河流及半岛世界。在主题呈现上，海洋生长环境形成了张炜创作中的孤独品格和流浪意识，在海陆的相互对比、相互呼应中形成了半岛性特征，表现为对自由生命的追寻和对保守生活的摒弃的自由主题，对自然生态的回归和现代文明的批判的生态主题，基于半岛文化的神秘性和现实性的神秘主题。在风格特征上，张炜将海洋精神理念渗透于他的创作中，在他的生命体验和生存经验内描写海洋，形成了基于半岛现实存在、具有海洋特色的浪漫风格特征，塑造了具有鲜明海洋性格的人物形象，典型的是以徐福为代表的自由与隐忍、探索与坚守的半岛性格人物。

关键词：张炜；海洋书写；"半岛性"；浪漫风格

海洋书写是以海洋为书写对象的文学创作。"书写"既表现为所创作出的文学作品，也表现为进行创作的过程。作家的海洋书写表现在作品中，既包括海洋意象的展现、海洋精神的主体投射，也包括作家写海的精神动因和写作态度。当海洋通过作家审美进入文学文本时，海洋已经抽离出它的地理意义，成为作家寄托海洋情怀、展现海洋精神、表达海洋思想

---

* 作者简介：史胜英，山东省科技馆，硕士，研究方向为当代文学与文化批评；张丽军，暨南大学文学院教授，博士生导师，研究方向为20世纪乡土文学，新世纪文学与文化批评。

的象征符号。

张炜是一位作品地域色彩浓郁的作家，张炜的作品中含有大量的海洋书写，从他的作品中可以读到鲜明的地域特色。一方面，在登州半岛出生、行走的张炜，对这片海角之地满怀深情，他的行走、写作始终未离开这片土地，滨海河畔的园林、神秘宏阔的大海，以及海边老人的漫天奇谭，都深深融入了他的生命，给他的创作带来无穷的灵感，因此他的作品中有许多滨海风貌、海边生活及风土人情的描写。另一方面，齐地的海洋文化传统为胶东半岛海洋文化提供了丰富的内蕴。"东莱者，海角人氏也，喜好炼铁熬盐，养马植桑"[1]，"燕齐海上之士多空想，故迂怪大胆的议论往往出于其间"[2]，齐国东部的海隅之地催生了与内陆文化有明显差异的海洋文化，张炜创作中展现了带有海洋色彩的仙话传说、盛行的道教文化和海洋性格人物智者怪人。

和辻哲郎在《风土》中引入赫尔德关于人的精神风土结构的观点，赫尔德认为，人的感觉、想象力、实践性的理解、感情与冲动，以及幸福皆具有风土性。[3] 这说明地理环境对于作家主体创作个性的形成具有深远的影响。海滨的风土是张炜认知世界的起点，半岛海滨的生长环境影响着张炜精神空间的构筑和文学写作的题材与风格。张炜所生长的登州半岛海滨的犄角平原，对张炜主体情感的形成、想象力的塑造及审美理想具有区别于其他地域风土作用下的独特性。张炜对水的情结可谓一种依赖，他在散文中讲过："我出生在大水之滨，所以一离开了水就有一种焦躁不安，总害怕生活变得过于干枯。……只要是眼前出现了一片大水，立刻有一种愉悦和亲近感。"[4] "想起过去，心中往往出现并列一起的三部分：林子，大海，狗。"[5] "好像写作就是不断从大海中汲取什么。即使不是写海的作品，也有海的气味在里边。那是一种遥远而又切近的回响，它一直在震荡，一

---

① 张炜：《海客谈瀛洲》，作家出版社 2010 年版，第 352 页。
② 胡适：《胡适谈国学》，中国华侨出版社 2013 年版，第 94 页。
③ 〔日〕和辻哲郎：《风土》，陈力卫译，商务印书馆 2007 年版，第 194~196 页。
④ 张炜：《我选择，我向往》，山东画报出版社 2005 年版，第 19~20 页。
⑤ 张炜：《回眸三叶》，《秋天的大地》，中国青年出版社 2007 年版，第 87 页。

直留在心灵之中。"①

台湾学者黄宗洁认为台湾的海洋文学是"在地"的海洋文学,"海洋文学的书写,不必然是一种'海上生活'的描述,它也可以是'在地的',是对海的观察、想象或情之所至,也就是说,它可以是在'海边'甚至'内陆'的海洋书写"②。文学可以成为一种新乡土的可能性,书写作者特殊的成长背景、在地经验与情感,而不是将海洋仅设定成一种文学主题。

综合风土环境对作家人格的影响及台湾海洋文学研究的启示,那么张炜的海洋书写是怎样体现的,又具有怎样的独特性?张炜出生、行走在半岛,海洋和半岛给了张炜文学表现上的宏阔空间,海洋的浩渺和半岛的独特海洋文化风貌影响着张炜对世界的看法和文学风格,从而形成了张炜海洋书写的"半岛性"特色。更进一步说,张炜海洋书写的"在地性"表现为"半岛性",包括张炜作品在空间展现上,描写滨海园林、村庄、海滩及河流,不直接描写海洋却始终有海洋的背景;在主题呈现上,海洋书写在与大地书写的相互对照下,有大量关于自由、流浪、生态和神秘性的描写;在审美风格上,带有超脱、自由灵动的浪漫特色。同时与大地书写相比,"半岛性"区别于西方海洋文学"航海性""离地性"的写作特点,依托半岛对海洋进行观察、书写,将半岛海洋文化风貌与作家的海洋意识、海洋想象、海洋精神共同融入海洋书写之中。张炜"半岛性"海洋书写的提出,旨在探索大地书写与海洋书写的关系、在大地书写映照下半岛海洋书写的可能性及特征,从而对丰富当代文学创作空间、加深对当代海洋书写和海洋文化精神的认识具有借鉴意义。

一 海陆一体的审美空间展现

张炜笔下的大地是在半岛上的大地,是海洋碰撞对应下的大地;张炜笔下的海洋是与陆地相互辉映的海洋,是在作家半岛生活经验之上的独特

① 张炜:《人与江河海洋》,《秋天的大地》,中国青年出版社 2007 年版,第 284 页。
② 黄宗洁:《想象海洋:试论建构"在地"海洋文学的几种可能》,《现代中文学刊》2013年第 3 期。

的海洋，具有不同于西方式的"独立海洋"和内陆文学的叙事经验。作为独特地理空间的胶东半岛，包括入海河流、海边林园、海边村庄、濒海小城，构成张炜作品表现的空间载体，成为独具半岛特色的海洋书写特征。

（一）半岛上的自然空间

芦青河作为半岛上一条汇入大海的河流，给予张炜大量创作灵感。《古船》的开头便以大量的篇幅描写芦青河，"芦青河道如今又浅又窄，而过去却是波澜壮阔的。那阶梯形状的老河道就记叙了一条大河步步消退的历史。镇子上至今有一个废弃的码头，它隐约证明着桅樯如林的昔日风光。当时这里是来往航船必停的地方，船舶在此养精蓄锐，再开始新的远航"①。消失了的港口使镇上的生活空间由开放走向封闭，久而久之，镇上的人们随着远去的记忆而逐渐变得安分守己。正如加藤周一在谈到空间性时所说的，封闭的村落空间"停留在给定领域内部的社会心理倾向——那种倾向同时意味着对于内部条件的适应能力"②。海洋作为开放的空间，带给人的不仅是单纯的地理景观，更是内心观念的变化。芦青河、古船作为海洋的延伸，其象征意义与海洋具有同构性。隋不召天花乱坠地讲述出海经历、航海秘籍《海道针经》以及郑和大叔的传奇故事，意在给这个闭塞、死寂的小镇打开天眼。李其生的变速轮便是现代化开放进程中的产物，变速轮一方面推动了粉丝工业的发展，另一方面又带来现代性的忧患，隋不召葬身于变速轮的轮底有着绝妙的寓意，这一笔正如航海家出海一样，航海会获得新的物品、新的技术，开拓新的领域，同时航海意味着冒险、挑战和不可避免的危机。尽管冒险，但人们航海的脚步从未停止，正如小说中反复强调的那句话："变速轮不能停。"《古船》中虽然没有直接写到海洋，但海洋作为一种隐喻以背景的形式始终未离开文本，成为《古船》的精神高地。

作为海洋的延伸，张炜小说中还有大量关于海边林园的描写："林园坐落于海边，一面面朝大海，一面远离人烟，为人们营造了一片神秘、宁

---

① 张炜：《古船》，人民文学出版社 2000 年版。
② 〔日〕加藤周一：《日本文化中的时间与空间》，南京大学出版社 2010 年版，第 82 页。

静的空间。而这种空间上的深入往往增加了场所的神秘性。"① 海边林园是现实的实体存在，同时如此的空间布置给故事增加了神秘感。《刺猬歌》中的林间传说发生在"如一头花鹿犄角插进了大海"② 的原始老林中，林间流传着霍家老爷结交野物的传说。大海作为原始生态最后的保留地，还未曾被人们过多地涉足和开发，因而成为遁入自然的最后的庇护地。以至于山林被人们砍伐践踏，改造成农场和工厂后，霍老爷的后代们仍然能够在海上存留一些蛛丝马迹。在这个意义上，大海作为自然之地，成了山林的一个延伸。

张炜在他的小说和散文中，描写了胶东海滨的传统渔猎文化，展现了富有生机的海洋生态。如小说《冬景》记叙了饱受丧子之痛的老人与老伴相依为命，过着孤苦的生活。《下雨·下雪》回忆了儿时的海滨生活，描述了在雨天的大海捉鱼等趣事。《生长蘑菇的地方》展现了人们在海边挖水渠、采蘑菇，在海滩上赶小海等情形，清新自然的气息扑面而来。《花生》讲述了大海滩槐花开的时候正是花生播种的季节，学生们在农场劳作，看农场的严爷爷钓鱼、煮鱼等故事。《小说五题》则描写了海滨渔村人们开滩等的生活场景与独特的生活方式。

张炜所形成的海洋精神理念已经渗透到他的大地书写中。张炜直接描写海洋的作品并不多，他的许多作品虽然不直接描写海洋，但依旧有海洋的影子，海洋作为一种地理符号，是大地的延伸，与大地一起构筑了张炜创作的空间。张炜心中的故地，是世界上最接近本源的自然之所，自然万物不受人类活动的规约，人类同自然的其他生灵一样都是大地母亲的子民。从这个意义上来讲，张炜作品中的野地与没有边际、不受约束的海洋在本质上具有同构性，海洋是另一片莽野，是由水一样晶莹剔透的土地组成的莽野。海洋精神与大地精神在这个方面是相互贯通的，形成了具有半岛特色的海陆一体的审美空间。

---

① 参见〔日〕加藤周一《日本文化中的时间与空间》，南京大学出版社 2010 年版，第 89 页。空间的三处特征之一是"深处"，认为"深入"是一种移动，深处不是指固定的一点，而常常意味着方向性，越是往深处走，空间的神圣性就越大。

② 张炜：《刺猬歌》，人民文学出版社 2007 年版，第 24 页。

（二）历史文化空间

空间不仅是传统地理学意义上的自然空间，而且具有社会生产性，空间不仅是被生产出来的，空间本身就是生产者。正如列斐伏尔所认为的"空间里弥漫着社会关系；它不仅被社会关系支持，也生产社会关系和被社会关系所生产"①，特殊的地理空间所生成的特殊的历史脉络、文化形态以及生产方式和生产关系都与本地风土有着密切的联系。张炜的海洋书写有相当一部分讲述与海洋有关的历史、传说，充满传奇色彩。

张炜所著的《芳心似火：兼论齐国的恣与累》以散文加文论的形式描绘了具有泱泱大国之风的齐国风貌。张炜绕过历史的理性叙述，独辟蹊径，从民间和自我经验进入历史，用悠然有情的笔触还原了自由洒脱的齐国国风。张炜表面上写齐国历史和文化，实际是通过两千多年前的这片土地上的人文来观照当下现实，去理解这片古莱国、古齐国的土地上所保留的文化习俗和思维方式，窥探齐国文化精神的传承之处。张炜在《芳心似火：兼论齐国的恣与累》中亦强调了莱夷之地与齐国间离和融合的关系，强调处于东部沿海的莱国较齐国更为开放活跃，更加具有海洋文化气息，而齐国亦是借助莱夷之地丰富的海洋物产与人才而强大兴盛。

历史与文化是一片地域所沉淀下来的精髓，自然的风土造就文化的风土，张炜所在的海角之地的文化与海洋无法割裂。张炜在艺术的表现中，将海洋的精神在人物和历史中的延展进行了无缝对接，而正是具有本土特征的人物品貌和历史文化，使张炜的海洋想象具有本土化的"在地性""半岛性"。

二　半岛海洋的主题书写

张炜作品中的海洋意象是一个多重层面的建构，基于半岛性的自然风景和历史文化的空间展现，张炜的海洋书写在主题上体现出在海陆的相互

---

①　包亚明：《现代性与空间的生产》，上海教育出版社 2003 年版，第 49 页。

对比、相互呼应中形成的"半岛性"特征。

（一） 基于海洋母题的宏阔的创作主题

半岛滨海的环境塑造了张炜海洋般的精神气质，张炜在海洋的陶冶中成长，海洋已成为张炜心中的精神之海。海洋的阔大已成为生活境界的象征，海洋意味着永远的活力、永不枯竭的精神和生命宽度的拓展。

海洋的浩渺形成了张炜创作中的孤独品格。海洋是孤独的居所，张炜在孤独中始终坚守自己的东西。在小说《夜海》中，在一个夜晚，"我"和女儿到海上游泳，在无人的海面上，有感而发："我无论走到哪里，都像身处大海……我孤零零一个人，永远一个人。"[①] "我"思考着海水、天空和星辰，因为"我"害怕夜晚自己一个人在海上，所以告诉女儿要学会自己一个人在海上不害怕，希望女儿学会勇敢地忍受孤独。一个具有孤独品格的人是有勇气的，孤独能够警醒人从乌合之众中超越出来，去反思民众的热血和激进，在社会一片叫好声中，敏锐地体察所隐藏的危机。海洋的博大突出了人的孤独，同时也使张炜形成了孤独的精神，他始终相信安静是一种力量，能够给人反思乃至反抗的勇气。因此，张炜笔下的人物大多是孤独的，隋抱朴，看海滩的铺老们，看守葡萄园的老得，隐居海滩的史珂、鲈鱼，都在孤独地进行着对形而上的世界的思考，这似乎与实用主义为上的当今社会不相合拍，然而恰恰是这种非生存性的孤独的思考增加了作品的深度和厚度，在流俗化的文学创作现状中保留下了文学严肃冷峻的面孔。孤独的品格既是海洋给予张炜的启示，也是一个知识分子所应具有的品格。

海洋的宏阔形成了张炜创作中的流浪意识。在张炜的海洋书写与大地书写中，海洋的无根性和漂泊感成为大地流浪者的空间延伸。《九月寓言》中，小村人为了生存而四处奔波流浪，他们颠沛流离，终于在一片平原上定居。小村人被当地人蔑称为"鲹鲅"，那是一种生命力顽强、不断洄游的剧毒海鱼，在当地人的眼里，容不下小村人这样的异类。小村人虽定居

---

① 张炜：《如花似玉的原野》，人民文学出版社 1995 年版，第 201 页。

平原，却仍未停止奔跑，他们通过奔跑来获取生存的物资和生命力，小村中有露筋这样"最优秀的流浪汉"，有金祥千里迢迢为小村人寻找改善食物的鏊子。小村人一旦停止奔跑，生命力便面临枯竭和萎缩。

　　一部描写大地的书最终归于不安宁的流浪，张炜的许多作品都有"精神流浪者"的主题。《丑行或浪漫》中的刘蜜蜡是一个不断奔跑的女子，她在大地上奔跑，从农村奔向城市。《你在高原》中的宁伽是一位不停行走的知识分子，当他看遍了无常世事后，选择回到海边的平原，这看似是一种自我退行，但其实是一种精神高度的攀登。在《瀛洲思绪录》中，张炜以抒情的语言将一代流亡知识分子在逃亡途中思想的变化、感情的起伏描述得令人感喟。而对生于齐地滨海的方士徐福的叙写，展现了齐地文化中的流浪传统。从流浪的主题看去，这种流浪的精神来自海洋的精神，通过人物在海洋中漂泊、流浪展现出对自我价值的确证。在张炜的小说中，无论是早期的中短篇小说，还是像《你在高原》这样的鸿篇巨制，其中的人物或多或少伴有"出走""流浪"的行为。所谓的"游走"，包含"出走"与"游荡"两个意向，出走包括被动的逃离，而游荡则为对自由生命的追寻和个体价值的实现，是"非生存性"的求索。

（二）挣脱束缚的自由主题

　　海洋与陆地是张炜所常用的象征意象。张炜摆脱单纯叙写陆地内部的故事，跳出陆地的樊篱，将陆地作为人类生存现状的共同体，在与海洋的比较中，呈现出张炜对人类精神和生命价值的深刻思考。

　　张炜的中篇小说《海边的风》所展现出来的是陆地生活的狭隘和海洋生活的广阔。作者将丰饶富裕的海洋与守旧贫穷的陆地进行对比，在对古灵精怪的海洋生活的叙写中，彰显对陆上保守生活的批判和对自由世界的追求。无论是老筋头还是壮男，他们都背弃僵化的现实生活，追寻自由的生命价值，海洋成为自由的象喻，它不再是胶东半岛上具象的海洋，而是上升为抽象的、哲思的、象征性的海洋。他对于船的热爱，已经脱离了生存性的需求，从实用性、工具性上升到精神领域。老筋头与船有着共同的生命维系，"有时他甚至愉快地想：小船被海浪打碎了的那一天，我肯定会一起死的"①。船成为老筋头不受束缚、追求自由的象征物。壮男所向往的船，不仅是他们逃离蜂巢般的城市，追求更多自由选择的船，更是孤独的投影。船可以使人远离聒噪的人群，享受一个人的孤独与冒险，"好像人本身就有孤注一掷的冒险嗜好"②。人与船的生命维系，使船成为孤独的精神、自由的品质的象喻。

无论是老筋头站在海岸向深海眺望，还是壮男和红孩乘坐孤船行驶在海上，两者在海陆的对比中都表现了感情向海洋的偏移。张炜抽离了城市与乡村的对立，抽离了时间的节点，却将海洋与陆地凸显出来。从这一角度出发，考察张炜对自由、独立、思索的描写，就不难理解隋抱朴守着磨盘长久的思索，史珂、淳于阳立从城市回到海边丛林所感到的灵魂净化，也不难理解张炜为何不断地叙写着徐福的出走。作为作家本人，张炜所追求的是在莽野中不停地跋涉，"一个人身负行囊，跋涉在一片无边的莽野之上，对我来说，这是一次真正的奔赴和寻找，往前看正没有个终了"③。

张炜的海洋书写为人物的出走、流浪提供了与大地相照应的空间。海洋作为大陆的延伸，成为出走的空间场所。张炜笔下人物的远航和游走，渗透着人物对陆地闭塞的生活的疏离与反抗，对海洋的向往不仅是对广阔生存天地的向往，更是对人类精神广度和包容性的向往。

（三）回归自然的生态主题

在张炜笔下，人与海洋有着积极的互动关系，展现了人与自然的和谐共生。张炜对人类破坏自然的行为进行了尖锐的痛斥，表现了作者对和谐的自然生态的深情呼唤。在生态主义视域下，张炜的非人类中心主义观念深刻地展现在他的海洋书写中。

《怀念黑潭里的黑鱼》中用寓言的方式展现黑鱼托梦与老两口背信弃义，渔夫为了一点私利，出卖了黑潭里的水族黑鱼。自然给了人类无穷而博大的恩惠，人类却为蝇头小利出卖自然母亲。作者运用民间故事，表达

---

① 张炜：《海边的风》，山东文艺出版社 2001 年版，第 175 页。
② 张炜：《海边的风》，山东文艺出版社 2001 年版，第 248 页。
③ 张炜：《我跋涉的莽野》，春风文艺出版社 2001 年版，第 9 页。

了对人类破坏自然生态的行为的深恶痛绝。文中，黑鱼从黑潭逃向了海洋，海洋这个人类还未过多染指的领域，或可成为黑鱼的庇护地。在《柏慧》中，钻井队的油船常常泄漏，导致海洋污染，张炜对人们扩大矿区开采范围、开发海滩的行为进行了沉痛的批判，"洁白的沙子是构成海滩的最基本的东西，是我们立足的根据。于是我们不难发现，有人存心要移动和毁坏我们的根本"①。小说主人公"我"以逃离来表达愤怒，逃离地质学院和编辑部，逃向海边的葡萄园。小说《问母亲》中"我"与母亲的对话是在一件件地数落人类破坏自然的恶行：海边的蛤蜊和沙参被人们一扫而空，可爱的狐狸消失了，黑乌的树林子也不见了。《旧时景物》中，人们不再像小时候一样用篓子捉鱼，而是用渔网一网一网地捕鱼，吃不掉的鱼被晒成鱼干，有的鱼正在生长就被他们杀掉。拯救人类的是自然，毁灭人类的依然是自然，人是自然中渺小的一个分子，人若去驾驭自然、破坏自然，迟早会受到自然的惩罚。《能不忆蜀葵》中的主人公淳于阳立从喧嚣的城市逃向淳朴的海岛，在那里得到了精神的净化。

张炜在小说《刺猬歌》中为我们营造了一个古灵精怪的自然世界，并在人与自然的交融中寄予了自身的生态思想。在这里，张炜万物有灵的生态思想通过汪洋肆意的想象表达得浪漫离奇。

当环境破坏初见端倪，人们还停留在机器生产创造财富的狂欢中时，张炜以敏锐的眼光看到了现代社会的流弊，他痛心疾首地描写被破坏了的家园，以发自肺腑的呐喊声作出抗争。张炜愈加怀念童年那片未被过度破坏的滨海林园，并希望守护海洋的自然纯净。

（四）基于半岛文化的神秘主题

张炜对于海洋的神秘故事的书写是具有传统和传承的，这与半岛地区的海洋文化传统有密不可分的关系。上古时期庄子的寓言流传至今，《庄子》中的《逍遥游》《百川灌河》《坎井之蛙》等都记载了有关海洋的传说故事。清代蒲松龄的志怪小说《聊斋志异》中，除了狐媚妖仙，还有许

---

① 张炜：《柏慧》，中国社会科学出版社 2004 年版，第 168 页。

多描写海上仙异，如《海公子》《罗刹海市》《夜叉国》《崂山道士》等。张炜的写作不在于写这些龙女、仙人的故事，而是通过离奇恣肆的想象和地域文化传统进行现代话语书写和现实社会观照。

大海象征着一种人不可预知的神秘力量。1998 年、1999 年，张炜先后发表了短篇小说《父亲的海》和《鱼的故事》。这两篇小说具有互文的关系，都从不同的角度讲述了"我"童年的一个梦，这个梦成为连接现实处境与海洋的神秘力量的中间物。在张炜的潜意识中，海洋具有无人抗拒的神力，海神可以愤怒、鱼族可以反抗，海洋的神力是自然宇宙中存在的一种更大的伦理。

张炜笔下的神秘之海，一方面通过"边缘化"的半岛山林园地构筑神秘色彩，另一方面借助半岛历史传说给人们以精神反思和现实观照，具有神秘性与现实性的双重色彩。

在《芳心似火：兼论齐国的恣与累》中，散文《龟又来》讲述了一个在海边独居的铺老的故事。《三返与定居》讲述了栖霞一位普通的山民隐居山泉成仙成道的故事，仙人，像英雄一样为人们所称道。在现代人看来荒唐不已之事，当地人却笃信不疑，这便是半岛风土所形成的神魅之气。《刺猬歌》展现了海岛的神秘故事。廖麦小时候获得了一只红蛹，红蛹是一个具有神奇力量的灵物，能够为廖麦指示方向。一天红蛹不停地指向大海的方向，廖麦走到海边，看到珊婆正在为海豹接生。在三叉岛上，霍耳耳被一个编瞎话的女人关了水牢，耳耳的女儿小芋芋因为鱼戏唱得好听而被派去给人们唱鱼戏。还有戚金追打旱魃的情节，山东半岛一直流传着旱魃的传说，旱魃为女性，所到之处即为旱灾，因而半岛人民对其深恶痛绝，民间有打旱魃的传统。张炜在塑造小说人物、构筑小说情节时未离开真实的半岛风物，将真实与离奇很好地融为一体。

三 浪漫色彩的文学风格

张炜的海洋书写与大地书写是互为补充、互相渗透的。对于张炜来说，生长在海陆之交的地方，海洋与陆地的对比凸显出来，张炜在描写土地上的故事时，随时会跳转出土地来重新审视土地的面貌。同时，海洋作为纯自然的物象，在人与自然的相互关系中，自由流浪和生态意识更为突出，那是一种对美的事物的本能的保护和对保守规训的反抗。张炜心中的海洋带来的灵气和浩然超脱之气平衡了黄河带来的沉重。"黄河流域的大多数作家写东西与别的地区作家不一样，苦难、辛酸，黄河是流动的历史，我们有黄河，我们不会忘记历史"，但是"黄河的沙土留在我们的骨血中，使我们步履维艰"。① 张炜的海洋书写因此具有灵动、超脱的浪漫色彩，在人物塑造方面，呈现的也多是生活在半岛的海洋性格人物。

（一）具有浪漫色彩的审美风格

张炜的浪漫风格体现在他的抒情性的叙事特色上。张炜的小说叙事是充满歌吟特色的抒情式叙事，叙事节奏张弛有度，叙事语言带有诗性的美感。"谁见过这样一片荒野？疯长的茅草葛藤绞扭在灌木棵上，风一吹，落地日头一烤，像燃起腾腾的火。满泊野物吱吱叫唤，青生生的浆果气味刺鼻。兔子、草獾、刺猬、鼹鼠……刷刷刷奔来奔去。她站在蓬蓬乱草间，满眼暮色……没爹没娘的孩儿啊，我往哪里走？"② 张炜擅长歌吟式的叙事语言，尤其是在《九月寓言》之后的小说创作，饱含浓郁的抒情色彩。

张炜的浪漫色彩体现在艺术形式的夸张、变形、想象上，而在主旨上仍然关注现实实在，具有浪漫而不空洞、梦幻而不缥缈的特点，体现了一代作家的人文情怀与浪漫诗心的统一。像张炜早期小说中的《铺老》《开滩》《冬景》等，描写海边人们的生活，无论是海边看鱼铺的老人，还是人们在开滩之季的短暂的狂欢，都带有田园诗意的色彩。张炜抛去了历史的沉重和生活的苦难，没有对现实剑拔弩张，在描写田园乡景的时候带有由内心真实生发的温情与热爱。

张炜小说人物的语言、对话和行为体现出浪漫抒情的特征。张炜小说人物的话语中常用拟声词和语气词，比如在《丑行或浪漫》中，人物的对话常用"哩""唔"等语气词，且这些语气词多带有胶东方言的色彩，方

---

① 张炜：《批判与灵性》，文汇出版社 2006 年版，第 51 页。
② 张炜：《九月寓言》，上海文艺出版社 1993 年版，第 1 页。

言语气词的运用增添了小说人物活泼自由的个性，同时突出了地域性色彩，将这片土地的浪漫旋律通过人物鲜活地表现出来。

张炜对人物形象的夸张变形带有浓重的海洋特色。在《海边的风》中，经常来找老筋头下棋的黑衣人其实是海龟的转化。就连对人物形体貌态的塑造，张炜也给予怪异夸张的色彩：细长物这个孩子躺着的时候竟然比坐着还高，他一口气能够吃光一锅鱼，千年龟老态龙钟，却不知自己的年龄，只是一载又一载地活着。老筋头执意相信海中有"鱼人"，虽然会被人戳穿为海豹，但丝毫不减他的执念。《一潭清水》中的瓜魔小林法长得奇怪："身子乌黑，很细很长，一屈一弯又很柔软，活像海里的一条鳝。"[①]他是一个游泳潜水的好手，像一条鳝，有一身捉鱼的好功夫。张炜的小说中塑造了大量的"自然之子"，他们在自然中生长，从自然中获得生存哲学，热爱自然、保护自然，与自然融为一体。

（二）海洋仙幻性格的人物塑造

在张炜的小说人物中，有一类人物形象具有鲜明的海洋性格，他们桀骜不逊，追求一种不安定的探索和冒险；有的有浪漫、不拘于成法的品格，与保守、安逸、内敛的内陆性格形成鲜明的对比；有些性格坚毅不屈，具有海明威笔下的"硬汉"品格；还有一些海边人物具有异于常人的独特能力，我们将其称为异能人物，既神秘又有现实感。

张炜小说中的许多人物具有《老人与海》式的"硬汉"品质，如《黑鲨洋》中的老七叔、曹莽。小说《黑鲨洋》叙写了不守成规、敢于冒险的典型的两代人。那些到过黑鲨洋的人，是硬汉，他们刚勇无畏、机智敏锐、知难而进、百折不挠的精神是值得尊敬的。张炜在创作历程中，逐渐将这种硬汉精神扩展到知识分子及更为广阔的领域。《你在高原》中的宁伽凝结着不随波逐流的孤独和对知识分子精神价值的坚守和追求，这是对"硬汉"海洋性格的本土化阐释，逐渐形成了具有半岛经验的海洋人物形象。

---

① 张炜：《短篇小说精选》，山东友谊出版社1995年版，第20页。

张炜笔下还有一种海洋式人物是带有魔幻色彩的异能人物。他们在自然的孕育下具备了常人所无法具备的能力，如潜水、捕鱼、通灵等，带有一种神秘的魔幻色彩，通过展现出人类的潜能，给在一体化、统一化的城市生活中的人们以神秘体验和对远离自然的反思。《一潭清水》中的瓜魔是个游泳、潜水的能手，他在水里像一条鱼一样，徒手捉鱼更是无人能及。张炜通过对人物形象进行魔幻化的变形突出自然的神奇，与庸常化、世俗化的人物作对比，展现出张炜对于自然和人类社会的思考。

张炜笔下的异能人物一方面来自海边的传统仙道文化，会占卜的巫婆、会观察海象的通灵人，都是民间口耳相传且真实存在过的人物；另一方面来自张炜瑰丽丰富的想象力，人物大多归隐山林海角，能与海中的神龟、山林的精灵互相对话、交流，甚至结下了深厚的友谊。这些异能人物体现出作者想象与写作的非理性，以怪异的形式直抵本质，绕过繁杂的推理过程，表现出作者的精神内理。海的精神将人物推向自由的狂欢和非理性的迷醉，正因如此，张炜笔下的人物形象才更加丰富和立体。

在张炜的创作中，徐福是具有鲜明半岛性格特色的典型人物形象。齐国东部的海隅之地催生了与内陆文化有明显差异的海洋文化，这鲜明地表现在带有海洋色彩的仙话传说、盛行的道教文化和放浪不羁的智者怪人上。在张炜笔下，最具传奇色彩的历史人物莫过于徐福。徐福是一个思想独立、知识渊博、智勇双全的知识分子形象，是海洋文化催生的半岛性格人物的典型。东莱沿海的地域环境使这里的人们具有丰富的想象力和开拓探险的精神。"东夷方士多，谈玄的人多，怪人多，出海的人多，胡言乱语的人也多。"① 徐福生于徐夷之地，具有不畏强权、独立自由、勇于探索的海洋文化精神，同时齐地的陆地文化特色催生了他机智、聪颖、隐忍，在迎合生存现实中对抗现实，在反叛中坚守传统的精神，展现了他自由与隐忍、探索与坚守、不羁与正统的半岛性格。他抓住始皇求长生不老这一死穴，取得始皇信任，瞒天过海逃离暴秦。徐福携带的五谷实际上是"种子"，"种子"不仅是他们到外域后生存的根基，更是思想的种子，使他们

---

① 张炜：《在半岛上游走》，作家出版社 2009 年版，第 165 页。

"有了情感和思想的灵魂"①，去延续民族文化的精神血脉。《海客谈瀛洲》通过历史与现实的互文性叙述，在对徐福心理和精神的探寻中，试图寻求现代知识分子的精神出路。

结　语

作为一位中国当代作家，张炜将海洋精神文化呈现在文学写作中，通过孜孜不倦地书写海洋的历史与传奇、海滨半岛生活，张炜的海洋写作特征逐渐明显。对张炜来说，海洋不是遥远的他者，而是内化于心的精神品貌，热爱海洋就是热爱自己的家乡，海洋成为张炜乡土书写的一种延伸。张炜对海洋的书写是在20世纪80年代改革开放的大潮下进行的，不可避免地带有时代色彩，但是张炜很快就在时代的潮流中静立住并进行反思，自觉地书写"在地"的海洋，不断探索海洋书写的可能性。正是具有本土特征生成的人物品貌和历史文化，使张炜笔下的海洋具有本土化的"半岛性"特征，造就了海洋多重的阐释空间，也使海洋书写的写作空间更为广阔、内蕴更为丰富和深刻。

总结张炜海洋书写的"半岛性"特征，需在海洋与陆地的相互关系、相互作用中进行，在张炜的写作中，若离开海洋而只谈大地书写，则显得单调和不完整，若离开半岛陆地而只谈海洋，则显得空洞和虚妄。大致在空间展现、主题呈现和风格表现三个方面总结一下张炜"半岛性"海洋书写的特征。

第一，具有海陆一体的审美空间展现。张炜对海洋风景的描写，由海洋延伸至海滩平原、入海的河流及半岛世界；人文风俗更是由半岛这一地理特征催生出来的，海陆一体的空间构筑赋予张炜作品以厚重的历史文化基石，带有独特的半岛地域特色。

第二，具有自由游荡与精神坚守的双重主题。游荡与坚守成为张炜海洋书写的一体两面，这使张炜的海洋书写有着对自由生命的追寻和保守生

---

① 张炜：《海客谈瀛洲》，作家出版社2010年版，第43页。

活的摒弃，以及对自然生态的回归和对现代文明的批判。基于半岛文化的神秘性和现实性的交织叙事的双重要义，相对于内陆文化因积下的保守、困顿，以海洋的自由宽广唤醒人们对自由生命价值的追求；面对现代技术、商业潮流以及人的精神的异化，通过筑造自然海洋的乌托邦世界来批判自然生态和精神生态的双重破坏；还通过海洋神话传说和民间故事，展现半岛海洋的神秘性与现实性。

第三，具有半岛性浪漫色彩的风格特征。无论是大地书写还是海洋书写，海洋精神理念都渗透其中，张炜往往是在与陆地的对比中描写海洋，在与现实的对照中描写海洋，在他的生命体验和生存经验内描写海洋，形成了基于半岛现实存在的浪漫风格特征。在人物的描写方面，张炜对半岛人物的塑造注重海洋性特征，塑造和阐释了具有地域文化特色的半岛人物形象。

张炜曾在《批判与灵性》中对作家写作进行反思，认为"真正的作家天生应该是个水手"[1]，张炜评论了两位水手作家，一位是山东作家宗良煜，另一位是杰克·伦敦，"天生应该是长于行动的人，而不仅仅是思想、精神的漫游"，张炜以他的写作经验认为，作家应该像一名水手一样。张炜一直追求的这种行动的精神本质上与海洋精神是相通的。"缺少行动的热情就不会有旺盛的诗情和刚劲有力的创作"[2]，张炜所讲到的行动是作家对重大社会事件的热情参与和积极作为、对影响当下的历史事件的关怀与反思，而非摆出一副事不关己的姿态安于现世，乖巧地做生活的配角。一个作家必须走出书斋，带着人类宏大的夙愿和对美的向往走遍山川河流，去探寻人类如何更好地生活。张炜本人也在行动，他在书房里待久了便会感到不安，一定要出来走走不可。在写《你在高原》时，张炜在胶东半岛上行走采风，一个村镇一个村镇地调查，积累了成堆的笔记。正是基于这样的写作态度，张炜的海洋书写保留了海角故地海洋品貌的原生态和完整性，将生成于半岛海滨的海洋精神理念融入写作中，形成独特的"半岛性"海洋书写，是足踏大地、俯瞰海洋的"半岛写作"。

---

① 张炜：《水手》，《批判与灵性》，文汇出版社 2006 年版，第 247 页。
② 张炜：《缺少行动》，《随笔精选》，山东友谊出版社 1996 年版，第 84 页。

动态追踪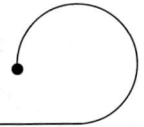

从"高原"走向"高峰"

——张炜先生长篇新作《河湾》座谈会学术综述

丛新强　鞠啸程[*]

当代著名作家张炜被誉为思想型作家。他的长篇小说创作进入历史纵深，正视现实整体，回应并反思时代问题和人性变迁。张炜的个人写作史，也被认为是一部当代文学艺术发展史。2022年8月2日，"张炜先生长篇新作《河湾》座谈会"在山东文学馆召开。会议由山东大学丛新强教授与南京师范大学何平教授共同主持，中国作协副主席张炜先生及来自山东省作协、花城出版社、北京大学、北京师范大学、中国人民大学、复旦大学、南京大学、中山大学、暨南大学、山东大学等单位的近三十位专家学者参会研讨。座谈会主要围绕"《河湾》的文学风格与思想传统""《河湾》与张炜文学谱系""《河湾》的历史书写与文化记忆""《河湾》的当下问题与价值重建"等四个方面展开热烈讨论，形成了良好互动的对话氛围。

一　《河湾》的文学风格与思想传统

《河湾》作者张炜在会上分享写作历程时谈到，为了超越自己，他倾向于将读到的古今中外的一切文学作品看成一个浑然的整体，视为一种如民间文学般庞大的、不可化约的力量，以此得到创作的刺激与启发。《河湾》的写作处于一个不平凡的时期，很孤独很兴奋也很快乐。

---

[*]　作者简介：丛新强，山东大学文学院教授、博士生导师，研究方向为中国当代文学；鞠啸程，山东大学文学院博士生，研究方向为中国当代文学。

南京大学丁帆教授从《河湾》与浪漫主义文学传统的关系出发，判断它是一部"后浪漫主义"作品。从《古船》到《你在高原》，这些小说在描写中渗透了英国湖畔诗人华兹华斯式的浪漫情调，以及对抗工业文明的审美价值观，张炜堪称"中国乡土文学最后的浪漫主义的书写者"。《河湾》一方面继承了既往作品的浪漫风格，另一方面由于社会背景的本质性变化，又有迥异于浪漫主义的叙事安排和价值考量。苏步慧之死与傅亦衔"隐婚"的无疾而终，宣告了旧浪漫主义理想的终结，傅亦衔放弃官位，走向未知的河湾，象征着张炜坚韧地找寻浪漫主义的新出路。《河湾》中的一幅幅乡村风景画与其说是景物的真实写照，不如说是作家浪漫情绪的象征性宣泄。放置于大学校园里的干草垛令人想起印象主义画家莫奈的名作《干草垛》，同时，屡屡出现的荒原描写，更是充满人文意识的意象表达。"在上帝的荒野里蕴藏着世界的希望"，作家的土地伦理继承了自然文学作家约翰·缪尔开创的道路。可以说，浪漫主义、象征主义、神秘主义的交融，形成了这部作品"后浪漫主义"的创作特色。南京大学张光芒教授认为，《河湾》的浪漫主义有清醒的自省意识，充满对"伪浪漫主义"的警惕和批判，"山河比我们更浪漫"，"哪怕河湾失去了，我仍然会在荒野生存下去"，这对于通常将自然作为人性避难所的浪漫主义来说是一种清算和超越。山东省作协副主席陈文东更愿意用文学高原来形容张炜的创作，从《古船》《九月寓言》《你在高原》到《河湾》，每一部作品都值得从多方面来进行思考，解读张炜作品的两把钥匙便是诗与思，并且始终是一种诗性的写作。山东大学马兵教授提到张炜的散文《讨论"浪漫"》，作家本人认为浪漫主义的写作应力避观念的陈词滥调，不可在技巧、表达等层面空谈浪漫，《河湾》正是本源性的真正浪漫主义的心力之作。

北京师范大学张清华教授认为《河湾》的叙述之美与张炜近年来写作的长诗有相通之处，追求一种纯粹、雅致的境界。而更难得的是，在叙事的悠扬和感性的弥漫之外，作品还有着庞大的思想世界。其中特别鲜明的是俄罗斯文学式的自我解剖和灵魂审视，正是文本中无处不在的精神对话抵消了强硬的个性舒张给读者带来的压迫感，使其对作品有更深的代入和认同。山东省作协主席黄发有教授强调《河湾》中"抒情"的意义，抒情对张炜从来不只是一种修辞，而是形式观和价值观。面对物质时代的抒情衰落，张炜选择了逆流而上的抵抗。同时，《河湾》的抒情还与哲思紧密结合起来，傅亦衔之所以走上异于常人的"隐婚"之路，最初是由情感上的孤独和疏离引发的，体验情感的能力既是哲思的起点，同时也区别了傅亦衔与洛珈不同的人生道路，在均质化、价值夷平的现代，恰恰是古老的抒情传统能够恢复人的个体性和差异性。山东师范大学赵月斌教授表示，《河湾》是张炜文学的集大成之作，连接了既往创作中的许多互文性元素，同时又有明显超越，对当下现实的锐利呈现有其深厚的历史积淀打底。而且，其中充满与外国文学艺术的直接对话关系，如书中提到的萨特、里尔克、叶芝、《复活》、《白鲸》等。《张炜评传》作者张期鹏认为，《河湾》充满传统知识分子的历史意识和抗争思想，直面惨淡的现实，体现了"知其不可而为之"的"进击"的儒家精神。山东大学赵坤副教授认为"访高图"的设置与古今真假名士的对比，表现了作者的思古之心，而"草寮一夜"里人兽圣灵、五方杂处的前现代局面，也可从中国的志异传统、笔记小说中找到渊源。山东大学丛新强教授指出《河湾》的结构让人称道，从开篇的"访高图"和其中的"河湾"到结尾的回归"河湾"和"访高图"，形成闭环的意义，结构也是精神。

二　《河湾》与张炜文学谱系

花城出版社社长张懿认为，张炜是在中国当代文学史上留下了深层意义的文学大家。他的写作生涯从 1975 年开始，持续了近半个世纪，贯穿了新时期文学的发展进程。从最早的长诗《访司号员》，到承载中国乡村改革实践的《古船》，到 450 万字的《你在高原》，到我们今天齐聚讨论的新作《河湾》，张炜的写作始终面向土地和自然，高扬严肃的人文精神和理想主义的情怀，思索着时代和人性之变，是一位特别受人尊敬的作家。

北京大学陈晓明教授认为《河湾》是张炜大半生创作的一次美学总结，形成了个人的"晚郁"风格，行文自由飘逸，一唱三叹，表达思想时又节制内敛，有"知天命"般的豁达与包容。全书自成一个世界，艺术上达到了炉火纯青的境界，令人不忍用太多学术术语去分析，而要用心灵去接近它。张清华教授也认为《河湾》是张炜丰富的艺术经验的总结与升华，一方面是写作的思路和方法一脉相承，另一方面是语言和叙述的行云流水，充满音乐性，复杂的历史背景被刻意、巧妙地简化了，叙事上的慵懒和俭省使作品读起来纯净如诗。

张光芒教授的发言以"从《河湾》看张炜的美学转向和超越"为题，指出张炜的创作虽然在近半个世纪以来形成了比较稳定的风格，但正如"人这一辈子就像一条河，到时候就得拐弯"这句引文所言，《河湾》是张炜有意识的一次美学转向和自我突破。具体表现在三方面：第一，叙事视野上，从《古船》到《你在高原》再到《独药师》，张炜习惯于采取一种稳定的文化视野作为展开叙事的背景，即"家族史和社会史相结合，知识分子的心灵史与社会文化心理变迁相结合，思想史与心灵史相结合"。《河湾》虽然也展示了家族史、社会史的某些方面，但更重要的是引入了当下生活的视野。张炜之前的作品或有涉及当代生活者，却更在意讨论它的由来与生成，而《河湾》重点关注它的内在奥秘。第二，写作立场上，《河湾》既不像张炜20世纪90年代的写作那样采取民间文化的立场，也不像《柏慧》《你在高原》那样采取知识分子的立场，而是少见地引入了个体心灵的立场，《河湾》中的每个人都面对生活作出了自己的选择，而这些选择的好坏对错都是基于个体心灵的要求作出的自主判断。第三，价值指向上，《河湾》与张炜许多作品的不同在于它没有预设先在的道德价值，没有预设哪一种生活方式是理想主义的或"清洁的"，只是从个体生活的困惑入手，平静地推演价值选择的种种可能。虽然洛珈和傅亦衔的分道扬镳构成了一对矛盾，但这个矛盾并不是单向的，无法轻率地作出道德判断。某种意义上，洛珈属于当下，傅亦衔则属于未来。《河湾》既讨论了精神的高度如何重建，也深切地关注理想主义在日常生活中的可守。

暨南大学张丽军教授指出《河湾》与张炜既往创作的几大区别：一是将历史—现实的对话关系由父子辈挪到了祖孙辈；二是罕见地以女性为主角；三是价值载体从家族精神血缘的一脉相承变为个体对历史之恶的忏悔和救赎；四是思想领域的当下性、对话性与开放性。扬州大学刘永春教授将张炜的文学系谱分为两大流脉：一是以《古船》《你在高原》为代表的"以我观物""以我观史""以我观人"，这样一种书写流脉的主题特征从自我反思开始，最后落实到人性的复杂和历史进程的曲折，上承新时期以来的启蒙主义思潮，下启《白鹿原》等新时期以来反思现实的长篇小说；二是由《九月寓言》开创的、在《刺猬歌》《独药师》中得到延续的"以他者呈现主体"，它的结构是一个抒情主体的充分展开，以纯净的精神结构或命运历程来建构内缘于当代社会的主体人格，在此意义上，《河湾》汇流了二者，是哲理性与诗性、思辨性与审美性、自我抒情与叙述探索的高度统一，形成新的文学场域，为21世纪长篇小说的现实书写提供了新的角度。

中山大学谢有顺教授更加强调张炜长期创作中稳定、坚守的一面，多年来，张炜在求新求变的文坛大潮之外，始终秉持自己一以贯之的写作理念，尽管他对人文精神的高扬在消费主义时代有些不合时宜，但正因如此，他才创造出打上个人烙印的半岛文学世界。赵月斌教授也认为，张炜的写作可比作一条不断拓宽的河流，《河湾》与他以往的作品多有对话与互文。南京师范大学何平教授认为张炜是具有持续思考能力、善于把握时代精神转向的作家，从《古船》到《九月寓言》再到《刺猬歌》，他总是在新启蒙、人文精神讨论、经济全球化等当代思想史上的重要时刻以预言或总结的方式出场，召唤自己的精神同路人，《河湾》亦是后疫情时代的合时之作，张炜的作品已然成为国民精神建构史的一部分。

三 《河湾》的历史书写与文化记忆

山东省作协党组书记姬德君表示，张炜是一位大劳动者。他对文学有着一颗赤子之心，从20世纪70年代一直持续至今，不断为中国和世界文坛呈现丰富多样的文学佳作，以诗意恢宏的笔触，通过塑造一个个栩栩如生的典型形象，忠实记录时代、深刻反映现实，坚持和褒扬美学理想，为中国和世界文学贡献了许多经典之作。深入研讨和解读张炜文学创作的丰富性和思想价值、美学意义，是我们文学界在从高原走向高峰过程中需要认真、持久面对的重要课题。

丁帆教授认为在《河湾》采取的城市—乡村、现实—历史两组对位关系中，现实—历史的参照较为难写，张炜利用虚实相生的手法，令历史的闪回镜头穿插在现实世界中，纵使当下的读者对此感到困惑难解，却是留给未来读者的一笔财富。陈晓明教授也认为，《河湾》执着地唤醒沉睡的历史记忆，体现出与当下潮流的区隔，更多为作者的"同时代人"写作。复旦大学张新颖教授引用了本雅明对"历史天使"的解释，既然"历史天使"被一个又一个灾难的风暴吹着倒退着走向未来，那么理解当下的能力就取决于能否在此刻辨识出压缩其间的多层次的历史与未来。《河湾》的主旨是重建个人生活，要义则是找到"历史天使"的巨眼，看清楚究竟是怎样的过去、怎样的遗忘不断地破坏我们的个人生活。因此，小说中傅亦衔与洛珈虽然共享了相似的历史遭际与身世命运，却走上了截然不同的道路，这与其说是道德水准的差异，不如说是辨识当下的能力之别。

张清华教授认为《河湾》是典型的将历史、人性、心灵熔于一炉的张炜式写作，三者相互对话，互为因果，正因有了张炜这样沉重的追问和严肃的姿态，中国当代文学才具有了更多精神性的品质，不至于沦为故事和噱头。更为重要的是，《河湾》在历史叙事中顽强地追索历史正义和人性尊严，要求还原被宏大叙事抹平和归零的历史沟壑，要求解释或至少记住历史进步的理念与历史进步的实践之间严重的不对称性，而这些思考得不出真正的结论，也无法在事实上对历史作出修正，由此形成了作品中强烈的悲剧意识。另外，通过文本细读可以看出，主人公的个人经历与文化性格糅合了 20 世纪 50 年代至 21 世纪的多重印记，压缩了几代人的经验，眼花缭乱的历史细节留下了巴尔扎克式的文学证言。马兵教授也同意张清华教授的看法，认为记住历史冤屈的要求不断指向当下潮流，指向 21 世纪以来越来越为人所淡漠的历史之罪，这形成了张炜作品中的"忧愤"。

中国人民大学程光炜教授则对历史叙事的运用怀有警惕之心，他认为，张炜笔下的人物往往围绕自己的身世秘密，以历史幸存者的身份，对"历史后遗症"发起一次又一次的挖掘和质询。而根据威廉·托马斯的"情境社会学"，即人们容易把自身经历的情境理解为真实，从而安排一生的活动，在"伤痕文学"的历史加工方式已经成为集体记忆的情况下，如何再度辨识作品的真实与虚构、洞见与不见，也是值得注意的问题。

四 《河湾》的当下问题与价值重建

座谈会上，张炜深情回忆起自己的青少年时代。在海边的丛林里，为了赶到南部山区的一个地方和朋友讨论文学，在凌晨就起来，走过四十公里的平原路、丘陵路、山路，兴奋地去赶赴一场文学讨论的盛会。学习的目的，是超越自己。严格地讲，在每个人的生命阶段中，生命的河流是不一样的，它不能够超越。但是自己对自己更熟悉，总会感到某一个时段的写作状态更好，某一部作品可以大幅向前迈进、向前跨越，似乎是超越了自己。所以他对自己在 20 多岁之前写了 100 多部中短篇作品非常难忘，也难以忘记《古船》和《九月寓言》的创作时段，尤其难忘像《独药师》这样一部长篇在心中引起的一种激越和兴奋感。必须超越自己，要有这个可能的信心。

程光炜教授认为《河湾》中"隐婚"的情节设定体现了张炜的精神洁癖与对时代潮流的拒绝态度，陈晓明教授也将"清洁的精神"视作张炜自 20 世纪 90 年代以来的一贯风格，张清华教授认为"隐婚"象征着作者与当下保持距离，通过黏合力与拒斥力的平衡，从而保持精神独立性。谢有顺教授表示，作家书写置身其中的纷繁复杂、泥沙俱下的当下生活远比超脱的、带有距离感的写作困难得多。

丛新强教授强调，《河湾》在半岛历史、半岛故事和半岛人的书写中，重新揭示"家族"秘史，敏锐表现时代"病症"，竭力探寻精神"药方"。从爱情到家族，贯穿冤屈与申诉，傅亦衔和洛珈两个家族均遭受如此境遇；从历史到现实，呈现着"厌倦"、"急躁"与"网络"病症，而"厌倦"和"急躁"也正好相对；从爱的依靠到自然的回归，显示出"爱"的不可靠与"河湾"的重建。到底如何居于"潮流之上"？以余之锷、苏步慧为代表的世俗之爱靠不住，以傅亦衔、洛珈为代表的纯粹之爱也靠不住，余之锷的"河湾"失败了，傅亦衔重新走向"河湾"会成功吗？这将是文本留下的延伸。山东省作协副主席刘玉栋认为，尽管作者的叙事是紧贴着傅亦衔—洛珈这条线索展开的，但究竟是什么导致二人的分手，是什么导致二人的心理走向歧路，作者实际上对此语焉不详，如冰山一角，只呈现行为，不分析原因，这样巨大的艺术张力方便读者自己联系时代的情势展开思考，洛珈背后的秘密就是当代社会现实的秘密。《河湾》是一部自我之书、突破之书、超越之书，在思想精神和情感上与以往的思考和创作一脉相承，但更清晰、更丰富，也更锐利，达到了炉火纯青的艺术境界。

谢有顺教授继而指出，思考之后，张炜既没有留下一地悲观主义的碎片，也没有与腐朽的世道俯仰随俗，而是作出了艰难的精神重构的努力。他选择"师法自然"，却不仅仅是回到田园，将自然想象为一个安谧的乌托邦，而是将自然概括为一种神秘的声音，一个虽然不具位格却带有超越性的"神"，借助自然的暗示和启迪，可以认识更加深邃的人性，甚至完成对世间万物的重新命名。黄发有教授认为，张炜笔下的自然从来不是纯粹的自然风景，而是山河与生命的融合，而在今天的语境下，回到自然特别能够帮助我们恢复失去的个人性，在城市的生活与对洛珈的爱中，傅亦衔均不同程度地失去了自我，这时，进入河湾帮他重拾了久违的赤子之心。马兵教授补充说，张炜在柄谷行人的意义上恢复了风景的神圣意义，风景不是单纯的自然景观，而是从主体出发，经过主体的特定角度的中介所感受到的东西，正是站在历史性的当下，回溯性地去建构彼岸或来处，才能把原本不存在的范畴变为支撑主体的风景。

山东师范大学顾广梅教授认为，《河湾》最宝贵的两种本质是沉思与行动。该书首先是一部启示录式的存在，它以"窄门"式的第一人称揭示了生活的荒谬与灵魂的不堪。之后，主人公便毅然决然地选择告别，去想象和开启生活的更多可能性。从喧闹的宴席上退下，走去封闭的小屋沉思，再走向河湾，与更大的世界对话。她还指出，在如何重建当代人的独异性与完整性上，张炜也贡献了有特色的思考，他绝不是干巴巴地推演生活的法则，而恰恰是以情开篇、以情收束，可以由此推断出，张炜认为只有健全的情感生活才能与健全的理性生活相匹配，从而建成属于自己的"精神堡垒"。山东理工大学张艳梅教授将河湾意象视作现代性进程的"弯折"与受挫，由之引发当代人寻求精神解药、历史解码、空间解密等一系列问题，最后落脚在价值共同体的建构。也如张懿社长所理解的，《河湾》其实是探讨当下都市人物欲的一本书，也可以把它视为当代知识分子的心灵史和思想史。张炜以他一以贯之的精神姿态，在追问和回答全人类需要面对的问题：身处纷繁喧嚣的当下，如何形成一套完善的制度和生活形式。就像书中的一句话，就是"人这辈子就像一条河，到时候就得拐弯"。

"高原""秘史"的"斑斓""盛宴"

——近作鲜风与旧文新识

宋听月[*]

前　言

张炜可谓一位持续耕耘的"高龄当代文学从业者"，其庞大的创作数量和较高的文本质量，都使其在当代文学史中占据重要的位置，对其作品的研究历史也已有四十年之久。

最晚近的一篇综述类论文，为王莹 2016 年的硕士学位论文《张炜研究综论》，较为全面地梳理了之前的研究概况，并细致地研究了文学史、类文学史中对张炜的评论部分。[①] 而在之后张炜的新作发表和出版速度也较为迅速，关于张炜的研究和讨论也层出不穷，需要进行及时的梳理。笔者拟在前人的研究成果之上，对 2010 年以来（且尤重 2016 年至今）的张炜研究进行综述，力图呈现出近年来张炜研究的鲜活面貌和倾向趋势。

本文主体四个部分的大致理路如下：首先，对张炜晚近出版作品的评论和研究进行总览，以期把握张炜研究中由于作品更新和文本新生而带来的新动向；其次，对近年来出版的大型文集、多角度的专著、博论型研究、举行的张炜相关会议进行概观，把握张炜研究中的重要节点和显著成

---

* 作者简介：宋听月，华中师范大学文学院中国现当代文学专业在读博士，研究方向为现代汉诗批评与研究、当代文学现象研究。

① 王莹：《张炜研究综论》，硕士学位论文，山东理工大学，2016。

果；再次，聚焦近年来张炜研究中文学批评和文学史研究的研究热点和突出特征、亮点与创新点；最后，总结这一时段张炜研究的成绩，并试图从其中存在的不足、空白点、模糊点中提炼出更多的研究空间与方向。

一 "新高原"的隆起与脉续：张炜晚近出版作品研究

2010 年以来，张炜有诸多新作亮相问世，在 2011 年《你在高原》获得第八届茅盾文学奖之后，按时间顺序以下重要文本相继出版发行，同时各种即时评论和相关研究随即产生。

2012 年 1 月，发表长篇小说《半岛哈里哈气》（详见本文第三部分第六节"文体"中的"儿童文学"部分）。

2014 年，中华书局出版《也说李白与杜甫》，王晓梦指出，张炜本部文本的写作，是在与郭沫若《李白与杜甫》的对话式思辨中展开的，张炜提出了"诗媒体"时代的概念，推崇安静独处与对话的能力。[①]

2015 年 5 月，出版小说《寻找鱼王》（亦见"儿童文学"部分）。

（一）"独药"的寻觅与拯救

2016 年 5 月，张炜发表长篇小说《独药师》，汇聚了革命传奇、养生秘史、人间情爱等要素，同时带来了评论的一个高潮。

在内容和思想方面，张雪飞认为"'变'的整个过程充斥着各种不同力量之间的冲突，养生与革命、传统与现代、社会与自然、身体与政治、儒家思想与道家精神等"。[②] 王春林指出张炜《独药师》对道家文化的深切批判背后是其反思及忧患意识。[③] 刘文祥、贺仲明认为张炜呈现了"一部

---

① 王晓梦：《经典气度，诗性忧思——评张炜的〈也说李白与杜甫〉》，《百家评论》2017 年第 3 期，第 28~34 页。
② 张雪飞：《养生与革命的冲突——评张炜的长篇小说〈独药师〉》，《齐鲁学刊》2017 年第 3 期，第 150~154 页。
③ 王春林：《革命、养生以及道家文化的辨析批判——关于张炜长篇小说〈独药师〉》，《中国现代文学研究丛刊》2017 年第 4 期，第 169~182 页。

完整的革命精神史"，并且"揭示了革命精神史是如何被掩盖的，以及呈现出了什么样的价值意义"。① 刘家民指出，"当我们在本文中以'拯救与毁灭'去表述小说时，无论是拯救、毁灭还是养生、革命，在一定程度上可以感觉到这种主题的潜在消解性"。② 盖光指出，《独药师》"对我们认知的这些'道生'之理及'身体'何为，对自然、生命及生存的环链给予绝佳的且'纯文学'的书写。无论是革命秘密，还是情史秘闻，皆由身体出发，这是必然"。③ 陈星宇指出《独药师》蕴含"命"和"生"的两难，以及养生救心与暴力/救国之间巧妙的挂链、对晚近"西学"冲击中民族命运走向的理解。④ 谢慧分析了身体症候所折射的精神异托邦现象：在阁楼的自囚者压抑中，眼疾折射着先驱者晦暗恍惚的代价，失语则彰显了边缘者的被动选择。⑤ 苏鹏认为《独药师》在革命原史、人性伦理的照射、民族国家现代性的追觅的三维交叉中，组装了繁复且崭新的审美综合体。⑥ 张柱林认为，张炜的异托邦营构和"境遇剧"的设置，与中国式现代性道路的曲折困难是相对照的。⑦

在"解题"思路方面，陈晓明指出，"《独药师》值得关注的地方，恰是其中的潜在对话发生了转向，张炜从对以托尔斯泰、陀思妥耶夫斯基为代表的俄罗斯文学的服膺转向了更为注重欧美当代的文学经验"。⑧ 对养生寓言的悖论式意指进行了四层次的拆解，并认为张炜或许应该对"养

① 刘文祥、贺仲明：《革命精神史的独特书写——评张炜新作〈独药师〉》，《小说评论》2017 年第 1 期，第 65~71 页。

② 刘家民：《拯救与毁灭："身体"的历史反思与伦理观照——张炜〈独药师〉的生命哲学》，《当代文坛》2017 年第 1 期，第 75~78 页。

③ 盖光：《"道生"精神与文学叙事的"身体"》，《山东社会科学》2019 年第 3 期，第 52~57 页。

④ 陈星宇：《救国救心的历史隐语及"命"与"生"间的两难——评张炜〈独药师〉》，《文艺争鸣》2019 年第 1 期，第 170~174 页。

⑤ 谢慧：《自囚、失语、眼疾——论〈独药师〉中的"异托邦"式创作元素》，《黑龙江工业学院学报》（综合版）2018 年第 1 期，第 144~147 页。

⑥ 苏鹏：《论〈独药师〉的叙事维度》，《中国现代文学研究丛刊》2017 年第 11 期，第 171~176 页。

⑦ 张柱林：《张炜的异托邦想象与中国现代性的曲折》，《中国文学批评》2017 年第 4 期，第 37~42 页。

⑧ 陈晓明：《逃逸与救世的现代史难题——评张炜新作〈独药师〉》，《当代作家评论》2017 年第 1 期，第 71~79 页。

生"这一命题给予更多文化历史反思。吴言认为"张炜的小说确实很有'寓言'效果"。① 而这种迷离和沉浸感也是张炜坚守文心的证词和显现。赵月斌指出了多处值得关注的细节的经营深度,例如《管家手记》的互文性、器物层面的精雕和渗透、齐人志怪风息的余韵潜藏、邱琪芝等怪人的枢纽性结构功能、信史实录与野史玄虚之间的张力等。② 赵坤指出"传奇与'类神话'文体的复活,是小说《独药师》的特殊贡献"。③ 顾广梅认为《独药师》可视为对《古船》"历史现实学"的更新,并指出解谜的玄机在于"身体"。④ 姚亮则从三类主人公的三种身体观入手分析,认为"主人公在身体观上的摆荡和犹疑折射出他在道德理想和终极理想之间抉择的艰难,一定程度上显示出作家张炜从经验视域向超验视域转向的端倪"。⑤

(二) 对"古堡与秘史"时空的细勘和探索

张炜于 2018 年 1 月发表长篇小说《艾约堡秘史》,关于这一"古堡秘史"的解答和探求,也带来了一波研究高潮。

在内容思想方面,宫达认为其中探讨了当代经济生态与人性问题⑥,武兆雨认为"作品以空间性的'艾约堡'和时间性的'秘史'双重线索,纵横交织出当代人的精神图谱"⑦。王兆胜指出,除了儒家文化的基底外,还有齐文化的深厚支撑。⑧

① 吴言:《倔强是一种赞美——评张炜长篇小说〈独药师〉》,《南方文坛》2017 年第 5 期,第 135~140 页。

② 赵月斌:《充满爱力和血气的立命之书——评张炜长篇新著〈独药师〉》,《当代作家评论》2017 年第 1 期,第 89~94 页。

③ 赵坤:《传奇、虚无与历史意识——有关〈独药师〉的几个面向》,《当代作家评论》2017 年第 1 期,第 95~99 页。

④ 顾广梅:《乱世的生命启示录,或一曲生命恋歌——评张炜的〈独药师〉》,《当代作家评论》2017 年第 1 期,第 80~88 页。

⑤ 姚亮:《身体·革命·理想——评张炜新作〈独药师〉》,《海南师范大学学报》(社会科学版)2016 年第 11 期,第 43~47 页。

⑥ 宫达:《雕刻时代的心史——评张炜长篇小说〈艾约堡秘史〉》,《中国文艺评论》2018 年第 5 期,第 109~117 页。

⑦ 武兆雨:《"艾约堡"与"秘史"构筑的当代精神寓言——读张炜长篇小说〈艾约堡秘史〉》,《当代文坛》2020 年第 3 期,第 112~118 页。

⑧ 王兆胜:《文化探求与精神超越——张炜小说〈艾约堡秘史〉的价值取向》,《中国文学批评》2018 年第 4 期,第 73~81、156~157 页。

在形式方面，徐布维分析了艾约堡与矶滩角村的场域对立关系，并经由空间架构，展开活动主体的交互对话、视角挪移来产生真实体验感，并最终完成审美乌托邦的设计回龙。① 徐勇提出了异议，认为张炜对商业资本人物的描摹体现了一种当代文学的症候——面对"资本"的庞然大物时，叙述立场暧昧不明。②

在人物方面，孟繁华认为淳于宝册这一"典型人物"的设置和雕琢极具分量，于是从史传传统入手分析神秘文化的秘密，并分析淳于宝册身上的神秘气质、窥秘心理以及神秘王国的塑造，肯定了以"稗史想象力"构型人物与秘史的重要意义。③

在张炜创作观方面，邱田认为"小说从'二元思维'转向'多元思维'，回应了对作者'反现代性'的质疑，撕去了'道德理想主义'的标签"。④ 马兵认为张炜在新人文主义的汲取之外，也始终保持某种"浪漫主义"的激情，并竭力沟通二者有效和融。⑤ 谢有顺和高旭认为，神化乡土的简陋文化乡愁并不可取，而《艾约堡秘史》所展现的对内心信念重建的努力，"让人物在时代的各种喧哗与裂变中站立起来"的策略是一种很有力量的书写和文化方案。⑥ 徐阿兵认为"《艾约堡秘史》的意义在于：以自己的得失，形象地显现了浪漫主义在当下语境中的力量及其限度"。⑦

由于淳于宝册的富商身份，延伸出关于经济命题方面的研究，张丽军梳理了中国文学中的"财富书写"母题，并认为张炜通过对"新经济境遇下的

---

① 徐布维：《审美乌托邦的回归与重塑——解读张炜小说〈艾约堡秘史〉》，《小说评论》2018 年第 6 期，第 174~179 页。
② 徐勇：《不可靠的叙事与虚伪的姿态——关于张炜的〈艾约堡秘史〉》，《文艺理论与批评》2019 年第 1 期，第 118~123 页。
③ 孟繁华：《什么是淳于宝册性格——评张炜的长篇小说〈艾约堡秘史〉》，《文艺争鸣》2019 年第 1 期，第 94~97 页。
④ 邱田：《"草木有本心，何求美人折"——从〈艾约堡秘史〉看张炜的文化转向》，《比较文学与跨文化研究》2021 年第 1 期，第 29~35、90 页。
⑤ 马兵：《"万物有本然，终不为他者"——以〈艾约堡秘史〉为中心论张炜创作的本源浪漫主义》，《文艺争鸣》2019 年第 1 期，第 155~158 页。
⑥ 谢有顺、高旭：《让人物在现实的裂变中站立起来——从〈艾约堡秘史〉看张炜的写作转型》，《文艺争鸣》2019 年第 1 期，第 122~125 页。
⑦ 徐阿兵：《世俗年代的浪漫与反讽——〈艾约堡秘史〉细读》，《当代作家评论》2019 年第 6 期，第 132~138 页。

心灵困境"的描摹，展示了新财富观建立的必要性和对社会主义新伦理精神的探寻。① 朱德娟的硕士学位论文整体归纳了张炜关于资本家（私营企业家）类型人物的塑造，分析了《古船》《家族》《能不忆蜀葵》《艾约堡秘史》《刺猬歌》等作品中政治反思、历史反思、市场经济反思等维度的内容。②

而对于"荒凉病"的标签，郭名华认为《艾约堡秘史》体现了作为时代精神症候的"荒凉病"及其病理学深层因素③，袁雪也认为这是一部"荒凉"致病与治愈荒凉的寻觅之作④。赵京强则提出异议，认为"淳于宝册'荒'而不'凉'"⑤，是张炜"守护者"中热病序列的一员，跟张炜之前小说中的一系列"守护者"一样都是典型的"热病"患者，例如其中追求希望的热力、情感温存、战斗烈焰⑥。

（三）原野盛宴的"野地筵席"

2020 年 1 月，张炜出版首部长篇非虚构作品《我的原野盛宴》，讲述了一名儿童的童年生活，体现了童趣野趣充沛的赤子的猎奇生涯和自然之旅。

顾广梅认为这部作品展现出张炜生命与文学交织同构而生成的大语言观，"彰显一代人的语言使命感和责任感，而且真切地提供了汉语重塑的启示性经验"⑦，发掘了其中关于语言与自然、语言环境与生命状态、命名方式、语言重塑等维度的内容，展现了"汉语的保护主义者"汉语世界观

---

① 张丽军：《当代文学的"财富书写"与社会主义新伦理文化探索——论张炜〈艾约堡秘史〉》，《文学评论》2019 年第 2 期，第 216~223 页。

② 朱德娟：《论张炜小说的资本家（私营企业家）形象书写》，硕士学位论文，暨南大学，2019。

③ 郭名华：《"荒凉病"：一个时代的精神症候——论张炜长篇小说〈艾约堡秘史〉》，《绵阳师范学院学报》2019 年第 10 期，第 16~20、69 页。

④ 袁雪：《道不尽的"荒凉"——评张炜小说〈艾约堡秘史〉》，《太原学院学报》（社会科学版）2019 年第 6 期，第 91~96 页。

⑤ 赵京强：《从〈艾约堡秘史〉中的"荒凉病"回看张炜笔下的改革者》，《绵阳师范学院学报》2020 年第 1 期，第 106~112 页。

⑥ 赵京强：《张炜的时代误诊病例——论〈艾约堡秘史〉中的荒凉病》，《比较文学与跨文化研究》2021 年第 1 期，第 61~70、91 页。

⑦ 顾广梅：《将成长记忆放入汉语丰茂庞大的根须——读张炜新作〈我的原野盛宴〉》，《山东文学》2020 年第 6 期，第 157~160 页。

的塑造过程。赵月斌认为将这部作品归类于儿童视角、生态文学、自然文主义等维度或许失之偏颇，其中借助"非虚构"的外壳进行对原野神话的编织，才是最核心的跃迁。① 陈星宇指出，张炜在华中科技大学的演讲与《我的原野盛宴》有某种对照共通的意义。②

（四）苏轼与张炜的镜像互现

2020 年 7 月，张炜出版人物研究评传《斑斓志》。张炜按照苏东坡的生命轨迹，在跌宕起伏的行藏叙述中埋藏了自己对于文史哲的诸多深思，呈现了自己的独到见解，可谓一部兼具诗学分析、写作学探寻、文学批评实践、历史学判断、社会学分析的综合型著作。

李希认为《斑斓志》体现了"社会学、历史学、语言学与审美的杂糅和透视，在最大程度上接近和还原了苏东坡这一奇人"。③ 陈思敏在硕士学位论文中选择了六篇文章，在筛选检索中选用了开始章节的标志性文本，力图进行"信达雅"的译介，并信任原文文质的原本样貌，理解文本的思想艺术两维度。运用多种翻译方法，进行了语境弥补和文化补偿，并认为"《斑斓志》的翻译不仅有利于对外弘扬苏轼的精神气质，也有利于传播中国优秀思想文化，使英语读者了解中国文化"。④ 王天孜认为"作家张炜选择了最有趣、最新颖也是最深刻的写法，他尝试走入苏东坡的灵魂深处，倾听他的喃喃低语"。⑤ 此外还有陶玉山的评论。⑥

（五）爱力恒久远

张炜于 2021 年 4 月由山东教育出版社出版《爱的川流不息》，该小说

---

① 赵月斌：《非虚构的神话维度——张炜〈我的原野盛宴〉读札》，《山东文学》2020 年第 6 期，第 151~156 页。

② 陈星宇：《却顾所来径：原野大地与张炜归家诗意之完形》，《文艺争鸣》2020 年第 12 期，第 149~155 页。

③ 李希：《诗心哲思悟东坡——评张炜的〈斑斓志〉》，《百家评论》2021 年第 3 期，第 79~86 页。

④ 陈思敏：《〈斑斓志〉英译实践报告》，硕士学位论文，湖南大学，2021。

⑤ 王天孜：《千古一东坡》，《中国图书评论》2020 年第 10 期，第 128 页。

⑥ 陶玉山：《〈斑斓志〉无处不斑斓》，《走向世界》2020 年第 51 期，第 8~9 页。

也获得第 17 届十月文学奖中篇小说奖。

2021 年 11 月 25 日，张炜《爱的川流不息》研讨会举行，几十位文艺界的学者、编辑出版界专家等从各个维度对《爱的川流不息》进行了评论，涉及文体性质和文类融合、疫情语境、"爱力"、反思性、当代性、文学史梳理、动物书写、非虚构写作、文化价值取向等方面，既显露了与会者的直观感受，也呈现了各种视角下的分析判断。① 毛金灿、丛新强认为张炜运用儿童视角、回忆视角、穿插议论视角，三线并发地凸显了蕴含其中的"生爱而去恨"的哲思。②

（六）流动中的信仰坚守

2022 年 6 月，张炜出版长篇小说《河湾》，呈现了一幅"异人"生命全景图。2023 年 3 月 25 日，《河湾》入选首届"花城文学榜"。

2022 年 6 月 11 日，张炜《河湾》研讨会举行，几十位文艺界的学者、编辑出版界专家等从各个维度对《河湾》进行了评论，涉及作品辨识度、精神危机问题、当代视野、历史视野、革命反思、现代性反思、"爱"、生存困境、空间叙事、与《艾约堡秘史》的对比、言说的必要及限度、听觉叙事、"临水写作"、叙事的密度和姿态、生态美学、人物透视法、关键词解读、人物取名、古典意象、性格逻辑等维度的内容。③

研究者们抓取了各自的"文眼"进行透视，段晓琳认为"'异人'作为《河湾》中最核心的概念，其关键性内涵是自我恪守"，并体现了一种看似"后撤"的浪漫姿态却嵌入现实的勇气与决心。④ 吴鸥则注重文本搭筑的意义化空间，认为"张炜在小说《河湾》中将空间视为具有文化语义

---

① 张炜等：《非虚构、生态文学、动物书写与爱的"心语"——张炜〈爱的川流不息〉研讨会实录》，《百家评论》2022 年第 1 期，第 35~56 页。

② 毛金灿、丛新强：《论〈爱的川流不息〉的叙事逻辑及其精神价值》，《百家评论》2022 年第 3 期，第 70~75 页。

③ 张炜、郝敬波：《时代精神变迁中的心灵关口——张炜〈河湾〉研讨会实录张炜郝敬波等》，《百家评论》2022 年第 4 期，第 75~88 页。

④ 段晓琳：《致命的诱惑与沉默的骆驼——论张炜长篇小说〈河湾〉中的"自我守持"》，《中国当代文学研究》2023 年第 1 期，第 135~144 页。

的动态片段，其中夹藏着不同的身体叙事与精神话语"①，"办公室"与"独栋楼房"、传奇性的"河湾"、反抗的"公寓"这些空间搭筑，形成了文本中现实与精神互通的双重空间。范伊宁则认为"言说"是《河湾》的书写对象和思索媒介，串联起文本行进和关系呈现，集中透视了"言说"及语言这一当代人生命中的重要命题。② 贺仲明、肖琪认为《河湾》是张炜自我超越之作，"《河湾》对自然与自由精神的深度关联，赋予了自然更丰富的思想与精神内涵，也为人与自然关系提供了一种新的理解方式"。③

（七）在诗歌长河之中漫游和找寻

张炜于 2021 年 1 月出版长诗《不践约书》，既有交响乐的和鸣宏阔之音，也有对传统诗歌边界的跨越之姿，用诗的节奏和穿越仪轨进行对历史和文化的艺术审视和刷新。

贾小瑞认为《不践约书》的气韵与张炜前作有所不同，更加"综合"多元和长阔舒然，借助敷衍的系统复合意象，"且采用'纯叙述'和混合叙述，整体的张力悠然而出"。④ 从而构设了强大的张力系统，并且践行了"大语言观"，尝试了"多文体语言互渗""雅俗文白杂糅"的共通交响。唐晓渡认为"《不践约书》延续了张炜作品一以贯之的'寻找/漫游'母题，却也前所未有地揭示了其写作的诗意特质"⑤，赞扬了这首长诗的统筹能力和综合能力，在多种母题、风格、技艺的错综叠映中串联呼应其主题的关联阈，完成一场大幕悲喜剧的构型。张雯从诗性与生存困境呈现、语言和"文气"的推动、抒情与"诗言志"的倾诉三维论述张炜诗学的特质，并指出"对张炜诗学的认识，将大有裨益于我们对张炜文学要义的领

---

① 吴鹍：《历史与现实的空间言说——评张炜长篇小说〈河湾〉》，《中国当代文学研究》2023 年第 1 期，第 120～128 页。

② 范伊宁：《言说之难与精神之困——评张炜长篇新作〈河湾〉》，《中国当代文学研究》2023 年第 1 期，第 129～134 页。

③ 贺仲明、肖琪：《在自然中召唤生命的自由——试论张炜新作〈河湾〉》，《文艺争鸣》2022 年第 8 期，第 160～164 页。

④ 贾小瑞：《诗的海边密林——张炜〈不践约书〉探析》，《百家评论》2022 年第 2 期，第 58～69 页。

⑤ 唐晓渡：《长诗〈不践约书〉短评》，《诗选刊》2022 年第 2 期，第 84 页。

会。目前，张炜文学研究多关注其主题、思想、精神向度等方面的议题，将他置于道德理想主义、审美理想主义、田园浪漫主义抑或生态文学的框架之下，而鲜有论及其文学所呈现出的诗学品质"。①

（八）"八面玲珑"的文学思辨模型

张炜于 2021 年 1 月由广西师范大学出版社出版随笔集《文学：八个关键词》。张炜从四十余年的创作经验与阅读历程中萃取和捡拾了八个关键词：童年、动物、荒野、海洋、流浪、地域、恐惧、困境。并经由这些文学母题和文化入口，挖掘分析经典文本的文眼，也展示了关于自己创作观和诸多思考的结晶。

梅兰总体透视了中国当代作家的批评活动，指出此部著作与此前侧重小说写作技巧的《小说坊八讲》并不相同，注重"从反抗性、空间性等方面勾勒出文学作为一种生命现象的来源、生成路径、气质和品性"②，这是张炜文学批评和文学观的一次自我总结。王春林则指出，张炜讲稿的亲切性中流露出来三点重要的精神资源：对道德理想的勘定、对文化保守主义立场的信念和坚守、对文学审美质地的重视和维护。③

（九）"稀疏的银杏林"里的"时光小札"

张炜于 2021 年 7 月由河南文艺出版社出版诗集《挚友口信》，收录了张炜从 2018 年至 2021 年 3 月创作的 28 篇诗作，以及"张炜谈诗"部分的诗观自述。

《光明日报》官方账号的百度百家号指出，"《挚友口信》的出版，既是作者诗心的回归，又是一个诗学研究者的成果展示"。④《齐鲁晚报·齐鲁壹点》官方账号的百度百家号记录了 2021 年 7 月 15 日第 30 届全国图书

---

① 张雯：《张炜诗学引论——从〈不践约书〉谈起》，《扬子江文学评论》2021 年第 6 期，第 92~99 页。

② 梅兰：《作家批评与文学传统、空间性》，《扬子江文学评论》2020 年第 6 期，第 71~77 页。

③ 王春林：《道德理想、文化保守与文学审美——关于张炜〈文学：八个关键词〉》，《中国图书评论》2021 年第 5 期，第 91~97 页。

④ https://baijiahao.baidu.com/s? id=1705433259033177741&wfr=spider&for=pc。

博览会现场，并引用了诗人王家新、出版人耿相、出版人马达的肯定性评述。①

（十）铁与绸的"量子纠缠"

张炜于 2022 年 2 月由广西师范大学出版社出版长诗《铁与绸》，呈现了一本关于齐国历史文化与当今社会交糅的、历史研究与文化寻踪的力作。

网络平台中出现了一些相关评论，例如广西师范大学出版社也在旗下人文品牌"纯粹 Pura"微信公众号分三次登出相关评论：在 2022 年 6 月 8 日登载的《中国诗歌界的一个重要事件，唐晓渡、欧阳江河畅谈〈铁与绸〉｜纯粹新书》②由两篇文章组成，分别是唐晓渡的《一部传奇式的个人心灵史诗》和欧阳江河的《张炜〈铁与绸〉：以纯诗的方式提取世界》；在 2022 年 8 月 6 日登载了《张清华：铁与绸，一个刚硬一个柔软，一对物性意义上的冤家，隐含了诗人的私密经验和原始动力｜纯粹名家》③；以及在 2022 年 9 月 6 日登载了《树才：张炜长诗〈铁与绸〉是一部怀恋之诗，也是一部玄想之诗，更是一部语言之诗》④。中诗网⑤、万松浦书院官网⑥、《文艺报》⑦、"文艺报 1949"公众号⑧对部分文章进行了转载。

其他媒体也有跟进的评述，例如《长江日报》2022 年 3 月 20 日在"腾讯新闻"官方账号登载了《茅奖得主张炜用长诗〈铁与绸〉书写齐鲁

---

① https：//baijiahao. baidu. com/s？id＝1705395187960931936&wfr＝spider&for＝pc.

② https：//m. thepaper. cn/baijiahao_ 18490969.

③ https：//m. thepaper. cn/baijiahao_ 19351956.

④ https：//mp. weixin. qq. com/s？＿＿biz＝MzU0MjA0NTI3Mw＝＝&mid＝2247550224&idx＝1&sn＝f8fc87932786b42a8e907a7120349b84&chksm＝fb22e026cc55693087d686b8064c51081e25c80e7 05bea81207c7a12adee4295ffe3a1a33ca2&scene＝27#wechat_ redirect.

⑤ https：//www. yzs. com/zhongshitoutiao/10872. html.

⑥ https：//www. wansongpu. cn/display. asp？id＝47183. https：//www. wansongpu. cn/display－469 84. html.

⑦ http：//www. cptoday. cn/news/detail/14674.

⑧ https：//mp. weixin. qq. com/s？＿＿biz＝MzAwOTEyODg2NA＝＝&mid＝2650178983&idx＝1&sn＝3af506dce6d44c12da7b30aaae58634d&chksm＝83667b68b411f27e607e320eeffdfef996ab049049 71e7d68a00bea8ec679e0f1e57aa4a890b&scene＝27.

大地千年历史》①，齐鲁晚报网在 2022 年 5 月 9 日的"A14 版：青未了·写作周刊"登载了《开刃的铁与绚丽的绸》②，中诗网在 2022 年 6 月 5 日登载了《名家荐读丨张清华荐读张炜长诗〈铁与绸〉：〈物性的延伸与诗意的归返〉——张炜长诗〈铁与绸〉初解》③，2022 年 7 月 31 日"文学报"微信公众号登载了树才的《读张炜长诗〈铁与绸〉：长度与密度》④，中国作家网在 2022 年 9 月 28 日登载了紫藤晴儿的《〈铁与绸〉：共通在历史纬度的秘境探究或诗歌时空》⑤，"青年报"微信公众号于 2023 年 2 月 12 日登载了《品读丨张炜 张杰：诗不可以直取——长诗〈铁与绸〉代跋》⑥。

综上所述，张炜近年来的新作出版量颇丰，且涵盖多种文体和类型，特别是其两部诗歌和多本"儿童文学"的出版，令人看到以往"古船张炜""高原张炜""小说家张炜""道德主义张炜"等更多熠熠闪光的侧面。但是由于诸多新作的阅读流通时间较短，很多都是"热腾腾"的新作速评，虽然也都从各个维度较好地把握了直观感受和大致风貌，且极具学理性和学术价值，但更加深入全面、整体多层次的研究还需日后更多研究者不断推进和补充。

二　"远河远山"大观与"斑斓原野盛宴"侧照：文集、专著、博论、会议

（一）两套大型文集

2010 年以来出版了两套文集丛书，为张炜研究的突破作出了奠基性的工作，呈现了张炜创作的全貌。

---

① https：//view. inews. qq. com/k/20220320A01YYY00？web_channel＝wap&openApp＝false&pgv_ref＝baidutw.

② https：//finance. sina. com. cn/jjxw/2022-05-09/doc-imcwiwst6336564. shtml？cref＝cj.

③ http：//www. zszjwk. com/zhongshitoutiao/10607. html.

④ https：//mp. weixin. qq. com/s/W7G7WDY_-RzbPL_4OeB1yA.

⑤ https：//vip. chinawriter. com. cn/member/ztqr/viewarchives_445506. html.

⑥ https：//mp. weixin. qq. com/s？__biz＝OTQ3NDc1MTYx&mid＝2649719480&idx＝3&sn＝0d39aea51ec9378f009023423d1f3ad2&chksm＝085d870e3f2a0e18c4c30fec1c9c823872fa1b1aff6bd816c3dd8d42996422b38935bcc91227&scene＝27.

其一，作家出版社版本的《张炜文集》出版于 2014 年，收录了近 1400 万字的文学作品，计有长篇小说 19 部，中短篇小说集 7 部，散文随笔集 20 部，诗集 2 部，共计 48 卷本。

其二，漓江出版社版本的《张炜文集》出版于 2020 年，是张炜 1973—2018 年的作品集结，囊括长中短篇小说、散文、诗歌、童话、文论等多种体裁，计 50 卷 1760 万字。这部文集是迄今为止最完备的张炜作品总集，且收录作家不同时期的珍贵资料照片 400 余幅。

（二）张炜研究专著和资料汇编等

2010 年以来，出版了诸多张炜研究专著和资料汇编等著作，按照出版的时间顺序整理如下。

其一，华中科技大学中国当代文学写作研究中心编的《经验与原创——2012 春讲·张炜 张新颖卷》① 出版于 2013 年 4 月，整合了华中科技大学"2012 文学春讲"系列活动的成果。包含四个栏目：张炜、张新颖演讲录（涵盖张炜对于资源、语言等方面的思考，张新颖关于阅读和本土叙事传承及其影响等），论坛纪要及论文选载，对话与访谈，经典化代表性小说文本的考察。

其二，山东省档案馆编的《春声赋：张炜创作 40 年论文集》② 出版于 2015 年 10 月，由张炜创作 40 年研讨会的现场发言内容和征集论文汇编而成，呈现出 40 年研究的恢宏面貌。

其三，王万顺所著的《张炜诗学研究》③ 出版于 2015 年 12 月，是对张炜的诗学研究框架进行综合分析的首次尝试，运用了批评史的爬梳和整理、文论的嵌入和提炼、症候式分析的深挖和对位、精深和细致的文本细读、宏阔视野下的比较对照研究等，编织出张炜诗学思想体系的"爱""真""诗"的大致面貌，并分析其生成和演化的机制、创作与批评理论的

---

① 华中科技大学中国当代文学写作研究中心编《经验与原创——2012 春讲·张炜 张新颖卷》，长江文艺出版社 2013 年版。
② 山东省档案馆编《春声赋：张炜创作 40 年论文集》，山东大学出版社 2015 年版。
③ 王万顺：《张炜诗学研究》，中国社会科学出版社 2015 年版。

质地和趋向、内外叙事模式的合力、互文性的表征和内涵等内容。

其四，唐长华所著的《张炜小说研究》① 出版于 2016 年 6 月，从传统文化精神的辨流和梳理、现代知识分子立场准则的确立和分配、小说创作流变演化脉络、现代性批判主题旨归、人物塑造技艺及艺术特征等维度进行系统阐释和整合。是书在以下方面显示出了较高的价值：对张炜小说中的传统文化汲取运用进行了分类整理和确认，呈现了小说对鲁迅与托尔斯泰等"知识分子"的赓续和继承，从三个时间段梳理了张炜的创作思想，将"现代性反思"的总主题拆解细化为"欲望批判、生态批判、技术批判、城市批判等"四维进行多棱镜透视，同时对人物谱系行列、艺术策略等进行统一梳理。

其五，路翠江所著的《张炜"半岛"世界空间解码》② 出版于 2017 年 11 月，糅合空间理论、人文地理学两大理论武器，构筑起张炜文学"半岛"世界的理念，并对地理实在、社会文化空间、乌托邦空间进行分层提炼，且"人生地理学""泛神论"等章节有极佳的论述，体现了著者宏阔的学术视野及精深细读与分析立论的能力。

其六，亓凤珍、张期鹏所编著的《张炜研究资料长编 1956—2017》上、下③两本著作出版于 2018 年 9 月，"被认为是国内第一部全面呈现张炜生平、创作、文学活动、文学评论和研究、文学传播的资料汇编，是张炜研究的基础性文献"④。聂梅的《展示一位作家的生命历程和创作道路》及时且多面地呈现出其出版后文艺界对这部长编巨著的反应。

其七，赵月斌所著的《张炜论》⑤ 出版于 2019 年 7 月，是为"中国当代作家论"丛书中的一部。第一部分通过对张炜"大地故乡"的地域勘探和精神空间的捕捉，用物质实存和现实根底，向内核和深层的精神跃迁和放射性发散。第二部分呈现了"万物生长"的态势和繁茂葳蕤的景象，包

① 唐长华：《张炜小说研究》，中国社会科学出版社 2016 年版。
② 路翠江：《张炜"半岛"世界空间解码》，山东人民出版社 2017 年版。
③ 亓凤珍、张期鹏编著《张炜研究资料长编 1956—2017》上，山东教育出版社 2018 年版。
亓凤珍、张期鹏编著《张炜研究资料长编 1956—2017》下，山东教育出版社 2018 年版。
④ 聂梅：《展示一位作家的生命历程和创作道路》，《联合日报》2022 年 10 月 18 日，第 3 版。
⑤ 赵月斌：《张炜论》，作家出版社 2019 年版。

含植物志的葱茏繁盛、动物志的灵动活泼、对鱼谱系的辞海式编纂和精神内涵笺注、神怪志怪力乱神中的民族心理和自然精神。第三部分以三篇重要文本《少年与海》《独药师》《寻找鱼王》来探寻张炜文本中"齐东野语"所承载的神秘质感和生命哲学、爱与血阴阳两面浸润的野史中的心史、精神源流的追觅。

其八，张期鹏、亓凤珍所合著的《张炜评传》① 出版于 2022 年 1 月，回溯了张炜的创作缘起、生活与文学经历、文学情怀与理想、精神准则与文化思考等，"可谓一部浓缩的中国当代文学发展史、思想变迁史和精神流变史"②。

其九，相继出版的另一部评传型专著，是李恒昌所著的《大地上的长恋 张炜创作评传》③，出版于 2022 年 9 月。该书从作品出发，以文学规律为依据，展现了新时期的文学演化和张炜的生命历程与文学生涯，与张期鹏、亓凤珍合著的《张炜评传》具有一定的互补对照意义。顾广梅认为，李恒昌的著作破除了诸多定论习见的圈套，并且还原了一个更加立体真实、鲜活可触的张炜，"具有较强的认知价值、启示价值和审美价值"④。

（三）博士学位论文

2010 年以来，有两篇博士学位论文专以张炜为研究对象，分别是任相梅的《张炜小说创作论》⑤ 和田蕾的《张炜长篇小说创作的多维透视》⑥。

前者探讨了"张炜式人文主义"的内涵与演变、建构模式，以及其意义与局限；在内容层面探讨了现代性与城乡关系、"现实的田园"和"心的田园"、对"故乡"沦为"荒原"的焦虑和关切；在"灵与肉"方面探讨了清洁的精神与规训的肉体，发掘性爱叙事中的善性；在人物序列中，

① 张期鹏、亓凤珍：《张炜评传》，河南文艺出版社 2022 年版。
② https://baike.baidu.com/item/%E5%BC%A0%E7%82%9C%E8%AF%84%E4%BC%A0/60457889？fr=aladdin.
③ 李恒昌：《大地上的长恋 张炜创作评传》，山东教育出版社 2022 年版。
④ 顾广梅：《〈大地上的长恋〉：灵魂的解读与精神的还原》，《百家评论》2022 年第 2 期，第 76~80 页。
⑤ 任相梅：《张炜小说创作论》，博士学位论文，山东师范大学，2011。
⑥ 田蕾：《张炜长篇小说创作的多维透视》，博士学位论文，华中科技大学，2016。

刻画知识分子的众生相，并展示女性、青年、孩子们在不同时代、不同领域中作为边缘人的"生存之痛"；最后分析张炜身份定位的争议。后者从传统文化、经典阅读和个人经历三方面，分析了张炜的精神文化背景，填补了既有研究对其思想资源论述中长期忽略与以偏概全的疏漏之处，且将张炜创作中的反讽叙事、怪诞叙事、互文叙事、隐喻叙事、空间叙事等进行详尽分析，并对张炜小说创作内驱力进行有力的思索。

（四）相关会议

除却在前面论述中晚近作品出版后跟进的作品研讨会之外，近年来还有以下会议。

2011 年 12 月 9 日至 11 日，由浙江工商大学主办、复旦大学协办的"当代作家与中外文艺资源——张炜创作学术研讨会"在杭召开。十数位海内外一流专家学者及多家学术媒体与会，营造了热烈而新见迭出的学术氛围。研讨会的内容涉及长篇小说的可能性、"五十年代经验"、乌托邦问题、中外文艺资源与小说的原创性等方面。①

2019 年 9 月 13 日至 15 日，上海交通大学外国语学院主办了"张炜作品国际学术研讨会暨第二届中国文学国际传播上海交大论坛"，在嘉宾主旨发言、圆桌讨论、嘉宾对话等环节中，与会人员畅谈了张炜作品的文学创作艺术与人文内涵以及中国当代文学的外译、传播与接受等内容。各专业研究学者都提出了有价值的独到思考。②

2019 年 8 月 28 日，由吉林省文联主办，《文艺争鸣》杂志社、长春师范大学文学院承办的"张炜与中国当代文学"学术研讨会在长春举行，20余位国内著名文艺批评家、理论家参加会议。张涛的综述呈现了现场的大致面貌，指出"张炜与中国当代文学"学术研讨会主要探讨了张炜创作的

---

① 汤拥华：《当代作家与中外文艺资源——张炜创作学术研讨会综述》，《浙江工商大学学报》2012 年第 2 期，第 92~96 页。

② 赵思琪：《张炜作品国际学术研讨会暨第二届中国文学国际传播上海交大论坛综述》，《比较文学与跨文化研究》2021 年第 1 期，第 85~88、92 页。赵思琪：《张炜作品国际学术研讨会暨第二届中国文学国际传播上海交大论坛综述》，《上海交通大学学报》（哲学社会科学版）2020 年第 1 期，第 124~128 页。

关键词诸如历史主义和道德主义、张炜与中国当代文学的紧密关联及张炜的文学史意义、张炜作品的精神气质和思想内质等。[①]

综上所述，张炜两套大型文集的相继计划出版和最终发行似乎具有某种英雄所见略同的阶段性总结意味，而与张炜相关的研究专著的出版情况，更是达到了高峰，从 2010 年之前出版共计四本专著，[②] 发展到十几年内出版九本专著，而有关张炜的两篇博士学位论文也都较为细致地梳理了张炜创作的各个方面，且在 2011 年到 2019 年举办了三次重要的全国性甚至是国际性会议，这似乎都指向一个结论：张炜研究的"集大成"阶段正在到来。

三 "古船"钩沉与"鱼王"重觅：旧作重读、
文学批评新探、文学史复查等

文学研究需要不断地回溯和质疑，需要时常重返文本的实地、发生的现场、史料的细部、思想的深处，来重新勘测已有评述判断的真值，试图检索出前人误判、含混、忽略、遮蔽掉的蛛丝马迹，以期按图索骥地查阅出不为人知的罅隙碎片和吉光片羽。在这些研究中，也呈现出当代文学研究者们清醒的判断力、细密的耐心、宏观的视野。

（一）张炜文学资源、文学观、文学思想研究

在之前的研究中，对于张炜整体文学观和诸多思想的分析研究相对较少，而在这一阶段出现了很多对于张炜"文学思想"及旁涉维度的研究，透视了"作为思想家"的张炜的些许面目。

刘东方认为，张炜语言试炼有多种独特性的追求，而且有一种"本体

---

① 张涛：《当代文学中的"庞然大物"——"张炜与中国当代文学"研讨会综述》，《文艺争鸣》2019 年第 10 期，第 47~52 页。

② 笔者搜集到 2010 年前出版的四本相关专著分别是颜敏《审美浪漫主义与道德理想主义张承志、张炜论》，华夏出版社 2000 年版；孔范今、施战军主编《黄轶编选·张炜研究资料》，山东文艺出版社 2006 年版；何启治主编《一生的文学基础：和张炜一起读小说》，中国工人出版社 2007 年版；王辉《纯然与超越张炜小说创作论》，中国社会科学出版社 2007 年版。

论的语言观",且"作为'理论家的张炜',与作家身份的张炜同样重要"。① 李艳玲的硕士学位论文从张炜的文学本质观、创作动力、作者与世界的辩证关系三个角度,透视了张炜文学观的生成与特征。② 栾梅健对张炜的文学追求进行了全面的辐照:从文学蓄积阶段的经验,到对"官场上的贪污腐败,科学上的技术主义,文学上的武侠小说"的思考和批判,以及雅文学的诗性写作观、诗心童心并行的追求、微观艺术操作策略等。③ 张馨的硕士学位论文④以演讲辞为中心,勘探张炜自我言说中的思想成色,并分析张炜诗性写作的特质⑤。路翠江指出,"张炜的泛神论最终形成了人类与自然万物基于整体象征与隐喻意义上的对应性"⑥,为张炜创作注入了更多浪漫诗性和生态文学的质素。郜元宝分析了张炜的古典阅读经验与体悟⑦,顾广梅重探了张炜的三种重要且基础的"文学之根"——生命根柢、精神根基、文化根脉⑧,何平认为以张炜为代表的"50后"作家的"思想"偏执自有其内核风骨,且努力地介入时代并用"文学"发声⑨,刘霞云梳理出张炜中短篇与长篇的书写沿袭,例如"虚实掩映"和"意技互融"的精神样貌和文本模式⑩。

(二)张炜现象级文本和症候性文本的再解读、文学史定位、转型、意义、影响等

1. 固化标签的重探

张炜常被贴上"道德保守派"样式的标签,甚至被认为痴迷于"前现

---

① 刘东方:《论张炜的文学语言观》,《文艺争鸣》2013 年第 9 期,第 134~138 页。

② 李艳玲:《论张炜的文学观》,硕士学位论文,东北师范大学,2013。

③ 栾梅健:《精神的执火者——论张炜的文学观》,《文艺争鸣》2019 年第 1 期,第 105~112 页。

④ 张馨:《张炜创作思想研究》,硕士学位论文,山东师范大学,2020。

⑤ 张馨:《诗境的仰望:张炜的诗性写作思想——从张炜演讲辞谈起》,《比较文学与跨文化研究》2021 年第 1 期,第 47~55、90~91 页。

⑥ 路翠江:《泛神论之于张炜》,《东岳论丛》2013 年第 1 期,第 176~180 页。

⑦ 郜元宝:《作家张炜的古典三书》,《南方文坛》2016 年第 5 期,第 5~6 页。

⑧ 顾广梅:《从文学的三重根性走向自我完成——张炜文学史价值再认识》,《当代文坛》2020 年第 3 期,第 99~104 页。

⑨ 何平:《长篇小说的庞然气象》,《文艺争鸣》2019 年第 10 期,第 39~40 页。

⑩ 刘霞云:《立场与呈现:论张炜中短篇小说及对接受长篇写作的意义》,《小说评论》2021 年第 6 期,第 190~196 页。

代""蒙昧主义"。文娟重审了张炜的"保守主义"标签，认为张炜秉持了一种"激进与保守动态平衡下的民间立场"，并指出"这一立场颇具实践性与生产性，可能是当下解决知识分子精神危机的救赎路径"。① 赵月斌剥离习见的"苦难""沉重"等模式化标签，反观张炜清晰的"反苦难"叙事，并且对其中荒诞之"似轻实重""不可承受之轻"进行分析。② 梅兰指出张炜作品中的"反讽因诗意才有根基和重心，诗意因反讽更显珍贵"。③

2. "再解读"

在《小说评论》2022 年第 4 期"重勘现象级文本"专栏系列，何平作为主持人指出，张炜被卷入"人文精神讨论"的旋涡之中有一个复杂浑厚的前史，"张炜宁可选择了暂时性的'简单'和'片面'投身并汇流到人文精神讨论"。④ 马兵在此提供了一份极具价值的反思性文章，窥测到《柏慧》的诸多"前文本性"，发掘张炜良知书写的连贯性脉络线中那"长长的拒绝"背后潜藏的史论线索，并认为张炜所立足的"价值立场"与坚持历史理性立场的文学批评存在思想对峙，发现"但《柏慧》对柏老和瓷眼等人罪行的揭露等却让小说具备了另一种历史的分量，提供了关联90 年代思想状况和 50—70 年代知识分子命运的一个特别角度"。⑤

除此之外，张涛重返"抵抗投降书系"的文学周边和"人文精神讨论"等文学事件的"现场"与"原典"，发掘其中关于文学"边缘化"文化、文学"生态"、社会性外置型因素的"介入"、"非中心"的抵抗与投降等精神姿态的命题。⑥ 顾广梅重审了张炜的五部代表性中篇小说作品，并开拓了文学批评史原有研究中关于张炜文体创新、语言去蔽、生命美学

---

① 文娟：《激进与保守动态平衡下的民间立场——从张炜的"保守主义"标签谈起》，《中国现代文学研究丛刊》2012 年第 9 期，第 156~165 页。

② 赵月斌：《庞然大物怒而飞》，《文艺争鸣》2019 年第 10 期，第 44~45 页。

③ 梅兰：《论张炜长篇小说的诗意与反讽》，《小说评论》2013 年第 5 期，第 158~164 页。

④ 何平：《主持人语："过去"之现象级文本的当代性问题》，《小说评论》2022 年第 4 期，第 113~114 页。

⑤ 马兵：《"长长的拒绝"——〈柏慧〉与"人文精神大讨论"》，《小说评论》2022 年第 4 期，第 115~122 页。

⑥ 张涛：《"抵抗投降书系"中的张承志与张炜》，《文艺争鸣》2020 年第 9 期，第 56~63 页。

的三维空间。① 申霞艳与陈佳佳重读《古船》，认为张炜借助"写实"的物质现实观照和"写意"层面的思考完成了对重大历史转折时期的刻画。② 顾广梅从"中国经验"的文学化呈现这一宏观视点立论，指出："如果不能把握《刺猬歌》所蕴含的大雅大俗之异质混成美学及其包孕的艺术精神，也就无法领悟它对'中国经验'复杂性、扭结性的深刻反思和卓然超越。"③ 指出《刺猬歌》中"异质混成"雅正风貌、优雅气度与野性旨趣、民间精粹的胶合，博物志世界中物我对话的精妙、从声音视角对"单向度现代性"的反思、"传奇—神话—寓言"的三位一体性。④ 王侃指出《古船》批评史中的分野与"人文精神讨论"中知识分子内部的分裂形态具有同构性和对称性。⑤ 赵东祥研究了《九月寓言》批评史中的批评关键词，分析了各种批评向度，并指出其批评自由度由于受创作主体批评性的限制而削减的可惜。⑥

3. 阶段性研究和转型转变分析

对于张炜写作的阶段性研究和转型转变分析极具学术价值，体现出学者们精确的学术判断力和整体的学术视野。

房伟重新梳理了张炜的各个文学阶段，并分析其早年经历与当时的书写方式、文学浪潮中的沉浮、坚定的文学自主性、档案工作等经验与时代语境变迁下的创作转变等细节。⑦ 贺仲明认为"张炜近期小说的道德立场更为复杂，并有明确的自我反思，而自然意识则进一步强化，还表现出将道德与自然精神相融合的趋向。这种变化是张炜对自我的超越，根源于其

---

① 顾广梅：《文体创新、语言去蔽与生命美学三重奏——张炜中篇小说再阐释》，《东岳论丛》2020年第9期，第35~47页。
② 申霞艳、陈佳佳：《"古船"的写实与写意》，《文艺争鸣》2022年第2期，第131~136页。
③ 顾广梅：《"中国经验"文学叙述的难度与策略——理解张炜和他的〈刺猬歌〉》，《文艺争鸣》2019年第1期，第147~154页。
④ 顾广梅：《"中国经验"文学叙述的难度与策略——理解张炜和他的〈刺猬歌〉》，《文艺争鸣》2019年第1期，第147~154页。
⑤ 王侃：《〈古船〉的批评史及其他》，《文艺争鸣》2019年第10期，第36~38页。
⑥ 赵东祥：《批评叙事的差异性及自由度——〈九月寓言〉批评之批评》，《新文学评论》2015年第2期，第136~140页。
⑦ 房伟：《从启蒙思者到自然之子——张炜90年代小说与当代文学史》，《文艺争鸣》2019年第1期，第159~165页。

对齐文化的自觉追求"。① 但是"他也存在思想建构深度和清晰度不足的缺陷，这导致其作品精神缺乏力度，艺术上也比较含混缠绕。张炜近期小说典型地显示了当代中国作家在精神资源上的匮乏和突破愿望"。②

而对于《独药师》这一创作节点，段晓琳认为"与老磨屋里的哈姆雷特隋抱朴相比，季昨非还并未付诸实践的出走决定要比隋抱朴的真实出山更具有说服力"③，从而在一定程度上超越了《古船》的徘徊式空想哈姆雷特主义。刘永春认为《独药师》体现了"半岛哈姆雷特"在特定历史时代中的噬心的自搏，并认为"张炜在《独药师》中已经完全走出了所谓的'道德理想主义'，不再以简单的道德标准进行话语建构，而是走向了更加综合、外向、包容的建设性理想主义"。④

4. 张炜的意义

梅疾愚认为，张炜的大地求索、对外来资源的创造性转化、朴素精神对当下文学批评中的智慧缺乏、标签化、浮躁风气等都有借鉴意义。⑤ 陈晓明指出张炜对大地开垦创造的坚实性和专注性⑥，张光芒指出张炜作品中对"道德高原"建构的意向性和坚定性⑦，程光炜指出张炜作品"传之后世"的超前性和时空超越性⑧，谭好哲认为张炜的伦理指向三维分布为人道伦理、大地伦理、文化伦理，并由对此精神符码的忠贞和反复书写，

---

① 贺仲明：《退却中的坚守与超越——论张炜的近期小说创作》，《文学评论》2016 年第 2 期，第 204~211 页。

② 贺仲明：《退却中的坚守与超越——论张炜的近期小说创作》，《文学评论》2016 年第 2 期，第 204~211 页。

③ 段晓琳：《季昨非的长生、革命与爱情——由〈独药师〉看张炜的创作新变》，《文艺评论》2017 年第 8 期，第 69~75 页。

④ 刘永春：《论张炜〈独药师〉的诗学意义》，《中国现代文学研究丛刊》2017 年第 11 期，第 162~170 页。

⑤ 梅疾愚：《张炜对于中国当代文学评论的意义——在张炜小说讨论会上的演讲》，《文艺争鸣》2011 年第 18 期，第 1~3 页。

⑥ 陈晓明：《面向世界的中国现代视野——百年中国文学开创的现代面向思考之二》，《文艺争鸣》2021 年第 6 期，第 6~13 页。

⑦ 张光芒：《追索道德之光——对张炜小说经典价值的一种解读》，《当代作家评论》2017 年第 3 期，第 27~32 页。

⑧ 程光炜：《张炜小说的意义——在"张炜与中国当代文学"座谈会上的发言》，《文艺争鸣》2019 年第 10 期，第 27~28 页。

坚守着当代文学和当代人文精神的一个峰尖①。

（三）文化

1. 传统文化

赵月斌认为"在张炜身上，既可找到齐文化的仙道传统，又可看到鲁文化所代表的士大夫精神"。② 赵东祥认为张炜强调作家的史官意识，并学习史传文学和楚骚的人文精神传统，对小说进行文体革新。③ 由张炜和张清芳共同指导的王丽玮的硕士学位论文研究的是张炜《你在高原》中人物形象的夷齐文化意蕴，认为"夷齐文化中'游牧'特质中的讲'仁'而'非礼'与'不安分'特征，再加上独特的地缘文化，共同建构了《你在高原》中人物形象的世界观、人生观、价值观"。④ 丛新强、石立燕认为莫言和张炜的小说中多神崇拜、亡灵信仰、术士崇信，指出莫言与张炜的"信仰"美学一脉相承。⑤ 唐长华系统分析了张炜小说中的传统文化内质的分门别类的形态，指出"以儒家精神为主导，张炜小说创作还涵摄了道家文化、民间文化、齐文化等多种传统文化精神"。⑥ 王辉、王万顺指出"以儒家文化为主体的齐鲁文化，主张'天人合一'的道家文化，浪漫恣肆、哀乐无极的荆楚文化等等，构成了张炜小说创作涵纳厚重的'民间'意蕴和丰富多姿的文化精神形态"。⑦ 李晓燕指出，张炜创作中的本土经验，体

---

① 谭好哲：《张炜创作中的伦理情怀及其当代意义》，《中国现代文学研究丛刊》2016 年第 12 期，第 80~89 页。

② 赵月斌：《论〈寻找鱼王〉及张炜之精神源流》，《中国现代文学研究丛刊》2016 年第 4 期，第 59~71 页。

③ 赵东祥：《论中国传统文化视角下的张炜及其作品》，《中国现代文学论丛》2010 年第 3 期，第 140~149 页。

④ 王丽玮：《论张炜〈你在高原〉中人物形象的夷齐文化意蕴》，硕士学位论文，鲁东大学，2015。

⑤ 丛新强、石立燕：《论莫言与张炜小说创作中的民间信仰》，《山东社会科学》2021 年第 8 期，第 60~66 页。

⑥ 唐长华：《张炜小说中的传统文化精神》，《深圳大学学报》（人文社会科学版）2012 年第 3 期，第 134~139、145 页。

⑦ 王辉、王万顺：《"民间"意义的生成及中国传统文化的影响——张炜小说的一种理论考量》，《当代文坛》2012 年第 6 期，第 86~88 页。

现了对民族文化传承的高度自觉。①

其中重要且有新意的一篇研究文本，当数郜元宝的"鲁迅注脚论"，他试着以鲁迅信件中的"中国根柢全在道教——以此读史，有多种问题可迎刃而解"为切入口审视《古船》，指出《古船》的故事架构、人物性情和人格特质及其相互关系，都符合道家的阴阳原理，认为《古船》将民间道家文化末流在特殊历史时期"变本加厉"的变式书写出来，并进行批判反省是很重要的笔法和成就，而道教对身体的书写兴趣和叙事倚重在《古船》中显露出些许过犹不及的倾向，指出《九月寓言》的天地阴阳结构主轴与《古船》的相联系性。②

2. 地域文化、海洋文化、徐福文化

在地域文化方面，兰玲指出张炜小说中对胶东耕渔商文化和民间俗文化等资源的汲取，以及对民间文本、创作手法、语言等质素的采撷和有机借鉴及组装③，并在张炜小说中提取出自然生态与民间形态交织中的精神传达④。

在海洋文化方面，阎怀兰对张炜三个阶段的海洋书写进行分界梳理，并指出"张炜小说中的海洋生态诗学，也是张炜小说快乐美学的异体同构，是中外海洋文学延长线的继承和新变"。⑤贾小瑞认为"重视语言整体的化古入今，且融入地方风味、文化性格，是张炜海洋历史小说成功的另一要素"。⑥赵月斌经由探寻张炜野物志书写中的鱼族群，构建了一种生物学、人类学与文学的对话机制，实现了名物志、博物志书写与文学利用范式的勾连和对话，并借由鱼的书写策略来映照解释张炜的文本意蕴和创作

---

① 李晓燕：《张炜小说的本土经验书写》，《山东社会科学》2022 年第 12 期，第 95~101 页。

② 郜元宝：《为鲁迅的话下一注脚——〈古船〉重读》，《当代作家评论》2015 年第 2 期，第 9~24 页。

③ 兰玲：《论张炜小说对胶东地域文化的多角度呈现》，《烟台大学学报》（哲学社会科学版）2013 年第 1 期，第 63~69 页。

④ 兰玲：《论张炜小说胶东生态民俗描写所体现的精神蕴涵》，《鲁东大学学报》（哲学社会科学版）2011 年第 6 期，第 66~71 页。

⑤ 阎怀兰：《张炜小说中的海洋生态诗学》，《当代文坛》2021 年第 3 期，第 185~191 页。

⑥ 贾小瑞：《论张炜海洋历史小说的艺术成就》，《鲁东大学学报》（哲学社会科学版）2021 年第 4 期，第 20~28 页。

范式。① 史胜英的硕士学位论文分析了张炜海洋书写的精神成因、性质主题、内涵质地、文学价值以及意义和局限。② 王爱红、李继凯将邓刚、卢万成、张炜三位作家纳入"海味"叙事作家群的行列，分析了"海味"小说的生命诗学品质，以及对注入的人与海、人与自然的关系进行了探讨。③

在徐福文化方面，赵月斌分析了徐福作为张炜的写作资源和研究对象的双相性，"张炜通过对史实和传说的研究与重构，盘活了有限的地方性文化遗产"④；鞠琛琛的硕士学位论文研究了张炜文学创作中的徐福文化书写⑤。

3. 红色文化

张守海、王晓杰认为"《你在高原》为代表的小说显示了作家立足当下反思历史的现实主义精神和传承红色文化的高度自觉"。⑥

（四）研究中突出的其他内容

1. 生态思想、自然主义

刘华的硕士学位论文⑦和何丽姣的硕士学位论文⑧运用自然生态学、社会生态学、精神生态学等领域的方法对张炜小说散文创作中的生态思想进行了解读。张守海、任南南从生态批评的视角来分析"我的田园"（《你在高原》中的第六单元）中呈现的城市、田园、荒野三类空间范畴，以及其中蕴含的对于城市化异化的反思、眷恋田园荒野的意旨。⑨ 陶琼波的硕士

---

① 赵月斌：《张炜野物志——释鱼》，《文艺争鸣》2019 年第 1 期，第 131~146 页。
② 史胜英：《张炜创作中的海洋书写研究》，硕士学位论文，山东师范大学，2016。
③ 王爱红、李继凯：《生命诗学视域中的"海味"小说——以邓刚、卢万成、张炜的创作为中心》，《中国当代文学研究》2020 年第 1 期，第 177~186 页。
④ 赵月斌：《张炜作品中的徐福考略》，《关东学刊》2018 年第 3 期，第 120~126 页。
⑤ 鞠琛琛：《论张炜文学创作中的徐福文化书写》，硕士学位论文，鲁东大学，2020。
⑥ 张守海、王晓杰：《论张炜小说中的红色文化基因——以〈你在高原〉为中心》，《廊坊师范学院学报》（社会科学版）2020 年第 3 期，第 25~30 页。
⑦ 刘华：《论张炜小说创作中的生态意识》，硕士学位论文，东北师范大学，2010。
⑧ 何丽姣：《"融入野地"的绿色遥思》，硕士学位论文，西南交通大学，2014。
⑨ 张守海、任南南：《城市痛·田园梦·荒野情——生态批评视野中的〈我的田园〉》，《文艺评论》2013 年第 1 期，第 72~75 页。

学位论文分析了张炜小说中的自然书写、自然人性表现、自然主义思想的本质，并研究其思想的来源、出路、内蕴等。① 钟玲、王庆萍分析了张炜的自然与环境主义思想与其寓言叙事风格、传统因素等的关系。②

2. "X托邦"想象：乌托邦、异托邦、恶托邦或多托邦？

房伟认为以《九月寓言》为主的张炜的作品提供了一种民族文化想象的依据范本、想象操练的装置，并发现其中杂糅之处的矛盾冲撞、含混模糊"也导致了张炜在处理革命叙事、启蒙叙事与传统文化之间的关系，处理传统/现代之间的关系上，时常陷入'建构宏大叙事'的雄心与'解构宏大叙事'的冲动的相互悖论之中"③，折射出 20 世纪 90 年代后中国式"现代性发育"过程中的一些现象，例如文学文本操作中的裂隙和恍惚、文本内页中的文化心理症候、知识分子心态的摇摆性和徘徊。张柱林指出，不少学者以"乌托邦"为切入口研究张炜的理想主义相关的文本内涵，但是他认为"张炜其实并不认同一种同质性的，也可能带着强制性或集权性的乌托邦，有时候他甚至非常警惕"④，而异托邦或可涵盖。路翠江、邵虹指出，"半岛世界"寓言形式的群魔乱舞的恶托邦营构背后，是作家的忧患意识。以否定之否定的离弃，实质是继续上路，支撑它的，是积极存在主义思想。⑤

3. 地理学视阈和空间视角

路翠江分析了张炜"半岛世界"文学架构中的地理迁移有逃亡、流浪、追寻的不同分类，以及在不同方向和心理机制中的各式精神内涵。⑥她还指出张炜的"半岛世界"实现了地理、人文、哲思三维共建的搭建意

---

① 陶琼波：《论张炜小说创作的自然主义思想》，硕士学位论文，云南师范大学，2020。
② 钟玲、王庆萍：《张炜小说中的环境主义和寓言叙事》，《鄱阳湖学刊》2012 年第 6 期，第 58~67 页。
③ 房伟：《另类的乌托邦——张炜〈九月寓言〉的新民族文化想象》，《文艺争鸣》2010 年第 19 期，第 84~88 页。
④ 张柱林：《张炜的异托邦想象与中国现代性的曲折》，《中国文学批评》2017 年第 4 期，第 37~42 页。
⑤ 路翠江、邵虹：《张炜"半岛世界"的灾难戒惧与"恶托邦"营构——兼论"半岛世界"离弃模式的根源》，《南京师范大学文学院学报》2016 年第 3 期，第 101~105 页。
⑥ 路翠江：《论张炜"半岛世界"的地理迁移》，《现代中国文化与文学》2017 年第 1 期，第 270~278 页。

图和空间使用策略。① 她认为张炜从自然地理的胶东半岛出发，营构了历史、现实、未来三维和已然、当然、应然三束交织驳杂的"行者的迷宫"，而这种特质性空间的迷宫搭建也存在些许弊端，"《你在高原》树形结构在延展表现空间广度的同时，也导致了深度上的分力"。② 胡媛则从三个维度，即自然地理与诗性想象审美、人文地理中对地域及历史的淘洗和去边界化、地理叙事结构的契合性和审美传达入手，既辐照了《古船》的地理与文学的关联度、意旨挖掘，也同时展示了"文学地理学"批评路径的合法性和实效真值的确证。③ 刘志敏的硕士学位论文研究了《你在高原》中的空间场所，论述了空间场所与流浪叙事及精神之旅、文化和政治含义、家园意识和精神生态倡导的关系，并认为空间是张炜表达生命理想的根据地所在。④

4. "流浪"

以"流浪"为视角切入张炜研究的论文有二十余篇，以下论文较有研究新意。

贾宇琪发现淳于宝册"流浪—栖居—再流浪"的循环式心路历程与方鸿渐存在关联，并总结了其面对惶惑时刻的处理方案，"他选择沉浸于文学、追逐纯洁爱情以及融入野地等三种精神意义上的流浪方式，以对不安的内心世界进行填补与慰藉"。⑤ 乔雪的硕士学位论文聚焦张炜《你在高原》的流浪母题，探究了张炜笔下的流浪者类型、流浪状态缘由、精神与文化哲学内涵。⑥ 张佳鸣对"二张"的自然意识比较有一定研究价值，他认为虽然自然书写和游荡者刻画有相似之处，但是在二元分割下，如果张承志的关键词为"险滩跋涉""有为进取""信仰意志"，则张炜对应地更

---

① 路翠江：《家园情结与大地乌托邦——张炜"半岛世界"的空间诗学解读》，《中国现代文学研究丛刊》2014年第10期，第61~68页。

② 路翠江：《行者迷宫与存在之悟——〈你在高原〉中"半岛世界"的空间诗学解读》，《文艺争鸣》2016年第12期，第117~122页。

③ 胡媛：《三重地理空间及地理诗化：〈古船〉之文学地理学批评》，《世界文学评论》2011年第2期，第48~50页。

④ 刘志敏：《〈你在高原〉中的空间场所研究》，硕士学位论文，山东师范大学，2013。

⑤ 贾宇琪：《张炜〈艾约堡秘史〉中的流浪书写》，《哈尔滨师范大学》（社会科学学报）2018年第6期，第107~110页。

⑥ 乔雪：《张炜〈你在高原〉的流浪母题研究》，硕士学位论文，兰州大学，2017。

加倾向于"野地诗意""无为超然""自由寻觅与亲近自然"，此外，他也分析了二者由于背景经历和境遇语境等因素而产生的异同。① 陈悦悦、陈佳冀认为《艾约堡秘史》将"流浪主人公"的单一身份多元化，从以往常见的贫富对立结构，转向更加注重自身内在矛盾性的机密设计，并且将流浪的松散结构再一次变调和支离为"特殊的流浪"——"迷路模式"，更加反射出流浪中定位定向的难度和迷惑性，以及流浪的必然性和精神本位追寻的艰难。完成从古船的陈腐性装置，到古堡封闭型结构的跃迁，完成流浪入世中的忏悔禁闭的精神空间炼狱构造。② 姜肖指出"张炜的创作始终存在一个症结，即作家对整体性和本质化主体经验的建构意识与文本流浪气质之间的互相周旋"。③ 流浪是张炜偏爱的书写方式，"并认为其表征并延续着当代文学跨越 20 世纪 90 年代的精神症候——此岸彷徨"。④

5. 知识分子

以知识分子为切入口研究张炜的论文有十几篇，其中以下几篇文章较有研究价值。

文娟认为张炜文本中知识分子对待商业的"远庖厨"和空洞指摘不是一种正常的站位策略，而应该良性互动，一味地排斥商品经济霸权而不规约和锻造自己，就容易单薄地破碎消弭。而秉持责任意识和坚定信仰，同时在"看清生活的真相"中完成扶弱启蒙、自我修身、品行冶炼等主体建构意旨的实现，才是一种正确的知识之道。研究内容虽然根植于文本内部，但是对于文本外部的作家们也颇具观照意义。⑤ 杨威的硕士学位论文侧重于研究张炜小说中知识分子的形象类型（避世型、入世型、出世后入

① 张佳鸣：《流浪叙事中的差异化自然赋值——张承志与张炜小说的自然意识比较》，《文艺评论》2014 年第 3 期，第 96~100 页。
② 陈悦悦、陈佳冀：《论张炜小说流浪叙事的创作新变——从〈古船〉到〈艾约堡秘史〉》，《文艺评论》2019 年第 5 期，第 16~24 页。
③ 姜肖：《张炜小说创作中"介入意识"与"疏离意识"的悖论》，《中国现代文学研究丛刊》2018 年第 9 期，第 137~149 页。
④ 姜肖：《张炜小说创作中"介入意识"与"疏离意识"的悖论》，《中国现代文学研究丛刊》2018 年第 9 期，第 137~149 页。
⑤ 文娟：《角力与共生：知识分子与市场的文学考察——从张炜一九九〇年代以来的小说谈起》，《当代作家评论》2016 年第 2 期，第 129~139 页。

世型)、书写内涵和文化反思三个方面。① 另有以下两篇较有新意:一篇侧重阐述知识分子批判中对社会问题的锐度和思想问题的深度②,另一篇侧重阐述知识分子的延宕状态③。

(五) 研究中突出的其他形式

1. 作品结构和叙事风格

王学谦认为张炜早期的《一潭清水》标志着张炜小说基本结构的完形,具有界碑般的意义。④ 刘春勇重审了《刺猬歌》的角色矩阵、文本内质、争议问题。⑤ 黄发有指出张炜的创作体现了史传与抒情传统的兼收并蓄⑥,并认为张炜的不少作品如《你在高原》有一种潜在的自传性,且在诗化语言行进中展示出对现实处境的心史化处理⑦。

2. 人物形象

在人物设置方面,也有对人物谱系、人物类型、人物序列的重新探索。顾奕俊认为隋抱朴有其"前人物"老得与李芒,而这两个人物形象"其实是剖析隋抱朴如何从'道德失范者'转变为一类值得探究的知识分子人物的前提"。⑧ 同时再度复查隋抱朴的"知识分子成长史",也是对 20 世纪 80 年代国内知识分子在特殊境遇下处理道德问题的重审。涂昕借用严锋对张炜神话的结构分析,将张炜作品中的人物谱系还原出三种最基本的神话人物原型,并重点阐述了其对"生命力"的刻画。⑨ 王宇轩、李兴阳

① 杨威:《张炜小说的知识分子书写研究》,硕士学位论文,上海师范大学,2022。
② 马廷新、唐长华:《张炜小说中的知识分子批判立场》,《山东社会科学》2013 年第 8 期,第 147~150、146 页。
③ 全文静:《张炜小说中知识分子的延宕现象》,硕士学位论文,鲁东大学,2022。
④ 王学谦:《堕落与救赎——〈一潭清水〉与张炜小说的基本结构》,《文艺争鸣》2019 年第 10 期,第 40~41 页。
⑤ 刘春勇:《试论〈刺猬歌〉的小说结构及其价值取向》,《中国文学批评》2017 年第 4 期,第 52~64 页。
⑥ 黄发有:《在抒情与史诗之间——张炜简论》,《文艺争鸣》2019 年第 1 期,第 113~115 页。
⑦ 黄发有:《诗化的心史》,《文艺争鸣》2019 年第 10 期,第 33~34 页。
⑧ 顾奕俊:《"道德失范者"的知识分子成长史——由张炜〈古船〉说开去》,《海南师范大学学报》(社会科学版)2021 年第 3 期,第 25~32、58 页。
⑨ 涂昕:《生机勃勃的穷人族、魔鬼族和大地型人物——分析张炜小说中的几种人物类型》,《南方文坛》2012 年第 1 期,第 131~134 页。

从"贤能者"的乡村真魂、时代变换更迭中的"罪人""新乡贤"等维度入手，重新梳理古船的人物谱系和乡土中国叙事。①

3. 语言风格

在语言风格方面，刘东方通过对张炜小说中的语词进行定量、定性双重分析，研究了张炜语言表达中相对固定的口语词、方言词和书面词等，概述了张炜语言的大致风格及功能。② 王金玲的硕士学位论文以张炜等作家为例，分析了新时期以来小说中的方言现象，论及成因、方言对日常经验书写的传达效用、美学功能和叙事张力、民间叙事立场、问题及前景等方面。③ 吕一姣的硕士学位论文分析了胶东方言的特色、作用、成因，以及文言词语、古语词、古歌、具有巫幻色彩的词语的语言特色，还分析了海洋味道的语言特色和审美色彩及其成因。④

（六）文体

1. 诗歌

张厚刚认为"张炜诗歌与他的散文、小说具有相当密切的互文性关联"⑤，并分析了些许典型特征，例如与小说互文的饥饿主题与游荡主题、诗歌散文化、生态意识的自觉。王万顺论述了张炜的诗人身份、《皈依之路》、多文体都具备的"完全表达"欲望、诗歌创作资源新诗化与叙事诗歌观等方面的内容。⑥ 他同时也探讨了当代小说家的诗歌创作现象，并对张炜的诗歌源流、诗化讲故事方式等进行了阐述。⑦

---

① 王宇轩、李兴阳：《历史沧桑变幻中的"罪人"与"贤能者"——张炜〈古船〉乡贤叙事研究》，《中国现代文学论丛》2022 年第 1 期，第 58～72 页。

② 刘东方：《从语汇分析张炜小说创作的语言风格》，《文艺争鸣》2015 年第 11 期，第 176～183 页。

③ 王金玲：《新时期以来小说创作中的方言现象研究》，硕士学位论文，河南大学，2017。

④ 吕一姣：《张炜小说语言特色论》，硕士学位论文，山东师范大学，2017。

⑤ 张厚刚：《张炜诗歌综论》，《当代文坛》2014 年第 5 期，第 36～38 页。

⑥ 王万顺：《作为小说互文性的存在或其他——张炜的诗》，《文艺评论》2012 年第 3 期，第 54～61 页。

⑦ 王万顺：《作为小说互文性的存在或其他——当代小说家诗歌创作现象简析》，《诗探索》2012 年第 3 期，第 78～91 页。

2. 散文

邱婕的硕士学位论文分析了张炜的散文类型及特色、语言特征与行文风格、精神取向、个性特征、与同时期"小说家散文"的异同和不足之处等。① 王冬平的硕士学位论文以苇岸、张炜、韩少功、李存葆等作家为例，探讨生态散文兴起和发展的深层原因和审美新质等。② 郑燕丽的硕士学位论文分析了张炜散文的"历史乡土""现实乡土""精神乡土"三大主题、语言语体和结构的特点，以及其在现当代乡土散文发展史上对阐释空间的拓展和困境。③

3. "儿童文学"

目前学界将以下几部作品归属于张炜"儿童文学"的创作：《半岛哈里哈气》（2012）、《少年与海》（2014）、《寻找鱼王》（2015）、《兔子作家》（2015）、《狮子崖》（2017）。

（1）单篇文本透视

朱自强认为张炜的《半岛哈里哈气》体现的是弥足珍贵的"儿童自己的眼光"，并指出张炜的儿童文学不只提供了传统意义上的"儿童性"内容，而是包含了大地、自然、人心等"厚重的思想根基"。④ 王瑛认为第一人称叙事方式的切口"深入浅出"，在儿童主观式的"轻柔"飘荡背后暗藏了"沉重的翅膀"的成长艰辛和现实批判，在一定程度上拓宽了当代儿童文学的广度和深度。⑤ 杨红从"少年视角"的独到性、"丛林秘史"的寓言意旨、"野物"书写中的灵性与人性折射机制等角度评述了《半岛哈里哈气》的独特价值。⑥ 王万顺认为，"半岛哈里哈气"系列虽然通常归属于儿童文学研究分类标准中，但是也烁烁地闪耀着"芦青河"系列的魅

---

① 邱婕：《张炜散文创作论》，硕士学位论文，华中师范大学，2015。
② 王冬平：《生态散文的思想资源与审美新质》，硕士学位论文，福建师范大学，2016。
③ 郑燕丽：《论张炜散文的"乡土书写"》，硕士学位论文，福建师范大学，2021。
④ 朱自强：《"足踏大地之书"——张炜〈半岛哈里哈气〉的思想深度》，《当代作家评论》2015年第1期，第25~30页。
⑤ 王瑛：《少年眼中的童真世界——论张炜〈半岛哈里哈气〉第一人称叙述者的运用》，《当代文坛》2012年第6期，第161~164页。
⑥ 杨红：《张炜长篇小说〈半岛哈里哈气〉的三个阅读视角》，《小说评论》2012年第6期，第176~178页。

影，场景构建与其他小说具有相似性，并且指出其中部分人名、动物名在张炜早期作品中现身的踪迹，提醒人们在儿童文学的研究理路拓展之余，回返张炜早期创作的"小清新"文质特征，发现其中的互文性和对照意义。①

李东华指出"《少年与海》超越了它自身的文学意义，具有了某种示范作用——它显示了一种值得称道的开始，通过对儿童的发现，抵达对于人性和人类生存困境的深层次发现"。②

石莹认为《寻找鱼王》"成功地将一个现代性的文学命题融进一则古老的东方寓言之中，为当下的成长小说书写开创了一种全新的审美范式"。③赵月斌"考察张炜'鱼故事'的精神嬗变和自我超越，同时结合张炜自身经历、莱夷文化背景，探讨了张炜所追寻的以'鱼王'为象征的生命诗学和中年之际所体现的生存哲学及其救赎之道"。④

唐长华指出在《狮子崖》中，"作者秉持科学理性的历史观，该著2017年出版时有意保留了那一时期历史背景与阶级斗争叙事线索，对于当代少年儿童了解历史、了解社会具有借鉴意义"。⑤

（2）整体研究

王尧、明子奇认为张炜的"儿童文学"创作建构了其自身的童心观，"也有超出'儿童文学'固有概念范畴的一面，与他先前的创作共同构成了以'童心'为思想和审美内核的创作谱系"。⑥且为当代文学提供了一种关于文学理念、方法论、审美范式等多层面的自我建构可能性。贺仲明、

---

① 王万顺：《返老还童——评张炜儿童文学"半岛哈里哈气"系列》，《鲁东大学学报》（哲学社会科学版）2012年第5期，第43~47页。

② 李东华：《看见"看不见"的童年——张炜长篇儿童小说〈少年与海〉评介》，《中国出版》2014年第9期，第67~68页。

③ 石莹：《一则关于成长的东方寓言——评张炜的〈寻找鱼王〉》，《中国图书评论》2018年第6期，第15~21页。

④ 赵月斌：《论〈寻找鱼王〉及张炜之精神源流》，《中国现代文学研究丛刊》2016年第4期，第59~71页。

⑤ 唐长华：《历史理性·民间本真·心灵诗性——解读〈狮子崖〉》，《百家评论》2021年第3期，第73~78页。

⑥ 王尧、明子奇：《作为方法的"童心"——张炜"儿童文学"论》，《山东社会科学》2021年第3期，第85~92页。

刘文祥认为张炜的童话依旧有"原张炜"的印痕和显像，同时或许暗含着张炜对"民间""自然""道德"等命题的新阶段书写策略，以及一种长期从事"纯文学""严肃文学"写作的间歇性调整和自由精神新变式中的艺术习练。① 段晓琳指出"对话"之于张炜儿童文学创作的文眼意义，并指出在童年创伤和历史反思等书写中依旧暗含着"融入野地"的母题的变式。② 叶天舒以张炜和虹影的"跨界"书写为硕士学位论文选题，发现一方面他们在跨界创作中保持了自己一贯的文学特质，另外，他们又针对读者特殊的阅读习惯和审美需求，在语言、人物、叙事手段上作出了相应的调整。并通过分析张炜儿童书写的内外原因和文本内涵、文学观等，指出优缺两面，张炜和虹影将自己对现实、对人情的关怀渗透到自己的跨界写作中，并且在儿童幻想小说"本土化"的呼唤上作出了自己的尝试。③ "对于'儿童幻想文学'这类形式而言，他们的作品存在写实大于想象、成人言说大于儿童言说、缺乏'游戏'精神的弊病。"④ 方卫平以"儿童文学研究者"的视角来看待张炜的创作，所以他提到的关于"故事坡度"和"情感抓力"等儿童文学阅读特点的"批判"也较为新颖独到，在其研究中也可以浅窥张炜所作的"成人童话"和"诗心化童心"书写，与狭义和传统的"儿童文学"还是有不同之处的，"'儿童性'如何与'文学性'融合，仍然是一个值得探讨的艺术话题"。⑤ 杜未未、白杨指出，张炜用对个人历史的童心化提纯机制，为本土儿童文学的书写深度探寻提供了一种可能性，也为自己的"野地"版图、纯文学疆域增补了一块拼图，其作品中"显性的是自然、顽童、苦难与幽默，藏起来的又有根植于齐文化的精

---

① 贺仲明、刘文祥：《童心书写与文体探索——对张炜近期儿童文学创作的思考》，《中国文学批评》2018年第2期，第57~64、158页。

② 段晓琳：《对话追求与张炜儿童小说的思想深度》，《名作欣赏》2017年第18期，第73~76页。

③ 叶天舒：《当下跨界创作儿童幻想小说的现象研究》，硕士学位论文，南京师范大学，2018。

④ 叶天舒：《当下跨界创作儿童幻想小说的现象研究》，硕士学位论文，南京师范大学，2018。

⑤ 方卫平：《童心、诗心与儿童文学的故事艺术——读张炜儿童小说〈少年与海〉》，《中国图书评论》2015年第5期，第106~109页。

神气质、言说历史的方式、介入当下的姿态"。① 张梅指出，张炜将齐文化要素中的浪漫幻想注入"儿童"的野地，也将儒家思想融入对"儿童中心主义"的反思中，增添了现实担当的硬度，二者为儿童文学注入新质，也提供了一种儿童文学困局摆脱的方式。②

（3）生态文学与儿童文学的双重性

张明明以张炜、马原、徐则臣为例，分析了成人文学作家跨界儿童文学的现象，指出"一方面弥补了成人文学在表达生态主题时过于追求故事的'真实性'而导致的思想与形式的趋同性难题；另一方面延伸了他们在成人文学创作中对生态困境与现实人生的深度思考，极大地丰富和拓展了当代童话的生态内涵"。③ 杨一则指出"他一方面深刻揭示儿童文学的生态内涵，凸显自然的灵性、魔性与神性，展示人和自然之间不可割裂的亲缘关系；另一方面在多视角透析文学生态的同时揭露人类的无知与野蛮所导致的反生态因素，激励和引导读者与自然交流，以提升生态学视野、培育生态情怀、重建生态伦理"。④

（4）学位论文

专以张炜儿童文学创作为研究对象的学位论文有以下几篇：明子奇的硕士学位论文着重探讨了张炜儿童文学的发生学、四大母题（成长、自然、爱、顽童）、艺术特质、不足之处（儿童成人化形塑、说教意味较重、过于依赖作者童年经验等）等层面的内容。⑤ 李红的硕士学位论文着重研究了张炜儿童小说创作的主题内涵、文学形象塑造、叙事艺术、精神溯源四个方面。⑥ 鞠萍的硕士学位论文认为张炜儿童文学创作中的"诗心"对

① 杜未末、白杨：《有根的文学与"精神之岛"的塑造——张炜文学版图中的儿童文学创作》，《当代作家评论》2019年第3期，第145~151页。
② 张梅：《齐鲁文化的现代性转化——以张炜的儿童文学创作为例》，《艺术评论》2019年第7期，第46~54页。
③ 张明明：《跨界儿童文学创作中的生态内涵——以张炜、马原、徐则臣的童话为例》，《中国现代文学论丛》2022年第3期，第258~270页。
④ 杨一：《论生态美学视域下张炜的儿童文学创作》，《当代作家评论》2020年第3期，第163~170页。
⑤ 明子奇：《诗心童语的传奇呼唤》，硕士学位论文，山东师范大学，2018。
⑥ 李红：《张炜儿童小说创作论》，硕士学位论文，山东师范大学，2018。

"童心"和"为儿童"的创作规律产生了些许背离。① 张冠群的硕士学位论文着重研究了张炜儿童文学创作中的地缘意识和"半岛风"、动物叙事的多变和契合、少年意识的刻画、纯文学融入儿童美育的设计。② 孙雪的硕士学位论文研究了张炜的成人文学与儿童文学中并行不悖的文学创作思想。③

总体而言，张炜近年来在学界被归类和分流为"儿童文学"的作品，在研究中呈现出两种值得深入分析的典型话语模式。第一种可姑且片面地称作"原生张炜派"，更多注重探讨张炜"童心"写作的"成人文学前史"，注重其创作与"成人写作"关联域的部分，例如野地情怀、生态主义、诗心追觅、自然书写、童心与诗心、少年意识等要素，并且发现这一浮动游离的"儿童文学"板块与张炜总体写作存在相关性，注重成人创作与儿童创作的"异中之同"，但是大多依旧秉持成人文学的研究心理和研究习惯。而第二种则倾向于一种类似"儿童文学本体论"的研究维度，更多以常规、传统、"为儿童"的"儿童文学"范式准则和阐释话语来透视张炜的这类"准儿童文学"创作文本中的呈现方式和意图策略，以传统儿童文学的本来面目和正确导向为批评标准和旨归倾向，提供了成人文学研究界所欠缺的视阈视点，但似乎也有"感受谬误"的嫌疑。当然，很多研究者也秉持了这两端视角和评议模式兼具的方法，较为理性客观和中正合理。

张炜这类"准童话""半童话"甚至是"反童话"创作，与常规的儿童文学创作相比，在主题思想、人物塑造、风格形式等方面都呈现出明显的"异质性"，体现出张炜"儿童文学创作"中"双效""两不粘"的双重阐释交集现象，这既体现出张炜此类创作中特殊性、模糊性的所在，也折射出当代儿童文学研究的边缘化境遇、成人文学研究者对儿童文学的复杂心态、文学门类的含混性等方面的问题。

（七）张炜文本的比较研究及合并研究

1. 国内比较研究和合并研究

在张炜及其作品与国内其他作家和文本的比较研究中，有以下几篇文

---

① 鞠萍：《归来仍是少年》，硕士学位论文，山东大学，2018。
② 张冠群：《张炜儿童文学创作研究》，硕士学位论文，鲁东大学，2018。
③ 孙雪：《奔向童年的莽野》，硕士学位论文，湖南师范大学，2020。

章提供了较高学术价值的判断：刘东方将张炜与赵德发 2016 年同时推出的《独药师》和《人类世》进行比较研究，从"虚与实""先与后""变与不变"三个维度，对二者进行互文的串联和对举，对齐鲁文学的"双子星"、当下"鲁军"面相作出一组异同实验的管窥。① 张丛皞将《独药师》和《白雪乌鸦》合并分析，认为"两位作家把历史和文化视为可解释和可分析的系统性存在，积极复归历史小说应有的公众经验和群体意识"②，实现了对传统历史小说和新历史主义小说的双重超越。王馨的硕士学位论文对张炜与"出走写作名家"巴金的"青年出走"书写进行了比较研究。③

在国内跨作者、跨文本的合并研究中，有以下几篇值得关注：修雪枫以残雪、张炜为例分析纯文学观念与创作实践的双层研究。④ 米家路、赵凡以"水缘乌托邦主义"为切入口对读郑义《老井》与张炜《古船》，并指出"通过挑战民族河流的拯救力量，郑义、张炜这样的作家对民族复兴的问题进行了深入的讨论"。⑤ 其运用了詹明信的"民族寓言"理论，认为关于国族命运"挣扎—生存—复兴的特定叙事逻辑"与河流的消失和复流有某种对应关系。

2. "当代文学中的世界文学"：对外国作家的接受—影响研究

朱静宇论证了张炜的创作与俄苏作家的关联，以艾特玛托夫为例，分析了《九月寓言》中的"大地-母亲"模式、"男女私奔"的爱情叙事架构、含蕴丰满的意象三维的影响辐射。⑥ 邓竞艳的硕士学位论文研究了张炜与俄国文学的对接交织、继承与变形。⑦ 黄轶指出张炜田园主义书写可

---

① 刘东方：《论〈独药师〉与〈人类世〉的"互文性"——关于两部小说的阅读札记》，《南方文坛》2018 年第 2 期，第 134~139 页。

② 张丛皞：《近年来长篇历史小说营构近代史的角度和方式——以〈独药师〉和〈白雪乌鸦〉为例》，《小说评论》2020 年第 6 期，第 89~95 页。

③ 王馨：《从家国历史到个人经验》，硕士学位论文，辽宁大学，2022。

④ 修雪枫：《作家的纯文学观念与小说创作——以残雪、张炜为例》，《文艺评论》2015 年第 3 期，第 95~98 页。

⑤ 米家路、赵凡：《熵焦虑与消失的寓言——论郑义〈老井〉与张炜〈古船〉中的水缘乌托邦主义》，《文艺争鸣》2015 年第 11 期，第 139~152 页。

⑥ 朱静宇：《张炜创作中灵动的"艾氏元素"——以〈九月寓言〉为例》，《小说评论》2019 年第 4 期，第 161~168 页。

⑦ 邓竞艳：《张炜与俄国文学》，硕士学位论文，湖南师范大学，2010。

能的参照系，"他借鉴了美国文学自然主义传统的男性中心主义田园隐逸观念，尤其是梭罗的荒野传奇写作模式"。[①]

3. 翻译与海外传播

褚东伟结合自身翻译张炜小说的经验和翻译细节，指出当代中国小说优秀作品英译需要注意质量提升和经典意识。[②] 李光贞指出"日本研究者评价张炜，认为他是一个拒绝文学商品化的作家。对张炜文学作品的日本传播展开研究，有利于促进国内外中国当代文学研究界以及翻译界的交流对话"。[③] 在坂井洋史的译介过程回忆文章中，首次公开作者与译者的往来书信，"从中可以窥见作者对于文学语言、地方性与文学等重要问题的观点"。[④] 李静、张丽探讨了张炜文学作品在海外传播中的处境和启迪，涉及地域分布、时段差异、学术活动轨迹等，折射出中国文学"走出去"中的普遍特征。[⑤] 吴赟、姜智威发现，张炜在英语世界中的小说传播较为稀疏和滞缓，并分析了张炜对译程的把控与此现象的关系。[⑥]

（八）反面质疑及争论

对于一位作家而言，有否定性的质疑和批评出现，是再正常不过的文学接受事件，虽然其中可能蕴藏着诸多主观臆断和误解谬误，但是也的确可以提供一些肯定性分析中所不具备的反思视角和观察入口，以供作者修正和提高，供文学批评从业者、文学史研究者等重新反照。

张均认为《独药师》中的张炜缺乏"生活的力量"，认为张炜在人物塑造和主旨安排中，"'执'于'野地'，张炜'抹掉'了农民真实的生

---

① 黄轶：《张炜的"田园主义"及其重审》，《小说评论》2022 年第 5 期，第 121~126 页。

② 褚东伟：《为了艺术的艺术：张炜小说英译散论》，《当代外语研究》2019 年第 5 期，第 96~105、117 页。

③ 李光贞：《张炜文学作品在日本的译介与研究》，《北方工业大学学报》2021 年第 3 期，第 33~39、45 页。

④ 坂井洋史：《漫忆〈九月寓言〉日译本及其他》，《当代外语研究》2019 年第 5 期，第 85~95 页。

⑤ 李静、张丽：《张炜文学作品海外传播的研究与启示》，《当代文坛》2022 年第 3 期，第 202~208 页。

⑥ 吴赟、姜智威：《从张炜小说英译看作家资本对文学译介的介入》，《复旦外国语言文学论丛》2021 年第 1 期，第 139~145 页。

存，'执'于家族，张炜'删除'了下层佣仆的'情理'。同样遭到严重'格式化'的，还有传统的革命者"。① 认为张炜在"我执"的文学姿态中逐渐狭隘和僵化，"他们都把自己所属群体的（受难）经验当成唯一历史真相，而把自己的对立面妖魔化、兽化。他们揭示的历史因而也欠缺必要的复杂性"。② 这里实则涉及张炜乃至当代作家作品评论中的一个常见且重要的命题，张炜在文本中某些较为突出的"二元对立构造"确实会埋藏简单化的风险，但是张炜《独药师》中的人物序列其实与以往有所不同，并形成了一个较为自足且饱满的关联系统，而且每一个作家都有自己的人物谱系学和习见风格，对于同类人物的描摹，确实会有较为固定明显的忖度思路和刻画导向，要求一位作家不断地"杀死自己"是值得肯定的，但是以"深陷'我执'"为判定似乎失之偏颇和略显苛求。不过这篇"檄文"也在诸多肯定性分析之外提供了对作家自我超越和不断更新的期许，并给予了研究者们对张炜更多转向的期待。

姚亮指出《你在高原》中"游荡仅仅被当作工具性的手段，'高原'被实体化，所以游荡者只能获得暂时性的安慰，无法抵达真正的'高原'"。③ "心性的改变才是通往'高原'的关键……必须张炜先期抵达，而终极视野的开启则是张炜通往高原的必经之路。"④ 并认为张炜在忏悔书写方面尝试不少，但并未超越前辈的书写，同时也展现出中国文学的一个缺陷之处，即"对人类共同精神遗产的关注不够深入导致写作的浅表化"。⑤ 总体而言，姚亮对于"高原实体化"的判断或许失之偏颇，高原的精神象征意义实则充满整体"西西弗斯"般追寻全程的各处大小细节之内，而对于

---

① 张均：《看见一朵花有多难？——由〈独药师〉论张炜》，《中国文学批评》2017年第4期，第43~52页。

② 张均：《看见一朵花有多难？——由〈独药师〉论张炜》，《中国文学批评》2017年第4期，第43~52页。

③ 姚亮：《张炜小说关键词：高原·游荡·技艺——以系列小说〈你在高原〉为例》，《中国现代文学研究丛刊》2016年第5期，第169~177页。

④ 姚亮：《张炜小说关键词：高原·游荡·技艺——以系列小说〈你在高原〉为例》，《中国现代文学研究丛刊》2016年第5期，第169~177页。

⑤ 姚亮：《张炜与新文学的忏悔书写》，《重庆大学学报》（社会科学版）2021年第6期，第137~144页。

"心性"的强调，实则是对主人公和作者甚至当代文学提出了质疑，这也为张炜的自我更新提出了更高的要求。而关于忏悔母题的书写，当代作家的操演中的确浮现出诸多浅表性、重复性的弊端，这也显示出对现当代文学整体的期待。

而论及争议与对谈，《文学自由谈》有一组前后发表的两篇文章。唐小林率先发难，指出张炜的诗歌天赋不足、散文语言粗糙、缺乏自省意识、雄心自负、文史知识硬伤、缺乏敬畏心，以及文艺界对张的捧杀、批评家浮躁堕落、对文学奖评审机制的质疑等。[①] 而洪浩的回应之文，也有的放矢、有理有据地进行对应的反击与对话。洪浩分析了张炜古典研究的扎实、抱负与实践佐证、写作的真诚和坚守，以及唐小林对张炜文史知识应用的误读、对语言方式的狭隘取向、与《白鹿原》比较的不合理性、对儿童文学的含混指摘、"耐心和诚意"的欠缺、情绪化和粗俗化、论据例子取材选用中的下限择取等方面，作出了有力的回应。[②] 这一场对话在一定程度上体现出"民间派"对"学院派"的质询，但是由于概而化之的粗暴攻击、沉浸于主观消解的狂欢，导致痛快过瘾与轻浮缥缈并存。而这一场"高尔基"与"别林斯基"的双向期许，可以管窥到张炜研究，乃至当代文学研究中"民间派""学院派"分野的争鸣一隅。

（九）史料分析：历史钩沉与友人画像

这些史料可以体现出不同侧面的张炜，以及张炜作品创作、修改的历史，借助"当代文学中的史料"，增强历史厚度和真实性。

程光炜在对《古船》主人公的考证索隐中，勘察张炜的生活环境、成长经历、阅读习惯等，在证实证伪的求索迷宫之外，呈现了关于张炜的诸多侧面。[③] 何启治与杨晓帆的对话重新回顾了《古船》在 20 世纪 80 年代《当代》上经历收稿、审读、推荐发表等一系列编辑过程的历史样貌，包括但不限于评价标准、修改意见、评奖情况、出版方针、组织研讨流程等

---

① 唐小林：《高尔基的眼泪能否唤醒张炜？》，《文学自由谈》2019 年第 4 期，第 40~54 页。
② 洪浩：《唐小林的硬伤与软肋》，《文学自由谈》2019 年第 6 期，第 75~85 页。
③ 程光炜：《张炜〈古船〉的主人公》，《文艺争鸣》2018 年第 11 期，第 6~14 页。

内容，呈现出一段较为完整清晰的"新文学史料"。① 郭帅"以行走为方法"，对张炜进行行走生涯与行迹查考的分阶段研究，来真实地透视其"行走"这一文本中标志性叙事动力机制的物质现实和生命实质。②

王延辉和张新颖回忆了与张炜的交游③，马海春回忆了张炜与张炜早期参与的文学期刊《贝壳》的往事④，赵乐然的硕士学位论文研究了张炜早期成长经历和心路历程与其文学创作的关联⑤，亓凤珍、张期鹏编纂了张炜文学年谱⑥。

（十）自白质与对话性

自述、采访与对谈等内容清晰有效地体现出张炜真实饱满的心路历程，展现了作家原初形态的面貌与齿痕，亲口解释了诸多"悬而未决"的问题和疑惑。这些原主所表述的原生态、第一手的史料文本，也呈现出与其他研究不同的、诸多细微有趣的表达方式和灵动的细节。

张炜与王雪瑛关于长篇小说《艾约堡秘史》的对话，以淳于宝册为中心，讨论了外在诱惑与完美人格的复杂关系、文学呈现爱情深度的特殊效能、数字时代的精神危机、"语言—故事—人物"三维一体化的操作策略。⑦ 除此之外，还有张炜与王雪瑛关于"虚构"命题的对谈。⑧ 韩春燕与张炜的对话涉及凡俗生命与信念力量、写实与写虚、神秘主义与现代话语、思

---

① 何启治、杨晓帆：《我与〈古船〉——八十年代〈当代〉纪事》，《长城》2011 年第 11 期，第 159~166 页。

② 郭帅：《张炜的行走体验与文学经验——兼及张炜研究的三个基本问题》，《扬子江评论》2017 年第 3 期，第 88~94 页。

③ 王延辉：《张炜的气质之谜》，《时代文学》（上半月）2012 年第 7 期，第 66~69 页。王延辉：《张炜肖像》，《扬子江评论》2010 年第 2 期，第 9~16 页。张新颖：《乡音到耳知家近——记张炜》，《文艺争鸣》2019 年第 1 期，第 103~104 页。

④ 马海春：《张炜与〈贝壳〉》，《时代文学》（上半月）2012 年第 7 期，第 70~72 页。

⑤ 赵乐然：《论张炜早期成长经验与文学创作的关系》，硕士学位论文，山东师范大学，2013。

⑥ 亓凤珍、张期鹏：《张炜文学年谱》（上），《东吴学术》2019 年第 2 期，第 111~131 页。亓凤珍、张期鹏：《张炜文学年谱》（下），《东吴学术》2019 年第 3 期，第 128~144 页。

⑦ 张炜、王雪瑛：《宝册是当代文学中的"新人类"？——关于长篇小说〈艾约堡秘史〉的对话》，《文艺争鸣》2019 年第 1 期，第 175~180 页。

⑧ 张炜、王雪瑛：《虚构源于作家特异的心灵》，《当代作家评论》2018 年第 1 期，第 196~201 页。

想肌理的处理方式、小说技艺与工心的反思等方面的问题。① 张炜与顾广梅关于《艾约堡秘史》的对话涉及《古船》和《艾约堡秘史》异同、企业家的原罪感、"淳于宝册难题"的普遍性、自传性问题、"文学鲁军"道德伦理因素与技术的欠缺、中国作家的传统继承问题、传统雅文学的复活和再造、语言的活用、文学在当代的可为性等方面。② 王万顺与张炜的访谈也有较大的研究价值，例如张炜表达了"道德激情"之于一个作家的重要意义等。③ 木叶与张炜在《文艺争鸣》2019 年"张炜与中国当代文学"研究专辑中的对谈也令人瞩目。④

张炜自述了关于创作与写作的思考，以及文体、风格、命名、地域文化、技术、判断标准等方面的观点，呈现出一种作家意识的清醒和深刻。⑤在论及《河湾》的时候，张炜自述了关于时髦与肤浅、第一人称的功用、网络时代的症候、写作习惯、"异人"的选择逻辑等的看法，娓娓道来而情真意切。⑥

四　纷纭"秘史""寓言"的探骊：近年来研究总结、问题空间的延展希望

（一）研究实绩总结

总体而言，近年来张炜研究的数量、质量都在稳步提升，相关学位论文每年有十几篇到三十几篇，并由新作推出、会议研讨、相关期刊栏目设置等文学事件而形成些许"爆点"。

---

① 韩春燕、张炜：《海客谈瀛州——关于〈独药师〉与张炜对话》，《小说评论》2018 年第 1 期，第 67~71 页。

② 张炜、顾广梅：《中国故事的讲法：雅文学传统的复活与再造——关于〈艾约堡秘史〉的对话》，《东岳论丛》2018 年第 9 期，第 42~49 页。

③ 王万顺：《生命的质地——张炜访谈录》，《创作与评论》2012 年第 10 期，第 63~66 页。

④ 木叶：《张炜——"占领山河，何如推敲山河"》，《文艺争鸣》2019 年第 1 期，第 181~187 页。

⑤ 张炜：《文学的一个开关》，《小说评论》2018 年第 4 期，第 24~28 页。

⑥ 张炜：《我们的拐弯时刻——关于〈河湾〉》，《中国当代文学研究》2023 年第 1 期，第 116~119 页。

对于张炜新作的即时评论，大多论文都能完成感性介入和理性探照，把握基本动向，并且在短时间内作出"稳准狠"的赏析和评判，在各种角度上切中作品的文眼，对亮眼部分进行抓取和阐释；而后续学理化加强的分析也能紧随其后，并且串联起张炜的文本序列和相关文学史问题，形成整体研究的连续感和专业性。

而对于张炜经典文本的重探，也能频发新意，对症候性文本的重勘和打捞，也能发现文学批评史、文学史中的些许未见之处，进行查漏补缺，破除成见和积习，刷新文学研究的新境况。对于张炜文学观与文学思想的研究，体现出张炜研究的深入和对作家层面的深度辐照，有利于后续"张炜思想史"研究的继续深入。对传统文化内容与精神的条分缕析较为深入，对地域文化和海洋文化及相关的徐福文化的研究呈现出"齐鲁张炜""胶东张炜"与地理因素的强关联性。在生态思想研究方面，也折射出张炜式自然观与生态主义的多处暗合。对于"流浪"与知识分子这两个研究数量较大的母题和书写对象，基本实现了研究的多方位辐照。在"X托邦"想象方面，关于乌托邦、异托邦、恶托邦的争鸣，也体现出张炜文本的复杂性和丰富性，以及其意义空间和文化寓意的驳杂。人文地理学视阈和空间视角的引入也带来了诸多对于张炜空间处理与精神空间的新发现。在形式研究中，重新挖掘了被遗漏的作品结构和叙事风格、人物形象、语言风格，并深入分析张炜的语言观。在文体方面，对现有的诗歌、散文进行了再度勘察，近年来张炜儿童文学作品频出，相应地，与之相关的研究也一跃而起，成为重度热点，对"童心张炜"的"成人跨界"、文学版图、文化结构等的研究也逐渐深入。在接受—影响研究、译介和海外传播研究两个维度上，对张炜与世界文学的关系作出了些许解答。而在反面质疑及争论方面，这些质疑为张炜研究提供了新思路，虽然很多指摘并不具有完整合法性，但其中也有肯定性研究中不具备的"危险性分析"和"偏颇的真理"，同时呈现出当代文学研究中反面质疑的主观性、严苛性、尖锐性等特点。在史料方面，诸多历史信息钩沉、友人画像、自白陈述与访谈呈现出丰富的对话性，也为张炜研究提供了扎实的基础。

（二）不足及展望

从欠缺性来看，研究的重复化堆砌、同质化生产情况依旧较为严重，例如关于张炜"流浪""知识分子""道德理想主义""保守主义""传统文化"等主题存在较多鸡肋和流水线产品，甚至很多文本之间可以内容完全代换而题目不变，且诸多重要的核心刊物也难免存在很多此类的低效能研究。

其实诸多亟待深入且易出创见的学术问题方向，还留有很大的细究空间，笔者认为以下这些方面还有待后续学者的拓展和延伸。

其一，对于张炜的"研究之研究"较少，张炜的批评史中其实存在很多缝隙和缺口，例如批评标准的固定化、批评视角的年代化、批评风格的单一化等。其二，对于张炜的文学史书写还需要精进，对于张炜研究新见的补充较少，更新速率较慢，所列举文本大多为《古船》《九月寓言》等经典化文本，需要增补更多文本和文本分析，以呈现文本序列的整体性和文学创作研究的当代性。其三，对于张炜诗歌研究较少，对于其诗歌与其他体裁的互文性分析还需加强，以及对张炜早期诗歌的研究还较为欠缺。其四，对于很多"小文本"的细读缺乏，现有研究大多还是关注那些现象级文本和习见文本，对于隐藏在文学研究和文学批评下的症候性文本和微观文本还有待发掘和开采。其五，关于张炜译介、海外传播等方面的研究还较为缺乏，这类研究需要外国文学和其他学科的辅助。其六，跨学科研究视野（例如空间理论、后殖民主义视角）虽然有所拓展，但总体研究量较少，研究者的相关学术底蕴和文史哲基础还需及时更新跟进。其七，对于张炜阅读史和发生学的研究还较为少见。其八，对于张炜史料的挖掘还较为缺乏，相较于很多新时期以来的重要当代作家，张炜的史料挖掘和分析工作似乎显得较为滞后和欠缺，大多研究沉浸在文本和论述中，对张炜各种史料的重视程度和发掘力度还有待提高，而在各种资料汇编和年谱成书之后，这方面的工作或许会更加便捷。让我们期待更多的"高原"耸立和昂扬，更多的"高原地貌勘测"和"高原上的试验"游牧开去和蔓延更生……

张炜文学学术活动事记（2023）

徐静宜　　王雅雯*

发表、出版及获奖情况

2023 年 1 月 1 日，新蕾出版社出版张炜作品《橘颂》。

《橘颂》以缓慢协调的节奏、平和旷达的笔调，娓娓讲述了一位老人和一只猫在一个春天里的山居生活。他们住进迷宫般的石屋，与留守乡亲为邻，同山川草木为伴，和鸟兽虫鱼为友，以日月星辰为灯，访遗迹，睹盛春，山居生活既怡然自得，又屡获惊喜。该书借助老文公对家族历史的追问、对荒芜石村的探寻、对濒危海洋"冰娃"故事的解密、对"橘颂"美好隐喻的演绎，把山村与海洋、历史与现实、坚守与遗弃、自然与人文等巧妙勾连起来。塑造了以老文公为代表的忠于理想、坚守正义的知识分子形象，书写了四代国人一脉相承的精神气质，表达出作者对新一代少年的殷殷期盼和对人类生存处境的深层忧虑，以及融入大地、回归自然、关切人性的理想诉求。

2023 年 1 月 12 日，张炜在"创意写作指南"公众号上发表文章：《世界上的优秀作家，技术上都是过关的》。张炜指出，创意写作就是关于写作技艺的教授，主要解决的是技术层面的问题，需要在有创作经验的老师

---

　　* 作者简介：徐静宜，鲁东大学张炜文学研究院硕士研究生，研究方向为当代作家作品研究、张炜研究；王雅雯，鲁东大学张炜文学研究院硕士研究生，研究方向为当代作家作品研究、张炜研究。

带领下一边阅读一边实践，探索优秀作品的完成过程并挖掘其中的规律。

2023 年 3 月 25 日，张炜参加花城文学院揭牌仪式，来自全国各地的著名作家、学者、评论家、媒体人、文学刊物负责人以及广东省内文学界的嘉宾百余人，汇聚于这方文化院落，共同见证花城文学院的"花开时刻"。在作家张炜看来，不同地区各有特点，但南方的开放之风、创新之风应该更强烈，提倡的文学精神应该更自由，"如果花城文学院能够领风气之先，进一步打通世界文学，焕发心灵的勇敢，不是简单的形式上的翻新，而是扶持有生命力度、有强烈自我感的作家，以及对语言艺术执着、用心，非同一般的坚守者，这才是最有意义的"。

2023 年 4 月 1 日，青岛出版社出版《我的原野盛宴（博物版）》。

《我的原野盛宴（博物版）》是张炜回望个人童年经历，调动自己丰厚的生活积累与阅读思考创作的一套自然文学读本，共 5 册，包括《千鸟会》《在老林子里》《月亮宴》《去灯影》《追梦小屋》。作家以丰沛深沉的情感，书写了"人在大地上诗意栖居"的故事，笔墨间流淌着作者对自然深厚的爱，传递出万物共生、人与自然和谐相处的深沉哲思。《我的原野盛宴（博物版）》文学性与知识性兼备，手绘 200 多幅动植物图谱，配以精心编辑整理的科普知识、民间传说、诗词典故等，使整套书具有通识教育的独特魅力。

2023 年 4 月 2 日，"创意写作指南"公众号上发表文章：《文学的本质核心是诗性》（作者张炜）。张炜在文中表示作家生活在现实生活之中将心灵的接受和冲动化为语言艺术、化为诗，是一个复杂难言的过程。

2023 年 4 月 18 日，《张炜评传》（作者张期鹏、亓凤珍）荣获中原出版传媒集团 2022 年度"豫版好书"提名奖。该书追溯了张炜走上文学之路的缘起，探究了他所经历的生活与文学境况，追溯其文学根脉，评析了张炜的文学理想与情怀、文学精神与思想，重点介绍《古船》《九月寓言》《你在高原》等多部在中国文学史上占有重要地位的作品，揭秘其问世前后的曲折内幕。该书以张炜为例，可谓一部浓缩的中国当代文学发展史、思想变迁史和精神流变史。

2023 年 6 月 1 日，《我的原野盛宴（博物版）》被中华读书报列入 2023

年新出精品童书书单。

2023 年 6 月 11 日，"创意写作指南"公众号上发表文章《作家是怎样讲故事的》（作者张炜）。张炜在文中表示："写作需要安静、淳朴，心中的爱力和激情是作家讲述的动力和源泉。""优秀作家在生命的任何一个阶段，都会拥有讲述的青春。"全文短小精悍，总结作家"讲故事"的奥秘，情感充沛，句句流露真情。

2023 年 6 月 15 日，《橘颂》被评选为中国作家网"文学好书"。

2023 年 8 月 28 日，《光明日报》公众号发布张炜文章《烟火人间，鲜花压境的日子》，文章使人置身于胶东半岛，感受春意盎然与人间烟火气息。

2023 年 9 月 28 日，张炜在《四川文学》杂志 2023 年第 10 期发表随笔《又一本书离我而去》，该篇文章分为"山地""诗""又一本书离我而去"三个部分。

2023 年 10 月 13 日，2023"农民喜爱的百种图书"在四川成都天府书展公布。新蕾出版社《橘颂》入选。

2023 年 10 月 25 日，人民文学出版社出版张炜作品《张炜古诗学六书》，包括张炜在过去 20 余年里钻研古诗词写下的《读〈诗经〉》《〈楚辞〉笔记》《陶渊明的遗产》《也说李白与杜甫》《唐代五诗人》《苏东坡七讲》，这是六本书首次结集出版。

《读〈诗经〉》：张炜以诗人的敏锐之心、曼妙之笔，用带着露珠与泥土芬芳的文字构筑起一场盛大的原野盛宴，带我们漫步于先秦中国的厅堂与乡野，身临其境般感受《诗经》中一首首歌咏吟唱的现场。旺盛的激情，野性的躁动，恣意放肆的生命感染力，浪漫的情思，自由的嚎唱，这一切纵横交错，相映成趣，建构起一个诗的王国、生命的交响。

《〈楚辞〉笔记》：张炜从屈原身处的战国时期的社会状况与精神格局讲起，为当代读者还原出一个可感可触的屈原形象，屈原的人格魅力、屈原的心灵密码、屈原的爱国主义热望，都得到了动人的呈现。张炜又在中国文学史的嬗变中，在与《诗经》、汉赋的区别中，在与民间文学的关联中，以众多维度揭示了屈原所确立的美学品格在中国文学版图上的崇高地位。张炜以非凡的才情，用心灵撞击心灵，用诗情品味诗情，截断众流，独标圣解，新见迭出，每一篇都是笔酣墨饱的美文，令人叹为观止。

《陶渊明的遗产》：在该书中，张炜先从"魏晋这片丛林"说起，将读者带入陶渊明所身处的弱肉强食、"丛林法则"盛行的魏晋时期。我们由此触摸到陶渊明挣脱官场、投身田园与农事所蕴含的丰厚意义：在"文明法则"与"丛林法则"之间，陶渊明作出了自己的判断与坚守。

《也说李白与杜甫》：李白与杜甫是中国诗歌史上的高峰，两位天才诗人各以其旷世的创作力与魅力，而成为后世艺术家、诗人们隐形的榜样。张炜在该书中通过时代和生活的细节，走近李白与杜甫：诗人的家庭、身世、游历，诗人对实现政治抱负的渴望，诗人与女性的关系，诗人与炼丹、嗜酒的关系，诗人观念谱系的构成，诗人受前代诗人的影响，诗人的性格特质与生命韵律……张炜通过其匠心独具的解读，使两位大诗人的光华与魅力向当代读者充分敞开。

《唐代五诗人》：该书是张炜20多年来沉浸于古诗学的结晶。择取王维、韩愈、白居易、杜牧和李商隐唐代五位重要诗人，从历史、哲学、诗学、美学、文学史和写作学的角度，深入诗人不同的精神与艺术世界，打通古今，完成了现代时空下一次深入综合的观照。所论充满独见，具有创造性和洞悉力。该书中，每一位诗人都得到了复活，他们生机勃勃地走到读者面前，再次展现了作家张炜独特的思想与艺术见解，以及精彩语言所折射出的光芒。

《苏东坡七讲》：苏东坡是北宋第一高产作家，有关著述可谓汗牛充栋。张炜以十数年深研之功，兼诗学、写作学、文学批评、作品鉴赏、历史钩沉及社会思潮溯源之综合探究，力避俗见直面文本，每言必得凿实，质朴求真，还诗性与生存实境，直抵人性深处。苏东坡以华彩越千年，张炜以神思共婵娟，为网络时代的苏学爱好者再摆一道精神盛宴。

2023年11月1日，"岛屿书坊"公众号上发表文章：《一个日益成熟的写作者会越来越苛刻，文字越来越少》（作者张炜）。

学术活动情况

2023年4月23日，鲁东大学成功举办了第三届贝壳儿童文学周暨烟台冰心读书节活动。中国作家协会副主席，鲁东大学张炜文学研究院、胶东文化研究院、万松浦书院名誉院长，鲁东大学文学馆名誉馆长张炜亲临校园并致辞。他强调，近年来在"儿童文学"研创领域，鲁东大学正在打造中国"儿童文学"的一片"高地"。他表示，童心和诗心是文学的核心，它们体现为精致的平易、深刻的浅显、复杂的简练，是作家历经磨砺、忍受巨量劳动之后淬炼而成的结晶。同时，儿童文学也是理解和观察社会的重要窗口，是某种表征和指标，是社会生存状况和人文精神的综合体现。

2023年5月5日，半岛全媒体记者刘宜庆对张炜进行了深入访谈，二人就《斑斓志》的创作历程以及苏轼为今人带来的人生智慧进行讨论。

2023年6月6日，张炜在济南参加读书交流会。张炜欣喜地表示，济南的读书氛围日益浓厚，民间的读书活动层出不穷，文化建设取得了显著进步。

2023年6月6日，值此芒种时节，明天出版社携手济南市市中区教育局、泉海学校，以及新蕾出版社，在风光旖旎的泉海学校内，共同举办了"吟诵大地赞歌，致敬精神高原——张炜作品读书交流会暨百川读书会成立盛典"。张炜表示，"希望孩子们能以书为友、以书为伴，享受阅读的快乐，在书中获得智慧和力量"。此次活动不仅是对张炜作品的深度探讨与致敬，更是开启了一场心灵与智慧碰撞的文化盛宴，标志着百川读书会这一文学交流平台的正式启航，为济南市乃至全国的文学爱好者搭建起了一座桥梁，共同探索文学之美，致敬精神世界的巍峨高原。

2023年6月14日，《中国环境报》对张炜进行了专访，他阐述了文学与大自然之间密不可分的关系。

2023年6月17日，聊城尚书房举办了"高原上的盛宴"张炜作品朗诵会，张炜出席并致辞。他感慨道："这是我第三次来到聊城。这座城市不仅景色优美，有这么好的一片水，水边还有一家这么好的书店，非常难得。书店开在湖边，书有福，读者有福，我也感到非常幸福。"张炜还为参加朗诵会的嘉宾和观众送上读书寄语，大家深刻感受到了文字触及心灵的温暖和力量。

2023年6月18日，张炜在聊城中国运河文化博物馆参加了主题为

"AI 时代，文学何为"的文学对谈会。对谈会开始前，聊城市文化和旅游局领导向张炜赠送了曾收藏于海源阁的《楚辞集注》影印本。随后，张炜在博物馆一楼的学术报告厅与评论家赵月斌等人进行了对谈。同日，张炜参访聊城大学太平洋岛国研究中心，并为其题词"先声夺人，硕果累累"。研究中心向张炜赠送了新版《列国志》太平洋岛国系列丛书。之后，张炜一行还参观了聊城大学校园环境和文化景观。

2023 年 6 月 19 日，《青岛日报》对张炜作家进行了深入访谈，题为《没有任何时代像现在一样需要文学》。伴随着青岛出版社推出的《我的原野盛宴》，《青岛日报》读书栏目特别邀请张炜围绕"对自然心怀依恋与感激"、"地域文化基因难以改变"，以及"以文学与诗对抗贫瘠"三大核心议题展开了一场深入灵魂的对话，共同探寻自然之美、文化之根与文学之魂的无限魅力。

2023 年 6 月 29 日，张炜做客青岛书城，与岛城小读者们一起探寻文学内在世界、分享读书心得。活动以"人人都有一个理想中的原野盛宴"为主题。活动流程包括童声诵读《我的原野盛宴》节选，小读者献花并为张炜佩戴红领巾，张炜发表创作感言，读者交流。最后，张炜为读者现场签名，与现场读者合影留念。

2023 年 7 月 23 日，赵鹤翔先生追思会暨《山脉与穹隆——张炜论九章》首发式在垂杨书院城社文化讲堂举行。赵鹤翔生前是最早关注、评论张炜创作的评论家之一，他晚年反复修改完善、由作家出版社出版发行的《山脉与穹隆——张炜论九章》见证了一位作家和一位评论家四十年的精神对话，是一部饱含诗意的评论专著。张炜出席当天活动，他认为赵鹤翔先生善良、正直、快言快语，永远情绪饱满，永远都保持着诗人激情、敏感、思索的状态；他在漫长的人生跋涉里，经历了那么多苦难却没有消沉；他用生命的力量磨碎苦难，他是一个生命的奇迹。

2023 年 7 月 23 日，《文学报》在"中国童年专刊"栏目发表了张炜与冉晓珺的对话，题为《张炜谈〈橘颂〉："写了五十余年之后，会有一些反省"》。在访谈中，张炜表示《橘颂》语言力求简洁，以八旬老人为主角，展现老少心灵共鸣，跨越年龄界限。他力挺儿童文学应深刻精致，拒绝浅薄迎合，认为文学创作是对自我与时代的深度审视，在新时代背景下寻求独特表达。

2023 年 7 月 27 日，张炜做客全民阅读"红沙发"系列访谈，围绕"精湛的语言艺术在儿童文学中的重要性"这一主题与刘玉栋等作家展开讨论。在访谈中，张炜通过其作品《我的原野盛宴》阐释了自己的语言观以及儿童文学中语言艺术的巧妙运用。

2023 年 7 月 28 日，张炜前往第 31 届全国图书交易博览会临沂分会场，出席由花城出版社、临沂书城主办的"齐鲁之河——张炜《河湾》读者见面会"，与读者分享长篇小说《河湾》背后的创作故事与心路历程。

2023 年 8 月 23 日，《中华读书报》刊登《少年的风——关于〈北风啊北风〉的对话》一文，张炜、陈沛以笔谈形式就作家洪浩新作《北风啊北风》中的诸多问题进行了深入梳理与分析，对其兼具传统与现代、虚构与非虚构的艺术特质给予充分肯定。

2023 年 9 月 1 日，由鲁东大学张炜文学研究院、博物馆，山东师范大学文学院（文献学）青岛中心，青岛文学馆共同主办的"清气·宋遂良文学文献展巡展特别单元——宋遂良与胶东文学"在鲁东大学博物馆隆重开幕。山东师范大学文学院教授宋遂良、中国作家协会副主席张炜、鲁东大学党委书记王庆等出席开幕式。

2023 年 9 月 6 日，烟台举办了"打造文艺精品，提升城市影响力"研讨会，张炜作为重要嘉宾出席了此次盛会。作为中国当代文坛的重要作家，张炜不仅以其作品著称，更成为胶东文化的一张亮丽名片。他长期关注并深入研究胶东半岛的地方史，对此地文化充满了深厚的情感与独到的见解。在谈及个人感受时，张炜表达了对烟台文化振兴的坚定信心，并指出辛亥革命后，烟台便已成为新文化运动的前沿城市之一，其现代教育、医疗事业的发展在北方乃至全国都走在前列，这是令人瞩目的成就。

2023 年 9 月 9 日，綦国瑞《第一方红印》研讨会在鲁东大学举行，中国作家协会副主席张炜出席此次活动。

2023 年 9 月 11 日，张炜在鲁东大学张炜文学研究院举办的首届儿童文学编辑研修班中，为学员们带来了题为《寂寞的童话——关于儿童文学之一》的精彩讲座，进一步分享了自己对儿童文学领域的深刻见解与创作经验。

2023年9月19日，第二十届百花文学奖颁奖典礼在天津举行。此次活动汇聚了包括获奖者在内的百余位知名作家、评论家、编辑、出版界和文艺界同人，以及读者代表参加活动。张炜作品《爱的川流不息》荣获中篇小说奖，其授奖词是："融融""小獾胡""花虎""小来"等性格各异的猫狗，还有鸽子、蝈蝈等小动物，是这个世上可以与"我"交心、平等的存在。《爱的川流不息》以浓郁的诗意笔调描绘了人与动物亲密相处、共同成长的点滴故事。作品秉持着人与自然和谐共生的创作立场，探讨生命的价值与意义及万物并育而不相害之现代性转化。

2023年9月27日，值中秋佳节前夕，万松浦书院开坛二十周年座谈会在书院学术报告厅隆重举行。座谈中，张炜对开坛二十年来参与书院工作的专家学者和社会各界人士表达了感激之情，并对书院的未来发展寄予了殷切的希望。

2023年10月20日，人民文学出版社特别邀请著名作家、中国作家协会书记处书记邱华栋，著名学者、中国人民大学教授孙郁，以及著名作家崔曼莉与张炜进行了一场以"满目青绿，生命交响——张炜的古诗学盛宴"为主题的对谈活动，人民文学出版社总编辑李红强作为出版方代表致辞。活动由CCTV第五季《中国诗词大会》冠军彭敏主持。在"张炜古诗学六书"中，张炜以深厚的学术功底与不懈的艺术追求，将自己数十年诗歌创作与研究的精髓汇聚成册，毫无保留地向读者敞开了他心灵的宝库。这不仅仅是一部关于古诗学的专著，更是张炜对传统文化深刻理解与现代视角融合的结晶，引领读者共赴一场跨越时空的诗意之旅。

2023年10月29日，由中国作家协会创研部、中国海洋大学文学与新闻传播学院、中国海洋大学青岛现当代作家研究中心共同主办的"青藏高原中国式现代化的文学表达"暨杨志军长篇小说《雪山大地》研讨会在崂山校区召开。中国作家协会副主席张炜出席活动，张炜评价杨志军的《雪山大地》："情感细腻，细节读起来入眼入心，很瓷实，中气十足。"

2023年11月7日，《烟台晚报》记者赵志杰对张炜进行人物专访，题为《从故土原野——走向苍茫辽阔》，与张炜进行了九问九答。张炜表示："研究古诗词怎么有趣怎么讲，怎么通俗怎么讲，是值得警惕的现象。"同时分享了自己创作的心路历程："《古船》的力量在于青春，《九月寓言》是更成熟的生命表达；在告别青春的交接点上，则产生了《你在高原》。"

2023年11月8日，山东财经大学诗学研究中心成立典礼暨首届诗学论坛在舜耕校区盛大举行，张炜与吉狄马加等50多位嘉宾到会祝贺。张炜强调了诗学研究中心成立的重要意义，他表示："山东财经大学诗学研究中心的成立，算得上是一件盛事。它以'诗学'命名，即突出和标记了一种学术指向，要具备与这个称谓相匹配的内容与品质，可以说是难而又难的。而我们今天要做的，就是让其名副其实。"张炜提出，美丽的山东财经大学舜耕校区建在金鸡岭下，风水绝佳；诗学讲堂的幽雅环境会让讲学者进入沉静遥远的幽思。我们正处于从未经历过的数字时代，一个以高度计算能力为特长的高科技社会。在这样的时期，只有诗、诗性想象力、审美力，才难以被无所不在的计算所取代。而审美力的缺失，科技是无法弥补的。我们这里说的"诗学"当然是广义的，是以诗为核心的全部的文学，这是我们研究和瞩目的对象。我们将从"狭义的诗学"走进"广义的诗学"。山东财经大学校领导向张炜颁发山东财经大学诗学研究中心主任聘书及特聘教授聘书。张炜向吉狄马加、唐晓渡等10位特聘研究员颁发聘书。

2023年11月16日，"2023中国文学盛典·茅盾文学奖之夜"系列活动于茅盾故里——桐乡乌镇隆重举行。"杭州作家"公众号采访了包括莫言、张炜等在内的多位名家，大家就他们对乌镇的印象进行深入讨论。

2023年11月25日，人民文学出版社"中国当代文学名家·文化研学训练营"在京启动。作为文化研学训练营的开营仪式，张炜来到清华大学附属中学上地学校，为学校师生及家长带来了一场主题为"青少年的阅读与写作"文学名家讲座。在讲座上，张炜建议中学生写作应感悟独特生活，用个人视角和语言表达；克服碎片化阅读，培养耐心和判断力，避免语言与思想劣质化；选择书籍时应警惕流行与推销，注重深度与思想性。

2023年11月30日，张炜出席了在济南市市中区教师成长基地举办的"中国作家协会副主席张炜先生与语文名师畅谈阅读与写作"活动。这次活动由明天出版社、济南市市中区教育教学研究中心以及新蕾出版社共同举办，是山东省星火阅读名家面对面系列活动的一个重要环节。张炜以其深厚的文学造诣和丰富的创作经验，与现场的语文名师们进行了深入 的交流，共同探讨了阅读与写作的重要性、技巧以及对学生的深远影响。

总结：2023 年是学术探索与文化交流的丰年

2023 年，对于著名作家、中国作协副主席张炜而言，无疑是一个充满学术探索与文化交流的光辉年份。这一年，他不仅在文学创作领域持续深耕，用力作展现其深邃的文学思考和卓越的写作技艺，更在各类文学活动、学术论坛及读书分享会上频繁亮相，以其深厚的文学造诣和独到的见解，为文学界注入 了新的活力与深刻思考。

在文学创作方面，张炜的作品继续以其独特的风格和深刻的主题吸引着广大读者的关注。他通过细腻的笔触和丰富的想象力，构建了一个又一个引人入 胜的文学世界，让读者在享受阅读乐趣的同时，也能感受到文学的力量与魅力。此外，张炜还不断尝试新的写作手法和题材，力求在文学创作上实现自我突破和创新。

除了文学创作，张炜还积极参与各类文学活动、学术论坛及读书分享会。在这些场合中，他不仅是受邀嘉宾，更是思想的引领者和交流的推动者。他以其深厚的文学功底和敏锐的洞察力，对文学现象、文学理论及文学创作进行了深入剖析和独到解读，为与会者提供了宝贵的启示和思考。同时，他也乐于与读者分享自己的创作心得和阅读体验，鼓励更多人热爱文学、关注文学、参与文学。

在文化交流方面，张炜更是身体力行地推动着文学与社会的互动与融合。他通过参加各类文化交流活动、访问高校等方式，与不同领域的专家学者和文学爱好者进行广泛而深入的交流。这些交流不仅拓宽了他的学术视野和创作思路，也为他带来了更多的创作灵感和动力。同时，他也通过自己的作品和言行，向更多人传递了文学的力量和价值，激发了更多人对文学的兴趣和热爱。

　　总之，2023 年对于张炜而言是一个充满学术探索与文化交流的丰年。他用自己的才华和努力为文学界注入了新的活力与思考，创作出了许多的优秀作品，为文学界带来了更加丰富的精神食粮，也为广大读者带来了更多的阅读享受和精神滋养。同时，我们相信，未来作家张炜将继续发挥自己在文化交流中的桥梁作用，促进不同文化领域之间的交流与融合。

（审核老师：辛颖）

2023 年度张炜研究综述

郭道鹏　彭心怡*

　　作为当代文学史上一位极为重要的作家，张炜的文学创作与学术研究一直是学界关注的焦点。2023 年以来，围绕张炜的相关研究继续呈现繁荣的景象，并有许多新的亮点。本文拟对 2023 年度（截至 12 月 6 日）的张炜研究作出综述。内容包括对张炜小说、儿童文学、诗歌等各体创作的研究，对张炜文学思想尤其是"古诗学"的研究，对张炜的文学史研究等方面的新成果的分析，并进行总体评述及展望。

　　2023 年度，在出版方面值得关注的事件有二：年初由新蕾出版社出版的《橘颂》，是张炜在儿童文学领域的重磅收获；下半年人民文学出版社出版的"古诗学六书"，则是张炜在古诗学领域耕耘的硕果。可以看到，作家涉足的领域越来越广泛，表现出一种舒展和大成的气象。

　　与这样杂花生树丰富多彩的张炜创作相适应，评论界也表现出了丰富、多元、全面的研究态势，2023 年度既有围绕新作品新理论的时评快评，也有深挖文学史的下潜式研究，既有对于细微局部的把握，也有对于作家整体创作历程的鸟瞰。

一　古船行至河湾：小说研究

　　张炜的小说创作一直是学界的关注重点。2023 年度张炜小说研究成果

---

　　*　作者简介：郭道鹏，鲁东大学张炜文学研究院硕士研究生，研究方向为当代作家作品研究、张炜研究；彭心怡，鲁东大学张炜文学研究院硕士研究生，研究方向为当代作家作品研究、张炜研究。

颇丰，尤其是对新作《河湾》的评论研究，既有扎实精彩的文本细读，也有与时俱进的新理论运用，进一步完善了学界对张炜小说的评价与认识。

（一）新作《河湾》研究

在 2023 年度张炜小说研究中，对新作《河湾》的研究是重中之重。学者们从思想内涵与创作手法等多个角度提出许多新颖见解。

在思想内涵方面，朱东丽指出《河湾》是张炜对自然主义与现代都市之关系的又一次思考，并且以自然生态主义的书写角度对现代浪漫主义进行解构，最终实现对自然浪漫主义的重塑。[①] 马茹萍认为《河湾》中的隐秘婚姻指向一种特殊的两性关系，并且主人公"出走河湾"的人生选择背后也隐含着人类普遍的情感矛盾。[②] 李晓燕指出"《河湾》绘就了一幅现代社会的'访高图'"，并且对"高人"的定义进行了现代化的阐释。[③] 丛新强认为《河湾》的核心命题是对何为"异人"和如何居于"潮流之上"的讨论，并且通过重新讲述半岛家族"秘史"和提出当下时代"病症"得出唯有回归万物自然的"河湾"才是精神"良方"的结论。[④] 段晓琳指出《河湾》以"异人"为最核心的概念，并通过其"自我恪守"的内涵点明了"在物欲横流的当下，个体如何以倔强的心灵和顽韧的品质来告别和重建当代生活"的主旨。[⑤] 陈星宇认为《河湾》是张炜继续回答"90 年代问题"的作品之一，并且通过这部小说再次整合文学的伦理，同时对语言及文学的功能伦理加以考虑。[⑥] 珂村认为"追寻"是《河湾》的主题，主人公的种种人生选择也说明了"追寻是永无止境的，以更加积极的态度参与

① 朱东丽：《浪漫主义的重构——论张炜〈河湾〉的生态美学书写》，《百家评论》2023 年第 5 期，第 83~88 页。
② 马茹萍：《试论张炜新作〈河湾〉》，《汉字文化》2023 年第 7 期，第 160~162 页。
③ 李晓燕：《寻访"高人"的行踪——张炜小说〈河湾〉论》，《中国政法大学学报》2023 年第 5 期，第 295~304 页。
④ 丛新强：《论〈河湾〉的家族"秘史"、时代"病症"与精神"药方"》，《百家评论》2023 年第 5 期，第 63~71 页。
⑤ 段晓琳：《致命的诱惑与沉默的骆驼——论张炜长篇小说〈河湾〉中的"自我守持"》，《中国当代文学研究》2023 年第 1 期，第 135~144 页。
⑥ 陈星宇：《〈河湾〉与张炜的"90 年代问题"》，《百家评论》2023 年第 5 期，第 72~78 页。

生活也是一种追寻的方式"。①

在创作手法方面，吴鹛认为小说《河湾》中的"空间"是具有文化语义的动态片段，其中蕴含着丰富的身体叙事与精神话语，并且允许主人公在不同的空间中直面现实困境，作出不同的人生选择。② 范伊宁聚焦《河湾》中"言说"以语言这一重要命题，指出《河湾》于日常生活的现实书写中呈现语言背后所蕴藏的当代人物质生活、精神生活的危机。③ 黄江苏以《河湾》为切入点探究张炜小说创作中的"重复"问题与出现在人物形象身上"抵抗"与"逃逸"的关系问题，并指出张炜是当代文坛"刺猬型作家"的代表。④

（二）旧作回顾

除了对新作《河湾》的阐释外，2023 年度依然有不少学者选择重温张炜的小说创作，进一步完善了张炜小说研究。

任钰镯指出张炜早期短篇小说《一潭清水》以举重若轻的笔法巧妙地展示了在自然与社会碰撞过程中人性之变化，深入对历史与现实的思考，充满了对人性的反思力度。⑤ 唐东堰、张天琦认为《古船》通过展现隋抱朴在"罪"与"罚"的生存苦难中所彰显出的精神高度和人性意识，带领读者进一步深入人类领域的省思。⑥ 路佳认为"《古船》以现代性思索历史与民族文明"，以历史回顾、家族叙事等手段预言中国传统家族意识的衰落，发掘个人主体性意识。⑦ 刘伟指出"《九月寓言》是呈现时代变革特征

---

① 珂村：《人生的意义在于追寻——张炜小说〈河湾〉读札》，《百家评论》2023 年第 5 期，第 79~82 页。
② 吴鹛：《历史与现实的空间言说——评张炜长篇小说〈河湾〉》，《中国当代文学研究》2023 年第 1 期，第 120~128 页。
③ 范伊宁：《言说之难与精神之困——评张炜长篇新作〈河湾〉》，《中国当代文学研究》2023 年第 1 期，第 129~134 页。
④ 黄江苏：《凿石者的执念与逃逸者的抵抗——从〈河湾〉看张炜小说创作》，《名作欣赏》2023 年第 28 期，第 107~111 页。
⑤ 任钰镯：《照亮人性的"清澈"——张炜〈一潭清水〉细读》，《名作欣赏》2023 年第 32 期，第 151~153 页。
⑥ 唐东堰、张天琦：《论张炜〈古船〉的苦难意识》，《黄冈职业技术学院学报》2023 年第 2 期，第 63~66 页。
⑦ 路佳：《论张炜〈古船〉的历史意蕴》，《文学教育》（上）2023 年第 3 期，第 37~39 页。

的寓言"，小说通过悲剧意象的设置、对栖居家园的追忆缅怀以及复调结构中家园的失落，呈现出人类生存与历史发展冲突的某种必然性命运。①宋政聚焦《你在高原》中的人物关系建构，认为宁伽作为人物关系的焦点，对于小说整体人物关系有着支撑和发散作用，并通过以宁伽为中心的人物关系网总结三种典型人物关系模式，同时探究该小说人物关系建构的价值。② 毛嘉亦认为《丑行或浪漫》的独特之处在于塑造了"刘蜜蜡"形象，该形象体现出张炜对理性欲望的思考，反思异化的人性世界和现代病态爱情。同时她认为，男性意识干扰了作家对"女性乌托邦"的想象，致使浪漫寻爱之旅仍是未完成式。③

（三）研究中突出的主题内容

1. 海洋文化与情结

唐长华认为张炜等山东当代作家深受海洋文化精神的影响，其创作不仅塑造了具有典型海洋性格的人物形象，也反映了独具海洋地域色彩的民俗文化生活，同时张炜等人也能立足海洋精神文化，揭示经济开发给海洋带来的伤害与危机，批判人性的异化，对现代化有着深刻的反思。④ 杜子威认为张炜以自觉的文化意识和生态意识理性观照"海洋"，于"海洋"中寄托新旧时代更替下的忧思和希望，同时也在创作中呈现"海洋"所承载的时代意识与价值，他认为，张炜童年海边生活经历与对齐鲁文化的探索是其海洋情结的生成渊源，并且其海洋情结的思想意蕴存在发展变化，同时也蕴含着张炜自省式的文化意识与前瞻性的生存观念。⑤

2. 流浪意识

由陈汝锜、张馨之、胡梦琦、冯潇、王晗共同参与的大学生创新项目

---

① 刘伟：《张炜〈九月寓言〉解读：生命本真与历史理性的悲剧性冲突》，《柳州职业技术学院学报》2023 年第 5 期，第 97～101 页。
② 宋政：《张炜〈你在高原〉人物关系研究》，硕士学位论文，鲁东大学，2023。
③ 毛嘉亦：《失落的浪漫主义者——论〈丑行或浪漫〉中的女性情爱》，《今古文创》2023 年第 26 期，第 4～6 页。
④ 唐长华：《山东当代作家创作中的海洋文化精神——以张炜、赵德发小说为中心》，《山东理工大学学报》（社会科学版）2023 年第 2 期，第 54～61 页。
⑤ 杜子威：《论张炜小说创作中的海洋情结》，硕士学位论文，扬州大学，2023。

对《古船》①《我的田园》②《柏慧》③《独药师》④《九月寓言》⑤ 中的流浪意识进行研究，分析流浪意识形成的多种原因，指出张炜小说中的流浪意识与其自身经历有密切关系，并且具有显示现代人精神状态等价值意义。

3. 经济书写

李汝月综观张炜 50 年文学创作中的经济主题，将其分为"改革初期的价值困惑""经济伦理观成型""二元对立结构的形成与松动"三个阶段。同时她还总结出张炜经济叙事的三种模式，并指出张炜经济书写具有"质而实绮，癯而实腴""抒情性""哲理性"等审美特征。她认为，张炜始终聚焦中国社会各阶层的生活困境，对商业文明入侵人类精神现象表示担忧。⑥

4. 民间故事与胶东文化

张艳梅认为以张炜为代表的当代山东作家深受齐鲁民间文化的影响，其作品也深刻体现齐鲁大地风俗文化的变迁与人们心灵、精神的动荡，同时作为"50 后"作家，张炜的创作体现出历史感与时代性交织的特点。⑦ 丁佳颖认为张炜创作中的胶东因素增加了作品朴实庄重的色调，不仅显示了民间文化的独特价值，也在一定意义上丰富了文学创作的园地。⑧ 郑文在硕士学位论文中探讨了张炜小说中大量出现民间故事书写的成因，并从民间故事模型、叙事法则、嵌入方式等角度呈现张炜小说民间故事书写的叙事方式，分析其中蕴含的以"人与自然""人与人""人自身"三方面

---

① 陈汝锜：《论张炜〈古船〉中的流浪意识》，《名作欣赏》2023 年第 2 期，第 77~79 页。
② 张馨之：《论张炜〈我的田园〉中的流浪意识》，《名作欣赏》2023 年第 2 期，第 86~88 页。
③ 胡梦琦：《论张炜小说〈柏慧〉中的流浪意识》，《名作欣赏》2023 年第 2 期，第 74~76 页。
④ 冯潇：《论张炜小说〈独药师〉中的流浪意识》，《名作欣赏》2023 年第 2 期，第 80~82 页。
⑤ 王晗：《论张炜小说〈九月寓言〉中的流浪意识》，《名作欣赏》2023 年第 2 期，第 83~85 页。
⑥ 李汝月：《论张炜小说中的经济书写》，硕士学位论文，南昌大学，2023。
⑦ 张艳梅：《文化记忆与当代山东作家创作》，《百家评论》2023 年第 2 期，第 4~9 页。
⑧ 丁佳颖：《论张炜"胶东"书写中的"言""歌""瓜"——以〈声音〉〈九月寓言〉〈河湾〉为例》，《今古文创》2023 年第 20 期，第 22~24 页。

为主的多元化思想。①

5. 城乡关系

马晓娟在硕士学位论文中以城乡关系为切入点，深入挖掘张炜城乡书写的写作资源，通过探究张炜 20 世纪 70 年代、80 年代、90 年代到 21 世纪以后三个阶段创作中城市与乡村之间关系的变化与独特性，显示作家在内部精神领域中现代性反思与情感性的交互纠缠。②

6. 生态美学

刘胜男认为张炜创作深受儒道文化与民间文化影响，具有人与自然平等共生的自然生态审美意蕴，同时张炜还擅长建构理想化社会与批判人性丑恶，体现出社会生态审美意蕴，此外，张炜始终关注人类精神生态的困境与危机，呈现出精神生态审美意蕴。③

7. 知识分子

李雪认为张炜早期"流浪"经历使他始终坚守知识分子对"真"与"善"追求的立场，以道德理想为基点，结合各个时代不同的艺术方式与风格，对商业扩张主义和封建专制主义进行批判，她认为在张炜身上体现出来的知识分子品格"处在鲁迅思想的延长线上"。④

8. 神秘因素

王梦笛在硕士学位论文中采用比较文学平行研究的方法，以神秘主义诗学理论切入点比较分析张炜、兰波的创作，得出二人创作具有"丛林野趣""浪子情怀"等相似性，但写作的诉求根本不同：张炜创作以"传达温情、神圣和追寻的希望"为主，而兰波创作"以愤怒和逃离的姿态表达黑暗和病态"。⑤

从整体上看，学界针对张炜小说创作的相关研究与他的写作脉络及精

---

① 郑文：《张炜小说中的民间故事书写研究》，硕士学位论文，山东师范大学，2023。
② 马晓娟：《城乡关系视域下的张炜小说研究》，硕士学位论文，西安工业大学，2023。
③ 刘胜男：《张炜，诗意栖居的坚守者——生态美学视角下的张炜小说研究》，《文化学刊》2023 年第 7 期，第 95~98 页。
④ 李雪：《论张炜的自我形构与文学叙述——兼及对知识分子与时代之关系的反思》，《聊城大学学报》（社会科学版）2023 年第 5 期，第 122~130 页。
⑤ 王梦笛：《张炜与兰波作品中的神秘因素比较研究》，硕士学位论文，西南大学，2023。

神历程和轨迹高度契合，取得了丰硕的学术成果。学者们不仅深入剖析作品的主题主旨、情节结构、人物性格、语言风格等，还将之置于张炜整个创作生涯中来考察，分析其在张炜写作系统中的创新之处以及所承继的传统，这体现了研究的及时性。也有学者采取历时性的视角，追溯和梳理张炜不同时期小说创作的变迁与演进，更好地把握其整体创作轨迹。

二 从鱼王到橘颂：儿童文学研究

随着这些年张炜在儿童文学领域的深耕，儿童文学研究已经成为张炜研究的新热点。2022 年 9 月，张炜的又一部儿童文学力作《橘颂》问世，作为 "献给 9~99 岁少年的人生奥义之书"，引起广泛关注，再次掀起了对张炜儿童文学研究的热潮。

（一）新作《橘颂》评论与研究

洪浩认为《橘颂》别有新意，其文本简约却蕴含多个维度的题旨，是实践 "冰山理论" 的范本。[①] 刘妍认为 "橘颂" 一词在书中具有三重意义指向，张炜巧妙地运用 "节制" 的叙事艺术赞美了橘树 "深固难徙" 的坚定品质、猫儿橘颂自在的生命形态以及老文公对理想的坚定专一，同时也表达了对人与自然关系疏远的隐忧。[②]

除此之外，媒体与网络平台也出现了相关评论：2023 年 3 月 15 日文汇网登载了《评张炜小说〈橘颂〉：与谁相遇，分享盛大春天》，作者王雪瑛认为《橘颂》通过互为镜像的人物设计以及 "橘颂" 寓意的多重互文巧妙地将历史与现实、坚守与迁移、自然与人文等问题贯通起来，在写实与诗意隐喻交融的状态中反思沉重的生命问题，使小说呈现出顺应自然、坚

---

① 洪浩：《多维度的艺术珍品——张炜中篇小说〈橘颂〉赏析》，《名作欣赏》2023 年第 22 期，第 92~96 页。
② 刘妍：《"橘颂" 的三重意义指向与节制的叙事艺术——评张炜新作〈橘颂〉》，《名作欣赏》2023 年第 29 期，第 145~147 页。

守理想、超越自我的生命意境。① 2023 年 4 月 25 日中国青年作家报登载了
《张炜〈橘颂〉："老人与海"的新时代阐释》，作者林媛媛指出，张炜
《橘颂》从对坚定心智的追求、对和谐自然的呼吁、对信念感的重新呼唤
三个方面对《老人与海》进行了新时代阐释。②

2023 年 7 月 10 日《文汇报》登载了《走向生命高低的歌吟——读张
炜〈橘颂〉》，作者崔筱认为《橘颂》"为当代人歌吟了诗性芬芳的'归
去来分辞'"，不仅彰显了留白艺术与冰山理论的魅力，也呈现出人与人、
人与自然之间的真挚情感与孩童般纯真自然的想象力，进一步拓展了儿童
文学的创作路径。③《大众日报》2023 年 9 月 14 日在"腾讯新闻"官方账
号登载了《朴素田园的最后挽歌——读张炜新作〈橘颂〉》，作者马知遥
认为《橘颂》是"朴素田园的最后挽歌"，象征和隐喻的运用使小说寓意
深厚，不仅暗含张炜对人类今后何去何从的生存问题的省思，同时也表达
了在喧嚣世界中寻找朴素的生活方式的愿望。④

（二）其他儿童文学作品再探

在思想内容方面，朱先昂认为《寻找鱼王》通过朴素的民间故事传递
给儿童读者善恶是非观念，在轻松愉悦的阅读氛围中启发读者思考人与自
然的关系，同时也表现出儿童只有完成自我主体意识的觉醒，才能作出正
确的人生选择，实现人生价值。⑤ 寇梦鸥指出《我的原野盛宴》中张炜通
过动物、植物和民间传说构筑了一场荒野盛宴，为读者呈现了一场诗意栖

---

① 王雪瑛：《评张炜小说〈橘颂〉：与谁相遇，分享盛大春天》，（2023-3-15）［2023-11-3］，
https://www.whb.cn/commonDetail/511963。

② 林媛媛：《张炜〈橘颂〉："老人与海"的新时代阐释》，（2023-4-25）［2023-4-25］，
http://qnzj.cyol.com/html/2023-04/25/nw.D110000qnzjb_20230425_4-01.htm。

③ 崔筱：《走向生命高低的歌吟——读张炜〈橘颂〉》，（2023-7-10）［2023-7-10］，ht-
tps://dzb.whb.cn/2023-07-10/7/detail-812537.html。

④ 马知遥：《朴素田园的最后挽歌——读张炜新作〈橘颂〉》，（2023-9-14）［2023-9-14］，
https://view.inews.qq.com/k/20230914A0ALR100? no-redirect=1&web_channel=wap&open
App=false&uid=&shareto=&openwith=wxmessage。

⑤ 朱先昂：《〈寻找鱼王〉的内涵解读与创作特色分析》，《长江小说鉴赏》2023 年第 10
期，第 17~20 页。

居，同时也实现了自己的精神还乡。①

在创作手法方面，袁玉洁对《半岛哈里哈气》中的叠音词进行研究，指出叠音词具有"写人状物，贴切形象""摹拟声音，真实动听""表达情感，丰富细腻""增强节奏，音乐性强"的修辞作用。② 张凡、李巴特认为张炜《我的原野盛宴》通过"优美诗性的创作实践表达了生态回归的现代心理"，并且以童真的视角实现了文学表达中的生态平衡。③

此外，2023 年知网可查的、主题为张炜儿童文学创作的研究生论文共有两篇。其中，刘璐的硕士学位论文以"诗性"为关键词，探索张炜儿童文学创作中的诗性缘起，通过梳理作品人物形象、时空设置和主题的诗性指出张炜儿童文学创作的诗性特征，并探讨了其创作对当下儿童文学的价值与启发。④ 吕智惠的硕士学位论文从张炜儿童小说创作的生成与价值出发，探究其深层思想意蕴，并从叙述视角、叙述结构和叙述语言三个方面概括张炜儿童小说的艺术特色。⑤

总体来看，张炜儿童文学研究热闹非凡，已经成为张炜研究领域的新热点。

三　理论与实践的辉映：诗歌研究

张炜不仅是一位小说家，他的诗人身份也已经广泛地为学界所注意。他的诗歌写作已经持续了 50 多年，而近几年更是连续推出两部长诗，引起广泛关注。张炜不仅写诗，还是一位诗论家，他有自己独到的诗歌理论和诗歌观，这诸多身份相互辉映，存在巨大的挖掘空间。

铁舞用"插话"的形式与张炜的诗论进行对话，对其"纯诗"观进行

① 寇梦鸥：《童年白日梦——论张炜〈我的原野盛宴〉中诗意栖居的构筑》，《今古文创》2023 年第 18 期，第 7~10 页。
② 袁玉洁：《〈半岛哈里哈气〉的叠音修辞艺术研究》，《名作欣赏》2023 年第 5 期，第 135~137 页。
③ 张凡、李巴特：《对半岛生态的话语重构与现代反思——论张炜长篇小说〈我的原野盛宴〉的生态叙事》，《石河子大学学报》（哲学社会科学版）2023 年第 3 期，第 111~117 页。
④ 刘璐：《张炜儿童文学的诗性》，硕士学位论文，鲁东大学，2023。
⑤ 吕智惠：《张炜儿童小说研究》，硕士学位论文，伊犁师范大学，2023。

辨析，探讨了"纯诗""元诗"等概念。他认为《不践约书》和《铁与绸》这两部长诗"有深厚的意蕴和容量，也许可以置于大学中文课堂，像《尤利西斯》那样成为世界级的文学教材"，但是在韵律和诗句的锤炼上仍未完全实现诗人自身的诗歌主张。[①]

唐晓渡认为，无论张炜的小说成就达到了怎样的高度，他本质上都首先是一位诗人。他称张炜为"诗人作家"。结合与作家的交游经历，他提到作家身上所具有的"持恒的激情"，认为那"是一个诗人才会有的激情"。他认为，张炜的写作是一种出自心灵、为了心灵并创造心灵的一体化"诗性写作"。长诗《我与沉默的橡树》体现出张炜的"元写作"性质：五棵蓬勃挺拔的橡树在这里不仅对应着五根手指，还象征着一个扎根大地、沐浴天风、与万物彼此吐纳往还的生机无限的精神世界。他注意到张炜诗中大量存在的植物意象，并认为"自然"在张炜那里是"一种对称于世界本相的精神生态"。更进一步，他认为"某种自在的寂静"稳居张炜诗歌的核心，是其"精神图式"中最柔弱，也最有力、最富生长性的部分，是他最无可替代的价值所在。[②]

总的来看，对于张炜的诗歌创作，评论界的挖掘还显得远远不够。这不仅是2023年度的问题，也是长久以来张炜研究中偏科偏项的尴尬局面的继续。

四 从人文精神到千古诗心：文学思想研究

张炜不仅是一个著作等身的作家、诗人，更是一位有自己完整文学观和文学自觉意识的文论家、思想家。他一直通过大量的文学评论和文学理论表达活跃在文学界的多个领域。透过对其文学思想的剖析，可以更全面地理解张炜作为作家的精神面貌、价值取向、审美情趣等，加深对他多重身份的立体认识。

[①] 铁舞：《插话张炜谈诗》，《文学自由谈》2023年第4期，第27~36页。
[②] 唐晓渡：《无论张炜的小说成就达到了怎样的高度，他本质上都首先是一位诗人》，（2023-11-3）[2023-11-30]，https://mp.weixin.qq.com/s/GVB1sa67bRoAnuKMXTyGkw。

20 多年来，张炜怀着极大的热忱，潜心研读中国古代诗歌，并推出了六部诗论著作（《楚辞笔记》《也说李白与杜甫》《陶渊明的遗产》《读〈诗经〉》《苏东坡七讲》《唐代五诗人》）。2023 年，在张炜创作生涯 50 周年之际，人民文学出版社将六本书结集为"古诗学六书"一套出版，引发广泛关注。"古诗学六书"的每个单元既是独立的个体，又彼此呼应相通，一脉相承，是一个整体工程，可谓一部兼具诗学分析、写作学探寻、文学批评实践、历史学判断、社会学分析的综合型著作。这是特别值得关注的现象，也具备其合理性和内在逻辑。张炜在作家之外，还是一位文论家、思想家，著有数量不少的文论、诗论作品，这些论著体现了他对于创作行为、文学研究的自觉，展现了他对文学创作的独特见解，阐述了他的文学主张，这些论著与他的文学创作之间存在互文关系。

"古诗学六书"中的几本先前已出版过，也有不少分析。此次重新结集出版，出版方面声势浩大，评论界的跟进则显得迟缓。

顾农认为，研究古代文学最重要的是细读作品，有自己独到的体会，更好的则是能够打通古今，获得启迪。《斑斓志》正是始终坚持直面文本这样一条根本原则，并且多有会心妙解，博古通今。张炜把他的研究对象苏轼定位为一二等之间的人物，没有把他推上神坛，这是难得的。①

也有学者关注到"古诗学六书"之外的张炜文学思想。任相梅以 1993 年的"人文精神大讨论"和 2005 年围绕张炜《精神的背景》一文引发的争议为切入口，探析了张炜如何从批判角度来构建他的"张炜式人文主义"。她认为，张炜对堕落、不公、粗鄙等诸多丑恶现象的觉察与批判，是"张炜式人文主义"的重要构成部分。②

针对作家张炜文学思想的研究，不仅能够拓展学界对其多重身份的认识，也有利于从思想层面审视和把握他的文学创作。

---

① 顾农：《直面文本 博古通今——读〈斑斓志〉》，（2023-11-30）［2023-11-30］，https://mp.weixin.qq.com/s/1HKY1MbqGEvjLKLp5FwhLw。
② 任相梅：《论"张炜式人文主义"的批判性构建》，《中国当代文学研究》2023 年第 6 期，第 175~180 页。

五　个人与时代的纠缠：文学史研究

作为当代文学史上的重要作家，张炜在长达50年的创作生涯中深度参与了文学史进程，并且对中国当代文学史产生了深远独特的影响。因此，对张炜的研究必然离不开对文学史的研究，对文学史的研究也离不开对张炜的研究，二者深深地纠缠，密不可分。

2023年4月，一套重量级的《张炜研究资料》丛书在第三届贝壳儿童文学周亮相，丛书由山东省作家协会、山东省文学馆、鲁东大学文学博物馆、万松浦书院共同主编。同月，由瓦当主编的《张炜研究》第一辑由新华出版社出版。一部大型研究资料和一套辑刊的问世，似乎代表着张炜研究已经来到集大成和总结性的阶段。

葛长伟梳理了40多年来的张炜研究史，认为张炜研究从最初的单篇评论和艺术解析，到融入作家群体或年度分文体综合评述，再到阶段性作为独立客体对象的深入分析评论与研究，直至今天，已成为具有多学科综合性特点的重要学术研究体系，成为中国当代文学的一门显学。张炜研究从新时期思想文化的交响（1982—1992），来到高原长河奔流的姿态与对话（1993—2012），进入了综合性多学科视野下的学术建构阶段（2013年以来）。他还提出，由于张炜本人一直对围绕他的评论研究抱有尊重与热情，研究结果在很大程度上被作为养分吸收到他的创作中，40多年的张炜评论研究是一个不断与作家和文本对话探寻的过程。①

田振华梳理了山东当代文学审美流变，他将山东70年间的作家分为三代：从新中国成立初到改革开放前的第一代山东作家群；改革开放后到世纪之交的第二代"文学鲁军"作家群；21世纪以来的第三代"文学新鲁军"作家群。他认为，20世纪80年代，张炜的《古船》和莫言的《红高粱》是山东文学的重要收获，无论是各类文学排行榜还是各种当代文学史的写作，都无法绕过它们，这就是"文学鲁军"异军突起的重要标志之

---

① 葛长伟：《对话与建构——张炜研究40年述评》，《中国当代文学研究》2023年第5期，第199~208页。

一。20 世纪 90 年代以来,"文学鲁军"的创作仍然取得极高的成就并呈现"成熟性"样态,主要是因为几乎同为 50 年代前后出生的"文学鲁军"作家群达到了生命的最佳阶段。①

此外,羿立颖在其硕士学位论文中探讨了新时期一批重要作家与《青年文学》的紧密关系。她提到,《青年文学》对新时期许多重要作家的崛起起到关键性扶持作用。张炜是《青年文学》刊物上发表作品较多的青年作家,共发表了 5 篇小说,横跨他创作生涯的两大时期,即"芦青河"时期和"秋天"时期,而这两个时期的代表作《拉拉谷》和《秋天的思索》都发表于《青年文学》。前者注重自然朴素之美,后者的风格有转变,其思想性相比前作更为突出,风格也较之更为成熟、严肃,现实主义启蒙意味更厚重,这种转型使张炜被文坛持续注意,并一直延续到 1986 年的《古船》。②

结　语

总的来看,2023 年学界对于张炜的研究取得了十分丰硕而且多样的成果,可谓丰收。但是也存在一些不足之处。

学界对于张炜各体裁的创作的关注存在明显的倾斜,侧重于小说研究,儿童文学也成为新热点,但对于张炜诗歌、散文的研究相对较少。一方面是因为以小说为尊的整体时代环境,另一方面是张炜作为小说家的身份标签过于突出,学界对他的接受和阐释存在巨大的惯性。近几年张炜连续出版两部长诗,2022 年的《铁与绸》更是一部作家寄予厚望的重磅之作,但评论界没有给足应有的关注。无论是诗歌本身的价值,还是诗歌与小说之间的互文性阅读,都是非常值得深入探讨的学术空白点。散文方面更是鲜有研究。张炜是文章大家,散文在他的创作中占据重要地位,这部

---

① 田振华:《齐鲁青未了:山东当代文学审美流变论》,《百家评论》2023 年第 1 期,第 38~49 页。

② 羿立颖:《1980 年代〈青年文学〉对青年作家创作的培育论》,硕士学位论文,湖北大学,2023。

分的研究值得继续推进。

学界对于张炜"古诗学"的研究也显得迟缓。2023 年度推出的张炜"古诗学六书"，在出版界有着充分和高规格的宣传推介，但并没有引起学界太多的反响。这也是容易理解的：作为一个现当代文学大家，张炜端出了六本介于文化大散文和古典诗学专著之间的著作，的确难于归类，难以放入学界现有的框架中。用数十年工夫沉潜中国古代诗歌阅读，体现了张炜对于传承中国古典文学精华的决心，也必然对张炜的创作产生巨大影响。从这个角度出发，进行深入挖掘，可以做影响研究、阅读史研究、文学思想研究。期待学界未来能够深入地挖掘这座文化宝库。

此外，在小说研究方面，学界的视线基本集中在《古船》《九月寓言》以及新作《河湾》等几部经典作品上，对于张炜 20 多部长篇小说中的绝大部分以及众多中短篇都鲜少涉及。诚然，对于一位创作如此之丰的作家，作出整体的把握需要耗费大量精力，这是有难度的，但是这也是必不可少的工作，如若不然，将很难对张炜作出全面、准确、有效的认识。而且，在那些不为人所注意的文本里，极有可能也存在宝藏，这是一座有待挖掘的富矿。小说研究中出现了一些较新的理论介入，如空间理论等，可见张炜研究队伍的理论武器正在持续更新。随着学科的发展，新理论与方法的导入与吸收无疑丰富了张炜研究的理论视野，为研究提供了新的分析维度。值得注意的是，似乎也没有出现过于依赖某一理论范式而架空文本的"理论中心"怪圈。

关于张炜译介、海外传播等方面的研究较为缺乏，与国外研究动态的连接也较为薄弱。这方面的强化或许需要外国文学和翻译等学科的辅助。

学界对张炜研究领域的持续关注和大量创新性成果的出现，说明张炜研究领域存在广阔前景。希望后续的张炜研究能在现有基础上进一步拓宽视野，实现从作品到思想，从个案到整体，从国内到国际的立体化考察，使之成为中国当代文学研究的一块丰硕的沃土。

编后记

张炜是中国当代极具原创力、影响力的作家之一，创作极为丰富，意蕴博大深邃，素为海内外研究者关注。《张炜研究》系鲁东大学张炜文学研究院创办的学术集刊，旨在以张炜作品为中心，探讨张炜创作的文本、艺术及思想，考察张炜创作之于时代文化之意义。

《张炜研究》暂定每年一辑，每辑 25 万字左右，本辑内设小说研究、儿童文学研究、综合研究、动态追踪等板块。本辑内容共收论文及综述 18 篇，比较全面和深入地展示了张炜的文学成就和研究动态，对张炜小说以及张炜动态的研究尤为集中。关于张炜小说的研究论文，长篇和中短篇作品均有涉及，包括对《古船》《九月寓言》等作品的探讨，多是细读精研之后的心得卓见，尤其对近作长篇小说《河湾》的研究较多。动态追踪主要涉及《河湾》座谈会综述以及 2023 年度张炜学术活动和张炜研究综述，对张炜研究动态有比较全面的把握。

《张炜研究》第二辑的编纂，得到了许多单位和个人的帮助与支持。感谢张炜先生一直以来对研究院和本书的关心支持，感谢学术顾问及编委会各位专家的悉心指导，感谢鲁东大学特别是李合亮校长对研究院工作和《张炜研究》的大力支持，感谢社会科学文献出版社的出版支持，感谢责任编辑杜文婕老师为此付出的辛勤劳动。

受经验与水平所限，书中肯定有许多不足之处，恳请广大读者指正，以便今后改进和提高。《张炜研究》力求辑录识见卓异、功力深厚的学术论文，欢迎海内外方家赐稿（电子邮箱：zhangweiyanjiu@126.com）。

鲁东大学张炜文学研究院

《张炜研究》编辑部

2024 年 4 月 30 日

图书在版编目（CIP）数据

张炜研究. 第二辑／鲁东大学张炜文学研究院主办；
瓦当主编 . --北京：社会科学文献出版社，2024.9.
ISBN 978-7-5228-4069-7

Ⅰ . I206.7

中国国家版本馆 CIP 数据核字第 2024EK2742 号

张炜研究（第二辑）

主　　办／鲁东大学张炜文学研究院
主　　编／瓦　当

出 版 人／冀祥德
组稿编辑／宋月华
责任编辑／杜文婕
文稿编辑／公靖靖
责任印制／王京美

出　　版／社会科学文献出版社
　　　　　　地址：北京市北三环中路甲 29 号院华龙大厦　　邮编：100029
　　　　　　网址：www.ssap.com.cn
发　　行／社会科学文献出版社（010）59367028
印　　装／三河市龙林印务有限公司

规　　格／开　本：787mm×1092mm　1/16
　　　　　　印　张：18.25　字　数：275 千字
版　　次／2024 年 9 月第 1 版　2024 年 9 月第 1 次印刷
书　　号／ISBN 978-7-5228-4069-7
定　　价／128.00 元

读者服务电话：4008918866